Sheila Medina Torres

La teoría del todo o nada

SUMA de letras

Papel certificado por el Forest Stewardship Council®

MIXTO
Papel | Apoyando la silvicultura responsable
FSC® C117695
FSC
www.fsc.org

Penguin Random House Grupo Editorial

Primera edición: enero de 2026

Printed in Spain – Impreso en España

ISBN: 978-84-9129-935-6
Depósito legal: B-19.616.2025

Compuesto en Mirakel Studio, S. L. U.

Impreso en Black Print CPI Ibérica
Sant Andreu de la Barca (Barcelona)

SL9935A

A mi familia, mi verdadero final feliz

Recuerda: todos hemos sido, sin saberlo,
el antagonista en la historia de alguien.

«Sí, quiero»: El origen del universo

POR CARLOTA FERRER

Toda gran historia comienza con un «sí»; incluso nuestro universo tuvo su propio «sí, quiero» cósmico: el Big Bang. Una explosión colosal que convirtió la nada en todo lo que hoy conocemos.

El «sí» está reservado para los valientes. Atreverse implica aceptar riesgos, dejar atrás la comodidad y lidiar con las consecuencias, envueltos en un aura de inestabilidad y duda. De hecho, sería un error creer que al explorar lo desconocido no sentimos miedo. Es precisamente la consciencia de su existencia y la determinación de continuar lo que nos acerca a nuestra auténtica esencia. Un salto de fe hacia nosotros mismos.

La ciencia define la incertidumbre como la imprecisión en la predicción de eventos. Por eso existen los márgenes de error, y por eso utilizamos la probabilidad para entender el mundo que nos rodea. En resumen, que la experiencia es un grado y nos ayuda a no repetir las mismas tonterías más de tres veces. Aunque, siendo humanos y honestos, ¿no es ese nuestro talento innato?

Algunos «síes» modifican el rumbo de la historia. Como el valiente «sí» de Margaret Hamilton, que lideró el desarrollo del software del Apolo 11 y con ello permitió que el ser humano llegase a la Luna, gracias al sistema de priorización de tareas de la nave. O el «sí» de Jane Austen, que transformó la narrativa romántica para siempre, rompiendo moldes literarios y desafiando el contexto social. O el «sí» a liberarse del corsé, que impulsó Coco Chanel y que no fue solo un acto de moda, fue una revolución, que dio un nuevo giro a las prendas de las mujeres y les permitió mayor movilidad.

Otros «síes», en cambio, resultan menos afortunados, como el «sí, me lo compro porque me lo merezco», que deja tu cuenta bancaria temblando; el «sí, ¿por qué no?» de tu último *match* que, con alta probabilidad, se convertirá en tu próxima decepción amorosa; la resaca monumental que arrastras todo el domingo después de pronunciar el «sí, pero esta es la última»; y el clásico «sí, quiero pasar el resto de mi vida contigo» que, años más tarde, desemboca en un «por supuesto que sí, quiero el divorcio».

En las últimas veinticuatro horas, yo ya he pronunciado dos «síes». *Wine not?*

El primero, ayer por la tarde, cuando acepté una oferta de trabajo que, por cierto, había estado rechazando durante años.

Un par de horas más tarde me encontraba, de nuevo, delante de mi último «sí, quiero», tras rendirme ante la insistencia de mi amiga Júlia para que la acompañase a uno de los desfiles de moda más esperados. Una campaña de márquetin a la altura del *Just Do It*. El evento prometía. Sería una de las mejores noches del año o, al menos, aportaría una buena historia para contar.

Nuestras vidas, al igual que el universo, están en constante expansión, impulsadas por todos nuestros «síes». Cada uno posee, por lo tanto, el potencial para convertirse en una gran decisión o en el peor error. Y ahora, basándome en la estadística, voy directa a comprarme unos zapatos nuevos para tropezar con estilo.

1

Una noche singular

Momento en el que el universo rompe sus propias reglas
y concentra un sinfín de posibilidades en un solo lugar.
También conocido como la noche del evento.

—¡Carlota…, Carlota! —Una mano firme zarandea mi hombro de forma repentina y doy un brinco. Ladeo la cabeza y me encuentro ante su mirada inquisitiva y sus labios fruncidos. Me señala los AirPods—. Sabes cuánto odio que te abstraigas de esta forma.

—Tenía activada la reducción de ruido —miento. Me retiro los cascos, le pongo el punto final a mi columna, bloqueo la pantalla y recojo la taza de café. La voz de Lana del Rey aún puede intuirse. Me giro en busca de Martín, pero ya no está. Percibo el tintineo de una copa en la encimera.

—Me voy a la ducha. No quiero llegar tarde. —Me apoyo en el marco de la puerta de la cocina tras guardar la taza en el lavavajillas. Martín se sirve una copa de vino en silencio. No parece que quiera compartirla conmigo. Dejo escapar el aire con desazón.

«¿Su enfado pesa más que mi felicidad?».

A través de la ventana del baño, mientras cuelgo la toalla en el calefactor, observo las calles ocres, los árboles desnudos y los cientos de hojas secas que yacen en el suelo. La melancolía flota en el ambiente. El otoño ha invadido cada rincón de las calles e incluso cada recoveco de nuestra casa. La expresión de Martín lo dice todo. No necesito más evidencias para concluir que no le ha sentado bien que haya aceptado la oferta de trabajo. Quizá porque me conoce demasiado y ambos sabemos lo que implica el haberlo hecho; o quizá porque esto deja claro que ya no soy la misma Carlota de aquella tarde de primavera, ocho años atrás, en la que nos presentaron.

Disfrutamos de tres años de noviazgo, mientras aún vivíamos con nuestras familias. Cuando nuestras carreras profesionales despegaron, y tras mucha insistencia por mi parte, decidimos mudarnos juntos. A pesar de tener la misma edad, vivíamos entonces circunstancias vitales muy distintas. Ahora también, aunque por motivos opuestos.

Me pregunto si detrás del primer «me gustas mucho» se esconde un «pero ya te cambiaré», si un «para siempre» es, en realidad, un «por ahora». ¿En qué momento dejó de interesarse por mis artículos? O, tal vez, es que nunca llegaron a entusiasmarle.

Al salir del baño, me planto delante del espejo del pasillo, levanto la vista y estudio la imagen que veo reflejada. Acaricio la falda de encaje negra que cubre mis piernas. El tejido, delicado y fino, crea un efecto de semitransparencia. Me ajusto el bodi negro con escote corazón y desenrosco el pintalabios nude. Mi cuerpo se estremece cuando me topo con los ojos de una extraña. El reflejo es tan ajeno y vacío que siento que ya no me pertenezco. ¿Por qué siento que mi propio universo agoniza? Trago todo el aire que mis pulmones me permiten, en un intento de reprimir las lágrimas que se agolpan en mis ojos.

Me apresuro a coger el bolso y las llaves. Martín me examina desde el sofá.

—Carlota... —Las sílabas se prolongan más de lo habitual, como si intentase frenarme.

¿Cómo detener a alguien que ya ha cruzado el umbral de su propio final?

Abro la puerta del escarabajo negro. Dejo el bolso en el asiento del copiloto y, encima, cuidadosamente doblada, la blazer *oversize* a juego con el coche. Ordenarlo todo me da una falsa sensación de control. Estoy tan inmersa en mis pensamientos que no me doy cuenta de que no ha sonado ni una sola canción en todo el trayecto, hasta que no aparco a una calle del piso de Júlia. Incluso he dejado el neumático rozando el bordillo, algo que saca de quicio a Martín. Después de darle vueltas, he decidido dormir aquí esta noche. Podría coger un taxi y volver a casa cuando termine el evento, pero tras demasiados gin-tonics y alguna que otra conversación, también demasiado sincera con mi amiga, sé que su apartamento será el único lugar donde no tendré que fingir que todo está bien. Dicen que conocerse a una misma es la base de la libertad, la autenticidad y la toma de decisiones conscientes. Una especie de brújula interna que te orienta. Aunque la mía parece estar rota..., ¿o solo tengo miedo de aceptar hacia dónde me lleva?

Alcanzo el teléfono. Nos queda media hora de margen y el taxi debe de estar a punto de llegar. Mientras camino hacia su portal con los *stilettos* (en mi caso, un deporte de riesgo), escribo un mensaje a Júlia para meterle prisa.

Mi amiga tiene muchas virtudes, pero la puntualidad no está en su lista. Tiene un optimismo colosal acerca de la elasticidad del tiempo y, espóiler, llega tarde a todas partes. La puerta de acceso al edificio se abre de par en par y me sorprendo al verla atravesarla. Luce increíble, con esa belleza despreocupada que la caracteriza.

—¿Quién eres y qué has hecho con mi amiga? —pregunto arqueando las cejas. Esbozo una sonrisa divertida.

Júlia sacude las manos con resignación.

—Después de este evento, voy a necesitar una buena dosis de terapia por estrés emocional —se lamenta mientras se aparta un mechón de pelo y se inclina para plantarme un beso en la mejilla con cuidado de no dejar rastro de su pintalabios.

—¿Qué ha pasado esta vez? —pregunto curiosa. Con esta mujer es imposible aburrirse.

—Álex Castelló. Ese niñato egocéntrico ha intentado vetarme del desfile. Todavía no he conseguido averiguar cómo se las ha ingeniado, pero lo haré, créeme. —Su tono destila toneladas de rabia contenida y una buena dosis de determinación.

—Si *Diva* hubiese intentado destrozar mi carrera, yo también habría pensado en prohibirte la entrada. —Me lanza una mirada desafiante y encojo los hombros.

—Eso no fue así y lo sabes. Existe algo llamado libertad de expresión. Nosotros solo hicimos una crítica profesional de su trabajo. Su frágil ego no soporta que un medio no le baile el agua.

—«Un gran poder implica una gran responsabilidad» —filosofo—. Existe una línea difusa y fácil de cruzar entre la libertad de expresión y la cultura de la cancelación. ¿No crees? —Júlia no responde, dejando entrever, por lo que puedo intuir, que no está lista para contarme todo. Nuestros silencios están cargados de más significado que nuestras palabras.

Se aproxima a la calzada para avisar al taxista. No puedo evitar fijarme en su elegancia. Su estilo me llamó la atención desde que empecé a trabajar con ella, en el equipo de redacción de una de las revistas de moda con más prestigio del país.

Aterrizaba con su traje de corte masculino en la oficina a primera hora de la mañana, tras haber gestionado una crisis con la portada de la revista hasta bien entrada la madrugada, con la frescura y felicidad de quien parece haber dormido diez horas y, mínimo, disfrutado de dos orgasmos. Júlia es una fuente de energía inagotable y arrolladora, que llena de vida la revista. Reconozco que siento por ella cierta fascinación.

En *Diva*, supe que aquello sería como participar en una Spartan Race con tacones: todo gira en torno a fechas de cierre imposibles de cumplir, a teléfonos que no dejan de sonar, a la organización o asistencia a eventos exclusivos, a sesiones de fotos y, como remate, a reuniones maratonianas. Desde el primer momento asistí a un desfile frenético de estilistas y asistentes cargados de café, percheros móviles y carpetas por los pasillos. Una réplica a pequeña escala de *El diablo viste de Prada.*

Mientras los simples mortales luchamos por sobrevivir a las demandas del día a día, Júlia se desenvuelve con naturalidad en mitad del caos. No solo es la mejor redactora de *Diva*, sino que ha nacido con carisma y una capacidad de liderazgo innata. Consigue entrevistas exclusivas, crea redes de contacto con una facilidad asombrosa y su intuición, su fortaleza y su perseverancia hacen de ella la futura editora que la revista merece. Todo parece jugar a su favor.

Todo, menos su jefa, el único obstáculo que la separa de sus sueños.

De hecho, creo que empecé a caerle bien justo después de derramar mi café sobre el Saint Laurent de Olivia, su jefa.

De aquel épico episodio han pasado ya muchos cafés, y, aunque nuestras carreras tomaron caminos diferentes, nuestra amistad se ha ido fortaleciendo con el paso de los años. De hecho, si ella tuviese un mal día, yo sería capaz de cederle la última pieza de sushi: una auténtica muestra de amor.

Para el evento de hoy, Júlia ha elegido un kimono de seda, color champán, con mangas largas y amplias, escote cruzado y corte asimétrico que le llega hasta la mitad del muslo; un cinturón largo de la misma tela ciñe la prenda a su cuerpo a la perfección.

—No estoy segura de que mis elecciones encarnen el concepto sofisticado y creativo del *dress code*. ¿Crees que me he venido muy arriba? —Me mordisqueo el labio inferior.

—¿Tú te has mirado al espejo? Somos un delicado equilibrio entre la elegancia y la irreverencia, nena. —Me guiña el ojo con complicidad y me arrastra de la mano hacia el interior del taxi.

—¿Algún plan emocionante esta noche, señoritas? ¿Dónde las llevo? —Júlia me entrega la entrada, la examino sujetándola con firmeza y la recorro en silencio: «Modart, medio siglo de creatividad».

¿Tenía entre mis manos el tique dorado de Willy Wonka?

—Seguro que para ellos sí. Nosotras somos la parte memorable del evento —bromea Júlia. Suelto una carcajada.

—Al Museo Nacional de Arte de Cataluña, por favor.

Nos detenemos a los pies del Palacio Nacional, bañado por las últimas luces del día, que tiñen el cielo de ámbar, a juego con la iluminación de las fuentes. Gracias a los astros, las escaleras de acceso son mecánicas, lo que simplifica mis problemas a uno solo: no quedarme atrapada entre sus ranuras. El museo es majestuoso y en él se mezclan múltiples corrientes arquitectónicas.

Nos dan la bienvenida una alfombra burdeos y varias azafatas que la flanquean. Nos facilitan el programa, al tiempo que percibo el tacto de la exclusividad bajo mis tacones. Alzo la vista y un gran cartel cuelga de la entrada anunciando la gala, que está a punto de dar comienzo.

A nuestro alrededor compañeros periodistas y fotógrafos se aglomeran para recibir a los personajes de interés social, y yo, que esta vez asisto como invitada, me incomodo al ser observada por decenas de ojos curiosos. Me siento una impostora y desearía volver al cómodo anonimato.

Un cosquilleo en el estómago se apodera de mí. Si no fuese por el frescor otoñal, me desprendería de la americana; en cambio, siento las manos frías, aunque sudorosas. Cruzo la entrada y me entrego a mi destino en un universo caprichoso que me regala una explosión cósmica y emocional en forma de oda a la moda y al arte.

Nos recibe un vestíbulo de techos altos y robustas columnas. En comparación con ellas, me siento minúscula. Una escalinata central de mármol enmarca el acceso a las salas. Dejamos atrás varios grupos que charlan distendidamente y seguimos las indicaciones de los rótulos que nos conducen hasta el Gran Salón. La altura de la sala me deja hipnotizada y mi mirada se dirige al techo abovedado. La luz que baña el inmenso espacio y la música ambiente te sumergen en una atmósfera multisensorial de tonalidades rosadas y violáceas.

Acorralamos a uno de los camareros a nuestra derecha. Nos ofrece probar un par de cócteles de bienvenida. El humo generado por el nitrógeno líquido envuelve la copa. Ambas observamos las esferificaciones de su interior mientras se disipa la niebla.

—Lo de la innovación molecular es *too much*. Seguro que se le ha ocurrido a Álex —critica Júlia. Me acerco más al vaso para examinar cada detalle.

—A mí me parece cautivador, aunque dudo que te aplaque la sed. Y ¿no será que lo tienes cruzado porque es el único hombre de este planeta que no te manda fueguitos?

—¡Por favor! No podrías estar más equivocada. —Júlia agita la cabeza y deja escapar una risa escandalosa—. El caviar alcohólico está afectando a tus habilidades cognitivas, ¿eh? —se mofa.

Poco a poco, las mesas altas, distribuidas por todo el espacio, se llenan de invitados. Algunos llevan outfits que me recuerdan a los de la MET Gala. El salón, desde el fondo hasta la mitad, está atravesado por una pasarela. Ya se respira la expectación por el inicio del desfile, aunque Júlia, que tiene cierta aversión al silencio, cotillea con todo bicho viviente a nuestro alrededor. Reviso el tríptico con la escaleta del evento, dividido en tres actos. Por una parte, diseñadores y artistas, tanto consolidados como emergentes, han colaborado para organizar un desfile que represente no solo la moda, sino también las corrientes artísticas y las sensaciones que definieron cada etapa.

Por otra parte, a la organización le ha parecido una idea divertida diseñar un juego social para romper el hielo, y evitar así que te quedes todo el evento de cháchara con tu amiga, pegada a la barra de bebidas. Con Júlia, eso es prácticamente imposible porque conoce a la mitad de los invitados y ya me ha presentado, por lo menos, a diez personas. La dinámica del juego consiste en que te asignan una mesa, compartida con otros desconocidos al azar, con quienes debes entablar una conversación durante un rato. Francamente, con la ansiedad social que me calzo, no me entusiasma la idea.

Las luces se atenúan hasta desvanecerse por completo y los murmullos se acallan. Mi respiración rompe el silencio, así como mis latidos. La oscuridad que me envuelve empieza a pesar y trato de buscar refugio, pero ya no hay nada que pueda distraerme de lo que huyo. Pienso en Martín y en todo lo que dejamos de ser hace tiempo. Es justo ahora, en mitad de este vacío tan absoluto y abrumador, cuando empiezo a ver con claridad.

«¿Es esto lo que sentía el universo antes de nacer?».

Los primeros acordes se expanden por cada rincón de la sala y me golpean. Me estremezco con cada nota que vibra. Y, como si de una broma cósmica se tratase, Depeche Mode me invita a disfrutar del silencio.

Un haz de luz grisácea apunta a una de las modelos, que posa inmóvil, como una escultura inanimada, en una de las gradas laterales. Las sombras que produce el foco resaltan el contorno y la textura de un pantalón acampanado color tierra y de una blusa beis. Poco a poco, el resto de las modelos vuelven a la vida con conjuntos metálicos y lentejuelas inspirados en la movida madrileña.

Giro la cabeza en busca del último haz de luz que, en esta ocasión, crea un ambiente más íntimo y reflexivo. Cuando consigo localizarlo en el balcón de la Sala Oval, justo encima de nuestras cabezas, me distraen un par de ojos color café que brillan junto a la modelo. Hay algo en ellos que capta mi atención. Unas pupilas atraviesan mi mirada con una precisión y energía desconocida, como si absorbieran toda la energía de la sala. Siento que me desafían a una batalla invisible mientras me estudian con curiosidad.

Me siento atrapada en el preciso instante en el que las dudas y las posibilidades se encuentran. Como si las leyes que rigen nuestro universo no tuviesen sentido. Un simple e inesperado cruce de miradas que concentra una infinita complejidad.

El ardor recorre mis mejillas y, sin poder evitarlo, parpadeo. Al abrir los ojos, la oscuridad inunda mi alrededor. En ese mismo momento, los aplausos retumban dando por concluido el primer acto.

Cuando la claridad llena el espacio, busco esa mirada extraña, pero ya no está. Un cosquilleo me recorre el estómago. Quizá me he acercado demasiado al sol, como Ícaro, y al tratar de retener ese instante se ha desvanecido entre las sombras.

—Carlota, dime que tú también te has imaginado llevando ese traje *clueless* como Cher. ¡Lo necesito en mi vida! —Júlia me sacude sacándome del trance y devolviéndome al planeta Tierra—. Oye, ¿estás bien? Creo que necesitas comer algo. Ya sabemos que, cuando tienes hambre, te pones muy rara.

—Sí, disculpa. Es que juraría haber visto... —Júlia frunce el ceño, observándome en silencio—. No importa, vamos a picar algo.

De camino a la mesa de canapés, el *staff* nos intercepta para facilitarnos las etiquetas identificativas y el número de grupo al que debemos dirigirnos para comenzar la dinámica. Júlia cotillea mi tarjeta.

—Cuando llegues a la mesa, gira el plato tres veces, Carlota.

—¿Qué dices? —La miro incrédula, pensando que está de broma.

—Lo digo en serio. ¿Te acuerdas de Laia, la de márquetin? Firmó un contrato crucial con una marca de lujo para la campaña de Navidad. Ese mismo día, la reasignaron al despacho número trece, por la remodelación de la planta seis, y, de repente, el cliente se echó atrás y se canceló la campaña. ¿Casualidad? No lo creo.

—Sabes que suenas como una chiflada, ¿verdad?

—Tres veces, por si acaso.

Resulta curioso: si no hay ciencia que lo avale, ¿por qué incluso los seres más racionales caemos en las redes de la superstición? Quizá es porque la incertidumbre nos produce urticaria y la ambigüedad nos incomoda. Incluso para justificar la mala suerte en el amor, necesitamos encontrar patrones. Parece que culpar a Mercurio retrógrado, al destino o al número trece, entre otros, se ha convertido en un recurso popular para calmar la frustración cuando las cosas se tuercen.

¿Y yo? Me pongo siempre los calcetines emparejados, no llevo amuletos, tampoco huyo de los gatos negros, no evito pasar por debajo de las escaleras... Por eso me dirijo a la mesa trece a pecho descubierto sin miedo a tentar al destino.

Pero, por si las moscas, giraremos el plato tres veces.

2

El Big Bang

Explosión inesperada que marca el origen de una gran historia o un buen lío cósmico.

Mientras camino hacia la mesa maldita, me coloco la identificación en la solapa de la americana, tal y como nos han indicado. Las pocas instrucciones que nos dieron fueron claras: no revelar nuestros nombres y prohibido hablar de trabajo. Para ello, cada uno debe escoger un apodo que refleje algún aspecto de nuestra vida, algo personal y original. Además, nos pidieron que rellenáramos un formulario con ocho preguntas, diseñadas para evitar caer en las conversaciones banales del tipo «¿tienes hijos o tienes perro?» o «¿cuál es tu color favorito?». Como cualquier ocasión acaba convirtiéndose en un reto para mí, he seleccionado algunas preguntas interesantes. Mi creatividad se ha puesto tacones.

He tenido que atravesar la sala para encontrar la mesa trece, como si la hubieran escondido a propósito. Cuando llego, aún no hay nadie. Dos tarjetones y un reloj de arena reposan en el tablero. Al final, Júlia va a tener razón... Por suerte, mi fatídica mesa está situada al lado de una barra de bebidas. Me dirijo directa hacia el barman.

—Una copa de vino, por favor. —Después de dedicarle una tímida sonrisa al camarero, suspiro nerviosa. Observo a mi alrededor. A poca distancia, un grupo de mujeres comparten risas en una animada conversación. No puedo evitar sentir una pizca de envidia, porque hace tiempo que no me siento así..., simplemente feliz. Una parte de mí se ha puesto en pausa.

Agarro la copa e inspiro el aroma antes de disfrutar del primer sorbo.

ADRIÁN

Me apoyo en la mesa de manera aparentemente casual, como si no acabase de manipular al becario para que me cambiase a la número trece.

La chica espera en la barra. La curiosidad por descubrir lo que hay detrás de esos ojos, que son incluso más brillantes y enigmáticos de cerca, me ha traído hasta aquí. Me ajusto la chaqueta y me aproximo hasta ella con disimulo.

Al abrir los ojos, noto una presencia junto a mí. La curiosidad me empuja a dar media vuelta. Descubro que la mirada misteriosa me estudia de nuevo, pero, en esta ocasión, al alcance de la mano.

—¿A ti también te han dado plantón?

—Creo que no ha querido tentar a la suerte. —Aprieto los labios.

Él echa un vistazo a la mesa trece.

—En ese caso, correré yo el riesgo.

Durante unos segundos me mantengo en silencio. Desvío la mirada hasta la tarjeta prendida a la solapa de su esmoquin negro. «Omega».

Él responde echando un ojo a la mía. Percibo el calor en mi rostro.

Me invade la absurda idea de que algo así pueda ser solo casualidad.

La manga de su camisa se desliza ligeramente y asoma bajo el puño un elegante reloj. «¿Será el motivo de su apodo?», pienso. Arqueo una ceja. Se dirige al camarero.

—Lo mismo que la señorita, por favor.

—Qué curioso, no pareces de los que optan por lo fácil —«Ups, ¿he dicho yo eso?».

Su perfume es una mezcla de vainilla, sándalo y una esencia más que se me escapa.

—Estoy siguiendo tus pasos para conocerte mejor. ¿No es ese el objetivo del juego? —Su voz profunda, sensual y magnética me sacude. Trago saliva.

Me cede el paso. Nos situamos a ambos lados de la mesa separados por dos copas de vino y el reloj de arena. Lleno mis pulmones con fuerza mientras nos acomodamos en los taburetes.

—¿Preparada?

—Claro —respondo, disfrazando mi nerviosismo con una sonrisa algo torpe.

Examino rápidamente el entorno. Los demás ya parlotean, ríen y brindan en pequeños grupos, como si todo esto fuese lo más natural del mundo.

Doy un pequeño sorbo, recojo un mechón de pelo ondulado detrás de mi oreja y ojeo las preguntas del tarjetón. Ahora no estoy segura de querer formularlas en voz alta. Decido armarme de valor. Por una noche, me gustaría dejar de ser la Carlota cerebral.

Me observa expectante cuando invierto el reloj de arena y chasqueo la lengua, rompiendo el silencio.

—Si fueras un chef y pudieses crear un postre que definiese tu personalidad… —hago una breve pausa para levantar la barbilla—, ¿qué ingredientes utilizarías?

Apenas unos segundos después, Omega («Maldita sea, ¿cómo se llamará este hombre? ¿Apolo?») da un trago y se acaricia los labios, carnosos y rosados, con los dedos índice y anular.

—Una combinación de sabores que puedan potenciarse entre sí —responde. Arrugo la frente—. Son ingredientes que aparentemente no tienen relación, pero que juntos en la boca forman una explosión en el paladar.

—¿Como la sal y el chocolate? —indago mientras doy otro sorbo a la copa.

—Por ejemplo. La sal potencia el sabor del cacao y le da nuevos matices.

Alcanzo el medidor de tiempo, que está prácticamente lleno.

—No has tardado nada en responder, ¿tenías preparada la respuesta? —bromeo.

—Soy rápido si tengo claro lo que me gusta. —Su timbre de villano carismático y su olor comienzan a inquietar a mis neuronas más primitivas.

Omega desliza el reloj de entre mis dedos y lo gira de nuevo.

—Elige un personaje literario con el que te sientas identificada.

—«No ha revisado la lista de preguntas, ¿las tiene memorizadas o se las está inventando sobre la marcha?».

Medito mi respuesta.

—Elizabeth Bennet. —Poso una mano en la mesa mientras juego con la copa.

—¿Te gusta Jane Austen?

—*Orgullo y prejuicio* es un clásico que nunca decepciona.

—¿Compartes su inclinación por los juicios precoces?

—No me dejo impresionar fácilmente. —Mi respuesta parece divertirle.

Saluda a varias personas a lo lejos.

«¿A qué se dedicará? ¿Diseñador de moda? ¿Coleccionista de arte? ¿Un lobo de Wall Street? ¿Relaciones públicas a lo Samantha Jones?».

El camarero aparece y recoge las copas vacías.

—¿Les traigo algo más?

—¿Qué opinas? —Omega espera mi confirmación.

«Ni de coña». El calor asciende por mi cuello, traicionándome. Deslizo los dedos por mi pelo castaño y me lo enrollo, jugando con él. Mi cabeza, que parece haber tomado vida propia, se deja caer lentamente como si dijera un «sí». Él deja entrever una evidente satisfacción ante mi respuesta y pide dos copas más. Yo aprovecho para poner en marcha el temporizador y recomponerme.

Un par de carcajadas resuenan de fondo. Omega permanece atento a mis movimientos.

—Prosigamos —le ordeno.

—Cualquiera diría que me estás entrevistando. —Me muerdo el labio para aguantar la risa. «Lo llevo en el ADN».

Devuelvo la mirada al frente tras escoger la siguiente pregunta.

—¿Qué crees que es más peligroso: alguien que sabe exactamente lo que quiere o alguien que no tiene ni idea de lo que busca?

Se acaricia la barba, que cubre ligeramente su mandíbula. «¿Qué edad tendrá?».

—Tic-tac…

—Ambos son igual de peligrosos; solo les diferencia la forma en la que te harán daño. Ambición o incertidumbre. ¿Con cuál te arriesgarías?

Antes de poder responder, los granos de arena vuelven a deslizarse en sentido contrario.

—Si pudieses escoger una prenda de tu armario para conquistar en una noche a alguien en absoluto silencio, ¿qué prenda elegirías?

Ahora me vendría muy bien tener a Júlia aquí. Además de elegir el look ideal para la ocasión, me entregaría un informe exhaustivo sobre este hombre. «Pero no es para mí, es para una amiga».

—Creo que toda la gama de rojos representa bastante bien la intensidad de los aries. —«Ay, Carlota, que pasas demasiado tiempo con tu amiga la supersticiosa...»—. Un vestido minimalista, largo y entallado.

Omega parece abstraerse de esta dimensión durante unos segundos, ¿se lo estará imaginando?

—¿Así que aries? —Clava los ojos en mi identificación—. «Luna». ¿Eres aficionada a la astrología?

Me río porque no puede estar más equivocado... Él me mira intrigado.

—Hagamos un trato. Yo te cuento de dónde viene lo de Luna, si tú me confiesas tu horóscopo. —«¿Y esta pregunta? Definitivamente, el espíritu de Júlia me ha poseído».

Con un simple gesto, cierra el acuerdo.

—Escorpio.

Doy un manotazo en la mesa.

—¡Lo sabía! —La copa se tambalea y Omega la sujeta. Unas gotas de vino salpican su mano y me apresuro a limpiarle con mi servilleta, aunque finalmente me detengo. Él me mira de nuevo. Puede que la discusión con Martín haya influido, pero esta noche, por primera vez, estoy bajando la guardia y dejándome llevar. «¿Dónde está la chica capaz de controlarlo todo?».

—Mi madre es astrofísica —le confieso. Sus ojos se abren más de lo normal mientras apoya los antebrazos en la mesa.

—Y tú, ¿también te dedicas a estudiar los secretos del universo?

—Veo que tienes tendencia a saltarte las normas. —Él encoge los hombros y la curva peligrosa aparece de nuevo en la comisura de sus labios.

—¿No tienes curiosidad por saber qué significa Omega?

—Lo descubrí durante los primeros cinco minutos. —Le señalo la muñeca.

Omega inclina la cabeza, aprobando mi conclusión.

—Vaya..., te he subestimado. —Su dedo corazón juega con el borde de la copa.

Me fijo en sus manos, grandes y fuertes. «Sin rastro de anillo. ¿Estará casado?».

Giro el reloj, que, por cierto, hace rato que reposa.

—¿Cuál es la única cosa que nadie adivinaría al mirarte por primera vez? —Saboreo el vino lentamente.

—Mi lista de Spotify.

—Déjame adivinar... —Aprieto los labios mientras le escaneo—. Tienes pinta de intelectual, de esos que escuchan jazz o cuartetos de cuerda en su butaca.

—¿Eso crees? Elizabeth Bennet desplegando sus prejuicios, otra vez... —«¿En serio?».

Muevo la pierna para cambiar de postura, los tacones me están matando. Me topo con su rodilla. Me quedo inmóvil y percibo cómo mis mejillas arden.

En ese preciso momento, su teléfono vibra, rompiendo la tensión. Se disculpa alejándose para atender la llamada. Su olor llega de nuevo hasta mí. Pimienta, ¡cómo no!

Su presencia se difumina entre el resto de los invitados hasta que distingo su silueta al fondo. El traje envuelve su cuerpo, resaltando la forma de su espalda y ajustándose a su cintura. Mis pupilas se dilatan. Continúo observando cada gesto, hasta que se percata y me responde con una mirada fulminante.

Al regresar, apoya su mano en mi silla y roza mi espalda. Sigo clavada en mi asiento, pero mi cuerpo se tensiona.

—¿Nadie te ha dicho que tienes una mirada tan transparente que se puede leer a través de ella?

El hormigueo que recorre mi piel provoca que desvíe los ojos, evitando el contacto visual directo. Me aclaro la garganta.

Omega toma asiento y levanta, por fin, la tarjeta con las preguntas.

—Si la prensa tuviese que escribir un titular que resumiese tu vida actual, ¿cuál sería?

La pregunta me hace gracia. «Qué irónico, el universo». Hago un repaso mental por mi situación actual.

—Última hora: treintañera en plena crisis existencial, intenta escapar del apellido familiar y tropieza con él. —Zarandeo la cabeza.

Me sorprende haber compartido eso con un desconocido. Su reacción es rápida, una carcajada seca brota de su boca. Sus ojos, en cambio, me devuelven el destello de quien ha visto reflejada su propia historia en mis palabras. Durante un minuto, ninguno de los dos dice nada. Le examino con detenimiento, tratando de cartografiarle.

Bajo la cabeza y leo la siguiente pregunta que aparece ante mí, pero la descarto. Se me acaba de ocurrir otra. Me inclino en la mesa, aproximándome a él.

—Cuéntame un secreto —le susurro.

Sus dedos repican contra la mesa, como si estuviese barajando cuál de ellos compartir conmigo.

ADRIÁN

Admito que su petición me ha descolocado y, al mismo tiempo, ha disparado mi interés. Me excita que esto se esté convirtiendo en un juego. Uno en el que ambos intentamos desnudar al otro primero. Uno en el que yo siempre quiero ganar.

—Ven. —La invito a seguirme con la cabeza.

«¿Cómo?». Compruebo el tiempo que queda para que termine el juego. Noto la boca seca. Mis pensamientos se vuelven ligeros y lentos. Hay algo intrigante y peligroso en la sonrisa que se forma en sus labios. Mi corazón comienza a bombear con fuerza cuando me levanto del asiento y le sigo entre la masa de gente. No recuerdo en qué momento lo he decidido. Omega se cuela por detrás de la mesa del cáterin hasta un pasillo estrecho, que parece utilizar el servicio. Camina delante con soltura, como si no fuese la primera vez que hace esto. De pronto, agarra una bandeja de canapés de un carro repleto. Traspasamos la puerta que se sitúa al final del recorrido y aparecemos en el vestíbulo. Acelero el paso sin darme cuenta. Él me guía por el lateral izquierdo de la entrada y pulsa el botón del ascensor. Yo no dejo de mirar a los lados, con una mezcla de vergüenza y emoción a flor de piel.

Me sitúo frente a él, apoyada en la pared metálica, con el repiqueteo de mi corazón de fondo. El ascensor para en la segunda planta y, al salir, se encamina hacia las escaleras contiguas. Me sujeto la cola de la falda, que acaricia el suelo, y me apoyo en la mano que Omega me ofrece. Subo con cuidado los peldaños.

—¿Sueles colarte en edificios históricos?

—Solo si merece la pena.

Mis labios y mis ojos se curvan de forma sincera y espontánea, sin permiso. «¿Cuántas copas he tomado?».

Omega abre la puerta y me invita a pasar, con la palma de su mano reposando en la parte baja de mi espalda. La caricia me provoca un escalofrío en la columna. Cuando salimos, el aire frío me golpea la cara. Estamos en la azotea. Parpadeo y, de forma involuntaria, mantengo los labios entreabiertos, incapaz de articular palabra cuando observo la panorámica. Nos acercamos a la balaustrada. Omega, que ha dejado la bandeja en el suelo, se recuesta en la barandilla y cruza los brazos. La ciudad se extiende ante nosotros como una manta de luces que contrasta con el cielo oscuro. Observo maravillada la fuente mágica de Montjuic, con la plaza España de telón de fondo.

—Me pediste un secreto —suelta, sin mirarme—. De pequeño, mis padres y yo asistíamos a muchas fiestas en este lugar. Yo solía escaparme y subir a escondidas a mirar las estrellas. Aquí arriba había más honestidad que allí abajo.

Su confesión me pilla desprevenida. Después los recuerdos se me agolpan en la garganta.

—Supongo que, entonces, tú y yo tenemos algo en común. —Me aproximo con cautela y me sitúo a su lado. Nuestros hombros se rozan ligeramente—. Cuando mi padre trabajaba hasta tarde, mi madre y yo salíamos al balcón. Me señalaba las constelaciones y me hablaba del universo. Los grandes científicos dicen que mirar el cielo es un viaje de autodescubrimiento.

Un silencio cómodo se instala entre nosotros.

—No sé por qué te he traído aquí —dice al fin, casi como una confesión. Alcanza el platillo que ha traído consigo y me ofrece las croquetas. Las degusto en silencio. De trufa y parmesano, foie y cebolla caramelizada, sobrasada y miel y, una última, de chocolate, avellanas y sal. Paladeo hasta descubrir la explosión de sabores. «¿Así define él su personalidad?».

—Están deliciosas —mascullo con la boca llena. Omega parece disfrutar de mis gemidos culinarios.

—¿Nos queda alguna pregunta?

—Una más —le digo, sacudiéndome las manos—. ¿Qué es lo más estúpido o ridículo que has hecho por amor?

Se vuelve con rapidez hacia mí y entrecierra los ojos.

—¿Y si nunca he hecho nada por amor? —Guarda las manos en los bolsillos de su pantalón.

—¿Nada?

Niega con la cabeza

—Entonces quizá es que nunca has estado enamorado de verdad.

La música de la fiesta empieza a filtrarse desde abajo, como si hubiesen subido el volumen. Reconozco los acordes. Cierro los ojos.

—Es mi canción favorita —«De todas las canciones del mundo suena justo esta y justo ahora»—. «Me and Mrs. Jones».

Adrián

Nos mantenemos en silencio mientras la canción avanza. Sus palabras han pellizcado mi orgullo y, sin darme cuenta, he compartido con ella más información de la que quería. «¿Cómo diablos lo ha conseguido?». Puede que sea esa forma peculiar que tiene de mirarme, intentando hurgar en mi interior. Luna está empezando a sacarme ventaja, y eso me hace sentir muy incómodo, porque me aleja del control que tanto ansío y con el que cargo cada minuto de mi vida.

Observo el movimiento de su cuerpo al dejarse llevar por la música y una absurda idea cruza mi mente.

—¿Bailamos? —«¿Qué haces, Adrián?».

La risa nerviosa se apodera de ella. Antes de procesar lo que acabo de hacer, mi mano ya rodea su cintura y disfruto de la sensación de estar perdiendo un poco de control, aferrándome a ella.

Todo da vueltas a mi alrededor. Quizá por su perfume, por el alcohol que he tomado esta noche o por la cercanía de su cuerpo contra el mío, pero siento que estoy flotando. Nos movemos con un leve vaivén, al compás de la música, con las manos entrelazadas. Omega me gira con delicadeza y, cuando vuelvo al sitio, me inclina hacia atrás sin dejar de mirarme. El movimiento torpe nos arranca una carcajada. Me muerdo el labio, conteniendo las emociones que quieren salir disparadas, en todas las direcciones.

«Joder, estoy bailando bajo las estrellas. En la azotea del Museo Nacional de Arte de Cataluña. Con un completo desconocido».

—Esto es lo más estúpido que he hecho nunca —confiesa. Sus labios se acercan a mi oído y rozan mi mejilla por el camino.

Asiento despacio. Aunque lo que en realidad quiero decir es: «Esto es lo más romántico que he hecho nunca».

Cuando la canción termina, sus manos aún siguen en mi espalda. Omega está a punto de decir o, peor, hacer algo. Pero queda suspendido en el aire cuando la música vuelve a sonar a todo trapo sin previo aviso, rompiendo la magia del momento. El desfile se ha reanudado. Doy un paso atrás.

—Tengo que ir al baño. —Él asiente en silencio.

Le lanzo una última mirada fugaz y, sin esperar más, entro.

No sé si realmente necesito ir al baño o es mi forma de escapar de una situación incómoda. Lo he mirado curiosa. Mejor dicho, con descaro. Sin comprender el porqué, le he dado coba durante una hora. Incluso me he fugado a la azotea con él. Y ahora huyo de la escena del crimen, como si mis huellas no estuviesen por todas partes. ¿Me he vuelto loca o simplemente me ha sentado mal el vino esta noche? Bajo corriendo por las escaleras, desafiando a mi torpeza. Mi zapato sale volando. Y tengo que recorrer de nuevo el camino de subida para recuperarlo, evitando una escena a lo Cenicienta moderna.

Cuando llego a la Sala Oval, con el pecho a punto de desbocarse, uno de los focos ha creado una pasarela ficticia que permite a los modelos caminar por la sala. La evolución del minimalismo a la moda contemporánea se despliega a nuestro lado.

Para intentar olvidar el encuentro con Omega, pongo toda mi atención en cada prenda que aparece sobre la pasarela. Mi corazón va recuperando el aliento. En ese momento, alguien toca mi hombro.

—¡Joder, qué susto! —suelto. Júlia sostiene una cucharita de ceviche en la mano.

—¿A quién estás evitando? —balbucea con la boca llena.

—¿Yo? A nadie… Me siento algo mareada.

—Sí, estás un poco pálida. Anda ven, que te consigo unas croquetas.

—¡No! —exclamo—. No tengo hambre, gracias.

Me aterroriza confesar lo que acaba de suceder. No porque Júlia vaya a juzgarme, sino por lo dura que puedo ser conmigo misma. Así que continuamos viendo el espectáculo, como si nada hubiese ocurrido. Pero sí ha sucedido y el noventa y nueve por ciento de mis órganos son conscientes. La primera parte del evento culmina con un mono ajustado desmontable de corte geométrico.

Todos estamos aplaudiendo al unísono cuando aparece en la gran pantalla una invitación para recorrer la sala de al lado y disfrutar del tramo final del desfile, un tour por la moda del futuro. Cuando la mayor parte de los invitados se ha dispersado, vislumbro, una vez más, unos ojos color café que hace un momento me mecían bajo el cielo estrellado. Aún huelo a él. A Omega le rodean varias personas en una mesa repleta de comida, todos embelesados por su aura magnética. Escuchan atentamente cada palabra que sale de su boca.

—Juls, ¿conoces a ese tío? Es lo bastante atractivo como para que lo tengas en tu listado telefónico, ¿no?

—Me suena su cara, pero por ahora lo único que puedo confirmarte es que no me he acostado con él. Me acordaría, seguro. ¿Y este interés repentino? —«¿Por qué siento alivio ante su respuesta?».

—Digamos que he tenido un breve paso por «el desfile de las tentaciones».

—¿Qué dices? Pero ¿cuántas veces has girado el plato? Por lo menos diez, porque yo no he tenido tanta suerte. Una señora aburrida, su amiga y yo hemos debatido sobre el tweed, el tartán, y si la pana volverá a ser tendencia. ¿Quieres que le investigue?

—¡No! Ni de coña. Te lo prohíbo.

—Nena, esto me lo tienes que contar luego con calma, ¿eh?

Asiento mientras le doy un pequeño empujón para acelerar la salida y pasar desapercibidas.

Al adentrarnos en la sala contigua, el espacio está rodeado de pantallas digitales que proyectan efectos visuales 3D y hologramas en constante cambio. Las prendas y los modelos parecen flotar con cuerdas invisibles. Estamos ante una combinación de moda y arte digital en estado puro.

—Mira, Júlia. Álex está allí.

Durante unos instantes que parecen siglos, ambos cruzan sus miradas. Júlia curva los labios y esboza la sonrisa de la victoria. Contengo la respiración. Álex desvía los ojos y continúa conversando. Respiro de nuevo.

Álex Castelló es una de las jóvenes promesas del diseño de moda en España. Acaba de regresar de París, donde ha trabajado con grandes firmas especializadas en sastrería, explorando nuevos materiales sostenibles. Aquí es donde mi amiga Júlia entra en la historia. La aventura parisina ha sido más bien un exilio profesional derivado de un altercado con *Diva*, que marcó un antes y un después en su carrera. Lo que para muchos hubiese sido el final, él lo convirtió en una motivación para superarse con cada diseño que crea. Inspirador.

Álex viste un conjunto modular de corte asimétrico en tonos carbón y cierre magnético, diseñado con materiales sostenibles. Luce un aspecto juvenil muy suyo.

—Parece recién salido de un videoclip de Daft Punk —murmura Júlia, con su sonrisa sarcástica.

—A mí me parece que está guapísimo. Además, me alucina cómo mezcla la tecnología y la sostenibilidad en sus diseños.

Mientras contemplo el espacio, Júlia me mira de reojo, intentando refutar mi comentario con su ironía habitual. Aunque no reconocerá nunca el talento de Álex, no puede evitar asentir disimuladamente.

—Oye, Júlia, necesito ir al baño con urgencia.

—¿Cuántas copas de vino te has tomado hoy? —«Eso me pregunto yo»—. ¡Te acompaño! Álex es capaz de tirarme las moléculas de ginebra encima del vestido.

Júlia prefiere esperar en la puerta, socializando, mientras sujeta mi bolso y mi móvil.

El pasillo está oscuro y tardo en situarme. Caigo en la cuenta de que es una zona compartida con baños individuales. Entro en uno de los que quedan disponibles. Al salir me acerco a uno de los lavabos y me miro en el espejo. Otra vez veo el reflejo de una maldita desconocida. ¡Qué calor! Abro el grifo del agua fría. Lo agradezco. Avisto el movimiento de la puerta a través del espejo... y aparece él.

Sin cruzar ni una sola palabra, se coloca a mi lado y nuestros hombros se tocan. Se lava las manos en silencio. «¿Otra casualidad cósmica?».

—¿Estás bien? —me pregunta.

—Creo que sí...

—Temí que te hubieses quedado encerrada en el baño todo este tiempo.

—¿Me estás siguiendo?

—No, pero, aunque me esfuerce, eres difícil de evitar.

Contemplo la escena mientras acaba de enjuagarse.

—Yo siempre me las lavo antes y después. Lo que voy a tocar es importante —afirma con expresión seria.

Suelto una pequeña carcajada. Nos examinamos en silencio.

Se acerca, alargando su mano, y, por un instante, me quedo paralizada. Sostengo la mirada mientras permanece pegado a mí. Trago saliva.

—Disculpa, necesito secarme las manos. —Señala las toallas de papel al otro lado.

Sin vacilar, me dirijo hacia la salida.

—Diría que esta ha sido una primera entrevista interesante, aunque todavía queda mucho por descubrir, ¿no? —Me detengo al escuchar su voz y doy media vuelta.

Mi corazón se acelera y repica en mi garganta. Siento la repentina tentación de meter la mano en el bolso en busca de mi teléfono. Por fortuna, no lo tengo. «¿De verdad le habría dado mi número?».

La puerta del baño se abre de golpe y entran varias personas, que llenan el espacio con sus voces. Una voz familiar al otro lado de la puerta confirma lo obvio.

—¿Estás viva?

«¿Qué estás haciendo, Carlota?».

Sacudo la cabeza, borro la estúpida idea de mi cabeza y me largo, antes de sucumbir a la tentación.

ADRIÁN

Dejo escapar el aire cuando Luna desaparece por la puerta del baño. Se marcha. ¿Cómo no? Una parte demasiado ingenua de mí ha creído que esta vez sería distinto.

«Espabila, Adrián». Me ordeno.

Al salir, me topo con Júlia.

—¿Qué ha pasado ahí dentro? —me pregunta mientras me devuelve el bolso y el móvil.

—Nada de lo que pueda arrepentirme demasiado, pero vámonos. —Levanto las cejas y aprieto los labios—. Por favor.

Sí, definitivamente estoy huyendo de la escena del crimen. Y quiero hacerlo lo más rápido posible.

Al salir del local, el frío me recorre el cuerpo. El taxi se aproxima y me apresuro a pararlo. Ni siquiera me he despedido.

Omega aparece en mi vida como una chispa. Enciende un motor de combustión en mis cimientos y provoca una explosión en muchas facetas de mi vida. Este estallido cósmico revela una certeza dolorosa pero liberadora. Me hace consciente de la contradicción entre el espacio seguro en el que me he refugiado estos años y el deseo de enfrentar el caos que crece en mí. Mi revolución interna reclama algo más: una transformación irreversible.

Inexperta pero muy segura de mí misma, me aventuro a comprobar qué significa vivir mi propio Big Bang emocional.

Cierro la puerta y el taxi arranca. Solo cuando los demás quedan atrás, puedo respirar.

¿Qué acaba de pasar?

3

Colapso gravitacional

Mi universo interior amenaza con implosionar
bajo el peso de una carga emocional insostenible,
pero fingiremos que lo tenemos todo bajo control...

—Dé la vuelta, por favor —le ruego al taxista. Respiro agitadamente mientras sujeto con fuerza el cinturón de seguridad.

El conductor gira el volante y cambia de sentido en la siguiente rotonda. Vuelvo a traspasar el hall hasta reconocer la bóveda del inmenso techo que me protege de todo lo que me espera fuera. Recorro de punta a punta la sala en busca de... Ahí está. En el mismo lugar donde lo encontré la primera vez. Subo las escaleras hasta el balcón de la Sala Oval. Tomo aire al tiempo que me dirijo hacia mi objetivo, y freno en seco. Está apoyado en la barandilla y observa la masa de gente que baila al son de las luces.

—Me llamo Carlota.

Sus ojos me atrapan tras identificar mi voz. Se aproxima poco a poco, tanto que me embriaga su perfume. «¿Me he desmayado?». Percibo el tacto de su piel en mi mano. Inconscientemente, cierro los ojos. Mi cuerpo lucha contra el impulso de rozarle. Mi corazón se ha sincronizado con el ritmo de la música. Empiezo a perder el control de los músculos. Su mano acaricia mi pelo hasta sujetarme la nuca y atraerme hacia su boca. Mis labios vibran como partículas atraídas por un imán y a punto de colisionar. Nos fundimos en la calidez de nuestras lenguas, que poco a poco van perdiendo fuerza, hasta agotarse. De pronto, percibo el frío que produce cada nuevo roce y que se convierte en un gesto familiar. Casi mecánico. Entreabro los ojos y, al ver su rostro, lo comprendo. Es a Martín a quien tengo frente a mí. Y lo que acabo de presenciar no es un beso cualquiera, es el beso de la muerte que sentencia nuestra relación.

La luz inunda la habitación, intento ocultarme tras la almohada, pero ya no hay escapatoria.

—El vino te ha dejado inconsciente más horas de las que preveías, ¿eh?

Júlia se deja caer en una esquina de la cama. Dirige la mirada curiosa directamente hacia mí, como si acabase de visualizar a su presa. Me incorporo, suplicando un café, el elixir de la vida.

—¿Has tenido una pesadilla? —Asiento sin mediar palabra—. Carlota, te conozco lo bastante como para saber que te habrá explotado la cabeza dándole vueltas a lo de anoche. No quiero que te tortures más.

Suspiro mientras me maldigo en voz baja.

—Las relaciones se basan en la confianza y en el compromiso. Yo he roto ambos pilares. Además de coquetear en el evento de moda del año, también he soñado que besaba a ese completo desconocido. ¿Cómo se lo voy a explicar a Martín?

—Lo primero, siempre he creído que la fidelidad no está entre las mejores cualidades del ser humano. En algunas ocasiones, incluso teniéndolo todo, acabamos traicionándonos, ¿no? —Sé perfectamente que se refiere a su padre—. Y nena... No ha sido para tanto. —Da un sorbo a mi café—. Ni siquiera le dijiste a ese tío tu nombre ni le pasaste tu teléfono.

Tal vez Júlia tenga razón. ¿Estoy exagerando? ¿En qué momento sentí que rompí las reglas? En el plano físico los límites son evidentes, pero todo lo que trasciende ese plano es, definitivamente, mucho más complejo. ¿Dónde se traza la línea entre lo aceptable y lo imperdonable?

La atracción en sí misma no puede ser una traición, ¿verdad? Quizá la fidelidad es una construcción social que nos obliga a reprimir nuestros deseos naturales. Pero si todos podemos sentir esos impulsos en algún momento, ¿no es esa la verdadera prueba del amor? Apostar conscientemente por una persona pese a la atracción que sintamos por otras. Quizá ser fiel no sea innato a nuestra naturaleza, pero elegir serlo nos hace más humanos.

—¿En serio quieres contárselo a Martín? —Me acaricia la mejilla.

—Júlia, yo no sé mentir. Es antimoral. Me conoces.

—Carlota, no es tan sencillo. Por experiencia te diré que no siempre importa lo que hiciste, sino cómo se lo toma la otra persona. Este detalle puede ser un pequeño hilo suelto que acabe deshilachando toda la prenda. Pregúntate a ti misma hacia dónde va vuestra relación y, dependiendo de la respuesta, decide si merece la pena tirar del hilo.

Júlia acaba de abrir la caja de Pandora. La esperanza acerca del futuro de mi relación con Martín ha sido lo primero en escapar.

—¿Qué hora es, por cierto? —Palpo las sábanas en busca de mi teléfono.

—Tarde. —Júlia me da un par de palmadas en el muslo—. Quítate el pijama antes de que Claudia venga a quemarme el timbre.

Una hora después, y con unas pintas un tanto cuestionables, llegamos a la cafetería.

—Sois unas tardonas —gruñe Claudia. Me besa fugazmente en la mejilla y me acomodo a su lado.

—¿Cómo está Abril? —Claudia muestra una tímida sonrisa y un leve rubor asoma en sus mejillas. ¡Lo que un simple nombre puede desencadenar en alguien perdidamente enamorado!

—Genial, se ha ido de excursión con unas amigas esta mañana, aprovechando que esta tarde tengo guardia y que antes había quedado con vosotras.

—Claudia nos cambió anoche por cuatro arrumacos en el sofá.

Claudia pone los ojos en blanco y avisa amablemente a la camarera para que tome nota.

—Parece que anoche lo pasasteis muy bien... Carlota, traes el look de «me lo bebí todo».

Júlia me mira de reojo a la par que Claudia pide los cafés y unos batidos color esperanza con doble de jengibre. Esta bebida energizante, junto con unos huevos revueltos, no me vienen nada mal.

—Vuestro organismo me lo agradecerá.

—Gracias, Doctora Primavera. —Claudia sacude la cabeza con exasperación.

Unos minutos de silencio son suficientes para que nuestra amiga nos sondee con su mirada inquisitiva.

—Dispara —me ordena.

Doy un trago al capuchino que el camarero acaba de servirnos en la mesa. Inspecciono la taza de nuevo mientras sujeto el asa, como si fuese a encontrar la respuesta en su interior.

—Anoche tonteé con un desconocido —me lamento fijando mis ojos en los de Claudia, que abre los suyos desorbitadamente.

—Un *plot twist* sexy —comenta Júlia. La fulmino con la mirada—. Carlota tuvo un subidón de endorfinas en la azotea del MNAC: un bailecito a lo *La la land*.

Claudia da un manotazo en la mesa.

—Pero eso es una infidelidad. No lo enmascaréis con nombres poéticos. Carlota, podrías tirar por la borda ocho años de relación.

Sus palabras retumban en mi cabeza.

—Tía, relájate. ¿Te ha tocado todo esto alguna fibra sensible? ¿Desde cuándo te has vuelto policía de la moral? No vamos a quemar a Carlota en la hoguera por un coqueteo inocente.

—Júlia, la fidelidad no es negociable y va más allá de enrollarte con alguien. Tú mejor que nadie deberías saberlo.

—Lo sé, Claudia. Por eso hace tiempo que dejé de creer en cuentos de hadas.

—De todas formas, la cuestión no es qué pasó, sino si Carlota dejará de autoengañarse. Le falta libertad y apoyo por parte de Martín. Sinceramente, deberían haber atajado esta situación mucho antes. Lo que ha pasado es consecuencia de algo que estaba roto hacía tiempo.

Bajo la mirada, mis ojos se nublan y sujeto, a duras penas, el peso de las lágrimas que desde hace rato quieren brotar.

Ambas me observan con cierta angustia.

—Lo de ayer fue algo sin precedentes, como un pequeño Big Bang. Algo me sacudió por dentro. No por él, sino por lo que ha despertado en mí. He vivido con un vacío emocional que llevo ignorando demasiado tiempo. —Claudia aprieta mi mano.

—Martín es una persona con la que has compartido una parte de tu vida y sé que no era tu intención hacerle daño, pero, si yo fuera él, me gustaría saber la verdad. Tal vez podáis arreglarlo. ¿Cuándo se lo vas a explicar?

Permanezco en silencio.

—Porque se lo vas a contar, ¿verdad?

«¿Debería?».

Repaso mentalmente las últimas veinticuatro horas mientras conduzco hacia casa, cuando mi padre aparece en la pantalla del móvil. Mis dedos se detienen sobre el volante y me mordisqueo los labios. Reprimo las ganas de ignorar la llamada y cedo.

—Hola, papá —suelto sin mucho entusiasmo.

—Hija mía, si no fuera por tus redes sociales habríamos tenido que llamar a Martín para confirmar que seguías viva.

—He estado liada.

—¿Tanto como para no contarme que has aceptado el trabajo en el periódico?

Su decepción atraviesa el altavoz. Aprieto el volante. Una punzada de rabia se instala en mi pecho. Respiro hondo.

—No hace falta que te lo cuente, porque estaba segura de que te ibas a enterar, incluso antes de que yo aceptara. —Su omnipresencia me desquicia.

Percibo la voz de mi madre, de fondo, sermoneando a mi padre para que me dé un respiro.

—Hola, mamá. —Agradezco su intervención.

—Cielo, anoche ibais guapísimas. Qué estilazo tiene Júlia. ¿Lo pasasteis bien? —Alzo una ceja y ladeo la cabeza.

—Demasiado bien —murmuro.

—¿Por qué no venís Martín y tú este fin de semana a comer a la montaña? No nos hemos visto desde que volvimos de Viena.

—Lo comentaré con Martín, aunque me parece que tenemos planes. —Lo último que me apetece es fingir que todo va de fábula delante de unos progenitores lo suficientemente inteligentes como para que el show nos dure tres minutos.

Me despido de ellos con la promesa de que llamaré pronto para confirmarles. Cuando llego a casa, tardo mil horas en salir del coche, recoger mis cosas y caminar hacia el portal. Sin darme cuenta, intento retrasar el momento, pero, sea lo que sea lo que me espere detrás de la puerta, ya estoy aquí. Atrapo el aire en el pecho y lo transformo en valentía. ¿Existe el instante adecuado para explicar algo así? Giro la llave y empujo la puerta, dispuesta a enfrentarme a las consecuencias. Martín da un brinco en el sofá, bloquea el teléfono y lo deja en la mesa.

—No te esperaba tan pronto. —Me detengo momentáneamente en el umbral y contraigo levemente los labios. Algo no termina de encajar, pero no digo nada. Doy un vistazo rápido a la estancia y dejo caer las llaves en la consola del recibidor—. ¿Qué tal anoche? Por lo que he visto, bastante bien. ¿Llegasteis muy tarde? —«Vaya, para eso sí que ojea mis posts...».

—No, aunque estoy bastante cansada. ¿Te importa si me doy una ducha rápida?

—Tranquila. Por cierto, recuerda que mi madre organiza una comida para celebrar mi cumpleaños el próximo domingo. Nos ha pedido que llevemos el vino. —Asiento rápido, aunque un pinchazo atraviesa mi pecho. Su cumpleaños es en unos días y ni siquiera le he comprado un regalo.

Nos damos un beso breve. Puede que me haya quedado algunos segundos perdida en el recuerdo de mi sueño. Dejo la bolsa en la habitación y me escondo bajo el agua, ahogando mis secretos.

No sé si ha sido la culpa, el miedo o la propia inercia de la conversación, pero me he autoconvencido de que, por esta noche, prefiero mantener cerrada la caja de Pandora.

La luz inunda el salón y el estruendo del despertador me obliga a abrir los ojos. Mi cuerpo aún se resiste a empezar el día y lucho contra la tentación de volver a dormirme. Muevo el cuello en círculos y aprieto los dedos contra mis cervicales doloridas. Aparto la manta de lana beis, que me regaló mi abuela cuando me mudé con Martín, y me pongo en pie. Hasta tomar una decisión sobre cómo abordar lo sucedido, llevo varias noches fingiendo quedarme leyendo o trabajando en el sofá para evitar momentos incómodos.

Reviso la agenda. Lunes. No es mi día favorito de la semana, pero las obligaciones laborales me alejan de la sensación de convivir con un extraño. Después de tomarme mi primer café frente al portátil, y de anotar algunas ideas para la columna de esta semana tras la conversación con las chicas, entro en el baño, me quito el pijama, me sujeto el pelo con una pinza e inicio mi ritual. Mientras me lavo los dientes, Martín pasa por mi lado y entra directo a la ducha.

—Carlota, esta tarde me quedaré trabajando en la consulta.

—Vale —balbuceo con el cepillo en la boca.

Observo en el espejo el reflejo de alguien que hace todo según el manual, excepto la otra noche.

—Hoy cenaré con Claudia —añado justo antes de enjuagarme. Iré un rato antes para comprar su regalo.

—No llegues muy tarde o no coincidiremos de nuevo.

Escupo la pasta de dientes y devuelvo el cepillo a su lugar, quizá con más fuerza de la necesaria.

Otra mañana que empieza igual. La tranquilidad me llega cuando cruzo la puerta de la redacción. Una vez allí, aprovecho para revisar correos, hacer algunas llamadas pendientes y redactar el primer borrador de la columna de esta semana. La mayoría de mis compañeros teletrabajan hoy y otros están fuera cubriendo noticias. La oficina está inusualmente silenciosa. Bajo a desayunar antes de la reunión con Sofía, mi editora. Se me cierra la garganta y apenas puedo dar el primer bocado. Sofía ha sido una mentora generosa. Siempre me ha animado a conectar con el público a través de mi contenido y a confiar en mi instinto. Por eso me aterra la idea de que perciba mi marcha como una traición. Sé que me quitaré un peso de encima en cuanto se lo cuente. Cargo con demasiadas verdades a medias.

Ojeo los titulares de las portadas de los principales diarios del país en mi móvil. Doy otro mordisco a la tostada de aguacate. Desde que acepté la oferta en *L'Actualitat*, no he vuelto a tener noticias de Nico, mi futuro redactor jefe. Desconozco cuándo me incorporaré al equipo ni sé si mi llegada a la redacción causará revuelo. Aceptar el trabajo ha sido en parte un acto de rebeldía familiar, como lo fue estudiar Astrofísica, mi paso por la televisión o ser redactora en una revista de moda; más tarde, estos años como columnista en *La Mirada*, un periódico de la competencia y mi presencia en redes sociales.

Siento un pinchazo en el corazón. Me apena despedirme de mi columna. Se ha convertido en mi espacio seguro, el lugar donde cada semana vierto mis reflexiones sobre las contradicciones de la vida moderna. Mi evolución profesional, y en parte personal, se percibe si escarbas en los artículos que he escrito a lo largo de todos estos años.

Sin embargo, la melancolía no frena mis ganas de explorar hasta descubrir lo que todavía no he encontrado. Literal y figuradamente. Tal vez por eso he decidido colonizar el lugar donde mi padre construyó su legado, desarrollar ahí mi propia voz, y encontrar respuestas. ¿Será tan difícil como hallar señales de vida en los confines del universo? A fin de cuentas, siempre se me ha dado bien complicarme la existencia.

Camino de vuelta a la oficina con un café como acompañante. El frío se cuela a cada paso por el bajo de mi pantalón acampanado. Cojo aire y empujo la puerta. Allá voy. Sofía se asoma desde su despacho. Me desabrocho el abrigo, lo cuelgo en el perchero y me dirijo hacia ella.

—¿Cómo va, Carlota? —Con un gesto sutil, me invita a pasar.

—Bien... Bueno, en realidad, no —digo sinceramente mientras tomo asiento. El pecho me bombea con fuerza.

Sofía, que todavía se está acomodando junto a mí, cambia su cálida sonrisa por una mirada de preocupación y curiosidad.

—Creo que ha llegado la hora de cerrar mi etapa aquí. —Giro el anillo de mi mano derecha, moviéndolo arriba y abajo. Mis ojos se empañan y aparto la vista de mi editora.

Sofía aguarda en silencio y apoya su mano sobre la mía. Las venas azules serpentean por su piel frágil y llena de unos surcos que ponen al descubierto toda su experiencia de vida.

—Era cuestión de tiempo, Carlota. —Deja escapar un leve suspiro.

—¿Y si me estoy equivocando? ¿Y si no soy capaz? —Las dudas me arrollan y mi voz se tambalea.

—No te escaparás de las comparaciones, así que no gastes energías en evitarlo, cielo. No has nacido para ser la sombra de nadie, ni siquiera de tu padre; estoy segura de que con tu talento encontrarás la forma de brillar con luz propia.

—Tengo la sensación de que nunca es... suficiente. —Una lágrima recorre mi mejilla durante varios segundos, hasta que decido hacerla desaparecer con los dedos.

—Esa vocecita que te habla es tu propio miedo. No estás siendo justa contigo. Deja de autosabotearte y confía en lo que eres capaz de hacer.

—Te voy a echar de menos.

—Y yo a ti. Estoy muy orgullosa de que hayas tomado esta decisión, al fin.

Salgo del despacho con las palabras de Sofía revoloteando en los oídos. De pronto, me viene a la cabeza la pregunta que le lancé a Omega la noche del evento: «¿Qué crees que es más peligroso: alguien que sabe exactamente lo que quiere o alguien que no tiene ni idea de lo que busca?». Ahora me pregunto si no iba dirigida a mí.

Me dejo caer en la silla y desbloqueo el teléfono.

Chicas, acabo de salir del despacho de Sofía

Júlia
Cuenta!

Claudia
Te han hecho una contraoferta?

Os mando un audio cuando salga de la redacción. Nos vemos esta noche, verdad?

Júlia
Sí. Sushi donde siempre?

Si tú me dices sushi, lo dejo todo. Nos vemos allí directamente… tengo que comprar el regalo de Martín

Me sitúo frente al portátil y, al abrir el buscador, aparece mi última consulta: «¿Qué significa soñar con besar a un desconocido?». ¿Realmente esperaba encontrar la respuesta a mis problemas en el mismo sitio donde cualquier diagnóstico te advierte de una muerte inminente? Suspiro, apoyo los codos en la mesa y reposo la cabeza en las palmas de mis manos.

El cursor parpadea, marcando el ritmo de mi indecisión. Doy el último sorbo al café y cierro los ojos. Han pasado tres días, pero el recuerdo de Omega sigue atrincherado en el fondo de mi mente. Soy incapaz de desprenderme de su olor; incluso dormida lo percibo.

Hay sueños que parecen dirigidos por un director de cine: caóticos, magnéticos y con un giro final digno de un Oscar. No entraré en detalles, pero Freud habría estado encantado de psicoanalizar mis deseos reprimidos. Y yo, de paso, le pediría explicaciones a mi subconsciente.

Cada vez que cerramos los ojos, nos adentramos en nuestro Hollywood particular, una frontera donde lo real y lo imaginario se mezclan, creando un lenguaje que muchas veces no logramos descifrar. Los sueños son como un espejo que refleja nuestros miedos, anhelos y conflictos sin resolver. ¿Qué me trata de explicar mi yo más profundo?

No sé qué me preocupa más: la atracción que he sentido hacia un desconocido, haberme permitido explorarla en mi mente o dudar de si debería contárselo a Martín.

¿Y si la verdadera infidelidad empieza en uno mismo, mucho antes de cruzar cualquier otra frontera?

Cierro el portátil y recojo mis cosas. Sin noticias de Martín. Le mando un mensaje rápido de camino al coche. Conducir me ayuda a despejar la mente. Pronto deambulo por las calles del centro para conseguir el regalo perfecto. Me siento tentada a regalarle un gorro y unos guantes de cachemira a juego. Martín es friolero. Las luces de las tiendas se reflejan en los rostros de la gente que vuelve a casa tras la jornada laboral. Mi ansiedad va en aumento a medida que me adentro entre la multitud. Finalmente me rindo y regreso al coche con el mismo peso con el que vine.

Contemplo las estrellas que copan el cielo. Algunas resplandecen con vitalidad, desesperadas por mostrar su grandeza. Otras titilan como si en su interior se estuviese librando una batalla mortal. Hay estrellas que continúan brillando a pesar de estar ya muertas. Lo que observamos desde la Tierra son los recuerdos que aún viajan a través del espacio y, por supuesto, del tiempo.

¿Cuál de ellas somos Martín y yo?

Llego pronto al restaurante donde hemos quedado, pero enseguida aparece Claudia.

—Hola, flor. —Me envuelve en un abrazo sosegado y me aprieta contra su pecho. No necesito que diga nada más para comprender que se está disculpando.

—¿Cómo ha ido hoy por el hospital? —pregunto mientras ella deja los bártulos en la silla de enfrente.

—Ha sido un día de noticias positivas. Ojalá siga la buena racha.
—Cruza los dedos—. ¿Y el regalo?

—¿Qué regalo?

—¿No habías ido al centro a comprarle un regalo a Martín?

Por un momento, había olvidado el maldito regalo. Zarandeo la cabeza.

—No he encontrado nada que me convenciese —resoplo. Me estoy quedando sin tiempo.

—Veamos si se nos ocurre algo esta noche, ¿vale? —Mis labios le devuelven un «gracias».

Claudia y yo nos conocimos en el instituto, cuando la vida era todavía una página en blanco llena de posibilidades. Crecimos juntas, compartiendo los años cruciales donde definimos nuestra personalidad, celebramos nuestros primeros logros, guardamos algún que otro secreto y lloramos las pérdidas que te marcan para siempre. Nada te prepara para afrontar la muerte de alguien querido con quince años. Claudia sufrió la muerte de su madre, y su dolor fue tan desgarrador que parecía no tener cura. Con el tiempo, transformó su sufrimiento en un propósito: dedicarse a la medicina y especializarse en Oncología. Su vocación es el reflejo de su carácter altruista.

Durante estos años, Claudia ha sido una hermana para mí. Aunque a veces su franqueza, sin ningún tipo de diplomacia, choca con mi sensibilidad.

—Una cerveza sin alcohol, por favor. —El camarero nos aproxima el código QR. Cuando se marcha, mi amiga susurra—: Por cierto, creo que Abril y yo estamos a punto de dar el gran paso.

—¡No me digas que por fin vais a reconocer que las Crocs deberían ser ilegales fuera de quirófano! —irrumpe una voz familiar cargada de sarcasmo.

—Vaya, mira quién ha venido... —suelta Claudia. Júlia se derrumba en la silla, fatigada.

A ellas las unió un ataque de ansiedad. La primera vez que Júlia tuvo un ataque aún trabajábamos juntas. Asistíamos a una sesión de fotos para la colección de invierno de moda femenina con el estómago lleno de nervios y cafeína. Júlia se me acercó y me susurró: «Creo que me va a dar un infarto». A mí lo único que se me ocurrió fue llamar a Claudia. Nos plantamos en urgencias para descubrir que el estrés le había jugado una mala pasada. Desde entonces, les divierte llevarse la contraria.

—Perdón, llego tarde.

Escaneo el QR, le acerco mi móvil a Claudia con la carta abierta y me devuelve una sonrisa cómplice. Ambas me conocen demasiado, saben que estoy famélica y que el hambre saca mi peor versión. El camarero anota atento los platos que diligentemente le cantamos. No tarda en llegar con una bandeja de *nigiris* variados, perfectamente alineados. Salivo. Cuando se retira, Júlia contraataca:

—¿Puedes aclararnos a qué te referías con el «gran paso», por favor?

—Vamos a ser mamás —aclara Claudia, quitándole hierro al asunto, mientras da un trago a su cerveza.

—¿Qué? —Júlia vocifera alarmada. Una parte del vino se derrama en la mesa.

Retiro velozmente la bandeja de *nigiris*. Júlia y Claudia me escudriñan con la mirada.

—Son de pez mantequilla, mis favoritos. —Me encojo de hombros en un intento de justificar mi insensibilidad—. Estoy en la fase de anestesia emocional. Lo he leído.

Agarro uno de ellos y me lo llevo directamente a la boca.

—Tranquila, rubia. —Claudia alza las manos, pidiéndole calma a Júlia.

—Los niños son la antesala del divorcio. Aún eres muy joven. Apenas lleváis juntas, ¿cuánto?, ¿seis años?

Presencio la discusión como mera espectadora, hasta que Claudia hace una mueca desconcertada y busca mi reacción.

—Qué bruta eres, Júlia. Pareces el Grinch de la maternidad. Está claro que la humanidad se extinguiría si de ti dependiera. —Me inclino hacia Claudia—. ¿Ya lo habéis hablado?

—No exactamente. Ella sabe lo importante que es para mí construir una familia, pero la última vez que lo comentamos se estaba preparando para el examen del EIR y no quise presionarla. En unos meses, empiezo mi primer año como adjunta, así que todo fluirá más. He notado señales.

—No me fastidies, Claudia. Pensé que una de las ventajas de salir con una mujer era justamente ahorrarte el descifrar las señales.

—Nuestras relaciones pueden llegar a ser igual o más complejas que las heterosexuales... —Claudia resopla—. Cambiando de tema, ¿cómo estás?

Ahora ambas me observan a mí, expectantes.

—Ahí vamos. —Cierro los ojos. El aire se escapa lentamente de mi boca e intento liberar algo de presión acumulada—. Siento que me estoy agotando. No soy capaz ni de elegir un regalo para mi novio, no paro de soñar con un desconocido, y he decidido que es un buen momento para dejar mi trabajo actual y entrar en la redacción que mi padre dirigió durante muchos años.

—¿Le has contado ya a Martín lo de...?

—Ay, Clau —me lamento—, no he encontrado el momento oportuno.

Júlia levanta las cejas y se deja caer hacia atrás en la silla.

—Ni siquiera yo puedo con tanto drama. ¿Por qué no te tomas unos días libres?

—¡Exacto! ¿Y si os escapáis unos días Martín y tú?

—Podría funcionar. —Aprieto los labios.

Una escapada me ayudará a desconectar de todo lo que ha sucedido últimamente en mi vida, daría un respiro a nuestra relación y, de paso, podría ser su regalo.

Al llegar al coche me recuesto en el asiento y subo el volumen de la radio para atenuar el ruido de mi cabeza. La Casa Azul se cuela por las rendijas del altavoz. Noto sobre los hombros el peso de la culpa. La letra se repite como un mantra. Apoyo la cabeza contra el volante. Quizá he pasado demasiado tiempo intentando mantener una delicada estabilidad en mi relación, ya inexistente, con Martín. El combustible se consume en cada interacción con él, apagando nuestra chispa lentamente y llevándonos al borde del colapso.

Aprieto los dientes, piso el acelerador mientras las lágrimas brotan y canto, casi a gritos: «Que caiga sobre mí la fuerza del colapso gravitacional».

Infidelidad: el punto de no retorno

POR CARLOTA FERRER

¿Es el autoengaño la primera línea roja que cruzamos en las relaciones? En estos momentos mataría por un manual de supervivencia para afrontar el inminente colapso emocional.

Infidelidad

Una palabra que consigue provocar suspiros incómodos, juicios silenciosos y confesiones inesperadas cuando entra en una conversación. Todos conocemos a alguien que la ha vivido o cometido. Tal vez una amiga que no estuvo presente en un momento vital, un compañero de trabajo que traicionó nuestra confianza al compartir un secreto que pronto será *vox populi*, o ese flirteo que empezó como un juego inocente y acabó en un drama digno de una serie de Netflix. Ya puedo empezar a bordar la letra A en color escarlata en mi jersey para este invierno.

Por supuesto, la infidelidad, ya sea romántica o no, es tan solo la punta del iceberg. Bajo la superficie se oculta el eco de un vacío emocional que grita pidiendo ayuda, la necesidad de validación que alimenta un narcisismo subyacente, o una búsqueda desesperada de partes de nosotros mismos que sentimos perdidas. Pero ¿dónde empieza y termina la línea roja en nuestras relaciones?

Líneas rojas: ¿nos hemos vuelto daltónicos?

En toda relación existe un pacto invisible que define los límites entre lo prohibido y lo permitido. ¿En qué momento definimos las reglas del juego? ¿Qué sucede cuando mi línea roja se convierte en zona gris para el otro? ¿Está permitido compartir nuestros miedos, pero es imperdonable intercambiar un beso? Ahí radica el problema: las zonas difusas donde las normas no están tan claras.

La evolución de las relaciones hacia modelos más abiertos y poliamorosos, y el auge de las redes sociales como canal de comunicación principal, nos lleva a reescribir las normas que rigen nuestras relaciones y provoca que las líneas rojas ahora sean discontinuas. ¿O tan solo es una forma de maquillar un comportamiento tan antiguo como el propio ser humano?

Tener la capacidad de elegir, en este caso entre ser o no fieles, es un poder que nos diferencia de otros animales, aunque Nietzsche pensase que no se puede ser fiel a los demás sin sacrificar nuestra autenticidad. ¿Hasta dónde estamos dispuestos a llegar para cumplir con las expectativas sociales y los roles impuestos? ¿A quién estamos siendo desleales realmente?

Esa noche, frente a la mesa trece, ¿cuál fue la mayor traición que cometí? ¿Lo que hice o lo que deseé hacer?

El punto de no retorno: el inevitable colapso emocional

Abandonar nuestra propia verdad implica cruzar nuestro punto de no retorno. En astrofísica, esto se conoce como el desencadenamiento del fin de una estrella bajo el peso de su propia gravedad. En las relaciones, ese punto es el autoengaño, una fuerza que nos mantiene unidos a una conexión emocional cuando, en realidad, ya se ha consumido todo el combustible. El autoengaño nos obliga a cruzar una importante línea roja: la que separa lo que queremos y lo que creemos que deberíamos querer. Eso provoca el principio de nuestro fin: el colapso emocional.

Porque el mayor compromiso es el que establecemos con nosotros mismos. Así que la pregunta correcta es: «Carlota, ¿estás dispuesta a serte fiel a ti misma?».

4

Supernova emocional

Fenómeno cósmico que anuncia el final y el principio de algo mucho más grande. Si vas a colapsar, hazlo con estilo.

La fachada de piedra del hotel y sus grandes ventanales se alzan ante nosotros. Un refugio de montaña, en un pequeño pueblo a los pies de una estación de esquí, nos promete desconexión y aventura. El frío me abraza al bajar del coche. Contemplo los balcones que dan al exterior y bajo la vista hasta la entrada. Deseo que, nada más traspasar la puerta, encontremos el calor que perdimos hace tiempo. Dirijo mi mirada hacia Martín, que trastea por el maletero. Siete años atrás viajamos por primera vez a este mismo destino. Recuerdo que nos hospedamos en un hotel más modesto, uno al alcance de dos universitarios, recién licenciados, que suplían la falta de comodidad y lujo con ilusión y complicidad. ¿Nos hemos vuelto demasiado exigentes desde entonces? Mis labios dibujan una sonrisa impostada, fruto de la nostalgia. Martín me devuelve el gesto, pero rápidamente aparta la vista y continúa caminando. Me quedo con la sensación de que nuestra distancia no se mide en pasos, sino en años luz.

El hall es amplio y combina el diseño contemporáneo con el rústico. La luz fría se cuela por las cristaleras, a través de las cuales se vislumbran los restos de una nevada en lo alto de la montaña. Sin duda, estamos ante un invierno precoz. Alzo la vista hasta el imponente techo y la imagen de la bóveda del MNAC aparece ante mí, como un flash. Mi estómago se revuelve tras un recuerdo tan incómodo. Martín se ocupa de las gestiones en recepción, y yo paseo por el interior del hotel, inhalando el reconfortante olor a leña. Inspecciono con curiosidad el salón hasta que me encuentro con la chimenea de diseño, que rompe con la tónica rústica e invita a acurrucarte en el sofá con la compañía de un café y un libro.

—¿Vamos?

Me giro con calma y asiento con un leve movimiento. Martín, que sostiene las dos tarjetas de acceso a la habitación, me extiende una.

Arrastro la maleta hasta el ascensor. La rueda derecha chirría con cada paso, protestando por el peso. Martín se detiene frente a la puerta metálica, echa un vistazo a la rueda y pulsa el botón.

—Siempre traes demasiadas cosas. —Exhalo molesta, pero opto por no responder.

Nos deslizamos al interior del ascensor, recuesto la espalda en la pared y repaso mentalmente la lista de pros y contras de nuestra relación. Un método poco romántico pero práctico. Me mordisqueo las uñas. Objetivamente, hay un claro empate. De pronto, me transporto otra vez a la bucólica escena de un Martín mucho más caballeroso, siempre dispuesto a cargar con mi maleta. No porque pensara que yo no era capaz, que lo era, sino para recordarme que podía contar con su ayuda. ¿No es uno de los diez mandamientos de las relaciones? Sostenerse en los momentos de necesidad.

La nostalgia suele ir de la mano de los recuerdos. Al igual que el vino, nos abraza con calidez, aunque a veces nos distorsione la realidad.

Desde que entramos a la habitación, nos movemos en dos líneas temporales paralelas, compartiendo el mismo espacio, pero incapaces de encontrarnos. Nuestra relación acumula demasiada tensión en su núcleo. La gravedad emocional nos aplasta.

Compruebo a qué hora tenemos reservada la mesa y aprovecho para actualizar a las chicas.

Ya estamos instalados

Júlia

Empieza la operación chocolate caliente!

Júlia nos envía el *sticker* de una taza de chocolate con malvaviscos.

Claudia
Qué romántica, Júlia. Supongo que lo dices por lo de endulzar su relación, no?

Júlia
Por supuesto... que no

Un manojo de churros animados aparece en la pantalla.

Sinceramente, nuestra relación parece estar más cerca de ser un muñeco de nieve que de un chocolate caliente

Claudia
Te has dejado el optimismo en casa? Solo necesitáis algo de tiempo para volver a reconectar. Dale duro!

Júlia
Esa sería una clara señal de que todo está yendo sobre ruedas

Sacudo la cabeza, sonrío y guardo el teléfono en mi bolsillo. Martín descansa en la cama mientras desliza el dedo de arriba abajo en la pantalla del suyo.

—¿Nos ponemos en marcha? —Como no despega la vista de la sucesión de vídeos que aparecen ante él, decido cambiar de estrategia y lanzarme encima de él. La improvisación no es lo mío. Martín gruñe involuntariamente por el impacto, sus brazos reaccionan por instinto y me atrapan. Con un movimiento ágil acabo tumbada boca arriba en la cama con él encima. Mi pelo se despliega desordenado sobre la almohada. Me mira con picardía.

—¿Crees que habrá algo interesante de postre? —Sabe que me encanta terminar las citas con un dulce.

—Seguro que sí. Churros con chocolate caliente. —Se me escapa la risa.

Martín me observa desconcertado, se inclina lo suficiente para que sus labios rocen los míos, la punta de su nariz dibuja círculos en la mía. Acto seguido, estira de mis brazos para incorporarnos y me regala un beso suave que me sabe a regaliz, amargo y dulce como las reconciliaciones. Igual es cierto que la esperanza es lo último que se pierde.

El trayecto en coche hacia el restaurante se llena de silencios, algunos incómodos, que tan solo se ven interrumpidos por la vibración de mi teléfono. Un número desconocido aparece en la pantalla.

—Carlota, ¿qué tal? Soy Nico. —Aprieto los párpados con fuerza—. ¿Te pillo mal?

—¡No! —me atrevo a responder. «Por la cara que ha puesto Martín, diría que sí»—. Me alegra oírte.

—¿Crees que podríamos cerrar tu incorporación para la primera quincena de noviembre?

Lo considero durante unos instantes.

—Tengo algunos temas pendientes que necesito dejar cerrados antes de marcharme de *La Mirada.* La columna y un par de investigaciones en marcha que debo traspasar. ¿Qué te parece si empiezo el 20?

—No hay problema, lo entiendo. A mitad de mes tendrá lugar la reunión anual de dirección, donde revisaremos el desempeño del año. Creo que te vendría bien asistir. Será una buena oportunidad para contextualizarte sobre la dinámica actual y el rumbo del periódico. Si te encaja por agenda, pásate por la redacción. Te mandarán toda la información. —Su voz es grave y pausada, con el peso que solo la experiencia te brinda—. Carlota, estamos muy contentos de que te unas a nuestro equipo. Dales recuerdos a tus padres. —Mis ojos se entrecierran con resignación.

—Claro. —Aprieto los labios, que aún saborean un final agridulce.

—¿De verdad era necesario responder a una llamada de trabajo? —Martín ni tan siquiera me mira cuando me reprende.

—Es un día laborable, Martín. Y, además, era una llamada importante.

—Para ti todas lo son. Es nuestro día libre, Carlota. No hay nada más importante que tú y yo, ¿no crees? —Su cabeza acompaña a sus palabras, apuntándome como un francotirador.

«¿Lo creo?».

He escogido un restaurante a pie de pistas con vistas panorámicas a la montaña. Si un paisaje idílico y un buen menú de montaña no consiguen derretir las tensiones, entonces habré perdido la batalla contra el muñeco de nieve. La encargada de sala nos acompaña a nuestra mesa, junto a uno de los ventanales. Desde allí, tenemos una perspectiva privilegiada del paisaje. Mientras esperamos el vino, revisamos la carta.

—¿Pedimos platillos para compartir? He estado cotilleando sus redes sociales y hay unos cuantos que me han llamado la atención —comento entusiasmada. Martín arruga la nariz. Me pregunto si proponérselo ha sido una decisión diplomática o puro egoísmo.

—Mejor pedimos algún entrante y un arroz. —Su lacónica respuesta me deja un sabor agrio que no consigo neutralizar, ni siquiera con el dulzor del postre, que tampoco compartimos. La escena simula la versión gastronómica de una separación de bienes, protegiendo esa porción de azúcar que el amor no podía traspasar. Hace rato que no presto atención a Martín, que conversa con el camarero. Este escucha diligentemente las mejoras que mi novio considera imprescindibles en el servicio. Tras acabar la retahíla de quejas, se dirige al baño. Aunque por fuera sigo aparentando que lo tengo todo bajo control, una fatiga emocional persistente no me deja en paz.

No es extraño que aparezca el agotamiento emocional cuando la rutina atrapa al amor bajo el gigantesco peso de las expectativas irreales y la comunicación entre ambos se parece a la de una empresa de logística. Hasta hace poco hablábamos de estar quemados laboralmente, pero ahora el olor a desgaste sentimental parece haberse escapado a través de las ventanas de la oficina para instalarse en nuestra vida personal. ¿Es el *burnout* amoroso la consecuencia natural de un mundo que viaja a la velocidad de la luz?

Apunto las ideas en la agenda y la guardo con rapidez antes de que vuelva Martín.

El crepitar de la chimenea se convierte en la banda sonora de una tarde tranquila en la sala principal del hotel. Martín se sienta en el sofá de enfrente y ojea su móvil. No puedo evitar que mi rostro se tense. Abro el libro con la esperanza de perderme entre sus páginas. Años atrás, sentado a mi lado, se habría interesado por mi lectura actual y, sin duda, habría terminado invadiendo cada centímetro de mi cuerpo, lo que me hubiera impedido leer ni un solo fragmento.

—¿Algo relevante? —me muestro curiosa.

—No, nada. Tonterías. —Martín guarda, de nuevo, el teléfono—. ¿Te queda mucho rato? —Le devuelvo un gesto confuso—. El libro...

Deslizo la mano por la cubierta y la cierro con lentitud. Abrazo la novela contra el pecho.

—¿Te apetece bajar al spa? —Un circuito termal podría ayudar a relajarnos.

—Preferiría ir a pasear por el pueblo.

Martín no espera mi respuesta y se incorpora, ajeno al inevitable proceso que se desencadena en mi interior. Permanezco sentada en el sofá, sintiendo cómo las palabras que soy incapaz de pronunciar, y que se acumulan en mi pecho, me aplastan. Nuestro amor ha degenerado hacia un estado crítico donde las emociones no gestionadas y el agotamiento mental se han vuelto insoportables. Martín y yo somos como esas estrellas que parpadean en el cielo, en plena lucha por sobrevivir. Su final comienza mucho antes de que podamos apreciarlo. Poco a poco, la energía se agota mientras el núcleo se somete a una fuerza implacable: la gravedad. Cuando el equilibrio se rompe, todo lo que la mantuvo estable se desmorona y el final es irreversible.

¿Significa eso que el destino de nuestra relación está condenado como el de una estrella? ¿Queda alguna ínfima posibilidad de sobrevivir?

—¿Estás bien? —pregunta.

Zarandeo la cabeza. Las lágrimas intentan salir de mis ojos, pero trato de impedirlo.

Martín se agacha hasta quedar a mi altura. Desvío la mirada cuando sus ojos buscan los míos. Su dedo atrapa una lágrima, como quien recoge el pedazo más frágil de un jarrón recién caído. El nudo de mi garganta se aprieta aún más.

—Lo siento. No quiero perderte, Carlota. ¿Lo intentamos de nuevo? —Permito que la inercia responda por mí. Este leve movimiento le da una última posibilidad a nuestra relación.

La cena, en un restaurante rústico cercano al hotel, ha sido muy distinta a la comida. Martín accedió a compartir un par de platos, una tabla de quesos y una charla amena. Regresamos caminando con el frío colándose en nuestros huesos. Mi cuerpo tirita. Suelo menospreciar el frío, pero esta vez, lo reconozco, me congelo. Martín me lanza una mirada con disimulo. Se acerca cauteloso y me rodea con los brazos. No puedo evitar que una sonrisa se escape de mis labios. El frío parece disiparse. Este instante lo vivo como un alto en el reloj que corre en nuestra contra. Recuesto la cabeza en su hombro, creyendo de nuevo en la magia del otoño. Cuando llegamos a la habitación nos desnudamos en silencio y hacemos el amor como si tratásemos de retener un deseo que ya no nos pertenece. Nuestra relación encuentra en este hotel de montaña un refugio temporal, la tregua engañosa de un corazón a punto de desmoronarse.

Martín amanece un par de horas después que yo. Ciento veinte minutos que aprovecho para tomarme el primer café, trabajar en la columna y generar un par de reflexiones para mis redes sociales. El suelo de la habitación cruje bajo mis pies mientras la cruzo, lo que me recuerda que, con la suficiente presión, todo puede romperse.

—Voy a dar un paseo y compro algo de desayuno, ¿vale? —Sujeto su mentón y acerco sus labios a mi boca. Los acaricio con los dedos y les doy un pequeño mordisco.

—Aprovecho para ducharme y así desayunamos a tu vuelta —me responde Martín mientras se despereza en la cama.

—Suena bien. —Le guiño un ojo.

Percibo el aire de la calle cargado de electricidad y una aparente calma que solo puede indicar el preludio de un colapso inminente. Paseo con el olor de la mantequilla de nuestros cruasanes recién horneados acechándome. Mi estómago ruge. Envío un audio a las chicas para ponerlas al día sobre mis avances y agradecerles la idea. Adjunto una foto del desayuno. Júlia responde con un selfi vestida aún con la ropa de la noche anterior y con los tacones colgando de su mano. Una pizca de remordimiento me asalta cuando recuerdo que no le he contado a Martín mi desliz de la noche del evento. Tal vez podría esperar un par de días para salvaguardar esta nueva calma. Mi móvil vibra, lo saco del bolsillo y contesto a la llamada.

—Mamá. —Un suspiro lento y pesado se escapa de mi boca.

—Buenos días, cariño. ¿Cómo va el fin de semana? —Mi respuesta se queda en espera. Mi silencio no necesita explicación.

—Mejor. —Sujeto con fuerza las palabras que arañan mi garganta.

—Menuda bomba esta semana en la columna, ¿eh? ¿Lo ha leído Martín?

—Martín no lee mis artículos.

—¿Qué pasó en la mesa trece? —Era cuestión de tiempo que me lo preguntase, por eso había estudiado una respuesta.

—Es pura ficción. No es más que una manera de conectar con el público desde un prisma más personal.

—Primera ley de Newton.

—No te entiendo. —Parpadeo varias veces, como si ella pudiera verme desde el otro lado del teléfono.

—En ocasiones, las relaciones son como cuerpos en reposo que, por costumbre o miedo siguen ahí, inmóviles. Tú eres la única fuerza que puede cambiar ese estado. La inercia, hija, nos hace resistentes al cambio. —Enmudezco durante unos segundos—. Carlota, como diría Nina Simone, tienes que aprender a levantarte de la mesa cuando ya no se sirve amor.

Sus palabras viajan como un meteorito y su impacto deja un cráter en la superficie de mi corazón, donde mis dudas siguen aguardando su momento.

Entro en la habitación distraída, con el desayuno aún caliente. El sonido del agua que gorgotea y golpea el suelo de la ducha se escapa de la puerta entreabierta. Dejo la bolsa sobre la mesa, junto al móvil de Martín. La pantalla se ilumina y, aunque trato de ignorarlo, mis ojos se deslizan hacia ella.

«No puedo esperar a mañana. Tengo ganas de verte».

Mi corazón, ya agrietado, se comprime durante unos instantes, incapaz de sostener una realidad que me amenazaba desde hacía tiempo. Lo siento colapsar en mil pedazos, como pasa en los últimos momentos de una estrella masiva. Esta devastadora reacción en cadena comienza en lo más profundo. El estallido, como todo en el espacio, ocurre en un absoluto silencio. Imperceptible para el mundo, pero tan colosal en mi interior que para mi corazón roto ya no hay vuelta atrás.

—Carlota, ya estás aquí... —Martín aparece con la toalla envuelta a su cintura y el pelo goteando. Se aproxima a la mesa y yo me alejo de ella—. Los cruasanes tienen buena pinta.

Martín desaparece tarareando una canción que no conozco. Me siento en el borde de la cama y no digo nada.

¿Dónde está la línea roja, Carlota?

El aire en el coche es denso después de mi abrupta decisión de marcharnos. Martín conduce con la mirada fija en la carretera. Yo me limito a mirar por la ventana, aunque mi mente sigue atrapada en ese mensaje. ¿Debo pedirle explicaciones?

—¿Qué canción era? —Rompo el silencio que arrastramos desde que emprendimos la vuelta. Martín frunce el ceño—. La canción que tarareabas antes.

—¿De verdad importa? —Martín se encoge de hombros.

«Probablemente, ya no».

Al entrar en casa, la puerta se cierra lentamente detrás de nosotros. Nos descalzamos y colgamos nuestros abrigos. Dejamos la maleta junto al perchero sin dirigirnos la palabra. Me encamino a la cocina, más por paliar la ansiedad que me domina que por hambre.

Mientras abro la nevera siento cómo Martín clava sus ojos en mi espalda.

Freno en seco.

Giro la cabeza y lo veo sentado en el sofá, mimetizado con las sombras del salón. Me acerco poco a poco y dejo caer mi peso a su lado. Exhalo todo el aire que mis pulmones me permiten. Noto las palmas de las manos húmedas y las froto contra mi pantalón, intentando aliviar la tensión.

—No está funcionando, ¿verdad? —La voz de Martín suena quebrada.

Al oírlo comprendo que hemos cruzado el punto de no retorno. En su mirada percibo los últimos destellos de una luz que se va consumiendo, mientras que mis ojos sostienen todo lo que nunca seremos. Durante los últimos años caminamos por una línea muy delgada repleta de grietas y negamos todas las señales de advertencia.

Siempre imaginé los finales como grandes explosiones que lo arrasan todo. Pero el nuestro es como el de una supernova: el desenlace inevitable de un proceso largo y silencioso, que desencadena una destrucción feroz. Poco a poco, los restos de nuestro amor se expanden en todas las direcciones, dejando una huella imborrable, aunque a simple vista parezca que jamás existió. Entonces lo comprendo: el verdadero dolor no es el final, sino lo que le sigue, el vacío que te arrastra hacia su propio centro de gravedad y te obliga a enfrentarte a lo único que queda allí. A ti misma.

—Hace tiempo que dejó de funcionar —sentencio.

Mis dedos se deslizan por su pelo, acariciándolo con dulzura mientras la tristeza cubre poco a poco su rostro. Martín acerca su mejilla a mi mano y se frota en ella con los ojos cerrados. Siempre le ha gustado que juegue con su pelo. Me enrollo en los dedos un par de mechones y siento cierto alivio al hacerlo, sabiendo que esta es la última vez. Nuestro final era irreversible desde hacía ya tiempo, solo que yo me negaba a aceptarlo.

Puede que sea más egoísta de lo que pensaba. Guardarme lo ocurrido en el evento y también ese mensaje en su teléfono es una forma de protegernos a los dos. Me siento incapaz de poner fin a nuestra relación de una forma tan cruel. Siento en mi pecho el peso de lo que unas simples palabras podrían causar en él. En nosotros. En mí. Como un efecto mariposa. Soy consciente del poder de un «te mentí». La amabilidad amortigua el dolor y, probablemente, la mayor verdad es que todos mentimos.

5
La nebulosa Cabeza de Bruja

Del caos nacen las estrellas,
y de la ruptura, una lectura de tarot.

El rótulo que cuelga en la entrada del restaurante resplandece por el halo de la luz led, en tono dorado, que titila. «Arcana», leo en voz baja. En ese momento no sospechaba que en cuestión de hora y media estaría sentada frente a una tarotista que me ofrecería una interpretación de mi destino, disfrazada de ocultismo, por medio de un cuento de hadas noruego: «Las tres cabritas Gruff y el trol». ¿Soy el trol que por codicia o miedo deja escapar lo que tiene enfrente, esperando algo mejor? ¿O soy la cabrita, vulnerable pero decidida, que cruza el puente sabiendo el peligro que se oculta bajo él?

Tal vez sea ambos.

Júlia agita las manos, nerviosa, mientras atiende las demandas de su jefa, que la increpa por teléfono. El aroma a lavanda y sándalo me alcanza cuando la puerta se entreabre para recibir a los clientes que suplican por una mesa y que, minutos más tarde, se marchan frustrados. Los párpados me pesan igual que el recuerdo de mi ruptura, que ya lleva tres semanas instalado en mi pecho. Mi vida se ha convertido en algo parecido a una nebulosa, un cementerio cósmico donde los fragmentos que quedaron de mi existencia, después de aquel fin de semana, flotan a la deriva, y mis pensamientos desordenados chocan entre sí, arrastrados por el viento estelar. Puede que ahora no sea capaz de encajar las piezas, pero sé que este aparente caos acabará encontrando su orden con los ingredientes adecuados: perdón, tiempo y una pizca de esperanza.

—Ilusos —comenta Júlia jocosa tras colgar la llamada—. Hay lista de espera. ¿Entramos?

Su voz me devuelve de golpe al mundo terrenal.

—Clau llega en dos minutos. ¿Has podido arreglártelas con Olivia?

—Me ha pedido un cambio de enfoque del reportaje. El diseñador quiere más protagonismo o se niega a colaborar con la revista. —Sacude la cabeza. Una mueca de irritación se le escapa de entre los labios.

Claudia me abraza por la espalda justo cuando el frío empieza a calar en mis huesos. Su calor me reconforta. Intercambiamos un par de besos rápidos y las habituales preguntas de rigor, aunque hayamos hablado por WhatsApp hace media hora. Júlia sujeta la puerta con una mano mientras con la otra desliza los dedos por su larga coleta. Hoy ha optado por un *clean look* ejecutado magistralmente.

Ya en el interior, se palpa un aire de ocultismo sofisticado. La luz ambarina de las lámparas de cristal, que cuelgan del techo, y la de las velas de las mesas crean una penumbra elegante que se extiende por todo el local. El maître nos conduce a través del laberíntico salón hasta un sofá de terciopelo rojo ladrillo; acto seguido se marcha con nuestros abrigos a cuestas. Júlia se recoloca la cadena dorada de la cintura, formada por pequeños soles conectados. El vestido negro de punto corto que se ciñe a su cuerpo se levanta ligeramente al sentarse y arremete contra él hasta conseguir devolverlo a su lugar. El camarero se aproxima para ofrecernos la carta de bebidas o, mejor dicho, de pociones mágicas.

—Te noto algo estresada, rubia. —Claudia juguetea con las cejas.

Ajena a la conversación, agarro el panfleto que reposa sobre la mesa: «Arcana Nights: esta noche, descubre tu destino». ¿Dónde me ha traído esta mujer? Reniego en voz baja en cuanto Júlia me guiña un ojo.

—Quizá es porque lo estoy. Hemos empezado a organizar la semana de la moda en *Diva*, que se inaugura en febrero en Londres, le seguirá Milán y cerraremos la temporada de Otoño/Invierno en París. Serán unos meses de muchísimo estrés y tensión para el equipo. Además, tengo que gestionar los egos de varios diseñadores que se creen los Dior y Chanel españoles y, al mismo tiempo, mi jefa me exige cambios de última hora en el número que ya teníamos cerrado para este mes. —Hace una pausa para recuperar el aliento—. Detrás de estas peticiones inusuales, se esconden los tejemanejes del mundo de la moda. Le estará haciendo un favor a alguien, que pronto se lo deberá a ella. A Claudia le debe parecer que mi trabajo es poco trascendental y superficial mientras ella se dedica a salvar vidas.

—Venga, Júlia, yo no pienso eso.

—Juls, te voy a dar un consejo de amiga a amiga: podemos con todo, pero no con todo a la vez. Paciencia. —Mis labios dibujan una sonrisa vacilona, porque es la misma que ella me da cuando me siento sobrepasada—. ¿Te suena? —Una carcajada brota de su boca. Sostengo su mano y la aprieto—. Voy al baño, chicas.

Dejo atrás la barra de mármol color crema y la acristalada vitrina que contiene una amplia gama de licores y destilados. El barman comparte confidencias con su compañero mientras ambos preparan un combinado. La escena me transporta a unas horas antes, cuando he cerrado mi etapa en la redacción de *La Mirada*. He salido con una caja en las manos. En ella guardaba los objetos que contaban pequeñas historias de mis últimos años allí. Sofía, mi editora, me ha dado primero un apretón de manos; luego un tímido abrazo; finalmente un «te echaremos de menos», y, como colofón, una sonrisa melancólica desde la puerta de su despacho.

De camino al baño, la percusión de mis tacones contra el suelo de roble se funde con la de la música del restaurante, un ritual electrónico que roza lo pagano. Escucho atentamente la letra, que habla del sacrificio y la transformación de una chica con un corazón de conejo que ansía más, pero que deberá entregar algo a cambio para conseguirlo. ¿Tiene razón Florence + The Machine al decir que el talento siempre tiene un precio? ¿Cuál estoy dispuesta a pagar yo?

Al salir del baño descubro un modesto reservado separado por unas cortinas de terciopelo. Husmeo con cautela hasta intuir lo que ocurre al otro lado. La tarotista baraja las cartas y las deposita, una a una, sobre la mesa. Observo a mi alrededor con la impresión de haber conectado dos mundos aparentemente inconexos. Como si las hermanas Sanderson, trasmutadas a empresarias, hubiesen abierto un local de moda en la zona alta de Barcelona.

Si las brujas viviesen en este siglo, ¿serían influencers? Estoy convencida de que habrían cambiado la escoba, las hierbas, el libro de sombras y los aquelarres por el móvil, el té matcha, el *journaling*, los *vision boards* y las *girls' nights* en un piso compartido para cenar sushi, pintar tazas y analizar los traumas de los ex. Los hechizos modernos impedirían el *ghosting*, curarían el *burnout* laboral y nos protegerían de la desinformación en internet.

Tomo asiento de nuevo y repaso el menú de cócteles. Parpadeo varias veces al leer los nombres.

—Yo pediré la Sangre de Bruja.

—Cielo de Medianoche para mí, por favor.

Continúo admirando la tapa de cuero negro de la carta y acariciando el ojo incrustado en ella, cuando las chicas llaman mi atención.

—Carlota, ¿quieres tomar algo mientras decidimos los platos?

—Disculpad. —Me aclaro la voz—. Un Corazón de Conejo, gracias.

Cuando el camarero se marcha, me dirijo a Júlia inquisitiva y entorno los ojos.

—¿Qué lugar es este, Júlia?

—Es el local de moda. Ha abierto hace unas semanas y lo está petando. Está inspirado en la brujería, la astrología, la alquimia... Ciencias ocultas, vaya —se justifica mientras revisa sus redes sociales, restándole importancia.

—He visto a una señora leyéndole las cartas a unos clientes. Alucino que la gente crea que todo está predestinado y que existe la magia. —Cruzo los brazos.

—Yo no creo que el tarot sea determinista, más bien sirve como una guía para el futuro. —Juls hace aspavientos con ambas manos mientras se defiende—. Nena, no entiendo cómo puedes ser tan escéptica si te gusta *El retorno de las brujas* o *Prácticamente magia.*

—Claudia reprime la risa apretando los labios al tiempo que observa la escena.

—¡Porque es ficción! Además, te recuerdo que soy científica. —Me acaricio la cara ofuscada—. Tía, el tarot nació como un juego de naipes, como el tute o la brisca, para entretener a la aristocracia. Más tarde, un francés al que le gustaba el ocultismo convenció a todo el mundo de que tenía el poder de revelar el futuro... La capacidad de predicción de la cartomancia bien podría asemejarse a la mía para elegir a los hombres —les explico. Júlia tuerce ligeramente los labios, mostrando una sonrisa traviesa.

¿Qué estará tramando?

«Todo está escrito en las estrellas… o en las cartas», tecleo en las notas de mi teléfono. Sería un buen tema para mi última columna. Escribo mentalmente, a unos trescientos mil kilómetros por segundo, cómo lo plantearía.

«Es más cómodo pensar que el destino tiene un plan para ti que aceptar que este desastre vital se debe a tu nula capacidad para tomar decisiones. Las prácticas esotéricas son el nuevo placebo espiritual y emocional, una buena excusa para consolarse y, de paso, eludir cualquier responsabilidad. La mecánica cuántica nos demuestra que el universo está lleno de posibilidades y que nuestras decisiones influyen en cada resultado. Creer en el destino es una forma romántica y peligrosa de negarte a tomar el control. De esta manera, te conviertes en un mero espectador de tu propia vida».

Los cócteles aparecen ante nosotras. El humo aromático que se desprende de ellos me envuelve, exigiéndome atención. Sobre la mesa reposa una copa de Martini con licor de lavanda, curasao azul y ginebra; una copa de champán con licor de cereza y polvo de oro espolvoreado, y, por último, un *rock glass* con tonalidades rojizas: desde el carmesí hasta el granate. Impulsivamente, robo con el dedo índice el azúcar moreno del borde y lo saboreo.

—¡No! Que todavía no he hecho la foto —protesta Júlia. Giro el vaso para que su instantánea quede perfecta.

Claudia echa un vistazo a mi blusa satinada con estampado de leopardo. Me ajusto los cordones que se entrelazan en la parte delantera.

—Estás sexy —me piropea. Apoyo la cabeza en su hombro, agradeciéndole el piropo mientras sostengo mi Corazón. No recuerdo la última vez que alguien me hizo sentir deseada. ¿O sí? Me ruborizo al invocar la mirada magnética de Omega en el MNAC. Los rayos gamma que irradiaban sus pupilas se enredaban entre el aire que nos separaba. Detengo por un segundo nuestra charla, y mis recuerdos, para pedirle al camarero los platos que hemos elegido.

—¿Alguna novedad en el paraíso? —le pregunto a Claudia.

—No, pero he pensado en sacar el tema el día de su cumpleaños. Pasaremos el día juntas y pienso asegurarme de que sea especial. Abril también me ha comentado que tenemos que hablar.

—¿Tenemos que hablar? Esa frase me da miedo, incluso a mí.

—Vivimos juntas, Júlia. Si tuviese algo urgente que decirme ya lo habría hecho en cualquiera de las escenas cotidianas de nuestra vida. Tenemos un vínculo sólido y nuestra comunicación es constante. —Júlia se limita a encogerse de hombros.

Debo admitir que envidio la relación de Claudia. Como decía John Gottman, existen personas que tienen una capacidad innata para detectar las cualidades de la pareja y, además, ser agradecidas con ellos. Otras, en cambio, tienden a focalizarse en los errores y a acentuar sus debilidades. A Claudia la podemos considerar una maestra en las relaciones; a mí, probablemente, un desastre, y Júlia, sin lugar a dudas, es el fantasma del romanticismo.

—¿Estás comiendo bien? —Mi tenedor queda suspendido en el aire antes de aterrizar en mi boca.

—No me lo estás preguntando en serio, ¿verdad? —Su preocupación genuina me arranca una carcajada.

—Cree que vas a morir de amor. —Júlia alza la copa hacia Claudia—. Amiga, date cuenta. Martín le ha hecho un favor, porque Carlota va a resurgir como un ave fénix. Además, ahora que soy su *roomie* por una temporada, la tendré muy vigilada para que no se nos hunda.

—No tengo claro que aguantes mucho tiempo conviviendo con este espécimen, Carlota.

—Eso es porque no experimentas su anarquía hogareña; si no, te aseguro que ya lo tendrías claro.

—Soy como Einstein, pero con estilo —replica Júlia. A continuación, se limpia la comisura de los labios con la servilleta, provocando un silencio intencionado—. Por cierto, tengo una sorpresa para ti.

Tras incorporarse, coge mi copa sin permiso y se la lleva de la mesa. Con un ademán exagerado, casi cómico, me invita a seguirla. Trago aire a fuego lento, encajando mentalmente todas las piezas en mi cabeza.

—Voy a decirte esto con todo el amor del mundo...: no estás normal. —Claudia sella mis palabras con un leve empujón. Menuda encerrona.

El humo del incienso serpentea en el aire, elevándose del mundo terrenal al espiritual a través de un baile esotérico evanescente. Inclino la cabeza con sutileza. La luz de la llama de la vela hace brillar el relieve de las cartas, que se despliegan una a una en la mesa al ritmo de una percusión suave y de una voz femenina ancestral.

—Elige una mitad —me indica. Echo un vistazo a ambos lados y señalo un montón.

Las manos se mueven con precisión, trazando cuatro caminos. El movimiento es lento y calculado. Las yemas de los dedos rozan con delicadeza la superficie satinada del mazo al colocarlas. La primera carta se descubre. Mis ojos recorren los dibujos minimalistas con animales, arquetipos humanos y símbolos religiosos y cosmológicos que se proyectan ante mí.

—Mmm, entiendo. —La tarotista de ojos grises me contempla como si acabase de encontrar a un cachorro desvalido. Mi frente se arruga con desconcierto. Su dedo señala la Muerte—. Este camino simboliza lo que has dejado atrás. La carta me dice que has roto recientemente una relación que parecía sólida. Quizá profesional. Quizá amorosa. De alguna forma, te sentías atrapada.

Me muerdo el labio con fuerza. La mujer vuelve a descubrir otra carta encima de la anterior. Las múltiples pulseras que cuelgan de su delgada muñeca tintinean con el vaivén.

—¿Qué es lo que persigues con tanta desesperación? —Me estudia detenidamente. Mi escepticismo se hace evidente por la curva de mis cejas.

—No sé. Lo mismo que todos, supongo. —No consigo ocultar mi tono irónico y, cuanto más lo reprimo, más insiste en salir. Júlia, que está sentada a mi lado, me da un codazo.

—Confía en este proceso porque las respuestas que buscas llegarán. El Sol representa claridad. Encontrarás el camino, aunque todo parezca incierto.

Continúa el recorrido, dejando al descubierto la carta de La Rueda de la Fortuna. La ilustración impresa en *foil* dorado relumbra en mitad del tarjetón. La adivina clava sus ojos en la tirada hasta que sus pupilas se quedan suspendidas. Parece haber entrado en trance.

—Interesante... —Apoya la palma de la mano en la barbilla como si estuviera tratando de resolver un rompecabezas—. Veo un puente que conecta tu pasado y tu futuro. Aparecerá cuando menos lo esperes. El destino te va a empujar a cruzarlo, aunque suponga enfrentarte a tus inseguridades y tus miedos. Al otro lado, encontrarás esa verdad que tanto ansías. —La tarotista muestra el dibujo del Mundo segundos después—. Tu viaje tiene un propósito mayor al que imaginas.

Cruzo los brazos y me recuesto en la silla. ¿Un puente? Giro la cabeza, tratando de disimular la sonrisa que amenaza con escaparse de mi boca. La pitonisa descubre otra carta donde aparecen un par de lobos que aúllan a una luna que ilumina el cielo, pero que tiene, a su vez, una cara oculta. Repite el proceso en silencio. «Ya solo me faltaba El Diablo».

—Ay, no... —Júlia se tapa la boca con una pizca de teatralidad. Le lanzo una mirada cómplice a Claudia.

—La Sangre de Bruja se le ha subido a la cabeza —cuchicheo. Claudia se remueve en su taburete y, con un movimiento discreto, coloca el dedo índice en los labios pidiéndome silencio. Mis ojos aletean con exasperación.

—Devolverás la esperanza a aquellos que la han perdido... —su voz arrastra las palabras y continúa con la mirada puesta en la baraja—, pero ten cuidado: lo que descubras al desenmascarar a quienes te rodean te obligará a tomar decisiones que podrían cambiarlo todo. —La advertencia nos toma por sorpresa. Sus dedos arrancan una nueva carta del montón y aterriza en la mesa, robando toda nuestra atención—. La verdad no es absoluta, porque todo depende de cómo la interpretamos... —La tarotista gira con cuidado la carta de El Colgado—. Si te aferras a una certeza rígida, podrías perderte en un camino lleno de matices. ¿Lo entiendes? —Su voz profética acaba con la poca diplomacia que me quedaba.

—Entonces puedo elegir si esta pantomima es un experimento de sugestión humana o un show bien ensayado. Cuestión de perspectiva —replico con un tono mordaz.

Mi paciencia se ha agotado. Con un movimiento brusco aparto las cartas hacia un lado, amontonándolas en la mesa. Observo por última vez los brillantes y penetrantes ojos verdes de la tarotista. Me levanto y empujo la silla hacia atrás. Júlia y Claudia intercambian una mirada de sorpresa. Se disculpan, casi al unísono, con la mujer.

—Espero que encuentres lo que buscas. —El eco de sus palabras me desgarra, porque son las que Martín pronunció la última vez que cerré la puerta de casa. El eco de estas palabras reabre una cicatriz que aún sangra al menor roce. El dolor, todavía fresco, no me permite mirar atrás sin romper a llorar.

A medida que me alejo, un escalofrío recorre mi espalda, porque ¿no tenía los ojos grises? La confusión y la incredulidad se diluyen conforme me alejo de la mesa.

—Buenos días, cazadora de brujas. —Júlia me recibe con las piernas cruzadas y su té verde en el sofá. Alzo las manos en son de paz.

—Soy consciente de que ayer no tuve mi mejor día —admito mientras pongo en marcha la cafetera—. Anoche me pasé tres pueblos con la tarotista.

—Menos mal que no te lanzó ninguna maldición. —Asiento, aún avergonzada—. Por cierto, te he hecho hueco en el armario. Ya va siendo hora de que deshagas la maleta, ¿no? —Júlia se aproxima hasta la isla.

«Sí, ya va siendo hora, Carlota». Mi caída de párpados responde en mi lugar. Júlia me aprieta contra su pecho.

Me siento frente al portátil, aferrándome al café humeante. Mi maleta permanece abierta a mi lado y la ropa reposa aún en su interior. El cursor parpadea en el borrador que acabará convirtiéndose en mi última columna. Supongo que el nudo invisible de mi garganta no es más que mi miedo atávico de aceptar la fragilidad de nuestras relaciones y la impermanencia de la vida.

Las estrellas tampoco son inmutables. Nacen, evolucionan y se extinguen en un tortuoso camino cósmico. Se originan a partir de una nube de gas y polvo desordenado, sin un propósito claro. Sin embargo, las partículas comienzan a ordenarse, atraídas por una fuerza invisible, colapsan y brillan de nuevo. En su evolución, luchan por mantener el equilibrio entre las fuerzas opuestas que las gobiernan. Y, este principio básico, también aplica a los seres humanos: nacemos, perseguimos sueños, ansiamos pertenecer, nos equivocamos, tomamos decisiones, afrontamos miedos, nos rompemos, nos transformamos para sobrevivir y, finalmente, morimos con la esperanza de haber dejado huella para poder vivir eternamente en la memoria de quienes amamos. Es el viaje de la vida, un ciclo eterno, como el de las estrellas. Nietzsche tenía razón: «Es necesario llevar un caos dentro de sí para dar a luz a una estrella danzarina». Quizá, de un modo u otro, puede que yo también encuentre la forma de comenzar de nuevo, tal y como lo hace el universo.

No todo está escrito en las estrellas, pero sí sigue un patrón cósmico

POR CARLOTA FERRER

A lo largo de los años he vivido bajo un principio férreo: somos dueños de nuestro destino. ¿Ha llegado la hora de ceder ese control al cosmos?

Lo única certeza a la que me he aferrado estas últimas semanas ha sido que todo en esta vida tiene un principio y un fin. La relación con la que siempre imaginé un futuro ya es pasado. El trabajo más largo que he tenido se convertirá hoy en una etapa cerrada. Y, pese a la incertidumbre, empiezo a intuir que este no es el verdadero final, sino que forma parte de un ciclo mucho más grande.

El universo está lleno de curvas que regresan al punto de partida. Es la manera más eficiente y estable de asegurar su supervivencia. Los planetas orbitan, aprovechando la gravedad y la inercia; las estrellas mueren y nacen en una nube de gas y polvo, por un ciclo continuo de regeneración. Los humanos, de alguna forma, perpetuamos este patrón. ¿Y si nuestras decisiones no nos llevan en línea recta? Cerramos etapas laborales para abrir nuevas, rompemos relaciones para construir otras, recuperamos tendencias de forma recurrente… Nos creíamos originales, pero todo se acaba repitiendo o, quizá, adoptando variaciones.

Estos días he llegado a la conclusión de que, de un modo u otro, los pedazos rotos de mi vida empezarán a reordenarse y que, con el tiempo, brillaré con una nueva identidad. La evolución es la esencia de la vida, porque nada permanece estático.

Siempre estuve convencida de que éramos dueños de nuestro destino. La astrología o el tarot me parecían excusas cobardes ante el miedo de tomar el control y responsabilizarnos de nuestras decisiones. Pero, si el universo sigue patrones y, según la ciencia, la energía ni se crea ni se destruye, solo se transforma..., ¿dónde queda nuestra libertad? Mis planes se han desmoronado sin mi permiso. Me pregunto si he pasado demasiado tiempo intentando planificar cada detalle, creyendo que el control era real, cuando era tan solo una ilusión.

¿Sería más valiente si cediese el control, confiando que el universo tiene sus propios planes para mí?

P. D: Nunca me han gustado las despedidas, me incomodan. Por eso mismo, aquí no lo haré. Querido lector, puede que esto no sea un adiós y que volvamos a encontrarnos en el siguiente comienzo, solo que de un modo distinto. Al fin y al cabo, todo parece girar en un bucle cósmico.

6

El puente de Einstein-Rosen

Dos líneas temporales colisionan en el lugar menos esperado. ¿Casualidad cósmica o destino?

Érase una vez una periodista inglesa que llegó a Nueva York. Aunque en esta historia no es inglesa, ni Nueva York está en sus planes inmediatos. Este capítulo de mi vida transcurre a un océano de distancia de la Gran Manzana; en un coqueto y poco íntimo apartamento de Barcelona. Carrie Bradshaw y yo compartimos algo más que la primera letra de nuestros nombres: un armario que vale más de lo que nos gustaría admitir, ambas escribimos en un MacBook y las dos nos hemos preguntado en alguna ocasión si encontrar el verdadero amor, incluso el propio, es tan difícil como hallar unas medias sin carreras en el cajón.

Cierro la pantalla del portátil, doy un sorbo al segundo café del día y acto seguido abro la puerta del armario, todavía en pijama. Me mordisqueo las uñas, barajando las diversas opciones para un día tan importante como hoy. Solo tenemos una oportunidad para causar una primera buena impresión y yo tengo, exactamente, una hora para prepararme antes de la reunión en *L'Actualitat*, aunque oficialmente me incorporo la próxima semana.

—¿Ya te has decidido? —Júlia se asoma por la puerta del vestidor con el pelo aún mojado.

—Si así fuese ya estaría duchada y con las migajas de un cruasán pegadas a mis dedos. —Le suplico con la mirada que se apiade de mí y me eche una mano. Júlia chasquea la lengua y me da un empujón amigable con la cadera hasta situarse frente al armario.

—¿Qué impacto quieres generar? —Recuesta el dedo índice en el labio inferior y se da pequeños golpecitos.

—Mmm…, quiero que me vean como una periodista segura y profesional, pero que rompe con lo convencional.

—Entonces este traje granate oscuro es perfecto. —Júlia me entrega la percha con la americana cruzada de doble botonadura y el pantalón de corte acampanado—. Con él vas a proyectar una imagen profesional poderosa. Te pega mucho este atrevimiento controlado.

Júlia se despide con un beso fugaz, cargado de suerte como si fuera un talismán. Así arranca la puesta en marcha de un nuevo capítulo de mi vida. Me dirijo a la ducha y dejo correr el agua hasta que se templa. Me enjabono la melena. Deslizo las yemas entre los mechones con una sensación de libertad y alivio emocional que acaba escociendo. El río de agua caliente acaricia mi espalda hasta que el gorgoteo intermitente de la tubería me sorprende. Giro el grifo con insistencia en ambas direcciones y espero a que el agua vuelva a correr por arte de magia, aunque nada de eso ocurre.

—Pero ¿qué…? —Alcanzo la toalla procurando no fracturarme el cráneo al salir empapada de la ducha—. ¡Mierda!

Compruebo el calentador, el resto de los grifos del apartamento y la llave de paso principal. No hay suministro y no tengo la más remota idea de lo que está ocurriendo. El espejo del pasillo me devuelve la imagen de una cabeza repleta de champú. «Houston, tenemos un problema». Le mando un mensaje a Júlia con exclamaciones y emoticonos de alerta para informarle de la situación y rogarle que me devuelva la llamada lo antes posible. Tengo que pensar una solución en menos de veinte minutos o me arriesgo a llegar tarde. Siento la boca pastosa. Me mosquea no tener el control de la situación. Supongo que siempre hay una primera vez. Registro la despensa con la esperanza de encontrar, al menos, una botella de agua que me pueda servir para aclararme el pelo. Cuando doy con una, respiro aliviada. La cara de Júlia eclipsa la pantalla de mi móvil.

—Nena, no me acordaba. Lo siento… —El suspiro de culpabilidad de mi amiga traspasa el altavoz—. La compañía de agua nos avisó hace unos días del corte de suministro durante la mañana por las obras del edificio de al lado.

Trago aire mientras se enreda en mi mente la idea de cometer un asesinato, pero no tengo tiempo que perder, así que desisto y cuelgo.

Me enjuago el pelo deprisa, aunque con cuidado de no malgastar mi único kit de supervivencia. Tras ondularme el pelo y maquillarme para un efecto buena cara, tan necesario después del disgusto, me enfundo en la americana y tiro de las solapas para ceñirla a mi cuerpo. Compruebo la hora en el móvil. Maldigo a Júlia. El autobús llegará en cinco minutos. Y, a pesar de todos mis esfuerzos por ser puntual, cuando estoy llegando a la parada, veo cómo el bus cierra sus puertas y se larga dejándome en tierra. La ley de Murphy se burla de mí o, quizá, lo hace la de Finagle: «Si algo puede salir mal, saldrá mal en el peor momento posible».

Me encuentro a cuarenta y cinco minutos a pie de la redacción, que es justo cuando dará comienzo la sesión anual de dirección. La opción más rápida es coger un taxi. Después de cinco minutos de espera y varias llamadas a la central, me doy cuenta de que ni mi influencia ni estilo pueden compararse con los de Carrie consiguiendo taxis por Nueva York. Me acaricio el cuello. Creo que empieza a brotarme un sarpullido del estrés. Cruzo la calle y respiro entre el bullicio de la ciudad. El aire es denso, cargado de café, ruido y urgencia. Mientras mi radar detecta un bote salvavidas negro y amarillo, me conformo con un café con bebida de almendras que me acompaña en mi intrépida aventura de camino al periódico. Tan pronto como diviso al vehículo en la esquina, me lanzo a la calzada para impedir que huya o que alguien me lo arrebate. El chillido de los frenos sube por mi estómago como un latigazo. Apoyo las manos en la carrocería, que ya se encuentra a escasos centímetros de mi cuerpo. A través de las lunas laterales, visualizo al taxista gesticulando con la mandíbula apretada. Dispara palabras que, por suerte, solo logro intuir. Agita las manos al compás de sus gruñidos, hasta que, cuando baja la ventanilla, estos me alcanzan.

—¡Señorita!, ¿se ha vuelto loca o qué? ¿Qué manera es esa de pedir un taxi?

—¡Lo siento! —Me llevo una mano al pecho. La voz se me entrecorta por la adrenalina—. Tengo mucha prisa y no hay forma de encontrar uno.

Durante unos segundos evalúa si me permite subir o acelera y me deja atrás.

—Venga, suba antes de que me arrepienta. La próxima levante la mano, por favor. —Me apresuro a entrar, por si cambia de opinión—. ¿Adónde va con tanta prisa? —El espejo retrovisor central me permite divisar sus ojos rodeados de arrugas.

—Es mi primer día de trabajo y llego tarde —le explico mientras me abrocho el cinturón—. He tenido un corte de agua en casa cuando me estaba duchando y he perdido el autobús. Tengo que estar allí en menos de treinta minutos. —El tartamudeo y mis ojos vidriosos ablandan su corazón.

—No se preocupe, que yo la llevo. Vamos a coger un atajo para llegar a tiempo.

Le devuelvo en el mismo espejo una mirada agradecida. Y, por supuesto, le doy la dirección.

Una vez acomodada en el asiento, y encaminados hacia el periódico, me hago un selfi y lo envío al grupo de las chicas: «Ni el corte de agua, ni el intento suicida de conseguir un taxi podrán con mi café y conmigo». Me sorprende que todavía me queden ganas de bromear.

—¿Le importa si pongo la radio? —me pregunta.

—Por supuesto que no, adelante. —La voz del locutor inunda el interior del vehículo y yo aprovecho para abstraerme.

Recuesto la cabeza en la ventanilla, tratando de disminuir mi ritmo cardíaco con la técnica de *mindfulness* que me enseñó Clau.

—Parece que va a llover. —Suelta de pronto el taxista.

Alzo la vista hacia el cielo, que luce sereno y limpio. Pienso en rebatirle, pero luego recuerdo que tiene que llevarme a la redacción. Mejor no enzarzarnos y evitar que se distraiga. Encojo los hombros y doy un sorbo al café.

—¿A qué se dedica? —El hombre intenta entablar una conversación por segunda vez. Dudo sobre mi respuesta.

—Soy periodista —y añado unos segundos más tarde—, aunque estudié Astrofísica. —Me muerdo el labio con resignación, reconociendo mi incapacidad para autodefinirme.

Me detengo en la mata de pelo plateada del taxista, que baila al son del tarareo de una canción de los noventa.

—Me recuerda usted a mi hija.

—Ah, ¿sí? —Sonrío fugazmente.

—La semana que viene se casa. —El comentario flota en el aire como una nube densa a punto de descargarse—. ¿Está usted casada?

Mi ceja se curva sin permiso. Parece que se ha desatado el diluvio en algún recoveco de mi corazón.

—No. —Mi respuesta sale disparada, como una punta afilada y directa—. De hecho, hace menos de un mes que mi relación se acabó. Aún me siento algo perdida.

Aunque no estoy segura de por qué he compartido esta información, tengo la impresión de que decirlo en voz alta lo hace más real.

—Tal vez perderse sea la única forma de encontrar nuestro destino.

Nuestras miradas se cruzan en el espejo retrovisor. ¿Y si me he equivocado al cambiar de trabajo? El pánico existencial hormiguea bajo mi piel. ¿Y si me he precipitado con Martín y solo estábamos pasando una mala racha? Las preguntas se me atascan en el esófago. Mis ojos se desvían un segundo hacia la carretera.

—¡Cuidado! —grito cuanto soy consciente de que nos aproximamos hacia un gran atasco.

El taxista pisa el freno y el vehículo se detiene bruscamente. El cinturón de seguridad consigue amortiguar el movimiento de mi cuerpo, aunque mi café no corre la misma suerte. Mi instinto sujeta la tapa con fuerza. Cuando el vehículo se detiene, la gravedad devuelve el líquido a su posición inicial. Suspiro aliviada al comprobar que no me he manchado de café la camisa, porque esa sí que hubiese sido una tragedia. El taxista se disculpa, el tráfico vuelve a fluir y arrancamos de nuevo. Un par de minutos después llegamos a mi destino final.

—Le debo una —le agradezco mientras pago el trayecto. El taxista gira el cuerpo en mi dirección.

—De nada, mujer. Mucha suerte en su primer día.

Tras despedirme, observo cómo el taxi se aleja hasta que se mimetiza con la urbe. Reviso la hora antes de recorrer la fachada de cristal de este edificio, ubicado en el corazón de Barcelona. Los transeúntes se deslizan como un flujo turbulento arrastrado por sus rutinas mientras yo permanezco inmóvil. Soy un cuerpo fijo que interrumpe la corriente. Aproximo el móvil a la boca.

—Le acabo de patear el culo a Finagle, chicas. —Mi boca se ensancha orgullosa después de enviar el audio. Solo hay dos cosas que me gusten más que el sushi: tachar tareas realizadas en la agenda y burlar al universo.

Camino hacia la puerta de entrada con la confianza de la protagonista de la película de mi vida. Me aventuro a beber el último sorbo de café antes de deshacerme del envase, justo cuando una baldosa rebelde le declara la guerra a la puntera de mis tacones. Un ligero tropezón basta para que la tapa del café salga disparada y el maldito café acabe estampando mi americana. Mis ojos quieren salirse de sus órbitas, mis dientes no logran retener la frustración y, en mitad de la calle, aúllo a pleno pulmón:

—¡Joder! Carlota 0-Universo 1.

Ya estoy maquinando un plan para solucionar este desastre mientras cruzo el impoluto vestíbulo. ¿De qué me sirve tener una matrícula de honor en Cosmología si no soy capaz de evitar que la gravedad y mi torpeza arruinen mi debut en el periódico?

Mis pasos resuenan con eco hasta que me detengo frente a la recepcionista, que me recibe con una sonrisa ensayada. Sus ojos reparan en la descomunal sombra que adorna la solapa de mi traje.

—Buenos días. ¿En qué puedo ayudarla?

¿Debería pedirle auxilio? Alzo la vista hasta topar con el reloj de bronce oscuro situado unos metros por encima de su cabeza. Lo mejor será que acepte con dignidad mi torpeza en vez de llegar tarde a una convocatoria llena de peces gordos.

—Buenos días, he quedado con Nicolás Álvarez. Me incorporo la próxima semana en *L'Actualitat*. —Le entrego mi documento de identidad.

Mientras completa los datos en el sistema, ojeo las paredes de tonos neutros, el suelo pulido y el juego de luces estratégicamente situados en un espacio moderno que me transmite eficiencia y funcionalidad. El equipo de mantenimiento del edificio ajusta la escalera de aluminio para revisar el panel eléctrico junto al mostrador. La recepcionista activa el auricular y presiona la extensión en el teclado.

—Buenos días. Le llamo de recepción para informarle de que Carlota Ferrer está aquí. —Hace una breve pausa—. De acuerdo, le indicaré que suba enseguida.

Se dirige de nuevo hacia mí, extendiéndome la mano.

—Aquí tiene su DNI y la tarjeta de acceso temporal. Será válida hasta que le generemos la definitiva. Continúe por este pasillo hasta los ascensores. Planta ocho.

Sigo sus instrucciones hasta situarme delante de los tres ascensores. Rebusco el móvil dentro de mi bolso para narrarles la tragedia a las chicas.

De camino a la octava planta. Aún me sobran quince minutos para deshacerme de la mancha

Amplío la fotografía que acabo de adjuntar hasta que el nuevo estampado de mi americana ocupa toda la pantalla. Zarandeo la cabeza con frustración.

Claudia
Sabía que el café era una mala idea desde que lo vi en la foto. Conociéndote ese plan tenía un uno por ciento de posibilidades de éxito

Claudia, tan políticamente correcta como siempre…

Júlia
El número ocho está asociado al éxito y al poder. También al karma!

La respuesta de Júlia aparece en la pantalla. Bloqueo el teléfono y lo guardo de nuevo mientras me pregunto por qué sigo siendo su amiga.

El ascensor aterriza con un leve chasquido metálico, las puertas se abren y me coloco en el interior. Aprieto el botón y, obediente, se pone en marcha. El reflejo del cristal esboza una sonrisa tensa. Mi corazón se acelera por cada centímetro de subida. Ya no hay vuelta atrás. El zumbido del mecanismo llena el espacio hasta que las luces parpadean levemente. Noto bajo mis pies un tirón que consigue tambalearme. Resuena con fuerza el último ruido que querrías escuchar cuando estás encerrada en una caja suspendida por cables. El ascensor deja de moverse. Presiono un botón. Luego otro. Por último, el de emergencia. Mi estómago se contrae al comprender que no responde.

—No..., no, no, no. —Con cada sílaba mi nerviosismo va en aumento. Me froto la frente con la palma de la mano sudorosa. Doy pequeñas zancadas en bucle, recorriendo los dos metros cuadrados en los que estoy aprisionada. ¿Qué se supone que hacen en las películas cuando pasa esto? En las que a mí me gustan, la protagonista no está sola y la escena es incómoda pero divertida y llena de tensión romántica. Mi móvil no tiene cobertura, así que tampoco puedo comunicarme. Supongo que cuando Nico note mi ausencia, me buscarán. ¿Y si se acaba el oxígeno antes de que me encuentren? Levanto la vista por si existe una trampilla en el techo. «Borra esa idea de tu cabeza, Carlota». Mis oídos se aguzan, de pronto. Intuyo un murmullo proveniente del exterior.

—¡Hola! ¡Estoy atrapada! ¡Ayuda! —grito al mismo tiempo que golpeo las puertas metálicas.

Un sonido amortiguado se aproxima, aunque no logro identificarlo. Jadeo con impaciencia. Creo que empiezo a hiperventilar. En un intento desesperado de salir de ese espacio asfixiante, coloco las manos en la ranura y aprieto los dedos contra el metal frío, separando las puertas. Nada. No cede. Vuelvo a intentarlo con todas mis fuerzas. Apenas logro abrirlas un par de centímetros. Por la estrecha rendija, encima de mi cabeza, lo primero que veo son unas zapatillas de deporte de lona grises.

—Eh... ¿Hola? —Oigo una voz masculina al otro lado.

Mi cerebro tarda un par de segundos en reaccionar. Me pongo de puntillas sin perder tiempo, acercándome lo máximo posible al hueco.

—¡Por favor, ayúdame! ¡Estoy encerrada y el ascensor no funciona!

—Dame un minuto, voy a buscar ayuda.

—¡Ni de coña! —Le ruego entre sollozos cuando veo que los pies se alejan—. No me dejes sola, por favor.

—No tengo superpoderes ni estamos en una película. Tengo que avisar a los de mantenimiento. ¿Puedes moverte sin tambalearte?

—Creo que sí… —Las lágrimas empiezan a brotar sin permiso.

—Siéntate y respira. Enseguida te sacamos. —Su seguridad me reconforta.

Apoyo la espalda contra la pared y mi cuerpo resbala hacia el suelo. Poso los antebrazos en las rodillas y meto la cabeza entre las piernas. Exhalo, cerrando los ojos. Noto cómo las lágrimas resbalan por mi rostro y caen al suelo.

—Marga, avisa a recepción. Hay una persona atrapada en el ascensor. Entre el tercer y cuarto piso. Que lo solucionen de inmediato. Gracias. —Una voz de anuncio de perfume masculino da órdenes a alguien más.

Vislumbro, a través de la ranura, un cuerpo acomodándose junto al ascensor, acortando la distancia entre nosotros.

—Gracias por no dejarme aquí tirada. —Me seco las lágrimas con la manga de la americana.

—Colgada sería la palabra adecuada —me corrige con tono burlón. Arrugo la frente. ¿Cree que esto es divertido?—. No es mi estilo dejar a las mujeres abandonadas en los ascensores.

Me cruzo de brazos. Genial. Además de quedarme atrapada, me tiene que rescatar el típico gilipollas con complejo de salvador. Me tapo la cara con ambas manos por instinto, desconectando momentáneamente de mi realidad.

—Si documentase mi mañana en un vlog, estoy convencida de que se haría viral —le explico—. Me he quedado sin agua en mitad de la ducha, he perdido el autobús, casi tengo un accidente en el taxi, me he tirado el café encima y ahora estoy atrapada en un ascensor, por lo que llegaré tarde a mi primer día de trabajo. ¿No te parece un día de mierda?

—Los he tenido peores, la verdad. ¿Dónde ibas, exactamente?

—A la octava planta.

Un extraño silencio se instala entre nosotros.

Adrián

Me he aproximado al ascensor para mantener calmada a la chica. Percibo los sollozos a través de la rendija. No consigo verla, aunque he intentado agacharme. Me cuenta su desastre de mañana. ¿Cómo le puede ocurrir todo eso a alguien en apenas tres horas? Su voz..., creo haberla escuchado antes. Sacudo la cabeza. «No. Estás mezclando recuerdos. Olvídalo ya». En cuanto descubro que se dirige a la planta de dirección, desbloqueo el teléfono y le escribo un mensaje a Marga.

Alguien en la planta directiva está esperando a una nueva incorporación?

Ahora te lo confirmo

Unos segundos después recibo la respuesta de mi secretaria.

Parece que Nico ha fichado a la hija de Toni Ferrer, Carlota. Está invitada a la reunión trimestral

Cierro los ojos y aprieto el móvil hasta que mis nudillos se vuelven blancos. Maldita sea, ¿qué hace aquí? Después de lo que ocurrió con Toni, no me puedo creer que su hija esté ahora en esta redacción.

Mi teléfono vuelve a vibrar.

Los técnicos están intentando reparar la avería en el vestíbulo, parece que tardarán un rato

Echo un vistazo al reloj. Las gotas de sudor me recorren la cara. Las limpio con la tela de la camiseta. La reunión es en cuarenta y cinco minutos y todavía tengo que ducharme, pero no puedo dejarla aquí sola, incluso aunque sea la hija de Toni.

Que suban enseguida

Resoplo mientras me aparto el pelo mojado de la frente. Algo me dice que la tal Carlota me traerá problemas. Oigo un ruido sordo y un golpeteo metálico. Parpadeo.

—¿Qué demonios estás haciendo? —Frunzo el ceño.

—¿Tú que crees? Estoy intentando salir de aquí —responde entre jadeos.

—Si sigues agitando el ascensor de esa manera vas a hacer historia. El primer día más corto en el periódico.

—Al menos sería memorable. —El ascensor cruje.

«Memorable no sé..., surrealista, seguro».

Apoyo la mano en el marco metálico y niego con la cabeza. Tengo que buscar la forma de mantenerla ocupada para que no se mate.

Desisto, no hay manera de salir de aquí. Intento respirar profundamente, aunque lo que me apetece de verdad es golpear el ascensor hasta que vuelva a funcionar.

—Te propongo un juego. —Entrecierro los ojos al escuchar su voz—. Dime dos verdades y una mentira sobre ti.

—¿Qué estás haciendo? —Inclino la cabeza y aprieto los labios desconcertada.

—Distraerte y evitar que provoques un accidente, pero si prefieres puedo dejarte a solas con tus pensamientos.

Me hago de rogar durante unos segundos, aunque al final acepto a regañadientes. Podría negarme, pero la idea de morir sola no suena apetecible.

Suelto lo primero que pasa por la mente.

—Nunca me he caído en público; tengo una obsesión irracional con la temperatura del café y, si se enfría, lo vuelvo a preparar; y soy soltera desde hace poco. —«Qué manía con compartir intimidades con desconocidos, Carlota».

En unos segundos, procesa la información.

—La primera es mentira.

—¿Por qué estás tan seguro?

—Déjame ver: te quedas sin agua caliente, pierdes el bus y, sorpresa, te tiras el café encima. Con ese expediente me cuesta creer que no hayas protagonizado humor amarillo.

Suelta una carcajada seca. Aprieto la mandíbula y me contengo. No le daré el gusto de admitirlo.

—¿Y tú? —Levanto la barbilla.

—¿Yo qué? —Me devuelve esa voz magnética.

—Tu turno. Dime dos verdades y una mentira, vamos.

Se toma su tiempo mientras el ambiente se llena de expectación. Juraría que está poniendo los ojos en blanco al otro lado.

—Soy capaz de recordar qué llevaba puesto alguien el día que lo conocí, pero me olvido de la fecha de su cumpleaños; siempre consigo lo que quiero... —Descubro que hay algo en su voz que me resulta familiar—, aunque a veces no sé si lo quiero de verdad. —Esto suena sincero, como si se estuviese respondiendo a sí mismo y no fuese consciente de que lo está haciendo en voz alta.

—¿Y la última?

La pregunta queda eclipsada por el eco de unas voces cada vez más perceptibles y unos pasos firmes que rompen el momento. Intercambian información. En ese momento, me pongo de pie y contengo el aliento.

—Vale, probemos otra vez... —Un par de técnicos discuten entre ellos—. Vamos a subirte.

Oigo un chasquido metálico, como si el engranaje oxidado se pusiese en movimiento. Me aferro a la barandilla. Las luces vuelven a titilar. El motor ruge y el ascensor se pone en marcha. «No le he preguntado su nombre», pienso. Se arrastra lentamente unos metros hasta que se detiene con un golpe seco. Las puertas se abren, como el telón de un espectáculo.

Ojos café.

Sonrisa peligrosa.

Y un perfume imposible de olvidar.

—Omega... —Las palabras apenas cruzan mis labios porque mi corazón ha dejado de latir durante una fracción de segundo. No puedo evitar recordar las palabras de la nigromante: «Veo un puente que conecta tu pasado con tu futuro. Aparecerá cuando menos lo esperes». La profecía autocumplida en forma de agujero de gusano, un fenómeno también conocido como el puente de Einstein-Rosen. Algo así como un atajo cósmico que ha logrado conectar dos puntos del espacio-tiempo, aparentemente inconexos y con una capacidad casi nula de coincidencia.

El universo es un cabrón con sentido del humor e irónicamente inoportuno. Como decía Alanis Morissette, tiene una forma divertida de sorprenderte cuando todo está bajo control y una curiosa manera de ayudarte cuando todo ha estallado en mil pedazos.

ADRIÁN

Luna.

7

El Cinturón de Kuiper

Un territorio inexplorado y lleno de posibilidades.
Un lugar donde el pasado sigue orbitando
en una cápsula del tiempo, esperando a ser descubierta.

Su sonrisa se congela en el mismo instante que lo hace mi aliento. Nuestras miradas se encuentran y la atmósfera a nuestro alrededor se vuelve espesa. Las voces suenan lejanas y la gravedad se intensifica, convirtiéndonos en el centro de un sistema imposible de ignorar. Los latidos de mi corazón se ralentizan, tropezando unos con los otros. Sus pupilas se oscurecen a la misma velocidad que un agujero negro traga la luz. Luego retroceden con la misma rapidez. Parpadeo. Una. Dos. Y hasta tres veces, convencida de que cuando abra los ojos esta sensación se habrá disipado, pero el tiempo parece haberse dilatado.

—Bueno, parece que ya funciona. —El técnico rompe la tensión—. Estábamos manipulando el panel eléctrico y se produjo una sobrecarga. El sistema de seguridad ha bloqueado el ascensor por precaución.

Omega aparta la mirada en un amago de resistencia, lo justo como para que yo me haya dado cuenta. Responde al operario y con un leve movimiento de cabeza zanja la conversación.

El campo gravitacional se debilita, el tiempo comienza a ceder, el aire vuelve a fluir y la realidad recupera el pulso. Mi instinto me obliga a girar la muñeca. Mis ojos se abren en cuanto soy consciente de la hora. «¡Mierda! Llego tarde».

En cuanto los técnicos se alejan, Omega avanza en mi dirección. Mi estómago se contrae peligrosamente, con la misma sensación de adrenalina que en la cima de una montaña rusa. Mis dedos se clavan en el botón de la octava planta en un ataque de lucidez o pánico. Se lleva la mano hasta la barbilla y se roza la barba con la yema de los dedos. Justo antes de que las puertas se cierren y el ascensor comience a subir, la comisura de sus labios se eleva ligeramente. Mi cuerpo reacciona al instante, por desgracia. Doy un paso atrás, la pared metálica me sostiene y suelto de golpe todo el aire que he estado conteniendo. «No. No puede ser él». Pero es él. El maldito Omega. Solo que ha cambiado el esmoquin por una camiseta de deporte de manga larga y unos pantalones cortos de nailon en color carbón que, por cierto, deberían ser ilegales. ¿Qué está haciendo en el edificio, aparte de desestabilizarme mentalmente? Mi cerebro cortocircuita intentando responder unas cuantas preguntas acerca de un completo desconocido que me robó algunas horas de sueño y al que pensaba que nunca más volvería a ver.

«Carlota, céntrate. —Me repito frente al espejo del ascensor—. Recuerda por qué estás aquí».

Me tenso con una convicción imparable. El ascensor abre de nuevo sus puertas en la planta correcta, esta vez sin giros dramáticos. Me he marchado tan deprisa que ni siquiera me ha importado volverme a quedar encerrada.

—¡Carlota!

Nico se incorpora de inmediato de una de las mesas del *pool* de secretarias en las que está apoyado. Mientras se acerca, yo me acomodo el bolso en el hombro y doy un vistazo rápido a mi alrededor. El espacio es luminoso, con la zona de secretarias delimitada por una extensa alfombra color arena que no soportaría mi torpeza ni un asalto. De las paredes cuelgan un par de piezas de arte lo suficientemente abstractas como para saber que son caras; un par de sillones gris perla y, al fondo, un pasillo con despachos de cristal esmerilado. Aunque no soy Sherlock Holmes, deduzco que esta es la planta de dirección.

—¿Estás bien? —Nico me observa preocupado a través de sus gafas redondas de metal negro.

—Sí... Bueno, digamos que tengo una habilidad natural para meterme en líos.

—Entonces has venido al lugar perfecto.

Nico se recrea en mi mirada unos segundos más de lo normal. Mi mano se desliza automáticamente hasta mi rostro. ¿Tendré restos de cruasán?

—No te preocupes, es solo que… —Hace una breve pausa, reconsiderando lo que va a decir—. Tienes los mismos ojos avellana que tu padre.

Mis labios se entreabren, sin tiempo para procesar sus palabras. Nico lo percibe y, antes de que pueda reaccionar, cambia de conversación.

—¿Te apetece un café mientras te pongo al día? —Su atención se desvía hacia la cautivadora mancha de mi americana. Nota mental: tengo que encontrar un baño lo antes posible para librarme de ella.

—Normalmente no rechazo un café, pero… La reunión de dirección empieza en dos minutos.

—Todavía queda media hora. ¿No recibiste la actualización de la convocatoria?

—¿Cómo? —mascullo. Universo, tú y yo tenemos una conversación pendiente.

—Venga, vamos. —Nico se aparta ligeramente para cederme el paso—. A ver si tienes más suerte que con el último…

Mientras rodeamos la zona de secretaría, me quito la americana y la doblo sobre el antebrazo. Ojos que no ven, blazer que no siente. Nico se detiene en una de las mesas, ocupada por una mujer de pelo cobrizo y con una cantidad considerable de pecas por el rostro.

—Esta es la planta de dirección, supongo que ya te habrás dado cuenta. He tenido una reunión con el director editorial y he aprovechado para enseñártela.

Nico acaricia la madera con los nudillos y, con la otra mano, me presenta a las secretarias.

—Carlota, ellas son las directoras en la sombra: Judit, Núria y Mireia. —Las tres mujeres sonríen al mismo tiempo—. Se encargan de evitar que nos volvamos locos con las agendas de nuestros jefes, facilitándonos el día a día, pero no te dejes engañar por sus encantos.

—Como sé que vosotras sois las que hacéis que esto funcione realmente, intentaré estorbar lo menos posible. —Les guiño un ojo cómplice.

—Por cierto, ¿dónde está Marga? —curiosea Nico.

—Ha bajado a desayunar antes de que vuelva su jefe —aclara una de ellas.

Nos despedimos y continuamos el recorrido hasta el pasillo. La primera puerta esconde una pequeña pero acogedora sala de descanso. Nos situamos junto a la encimera de madera, donde reposan varias cafeteras italianas, un amplio surtido de infusiones y cafés. El aroma tostado del café recién hecho se cuela por mis fosas nasales. Me tienta un bocado de esas galletas con virutas de chocolate que tienen tan buena pinta. El episodio surrealista que he vivido esta mañana me ha despertado el apetito. Mientras él prepara los cafés, yo examino su traje de lana antracita, que contrasta con las canas de su barba bien cuidada y de su cabello, peinado ligeramente hacia un lado.

—¿Azúcar?

—No, gracias.

—La sesión de hoy va a ser tensa —menciona Nico mientras me tiende el café, acompañado por una galleta.

—¿Por qué? —Le agradezco el detalle y mordisqueo los bordes.

—Es la reunión trimestral a la que asiste el equipo directivo y donde analizamos las métricas clave —explica entre sorbos de café—. La dirección está muy preocupada por los resultados. Las ventas de papel siguen cayendo, aunque eso no es ninguna novedad. Lo que nos ha sorprendido es que nuestro tráfico web ha disminuido un quince por ciento en los dos últimos trimestres, lo que pone en evidencia que estamos siendo incapaces de captar a la audiencia digital.

—Es probable que sea por falta de credibilidad. También hay un distanciamiento emocional en vuestra, nuestra, narrativa. —Nico asiente ante mi respuesta, lo que confirma mis conjeturas.

—Y por eso estás aquí.

—¿Yo? —Mi postura relajada se tensa automáticamente.

—Por tu capacidad para conectar con las nuevas generaciones. El éxito de tus redes sociales es un ejemplo de ello.

—Nico, escribir una columna y comunicar en redes no tiene nada que ver con la gestión de un periódico en crisis.

—Efectivamente, pero veo tu potencial y sé que les aportarás lo que les falta para dar el siguiente paso. Se resisten al cambio. Sorpréndeles, Carlota.

—Es imposible implantar algo tan disruptivo de la noche a la mañana en un periódico tradicional como este.

—Donde la gente ordinaria encuentra límites, la extraordinaria los convierte en posibilidades. —Nico retira la taza vacía de mis manos y deja ambas en el fregadero—. ¿Qué te parece si te enseño cómo nos organizamos?

—¡Genial! —«¿Dónde me he metido?».

Esboza una sonrisa y me hace un gesto para que lo siga. Bajamos hasta la quinta planta, donde se palpa un ambiente vibrante. Los periodistas cruzan de un lado a otro apresurados, con una taza de café probablemente frío en sus manos. Se solapan el sonido de sus teléfonos, los acalorados debates y el tecleo constante.

Un periodista de mediana edad nos intercepta de repente.

—Nico, ¿tienes un minuto? El corresponsal en Washington dice que la Casa Blanca ha cancelado la rueda de prensa.

Nico coloca la mano en su hombro.

—Arnau, te presento a Carlota Ferrer. —Se gira hacia mí—. Él es el editor de la sección de Política.

El hombre me estudia con interés.

—¿Eres la hija de Toni Ferrer?

—Eso dice mi partida de nacimiento —bromeo, aunque ni siquiera a mí el comentario me parece gracioso.

—Tu padre fue uno de nuestros mejores periodistas y un líder inspirador. —Arnau le da una palmada en la espalda a Nico—. Salvando las distancias, claro.

—Gracias. —Me obligo a decir, con una voz más áspera de lo que me hubiese gustado.

—Tienes el listón alto, Ferrer.

Debería sentir orgullo al escuchar esas palabras; en cambio, se deslizan por la garganta como lava. Nico percibe mi incomodidad.

—Vamos. Aún tengo que presentarte a los demás.

Seguimos recorriendo la redacción. Nos detenemos en la sección de Economía y Sociedad; después en la de Deportes.

—Te aconsejo mantenerte alejada de ellos si no quieres acabar con resacas legendarias. —Nico me señala a un grupo de jóvenes redactores.

Subimos a la sexta planta, donde la atmósfera cambia por completo. Los columnistas escriben aislados del mundo con sus auriculares. En esta parte del edificio las conversaciones entre los periodistas son más pausadas. Examino el lugar en busca del enigmático hombre del que siempre acabo huyendo.

—Además de la sección de Opinión, aquí se preparan los reportajes de investigación —me informa Nico.

Asiento distraída. Algo capta mi atención. Un rótulo negro situado al lado de una puerta de madera.

—¿Y esta sala?

—Es la hemeroteca. Aquí guardamos el material periodístico de los reportajes, ediciones anteriores y recortes. Aunque ahora casi todo está digitalizado.

—¿Toda la documentación del periódico está aquí?

—No exactamente. El material confidencial está en la segunda planta, junto al equipo legal. Documentos administrativos, los informes internos, la lista de fuentes…, ese tipo de cosas.

—Ah, claro —digo con un fingido desinterés.

El tramo final del recorrido se parece más a lo que recuerdo de mi etapa en *Diva.* El ambiente es más dinámico y relajado, las periodistas tienen un estilo más vanguardista y charlan desenfadadas mientras revisan las últimas tendencias en la pantalla interactiva. En la esquina hay un *beauty corner* con muestras de marcas de lujo y un panel con los mejores restaurantes de Barcelona.

Nico y yo regresamos a la octava planta, donde se encuentra la sala de juntas. Ni rastro de Omega. ¿Dónde se habrá metido?

Cuando varios editores rodean a Nico con urgencias, decido que es el momento perfecto para escabullirme y limpiar la americana. Cruzo de nuevo la planta ejecutiva en busca de un baño más íntimo. Me alejo lo suficiente como para recuperar mi móvil y enviarles una nota de voz a las chicas.

—Amigas, no estáis preparadas para lo que os voy a contar. Para rematar el experimento sociológico al que el universo me ha arrastrado hoy, me he quedado encerrada en el ascensor de la redacción. —Mi propia incredulidad me arranca una carcajada—. Y el tío que me ha ayudado a salir es el mismísimo… —Empujo la puerta del baño con la cadera y entro despreocupada hasta que me encuentro inesperadamente con alguien.

Un hombre de espaldas

Subiéndose la bragueta.

—¡Joder! —Un grito ahogado se escapa de mi boca.

La mano con la que sujeto el teléfono vuela hasta mi pecho, conteniendo la ferocidad de mis latidos. Mi reacción desencadena un sobresalto en él. En cuanto empieza a darse la vuelta, lo reconozco.

Omega. Parece que lo he invocado.

—¿Qué haces aquí?

—Podría preguntarte lo mismo —responde.

Omega se ajusta la americana azul oscuro y estira los puños de su impoluta camisa blanca. ¿Será tan rápido en cambiarse como Superman? Se desplaza hasta el lavamanos, ignorando mi presencia. Aprieto los labios y cruzo los brazos.

—¿Te has colado en el baño de mujeres para asegurar que ninguna se quedaba encerrada?

Me ha poseído una versión más descarada de mí misma. Le escaneo con disimulo. Parece que le hayan esculpido el traje en el cuerpo.

—No, esta vez solo he entrado a... —Omega señala con la cabeza los urinarios mientras se enjabona las manos. La valentía me dura más bien poco. Mierda. Me he equivocado de lavabo. Intento verbalizar una excusa, pero no encuentro ninguna coherente.

—Es curiosa esta tendencia tuya a los encuentros poco convencionales —insinúa.

Levanta la vista y observa mi respuesta a través del espejo. Su pelo sigue húmedo y al moverse desprende su perfume característico, aunque más fresco.

—Lo llaman factor sorpresa. —Oculto mi vergüenza detrás de una fachada de indiferencia.

Me gustaría preguntarle su nombre y averiguar a qué se dedica en el periódico, pero no le daré esa satisfacción. Aunque sus misterios empiezan a crisparme.

—En eso tienes razón. Has conseguido sorprenderme, porque no parecías el tipo de persona que necesita ser rescatada. —Mi mandíbula se tensa.

«A efectos prácticos, me han rescatado los de mantenimiento».

Se seca las manos con las toallas de papel y yo me teletransporto a la noche del evento. No recordaba que su arrogancia me desquiciase de esta forma. Igual lo de la transformación de superhéroe es más una cuestión de cambio de identidad que de ropa. Nuestras miradas se encuentran en el cristal, la frontera entre las dos realidades.

—Ni tú parecías el tipo de persona que suele hacerlo —contraataco.

«Carlota, lárgate ahora mismo», me ordeno.

Esgrimo una sonrisa calculada. Mi determinación me conduce hasta la puerta.

—Por cierto… —Al escuchar su voz me detengo, aún con el pomo en la mano—. Bienvenida a la redacción, Carlota.

Su voz provoca un escalofrío en mi espalda que escala por cada vértebra. Sin darme cuenta he contenido el aliento. Trago saliva de nuevo y cierro la puerta sin mirar atrás. Es la primera vez que pronuncia mi nombre y algo me dice que no será la última. Recuesto la espalda en la puerta y trato de recomponerme. Me he quedado sin tiempo para limpiar la puñetera mancha. Estoy segurísima de que el universo ha creado un grupo de WhatsApp para coordinar los dramas de mi primer día en la redacción.

Mientras cruzo la puerta de la sala de juntas con determinación, archivo mentalmente el reencuentro con Omega en el baño. Hemos protagonizado una de esas conversaciones incómodas que ocultas de los chats principales, una estrategia psicológica con la que evitas enfrentar algo de forma inmediata. Un auténtico autoengaño funcional.

Pese a la amplitud del espacio, lo primero que llama mi atención es la pared acristalada que preside la sala. La avenida Diagonal se extiende ante mí y se abre paso entre edificios de oficinas y hoteles. Observo el movimiento de la ciudad. Desde aquí parecen hormigas a cámara rápida. En el centro de la sala hay una gran mesa alargada de madera con los bordes redondeados. Nico aparta la silla con un gesto cortés. Me instalo en una de las sillas ergonómicas, tapizadas con cuero negro. Le doy las gracias. Coloco mi agenda sobre la mesa y juego con el bolígrafo, haciéndolo rodar entre los dedos. A medida que los demás toman asiento, hago mis propias asociaciones mentales. Nico va soltando nombres y cargos, y yo intento memorizarlos. El que analiza gráficos de la bolsa en su móvil, con la misma intensidad con la que yo me comería ahora mismo una pizza carbonara, es el editor de Economía.

—La mujer rubia con traje que ha eclipsado la conversación es la directora del departamento comercial —me susurra al oído Nico.

Continuamos nuestro juego de quién es quién hasta que las conversaciones pierden fuerza. Beatriz Sierra, la directora de *L'Actua-*

litat, entra con paso firme. Es una mujer elegante y minimalista. Ocupa el asiento principal. Recorre con la mirada a cada uno de los presentes. La expectación se palpa en el ambiente. Judit, su secretaria, le sirve una taza de café.

—A su lado se sienta Víctor, el director editorial. Si sobrevives a una reunión con él sin replantearte tu vida, considéralo una victoria. Es un pilar fundamental en la dirección del periódico.

Beatriz echa un ojo a la silla vacía de su izquierda, le pregunta algo en voz baja a su secretaria y afirma con la cabeza tras recibir una respuesta. Acto seguido se aclara la garganta, da los buenos días y comienza su discurso, apoyándose en los gráficos de barras y líneas de tendencia que se proyectan en pantalla.

—Hay tanto de qué hablar que voy a ir directamente al grano. Ya encontraremos el momento de darte la bienvenida cuando te incorpores oficialmente, Carlota. Confiamos mucho en tu trabajo..., ¡lo vamos a necesitar! Los números reflejan una tendencia preocupante que no podemos ignorar. En los últimos trimestres, los indicadores claves han caído: las ventas del periódico en papel y el tráfico web siguen descendiendo, las suscripciones digitales no crecen al ritmo esperado y las estadísticas reflejan que nuestro alcance en la audiencia joven es cada vez menor. Las nuevas generaciones prefieren otros formatos y plataformas, ya no confían en los medios. Y las marcas buscan conectar con ese tipo de público, por lo que los ingresos publicitarios también se ven afectados. Si queremos continuar siendo relevantes, es el momento de tomar decisiones. —Beatriz se quita las gafas con cuidado y las deja sobre la mesa—. Llevamos tiempo enfrentándonos a un cambio de paradigma en el sector y sabíamos que no podíamos quedarnos de brazos cruzados. Así que desde hace meses hemos estado analizando en profundidad la situación para trabajar en un plan de transformación que nos permita adaptarnos a los cambios, pero manteniendo nuestra esencia.

La atención de la directora se desvía hacia la puerta, que hace ruido al abrirse.

—Adrián, justo a tiempo.

Un pálpito irracional me recorre desde los pies hasta el estómago y mi pulso se acelera sin poderlo evitar.

«Por favor, que no sea él», suplico.

Omega. El hombre enigmático del evento, el desconocido con el que soñé que me besaba, el que me ha socorrido en el ascensor y después me ha vacilado en el baño, camina por la sala como si el mundo entero estuviese al alcance de su mano.

—Adrián... —susurro su nombre.

Omega, Adrián, toma asiento y abre su iPad en silencio. Echa un vistazo rápido a los asistentes, calibrando la situación. Nuestras miradas se encuentran, como si la gravedad las hubiese atraído. Parece que me evalúa y, al mismo tiempo, lucha contra el impulso de hacerlo. Luego aparta la vista, su expresión se vuelve impasible y actúa como si fuéramos dos extraños.

Nos conocimos una noche en un evento de moda, lejos de nuestro mundo, como partículas que colisionan por casualidad. Desde entonces, nuestras vidas han seguido su trayectoria, ajenos a la posibilidad de volvernos a cruzar. Sin embargo, el universo ya tenía sus propios planes. Se ha encargado de distorsionar el tiempo y el espacio para conectarnos de nuevo aquí, en la redacción. Puede que algunas personas no lleguen a nuestra vida de forma convencional, sino a través de puentes que desafían la lógica. Quizá estemos destinados a encontrarnos, incluso sin buscarnos. Adrián y yo hemos cruzado hoy nuestro propio puente de Einstein-Rosen.

Beatriz continúa su discurso, agitando las manos, como una directora de orquesta.

—Adrián ha estado viajando durante los últimos dos trimestres por Estados Unidos para estudiar el nuevo modelo digital en los medios. Ha estado en contacto con algunos de los periódicos que están en pleno proceso de modernización y, como sabéis, liderará la estrategia de transformación del periódico.

—Efectivamente. —Adrián se dirige a sus compañeros con una seguridad arrolladora—. Mi propuesta inicial no es disruptiva, sino progresiva. Vamos a reforzar nuestra presencia digital sin perder nuestra identidad periodística. Algunas de las acciones que proponemos pasan por incrementar nuestra participación en las plataformas sociales. También ajustaremos los titulares para optimizar las búsquedas y personalizaremos el contenido según los intereses de nuestros lectores.

—A ver, Adrián, todo lo del SEO y los e-mails está muy bien, pero aquí hacemos periodismo de investigación. Si quieres sensacionalismo, te vas a un canal de noticias o a las tertulias, y quien quiera entretenimiento, que se vaya a TikTok. ¿Cómo piensas explicar la situación de Afganistán en redes? ¿Con un bailecito? —El editor de Política se cruza de brazos en señal de protesta.

—No vamos a abandonar nuestro rigor ni a convertirnos en un portal de entretenimiento. Pero debemos encontrar la forma de llegar a un público más joven —rebate.

—El problema es que la gente ya no consume las noticias como antes. ¿Qué es lo primero que hacen los jóvenes al despertar? Cogen el móvil. Sus fuentes principales son las redes sociales y es a lo que dan crédito. Si un influencer con suficientes seguidores dice que la Tierra es plana, la gente se lo cree. —La directora del departamento de publicidad alza su móvil y lo zarandea mientras comparte su punto de vista.

Los murmullos van en aumento, un par de editores cruzan miradas de incertidumbre, otros continúan con un discurso anclado en su visión arcaica. Vacilo durante unos segundos. Me enderezo y me muerdo el labio inferior, conteniendo mi pánico escénico.

—Si me permitís... Las redes sociales no solo han cambiado el canal de distribución de las noticias, sino la manera en que el público interactúa con ellas. —Adrián reconoce mi voz y clava la mirada en mí—. Las nuevas generaciones ya no quieren que les hablemos desde un lugar informativo, sino que quieren participar en la conversación. Buscan cercanía, transparencia y formatos consumibles en un mundo acelerado en el que todo está al alcance de un clic. La audiencia ya no quiere noticias, quiere historias. Y mientras no hablemos su idioma, no nos entenderemos.

—Los milenials siempre creyendo que van a salvar el periodismo. —Víctor se reclina en la silla, participando de las risas que se esparcen por la sala.

Adrián juega con el lápiz táctil hasta que decide intervenir.

—El periodismo se sostiene con hechos, no con emociones. ¿Cómo planteas hacer ambas cosas sin sacrificar nuestra credibilidad?

Lejos de intimidarme, su pregunta tan solo añade gasolina a mis argumentos.

—Los hechos sin humanidad se pierden en un mundo donde la información compite con mil distracciones. Imagina una investigación a fondo que, en vez de convertirse en un artículo de tres páginas, se convierta en un debate abierto que cualquiera pueda consumir de camino al trabajo y en el cual la gente pueda comentar y opinar.

Capto un brillo en los ojos de Adrián. El mismo que durante un segundo detecté en el ascensor cuando las puertas se abrieron. Nico se inclina hacia delante y apoya los antebrazos en la mesa.

—Carlota tiene razón. Si observamos las tendencias en otros medios internacionales, los que han conectado con la audiencia han apostado por nuevas narrativas.

Beatriz, que ha permanecido en silencio hasta ahora, levanta la vista.

—Bien. Quiero que trabajemos en una propuesta más concreta, que esté alineada con nuestra identidad, pero que nos permita acercarnos a ese público joven. —La directora entrelaza los dedos y fija la mirada en mí—. Quiero que participes en la definición de esta estrategia con tus ideas. Adrián, encárgate de supervisar esta nueva línea de trabajo.

Él no responde de inmediato y eso provoca una tensión incómoda en la sala. Beatriz espera su confirmación y le sostiene la mirada. Al final, Adrián asiente una sola vez, perdiendo el pulso. Después aprieta la mandíbula y exhala por la nariz, despacio. Los demás dan la sesión por concluida.

—Esto va a ser interesante... —Nico arquea las cejas con diversión mientras cierra su portátil.

Omega se dirige hacia la salida y Nico lo intercepta cuando pasa junto a nosotros.

—Adrián, me gustaría presentarte a Carlota.

—Ya nos conocemos. —Reconduce hasta mí la mirada repleta de secretos.

Por lo visto, su nueva afición es incomodarme. Joder, le va a contar que nos conocimos en el evento. Siento cómo se cierra el nudo de mi garganta. ¿Qué pensarán en la redacción si se enteran de que coqueteamos aquella noche? En mi plan no hay margen para que el recuerdo de nuestro encuentro se escape de donde se halla: en el pasado y en silencio.

—Ah, ¿sí? —Nico frunce el ceño, descolocado. Las manos empiezan a sudarme y el corazón me bombea con fuerza.

—Esta mañana, cuando se ha quedado encerrada en el ascensor. Un encuentro peculiar. Así que aprovecho la ocasión para presentarme oficialmente. Soy Adrián. —Me tiende la mano.

Mis pulmones recuperan su capacidad de funcionar después de la apnea emocional. Y ahora lo que me desconcierta es su tranquilidad. Pronto entiendo cuáles son sus intenciones. Su mano aterciopelada desprende calor. Siento cómo hormiguea cada centímetro de mi piel. ¿Estará sintiendo Adrián la misma electricidad al tocarme?

—Carlota Ferrer.

Mientras atravieso el vestíbulo del edificio para volver a casa, pienso en una versión más inocente de mí misma, cuando desconocía todo lo que estaba a punto de ocurrir. Me siento como una viajera interplanetaria cruzando el límite de lo conocido, dejando atrás mi zona de confort, mi estabilidad laboral, mis límites emocionales, mis certezas y las reglas que han definido mi vida hasta ahora. En definitiva, mi sistema solar. Ahora presiento que empieza la aventura, al adentrarme en mi propio Cinturón de Kuiper. Un territorio desconocido, repleto de inseguridades, resistencias, misterios y agujeros negros. Pero también un lugar donde las posibilidades son infinitas y cualquier descubrimiento podría redefinirlo todo.

Me coloco los AirPods, suena «Unwritten», de Natasha Bedingfield. Empujo la puerta del edificio y el eco de un trueno cercano me sorprende. Segundos después las gotas empiezan a caer. Al final el taxista tenía razón y no tengo paraguas. Intento resguardarme debajo de la marquesina, sin mucho éxito. Miro hacia el cielo con frustración hasta que de pronto se dibuja una mueca en mis labios.

La lluvia es como la vida, no puedes evitarla. Tan solo decidir si disfrutas bajo la tormenta o te resguardas de ella.

Doy un paso adelante, abro los brazos, levanto la cabeza y cierro los ojos. La lluvia se intensifica, el agua empieza a calar mi ropa. Lo que nace como una sonrisa espontánea desencadena en una risa cargada de vértigo y felicidad.

Hoy es el primer capítulo de mi historia y el resto aún no está escrito.

8

Luna nueva, flequillo menguante y aventuras en cuarto creciente

Lo que da de sí un ciclo lunar…

Un ciclo lunar completo se compone de ocho fases. Las mismas que necesita un corazón roto o más bien descosido para remendarse. Porque el desamor no es un proceso lineal, ni acaba con el adiós. Incluso cuando eres tú la que decide poner el punto final. El duelo empieza con esa desorientación incómoda del «¿y ahora qué?». Después aparece la negación que, en mi caso, ya había vivido antes de oficializar mi ruptura. Se materializa en forma de rutina funcional y consigue anestesiar cualquier emoción. Luego llega el desfile interminable de todos los «¿y si…?». Hasta que entra en la ecuación la nostalgia edulcorada junto a la *playlist* compartida, recordándote solo la parte bonita del cuento. Entonces lloras. Sola. En pijama y con una copa de vino, mientras te preguntas si deberías escribirle, simplemente para ver cómo está. Es hora de ir a comprar pañuelos, amigas. Finalmente, un día te despiertas aceptando, con cierto humor, que eres oficialmente Bridget Jones. Si algo tienen en común ambos procesos es el tiempo, que, como decía mi abuela, lo pone todo en su lugar. Me pregunto cuántas fases lunares serán necesarias para superar mi historia con Martín…

Recojo la taza vacía de la mesa, aún tibia. Abro la ventana de la cocina y observo el cielo completamente oscuro mientras me preparo el segundo café del día. Respiro hondo y regreso al escritorio, con una taza ahora llena de cafeína. Reviso la lista de tareas para hoy. Entre las diez primeras: no quedarme encerrada en el ascensor en mi segundo día en la redacción, publicar el post y buscar piso. Tecleo de nuevo.

Según Júlia, mi fuente no oficial de conocimiento sobre el universo místico moderno, los astrólogos consideran la luna nueva como el punto de mayor energía de la lunación. En ese momento, se encuentra en conjunción con el Sol y no es visible desde la Tierra. No solo marca el inicio de un nuevo ciclo, sino que, supuestamente, influye en nuestro estado de ánimo de forma inconsciente, siendo el momento idóneo para renacer en todos los aspectos y, sobre todo, para iniciar nuevas etapas. ¿Será este el momento propicio para cortarme el pelo? Los astrólogos dicen «no». Pero yo digo «sí». La ley no escrita de las rupturas.

#lunanueva #misteriosdeluniverso #reflexiones #desamor #amormoderno

—¿Preparada para tu primer día oficial? —Nico recuesta la espalda en la silla—. Ahora empieza la parte divertida. Tienes que demostrar que lo del otro día no fue la suerte del principiante. —Levanta las cejas, con un gesto burlón.

—Buenos días, ¿por dónde empiezo? —Tomo asiento frente a él.

Mi jefe deja caer una pila de documentos sobre la mesa.

—Mi *welcome pack*, supongo.

—Correcto. —Nico observa cómo mis ojos se agrandan al ojear la documentación—. No te asustes. Es una primera toma de contacto. Esta semana, hay una avalancha de coberturas en Cultura y Ciencia. Les vendrá bien que alguien les ayude.

Lo que tengo entre mis manos no es de lo más atractivo, pero nada que no haya hecho antes. Referencias de estudios para un artículo sobre el impacto de las redes sociales en la salud mental; un resumen de prensa internacional sobre el Festival de Cine de Venecia; y una recopilación de datos sobre el auge de la novela romántica y cómo las plataformas digitales están resucitando el hábito de lectura de toda una generación. ¡Y todavía hay personas que siguen pensando que el género romántico no es literatura!

—¿Un simulador marciano? —pregunto sorprendida al saltar al siguiente documento.

—Sabía que te parecería interesante. Musk ha decidido construir Marte en la Tierra. —«Querrá decir un prototipo de hábitat», pienso—. Ayuda al equipo con la documentación básica, algo que sea inteligible para humanos normales.

El siguiente dosier llama mi atención: «The Big Love Data. El amor es cuestión de datos». Levanto la vista.

—¡Ah, sí! Es una aplicación de citas que promete emparejarte tras analizar tus hábitos de vida, rutinas deportivas, la música que escuchas y hasta tu historial de Netflix.

—Suena prometedor, aunque dudo que consiga a alguien que esté dispuesto a disfrutar en la misma tarde de una comedia romántica navideña y de un thriller nórdico sobre asesinos en serie —bromeo.

—Prepara un artículo para la web. Fresco, con chispa... Veamos cómo responde la gente y si tus lectores más fieles te han seguido hasta aquí.

Cuando parece que ya ha terminado la retahíla de peticiones, añade:

—Y en tus ratos libres investiga cómo se están contando las cosas al otro lado del charco. Los nuevos formatos en medios digitales, el tono que usan y los temas que mejor funcionan. Un *briefing* con ejemplos reales. —Aprieto los labios complacida—. Cuando lo tengas, búscame para comentarlo.

Justo lo que esperaba. Esta investigación me dará pistas para desarrollar el primer borrador de la propuesta de transformación. Automáticamente pienso en Adrián y noto la garganta seca. Tendré que hablar con él, cuando tenga las ideas más claras, pero de momento no quiero que se convierta en una distracción. Patada mental hacia delante. Este será un problema de la Carlota del futuro. Aunque ese futuro se refiera a las próximas setenta y dos horas. Reúno el montón de papeles que tendré que procesar en los próximos días y me pongo de pie.

—Son tareas temporales mientras se acaba de definir el proyecto... Aprovéchalas, por favor. Es una gran ocasión para que te conozcan en la redacción.

Muevo la cabeza, obediente. Entiendo perfectamente cuáles son sus intenciones. Quiere atajar la rumorología sobre el motivo por el que estoy aquí. Me está dando la oportunidad de que mis compañeros me conozcan por mi talento, no por mi apellido. Y yo no pienso desaprovecharla. Me dirijo hacia la puerta de su despacho. Cuando me giro para despedirme, Nico ladea la cabeza y frunce el ceño.

—Carlota, ¿te has hecho algo en el pelo? —Acompaña la pregunta con un movimiento de dedos que simula unas tijeras, lo que provoca que se me escape la risa.

—Un corte mariposa —aclaro. Aunque pone la misma cara que si le hubiese hablado sobre la radiación cósmica de fondo.

Después de soltar los dosieres sobre mi recién estrenada mesa, decido empezar la interminable lista de encargos de Nico por la sección de Ciencia. Pero antes necesito un café. Uno bien cargado. La zona de descanso está situada en la quinta planta, así que me cuelgo la acreditación, agarro la carpeta con la documentación y camino directa al ascensor, que tarda unos segundos en aparecer. Me cuelo distraída entre el grupo de periodistas que lo ocupan. El rastro amaderado que flota por el cubículo metálico me obliga a girar el cuello hasta que doy con su dueño. Lo huelo antes de verlo. Lo perturbador es que un simple perfume active en mí la respuesta biológica involuntaria de querer acercarme. Maldito sistema límbico. Adrián, fan de los trajes oscuros, charla con dos compañeros del equipo de innovación. Es insultante lo bien que le quedan. Me aclaro la garganta.

—Hola... —murmuro lo que pretendía ser un saludo.

Adrián continúa hablando, sin inmutarse. ¿Quizá no me ha oído? Tras varios segundos me doy cuenta de que no, que ni siquiera me devuelve la mirada. Ni un atisbo de reconocimiento. Mi orgullo herido escala hasta mis mejillas y las tiñe. Mientras proceso la humillación, las puertas se abren. Planta cinco.

¿Qué ha sido eso?

Adrián

Carlota sale del ascensor con su indignación a cuestas. Dejo escapar el aire y retomo la conversación con mi equipo, tras haberme comportado como un auténtico capullo ignorándola. Aun así, tengo que hacer todo lo posible por mantenerme alejado de ella hasta averiguar cuáles son sus intenciones. Tengo que hacer todo lo posible por mantenerme alejado de ella. Cuando el ascensor aterriza en la cuarta planta, me doy cuenta de que no he estado prestando atención. Debería dejar de darle vueltas y concentrarme en el proyecto de transformación para mantener a flote el periódico. Sin embargo, la decisión de Beatriz de involucrar a Carlota lo complica todo. Mi padre no tardará en enterarse y pedirme que me deshaga de ella.

Los siguientes días avanzan saltando de una sección a otra, buceando entre cifras del *doomscrolling*, las películas más polémicas en Venecia y el crecimiento en ventas de las novelas románticas desde que despegó BookTok. No he vuelto a coincidir con el susodicho, lo cual es curioso teniendo en cuenta que trabajamos en el mismo edificio... y proyecto. Tampoco me han enviado la documentación para ponerme al día, ni él ni nadie de su equipo. ¿Cómo se supone que voy a participar en la estrategia entonces? No creo que pueda posponer mucho más la revisión de los avances con Nico. La inquietud se asienta en mi estómago. Después de entregar el informe para el artículo de salud mental, una de las redactoras de Vida me ha invitado a unirme para comer con un grupo de periodistas de la planta.

—¡Eh, Carlota! —Mis compañeros me saludan desde una de las mesas al fondo de la cafetería.

Sonrío agradecida, aunque la incomodidad todavía ronronea en mi estómago. Supongo que es normal cuando eres la nueva. ¿Cuánto tardarán en decidir si merezco estar aquí? Un periodista con gafas se aparta, despejando un sitio a su lado.

—Oye, muchísimas gracias por la documentación del prototipo sostenible del hábitat marciano. Llevo toda la semana peleándome con los tecnicismos y tú lo has aterrizado rapidísimo. ¿Por qué controlas tanto sobre ciencia?

—Bueno, he hecho un poco de trampa. Estudié Astrofísica. —El silencio que se ha instalado en la mesa me indica que los he dejado algo descolocados—. Luego me especialicé en comunicación. Desde entonces, he ido encadenando másteres y trabajando en distintos medios.

Los demás prestan atención a nuestra conversación, esperando la revelación del gran misterio: qué hace una científica en un periódico, más allá de la sección de Ciencia y Tecnología.

—Siempre he pensado que el ser humano es demasiado complejo como para definirse por una sola cosa. —Me encojo de hombros.

—Y además tienes una herencia familiar importante… por tu padre —añade la redactora de Vida.

—Supongo que todavía estoy tratando de averiguar dónde encajo.

—Pues prepárate, porque aquí también vas a descubrir algún que otro misterio del universo. —Todos ríen a la vez. Menos yo. Todavía soy una mera espectadora y no consigo leer entre líneas a qué se refieren.

—Lo que quiere decir —interviene una periodista de Cultura— es que en la redacción hay algunas dinámicas… complicadas. Sobre todo, en la dirección.

—Pobre Beatriz…, se pasa el día gestionando los egos de sus primeras espadas. El intocable, el dinosaurio, la que tiene contactos… Todos con su visión, su agenda y reclamando su trozo del pastel.

No me he atrevido a preguntar a quién le han asignado esos apodos, por lo que tendré que descubrirlo por mí misma.

—¿No hay buen rollo entre ellos? —tanteo.

—Mantienen las formas, pero no hacen el amigo invisible en Navidad, para que me entiendas.

Mi padre me explicó que las redacciones son microcosmos con su propio juego político. Para tener éxito hay que aprender a leer a las personas que te rodean y a navegar con astucia entre las dinámicas de poder. Esto es más determinante que cualquier habilidad periodística.

Tras un breve paseo bajo el sol otoñal, en el que he acordado con las chicas que esta noche cenamos pizza y vino en casa, me dejo caer en la silla y, con la punta de los pies, la arrastro hacia la mesa. Doy un sorbo al café y abro la aplicación de alquiler de pisos. Empiezo con filtros que considero razonables: que el salón sea más grande que el maletero de mi coche, que no me saluden las cucarachas al entrar, que entre más luz que en un sótano y que no tenga que vender hasta mis calcetines sucios para pagarlo. Tras varios minutos de *scrolling*, pongo fin a mi búsqueda frustrada. Poca oferta y demasiados requisitos. ¿Y si tengo que vivir con Júlia para siempre? O peor, ¿y si termino volviendo a casa de mis padres?

Sobrevuela por mi mente la idea de enviarle un e-mail a Adrián y ejercer cierta presión en él para avanzar con la propuesta. Podría explicarle mis primeras conclusiones después de la investigación, compartir opiniones sobre el enfoque y ver en qué está trabajando con el equipo de digital antes de hablar con Nico.

Y es posible que también quiera comprobar que lo del otro día en el ascensor fueron imaginaciones mías.

El cursor parpadea.

> Asunto: Propuesta transformación digital
>
> Buenas noches, Adrián:
>
> Tras varios días de investigación, considero oportuno compartir los primeros avances, alinear criterios y definir los siguientes pasos de cara a la sesión con Beatriz.
> Contactaré con tu secretaria para coordinar disponibilidad en tu agenda.
> Un saludo,
>
> Carlota Ferrer

Lo leo. Demasiado aséptico e impropio de alguien que se pasó la noche del evento coqueteando con él. Lo elimino.

> Estimado Adrián:
>
> Imagino que has estado muy ocupado ignorando nuestras responsabilidades conjuntas, pero, por si te interesa, he avanzado en la investigación. Aunque tu comportamiento infantil dice lo contrario, propongo que nos sentemos a trabajar de una vez en la propuesta.
> Ya me dices algo. O no.
>
> Carlota

Demasiado pasivo-agresivo. Aunque bastante motivador y gratificante. Lo descarto, de nuevo.

> Hola, Adrián:
>
> Esta semana he estado avanzando en la investigación de nuevas narrativas y tengo algunas ideas que podrían ser una buena base para el proyecto. He adjuntado el documento al correo. Si te encaja, organizo una reunión en los próximos días para comentarlas.
>
> Carlota

Le doy a enviar y que los astros repartan suerte.

Cuando el sol ya se está escondiendo, echo al bolso mis bártulos y, de camino a la salida, paso por delante de la hemeroteca. Me fijo en cada detalle de su rótulo negro, me muerdo el labio y miro de reojo. Doy un paso adelante al tiempo que mi mano se posa sobre el pomo. El repentino ruido de algo cayendo al suelo me sobresalta. Contengo la respiración y mi corazón se dispara. Entonces aparece la señora de la limpieza empujando el carrito.

—Buenas noches —dice, como si no acabase de provocarme un microinfarto.

Le devuelvo el saludo y salgo pitando.

Doy gracias a mi amiga Júlia, porque de vez en cuando tiene alguna idea brillante. Me ha recibido en casa con un verdejo fresco. Claudia está apoyada en la encimera y, cuando me acerco a saludarla, me envuelve en un efusivo abrazo que activa mi alarma de la amistad. Entorno los ojos, intentando descifrar lo que le pasa, pero ella decide plantarme una sonrisa tan falsa como las promesas de Año Nuevo. El aroma a queso fundido impregna la cocina. La cena no es más que un pretexto para ocultar nuestro objetivo real, el aquelarre emocional con extra de mozzarella que está a punto de comenzar.

—¿Qué tal lo llevas? —me pregunta Claudia mientras me rellena la copa—. Lo de Martín, digo.

Levanto los hombros.

—¿No te has fijado en su pelo? —interviene Júlia—. Una lloradita y para adelante. Carlota empieza su *prime*.

—Ya lloré suficiente antes de la ruptura —replico—. Además, os recuerdo que fue una decisión mutua. Dos adultos decidiendo civilizadamente que ya no eran felices. Cero dramas.

Claudia y Júlia se miran entre sí, compartiendo un diagnóstico emocional que no he solicitado. Abro el horno por segunda vez para comprobar si la pizza está cocinada. Saco con cuidado la bandeja y la coloco en el centro de la mesa. Claudia ya tiene el cortapizzas en la mano.

—Bueno... —Júlia le da otro trago al vino—. ¿Y qué tal en la redacción con el adonis catalán?

Pongo los ojos en blanco y elijo una porción de pizza. Prefiero sufrir el quemazón a responder, pero veo en su mirada la sed de respuesta y sé que no lo dejará pasar.

—Ha empezado a actuar como si yo no existiese. —Lo dejo caer como si no me importase—. El problema es que en unas semanas tenemos que presentar la propuesta y no hay movimiento. Ni una reunión. Ni un e-mail. Tampoco ha compartido conmigo la documentación. No sé, igual piensa que soy idiota y que voy a hacerle perder el tiempo con mis ideas.

Júlia deja el trozo de pizza mordisqueado en la mesa y se limpia la comisura de los labios con la servilleta.

—Carlota, corazón..., tú acabas de entrar en una partida sin pedir permiso. Adrián todavía está decidiendo cuál es tu papel en su tablero de juego —me explica mi amiga, la analista política con tacones de Louboutin—. Si su aliada o su enemiga.

—Yo no soy ninguna amenaza para él, Júlia. Soy un simple peón.

—A ver si te entra en esa cabecita de astrofísica sexy que tú eres una jodida reina. —Enrolla el hilo de queso en su dedo y me señala con él—. Está tratando de desestabilizarte porque incluso los peones, si juegan bien, pueden hacer jaque mate.

Los pensamientos se me enredan. ¿Tendrá razón Júlia? ¿Estaré interponiéndome en los planes de Adrián?

Lo que no sabe él es que yo también tengo los míos.

—¿Y qué se supone que tengo que hacer ahora? —reflexiono en voz alta—. ¿Me espero? ¿Le copio la jugada?

—No, algo mucho mejor. Proponle algo tan bueno que no tenga otra opción que trabajar contigo.

Alzamos nuestros trozos de pizza y los chocamos en el aire. Un par de trozos de beicon salen disparados y aterrizan en la alfombra. Nos miramos sin pestañear intentando contener la risa. En nuestras cabezas la escena parecía más épica.

—Clau, ¿tú qué opinas? —Me giro hacia Claudia, que permanece en silencio y sumida en sus propios pensamientos—. ¿Va todo bien por el hospital?

Percibo que algo revolotea en su pecho, pero que no se atreve a compartirlo.

Mastico despacio, dándole tiempo para pensar. No quiero presionarla por el momento.

—¿Os acordáis de que Abril quería hablar conmigo y que yo iba a sacar el tema de la maternidad el día de su cumpleaños? —Claudia rompe el silencio. Ambas asentimos al mismo tiempo—. Pues la que se acabó llevando un regalo sorpresa fui yo...

—¿Qué ha pasado, tía?

—Le dije que era la mujer de mi vida, que no imaginaba a nadie mejor que ella para crear juntas una familia y le pregunté si quería dar el paso.

—¿Y...?

—Ella tenía otros planes a corto plazo —deja caer Claudia—. Como por ejemplo plantearnos abrir nuestra relación.

—¿Abrir...? —mascullo con la boca llena.

—¿Modo multijugador? —inquiere Júlia.

Claudia se inclina sobre la mesa, como si no nos acabase de soltar una exclusiva.

—¿Y qué le dijiste? —indago.

—Nada. Que lo pensaría. —Claudia deja escapar un suspiro subtitulado.

—¿En serio te lo estás planteando? —Júlia arquea las cejas.

Parpadeo varias veces, sin estar segura de haberlo oído bien. Si alguien me hubiese dicho que Claudia iba a considerar la opción de abrir su relación, me habría reído en su cara.

—Pero ¿de qué tipo de relaciones estamos hablando? ¿La de «si me lío con alguien de fiesta y te lo cuento no pasa nada»? ¿O la de «vamos a comer las tres a casa de mi padre»?

—No hemos entrado aún en detalles. Puede que alguna cita esporádica... o un trío.

—¿No eras tú del *team* «monogamia para siempre»? ¿No defendías que hasta pensar en alguien más que no fuera tu pareja era una infidelidad en toda regla?

—La gente evoluciona, Júlia. Tenemos que rebelarnos contra los moldes impuestos por la sociedad y podría ser una forma de romper con la monotonía. Abril y yo somos pareja desde hace seis años. Ni siquiera recuerdo quién era yo antes de conocerla a ella.

—Me da que igual ese es el proble... —murmura Júlia hasta que la fulmino con la mirada.

—Clau, creo que deberías darle una vuelta con más calma, que esto no es como compartir la cuenta de Netflix, ¿sabes? ¿De verdad quieres experimentar o solo tienes miedo a perderla? —Acaricio su mano.

—Bueno..., quiero ver adónde nos lleva esto. Fluir, como dice Abril. ¿Qué daño nos puede hacer jugar un poco?

Resoplo, dando esta batalla por perdida.

—Oye, si necesitáis encontrar a una candidata para vuestros experimentos sexuales, Carlota está investigando una app de citas que te empareja con alguien altamente compatible.

—Yo ya estoy emparejada, tan solo buscamos a alguien que nos atraiga. Y tú eres un caso perdido, pero Carlota está ahora soltera.

La mirada de Júlia se afila. Acaba de localizar a su próxima víctima.

—Tengo una idea. —Seguro que no me va a gustar lo que va a decir ahora—. Podrías probar la aplicación y luego contar tu experiencia en redes sociales, como las influencers americanas. Un reportaje de investigación a lo *21 días* con Samanta Villar...

Yo niego con la cabeza, aunque algo dentro de mí hace clic. ¿Y si no fuese una idea tan disparatada?

Publicado hace 1 hora

Últimamente, tengo la sensación de que las cenas con mis amigas se han transformado en debates existenciales sobre el estado crítico de la monogamia. Esta noche, sin ir más lejos, he asistido al mismísimo funeral del amor tradicional. He llegado tarde y he sido la única que vestía de rojo. Una marciana romántica aferrada a los finales felices y al amor exclusivo, que ha observado cómo ellas, pizza en mano, debatían sobre las infinitas posibilidades que ofrecen ahora las relaciones modernas.

Durante siglos, la monogamia junto con la infidelidad, sin nombres marquetineanos, habían dominado el mercado de las relaciones. Hoy, términos como el poliamor, el intercambio de pareja, las relaciones abiertas o el anarquismo relacional se añaden al menú afectivo a la carta. Un abanico de opciones que nos obligan a reflexionar sobre lo que queremos de verdad y qué límites somos capaces de aceptar a la hora de amar. La libertad afectiva es tentadora, pero siempre tiene un precio. Quererlo todo, todo el tiempo, también implica renunciar a algo.

Claudia, que ha decidido explorar una nueva faceta en su relación con Abril, intenta convencerme de que la exclusividad está sobrevalorada. Mientras que Júlia, con un largo historial de traiciones y mentiras a sus espaldas, se ha declarado en huelga y opta por disfrutar de su soltería crónica. Escucharlas me lleva a preguntarme qué habría respondido Martín si yo le hubiese propuesto una relación abierta como alternativa a nuestra ruptura definitiva. ¿Habría funcionado o simplemente habríamos prolongado la agonía? Esto da para un buen debate en redes sociales.

Tal vez eso de que «cada relación es un mundo» iba en serio. Puede que no existan leyes universales para el amor y que cada uno debe encontrar su propio planeta afectivo, con una atmósfera que permita respirar sin ahogarse y un clima estable sin tormentas emocionales que faciliten amar en equilibrio. Yo, por ahora, continuaré viviendo en Marte, con la esperanza de que algún día florezca algo en ese suelo árido.

#unamarcianaromántica #amormoderno #reflexiones

Doy un sorbo a la última copa de verdejo mientras me acerco a la ventana. La luna se alza en cuarto creciente. «Todo proceso necesita tiempo», me digo a mí misma. No tengo ni la más remota idea de cómo acabará esta historia, pero me gusta pensar que estoy en ese momento en el que todo es posible.

9

La materia oscura

Secretos y mentiras que, igual que la materia oscura, son invisibles pero capaces de alterar el rumbo de los acontecimientos. El ochenta y cinco por ciento de una redacción está hecha de ellos.

A lo largo de la historia del estudio del cosmos, los humanos hemos encontrado grandes hallazgos que desafían nuestra concepción sobre la composición y el destino final del universo. Como la teoría del Big Bang, la expansión del universo, los agujeros negros, los exoplanetas o la materia oscura. Algunos descubrimientos se producen de manera accidental mientras tratamos de encontrar algo completamente distinto.

Las conocidas serendipias. Y es precisamente una de ellas lo que provocó que aceptara un trabajo en el periódico que mi padre había dirigido durante años y del cual se marchó de forma misteriosa...

Seis meses antes

—Toni, tengo el testimonio de un ingeniero que trabajó en el proyecto Horus y que contradice lo que indican los informes técnicos que se publicaron.

Me detengo a dos pasos de la puerta, tratando de no hacer ruido, al escuchar voces al otro lado del pasillo.

—No sé qué te han contado, pero es una acusación muy grave. Durante la investigación no encontramos pruebas concluyentes. Además, la ESA avaló los informes.

—¿Estás seguro? Si alguien pudo darse cuenta de una manipulación, eras tú. Sabes que había demasiados intereses en juego.

—Tomás, ¿de verdad quieres poner en riesgo tu carrera por un par de titulares?

—EnerG2V vuelve a presentarse a la nueva licitación y la Agencia Espacial podría cometer otra vez el mismo error con dinero público. Hablamos de millones de euros.

—Como ya te he dicho, no tengo más información que pueda proporcionarte —insiste mi padre—. Y, si me disculpas, tengo prisa.

—No me creo que Toni Ferrer, con su ética impecable, prefiera mirar hacia otro lado.

Mi perro, Hubble, me olisquea desde la puerta y sale disparado en mi dirección.

—Si cambias de opinión, llámame.

La conversación se detiene. Unos segundos después me cruzo con un hombre que no reconozco. Alto, con las mejillas hundidas y una gabardina que le cubre hasta los pies. Le sostengo la mirada cuando pasa por mi lado. Él frunce el ceño y las arrugas de su cara se acentúan. Me saluda inclinando la cabeza y deja una estela de tabaco tras su paso. Espero unos segundos y atravieso el pasillo hasta la puerta de casa.

—¿Quién era ese, papá? —Dejo el bolso y las llaves en el recibidor.

—Un viejo conocido. Nada importante. —Acerca los labios a mi pelo y me da un beso.

Se dirige hacia la terraza para amontonar la leña en el centro de la parrilla. Mamá debe de estar a punto de llegar de su clase de yoga.

—¿Y qué quería? —Le lanzo la pregunta desde la cocina mientras me lavo las manos.

—Preguntaba por una noticia que cubrí hace años, pero no he podido ayudarle. Apenas recuerdo nada de esa investigación.

Cierro el grifo y me seco las manos. Mi padre nunca olvida nada.

—¿Y Martín? —Cambia de tema.

—Hoy tenía partido de pádel con sus amigos... Por eso no ha venido. —Él asiente y yo sonrío. Hace tiempo que ambos fingimos ignorar que es tan solo una excusa más.

El cuchillo golpea la tabla a medida que corto el aguacate en pedazos. Recojo los restos con la mano y presiono el pedal de la basura con el pie. Dejo caer las cáscaras cuando me percato de que encima de la mandarina yace una tarjeta blanca, ya arrugada. Levanto la vista para asegurar que mi padre sigue distraído. La recojo, la estiro con ambas manos y leo con atención:

TOMÁS ORTEGA
Periodista científico y de investigación
Freelance

—Proyecto Horus... —susurro.

Lo repito en voz alta hasta que, de pronto, todo encaja. Es el nombre de una misión espacial europea de hace un par de años. El objetivo era ambicioso, lanzar un satélite experimental para probar la eficiencia de nuevos paneles solares en condiciones espaciales y su capacidad para transmitir la energía a la Tierra. Era el paso previo para probar la viabilidad de construir una central solar completa en órbita. Recuerdo que el proyecto no tuvo el éxito esperado. Según dijeron entonces, las células fotovoltaicas no rindieron como se esperaba debido a ciertas interferencias... Mi padre cubrió esa noticia. Tuvo una gran repercusión mediática. Innovación, política y millones de euros en juego para una empresa española. Fue su último reportaje antes de dejar el periódico. ¿Por qué tengo la sensación de que el proyecto Horus y su marcha no son hechos aislados?

Guardo la tarjeta en el bolsillo trasero de mis vaqueros con el repiqueteo de mi corazón de fondo.

Camino a paso ligero por los adoquines de la ciudad para no llegar tarde al café improvisado con Nico, antes de empezar un ajetreado día en la redacción; otro más sin una respuesta de Adrián a mis últimos tres correos. Lo más probable es que se haya marchado a un retiro espiritual para directivos, lejos de su bandeja de entrada, y donde además no existen los sastres. Seguro que las túnicas de lino beis no le sientan tan bien. Aterrizo a tropezones en la cafetería, con el corazón funcionando a todo trapo. Me detengo frente a mi jefe, que espera pacientemente en la puerta, mientras ojea titulares de periódicos de la competencia. El aire se me atraganta y los «buenos días» tardan en salir por mi boca.

—Nunca entenderé cómo podéis andar más de tres metros con esos tacones. —Nico guarda el móvil en el bolsillo de su americana.

—Cuestión de práctica. ¿Quieres probar?

—No, gracias. Trabajar en *L'Actualitat* ya me asegura mi dosis de adrenalina diaria. —Abre la puerta y me cede el paso.

Elegimos una mesa junto a la ventana, alejada del bullicio central del local. Tras colgar las chaquetas y acomodarnos, la camarera nos toma nota.

—Un café con bebida de almendras, por favor.

—Un solo, gracias —añade Nico.

Luego dirige la mirada hacia mí y alza las cejas.

—¿Qué?

—¿Algo más? —insinúa.

—No sé… —Encojo los hombros.

La camarera se muerde el labio, impaciente.

—¿Podrías traer por favor un cruasán de pistacho? —le indica a la morena de ojos verdes que nos maldice en silencio.

—Te lo agradezco.

—Necesitas glucosa para que tu cabecita idee una forma de salvarnos.

—Esa glucosa alimenta el alma, pero no el cerebro. Y dudo que yo pueda salvar un periódico, pero cuenta conmigo para que no acabe como el Titanic. —Compartimos una risa cómplice.

—¿Recuerdas la aplicación The Big Love Data? —dejo caer mientras le doy vueltas al café—. Pues he tenido una idea.

Nico inclina la cabeza, tratando de averiguar por dónde voy a salir esta vez.

—Sé que solo me pediste un artículo para la web, pero me gustaría abordar el reportaje en diferentes formatos.

—Cuéntame más.

—Imagino varias publicaciones. Un par de posts, reels, TikToks y algún artículo en la web, donde pueda reflexionar sobre cómo las nuevas generaciones afrontan la búsqueda del amor, y qué ofrece la aplicación, a diferencia de sus competidoras en el mercado de las citas. Ah, y el plato fuerte sería un vlog con la experiencia en primera persona. —Se muestra atento, pero soy incapaz de identificar si le interesa o le está pareciendo la idea más absurda del mundo. Me tenso—. Lo..., lo acompañaría de entrevistas a psicólogos, antropólogos, a los propios creadores de la aplicación y a los usuarios reales. ¿Qué opinas?

Da un trago al café, sin prisa. Durante unos segundos guarda silencio, sopesando su respuesta. Aprovecho para darle un bocado al cruasán y así evito morderme las uñas.

—Me parece interesante el enfoque transmedia que estás proponiendo. ¿Has pensado en cómo se entrelazarán los formatos? Tampoco has mencionado la posibilidad de que los lectores participen.

Saco del bolso la agenda y le muestro las notas, con las yemas de los dedos ligeramente pringosas.

—El artículo en la web será la estación base. Desde ahí desplegaré píldoras en varias redes sociales, donde plantearé preguntas al público.

Se le dibuja una sonrisa ladeada y yo empiezo a relajarme.

—Indaga también en la ética detrás de los algoritmos y en los sesgos de los desarrolladores. Puede ser un buen hilo del que tirar.

—Tienes razón. Muchos colectivos querrán verse reflejados en la aplicación y asegurar que no están haciendo un filtro de sus posibilidades amorosas.

—Carlota, ¿estás segura de que quieres ser el sujeto de ensayo?

—Sí, no te preocupes. —Muevo la mano, muy relajada—. Es solo trabajo.

Le doy el último mordisco al cruasán.

—Informa a Adrián de tus intenciones. Es muy importante que continuéis trabajando en equipo. —Tiene gracia..., «equipo» no es precisamente la palabra que mejor nos define en estos momentos—. El reportaje que propones podría ayudar a enriquecer la propuesta de innovación con el análisis de datos.

Asiento despacio mientras mastico. Es el momento ideal para confesarle que Adrián me está haciendo *ghosting* laboral.

—Ahora que lo mencionas, Nico... —mascullo con la boca llena.

El ruido estridente de su teléfono irrumpe en nuestra conversación. Recupera el móvil de su americana y atiende la llamada. Parece urgente.

—Disculpa, Carlota. Tengo que volver a la redacción. ¿Me lo cuentas en otro momento?

—No te preocupes. No era importante. —Aprieto los labios y sonrío.

Me llevo las manos a la cara para ahogar mis penas. Necesito un hueco en la agenda de Adrián. ¿Qué haría Júlia en mi lugar? Primero, apartar las manos de los mofletes para no estropear el colorete melocotón. Y después... utilizar una técnica de manipulación.

Endulzar la burocracia comprando galletas a su secretaria.

Y, como no puedo fracasar, compro una caja variada: triple chocolate, dulce de leche con nueces, *red velvet* con queso crema, matcha con chocolate blanco —las favoritas de Júlia— y, las últimas, chocolate negro y flor de sal. Una contradicción sabrosa.

Con la versión repostera del caballo de Troya, subo hasta mi mesa y comienzo a plasmar en una hoja el mapa mental de contenido para el reportaje. En teoría, era una tarea sencilla cuando aún vivía en mi cabeza, pero se va complicando a medida que defino los formatos, el calendario de las publicaciones y estructuro el ecosistema transmedia, todo enlazado entre sí. En paralelo, he conseguido una entrevista con un psicólogo especializado en nuevos modelos afectivos. He contactado también con un antropólogo, que ha dedicado su tesis a estudiar el comportamiento emocional en contextos digitales, y, por supuesto, busco una cita con los creadores de la aplicación, que resulta ser una *start-up* española con sede en el 22@. Espero convencerles para que respondan a mis preguntas. Después de un parón para asistir a la reunión de coordinación de la mañana, abro un nuevo documento. Escribo el título provisional, «El amor verdadero a un clic... y unos cuantos TB de datos de distancia», y me paso la siguiente hora y media elaborando una lluvia de ideas para el artículo.

Cuando acabo de investigar cada uno de los temas que tengo pensado abordar, y cierro el documento, me siento satisfecha. Me ruge el estómago. Es hora de ejecutar mi plan y largarme a comer. Agarro las galletas, confiando en que serán el postre perfecto para Marga. De camino a la octava planta, me ajusto frente al espejo el chaleco sastre azul marino oscuro, con rayas diplomáticas, a juego con el pantalón de pinzas ancho, y me despeino las ondas de la melena. Mi teléfono comienza a vibrar en cuanto las puertas del ascensor se abren.

—¿Dónde estás, Carlota? —La voz de Nico suena áspera.

—Eh..., justo iba a... —improviso con torpeza—. ¿Por?

—Estamos en la reunión con el equipo de innovación en la cuarta planta. Ha empezado hace media hora, por cierto —me informa.

La sangre se me hiela y la vergüenza repta por mi estómago.

—Yo... No era consciente, Nico —tartamudeo.

—La próxima vez, si no puedes asistir, avisa a Adrián para que la replanifique, ¿vale?

Ahora el hielo de mis venas chisporrotea, como si me hubiesen empujado al núcleo del sol. Quiero pensar que ha sido un malentendido, pero mi intuición femenina me dice: «No seas ingenua, Carlota».

—Claro, Nico. No sé qué ha podido pasar, lo siento. —Aprieto la mandíbula hasta que mis dientes rechinan.

—Coordinaos después de la sesión, por favor. Yo tengo que marcharme a otra.

Estrujo la caja de galletas como si fuese el mismísimo Adrián. Durante unos segundos me quedo quieta dentro del ascensor. Inhalo por la nariz, exhalo por la boca. Soy una mujer adulta y practico el enfado consciente. O, al menos, es lo que me recomendaría mi terapeuta. Las puertas se cierran y decido que ha llegado el momento de plantarle cara, con la furia de un cuásar. Esto último es cosecha propia.

Llego a la planta de innovación con toneladas de frustración encima y un objetivo claro. En cuanto pongo un pie en ella, noto que vibra distinto. La media de edad es más baja que en las plantas de arriba y el *dress code*... se asemeja a mi *mood* de domingo: zapatillas de moda, vaqueros anchos, jerséis *oversize* y MacBooks. Docenas de MacBooks.

Recorro estratégicamente la planta, revisando cada una de las salas de reuniones. Hasta que doy con él. Lo observo desde el otro lado del cristal como si fuera un interrogatorio policial y yo estuviese en el lado del espejo que no refleja. Está de pie, apoyado sobre la mesa, ocupando todo el espacio. Él y su gigantesco ego. Se cree que está en una charla TED. Camiseta básica, traje caro y zapatillas blancas impolutas. Mimetizado con el equipo, pero con su MBA. Es una estrategia. Es evidente. Sus ojos se desvían un instante en mi dirección cuando percibe mi presencia. Otra maldita vez me desafía esa curva provocadora que se forma en la comisura de sus labios.

La odio. Espero a que la reunión termine para no montar un espectáculo. El protagonismo se lo dejo a él.

Me cuelo en la sala cuando todos los asistentes la han abandonado. Adrián recoge el portátil con parsimonia, como si no fuese plenamente consciente de que estoy frente a él. Carraspeo para llamar su atención. Levanta la cabeza y me escanea de los pies a la cabeza.

—¿Me he perdido algo? Pensaba que íbamos a preparar juntos la propuesta. —Traducción: «Lo del equipo te lo pasas por el forro, ¿no?».

Su rostro muestra una sorpresa fingida.

—¿Marga no te añadió a la convocatoria? —Arquea una ceja y suspira melodramáticamente—. Hablaré con ella inmediatamente para que no vuelva a suceder. —Hace una pausa—. De hecho, pensaba que ya no te interesaba, como no te has presentado ni justificado tu ausencia.

Nos miramos sin pestañear. Entre nosotros gravita una peligrosa tensión invisible. Mis ojos calibran cuánta verdad hay en lo que acabo de escuchar. El Oscar a mejor actor de reparto es para... Adrián.

—Es poco profesional por tu parte dejarme fuera... —Me cruzo de brazos—. Has ignorado cada uno de los correos que te he enviado.

Se le escapa la risa mientras viene hacia mí, rodeando la mesa. Sus dedos recorren la superficie. Los persigo con la mirada, estudiando su movimiento.

—¿A cuál te refieres exactamente? —Se muerde el labio y mi cuerpo se tensa más que una estrella de neutrones a punto de estallar—. ¿Al que insinuabas que estaba pasando de mis responsabilidades? ¿O en el que me informabas de que ibas a organizar una reunión que no organizaste?

Mierda. El correo pasivo-agresivo. El que supuestamente borré. Lo debí enviar por error. Su cercanía activa todas mis alarmas y doy un paso hacia atrás.

—Si uno de los dos está actuando fuera de lugar... eres tú, Carlota.

Me esfuerzo por mantener la compostura, aunque por dentro la vergüenza se está apoderando de mis órganos vitales. Respiro hondo. Al parecer, trago la misma cantidad de aire que de valor, porque acorto la distancia entre ambos y le señalo con el dedo índice, con cuidado de no tocarle, o todo podría saltar por los aires.

—Me dan igual tus tácticas de poder en la redacción, tu ambición desmedida por subir hasta la cúspide de la dirección o tu obsesión por el control de este proyecto. No pienso entrar en tu juego ni permitir que me pisotees. No me tomes por tonta. —«Tengo un máster en Astrofísica que me avala»—. Voy a presentar la propuesta con o sin tu ayuda.

Alarga la mano hasta la caja, haciendo caso omiso a mi amenaza, y se apropia de una de mis galletas. Sin apartar la mirada, le da un mordisco.

—No está mal —balbucea.

Hace amago de marcharse, pero se detiene a mi lado. Lo bastante cerca para que su hombro roce el mío.

—Por cierto, Carlota. Esto no es un juego. Y si lo fuera, tú y yo no estaríamos en la misma partida.

El crujido se va deshaciendo a medida que se aleja. Aparto la cara mientras mi orgullo se retuerce. Ni su traje de lana virgen italiana ni los veinte litros de perfume caro pueden disfrazar su verdadera identidad: un gilipollas de manual. Cuando Adrián está lo suficientemente lejos como para que mi cerebro retome su funcionamiento normal, suelto la caja de galletas en la mesa y me apresuro a convocar un comité de crisis exprés.

Júlia
Menudo gambito de dama te está haciendo el
Ken periodista

Claudia
Desde cuándo sabes tanto sobre ajedrez?

Júlia
Nunca os he contado que mis padres obligaron
a mi hermana a jugar durante unos años? Me he
tragado tantos torneos que sería capaz de
ganar uno

A mí sí. Recuérdame que hacías tú mientras ella jugaba

Júlia
Entablar relaciones diplomáticas con los instructores. Obvio

Claudia
Ya decía yo…, no tienes mucha pinta de jugar

Júlia
Cielo, estás a un comentario de pasar de ser una lesbiana moderna a mi tío Manolo

Aunque me parto de risa con vuestra absurda discusión, podemos volver al drama de hoy?

Claudia
Tan difícil es que os comuniquéis como dos adultos funcionales?

Para que haya entendimiento, la comunicación tiene que ser bidireccional. De lo contrario, solo eres una chiflada hablando sola

Júlia
Nena, es hora de pasar al plan B

Desconocía que teníamos uno

Júlia
Yo siempre tengo uno

Después de ultimar por WhatsApp los detalles de nuestro segundo plan maestro, me pongo manos a la obra. Atravieso los pasillos de la planta en busca del equipo de contenidos digitales y producción multimedia, que hasta hace unos minutos ocupaba la sala de reuniones y seguía con interés las palabras de Adrián Musk, su mesías particular. Cuando localizo al grupo, me aseguro de que él no ronde por allí y me acerco a una pelirroja con un moño desenfadado, a la que le saco, mínimo, un lustro.

—Hola, ¿tienes un minuto?

—La verdad es que me pillas bastante liada. —Se quita un AirPod—. ¿Puedes esperar o se ha caído Instagram?

Sí que tienen las nuevas generaciones distorsionada la escala de prioridades. Chasqueo la lengua.

—Mucho más importante. Estoy con la propuesta de transformación. Barajo la posibilidad de lanzar un piloto y no sé si estoy aterrizando bien el concepto en redes. Y ya puestos, necesito saber si tenemos lo básico: micros, cámara, foco o... ¿aro de luz? Lo justo para no parecer una amateur.

—¿Y tú eres...? —No se fía. ¿Les habrá puesto sobre aviso?—. No me suena haberte visto en la reunión.

—Me ha coincidido con otra importante, pero ya me he alineado con Adrián. Justo después. —Si por «alinear» entendemos empuñar las espadas láser en mitad de la redacción.

Me apoyo en el borde de su escritorio.

—Estamos trabajando juntos en la presentación de la semana que viene para Beatriz. —Añado con una sonrisa—. ¿Cómo te llamas?

—Me llamo Aina.

—Encantada, Aina, ¿quieres una? —Le aproximo la caja de galletas como ofrenda.

—No, estoy en fase cetogénica.

Asiento mientras me meto la galleta en la boca.

Cambio de táctica.

—Adrián me dijo que si alguien podía transformar mi idea en visitas, eras tú. —«Sí, vale, estoy mintiendo y no es propio de mí. Una mentira bienintencionada. Ya sabéis lo que dicen: en el amor y en la guerra, todo vale»—. Pero quizá me he confundido de persona.

—¿En serio? —Ahora empieza a prestarme atención. Inclino la cabeza, recreándome en mi mentira—. Vale, siéntate. —Arrastra la silla de su derecha y me la entrega—. ¿Cómo decías que te llamabas?

—Carlota.

—Pues venga, Carlota, cuéntame tu movida.

Me acomodo en la silla y le explico por encima el reportaje multiplataforma.

—Mola. Suena muy Gen Z, aunque no lo seas. —«¿Tan evidente es que pertenezco a la generación de los milenials?»—. ¿Has pensado grabar las entrevistas?

—¿Como los programas de entrevistas en televisión?

—Algo así, pero más top. Sigo a un youtuber que lo está petando. Hace directos ocasionales con invitados y debaten sobre ciencia, cultura o actualidad. Fijo que en un tiempo ese formato conversacional será *mainstream* en el resto de los medios.

—Hemos venido a jugar, ¿no? —Sonrío y alzo las cejas repetidamente.

—Pásate esta tarde y te presto material que te pueda servir para empezar. Tendrás que devolverlo intacto, ¿eh?

Doy un salto y me incorporo.

—Lo juro por Dior.

—La broma da *cringe* —se ríe Aina.

Esto es lo que ocurre cuando una milenial conoce a una Z.

Adrián

Al cruzar la puerta del restaurante diviso a Álvaro, que ya me espera en la mesa y que capta al instante mi mal humor. Me siento y suspiro lentamente.

—¿Qué tal va por la Estrella de la Muerte? —pregunta mi hermano con su habitual ironía.

Me dirijo al camarero y le pido un Priorat.

—¿Tú que crees? —Muevo la cabeza a los lados—. Esta tarde hay consejo de administración y estoy seguro de que recibiré su llamada después.

Le doy un sorbo al vino.

—¿Y con la chica del evento…? ¿Cómo se llamaba? —curiosea.

—Carlota. —Un cosquilleo me recorre la garganta. Me aclaro la voz—. Piensa que soy un idiota y que estoy intentando pisotearla.

—No va muy desencaminada, por lo de idiota —bromea. Entorno los ojos.

—Me ha enviado un correo llamándome infantil. —«Creo que ha sido por error, aunque con ese carácter me espero cualquier cosa».

Le cuento nuestra conversación posreunión y Álvaro disfruta escuchando cómo Carlota me ha encarado.

—Tiene agallas, eso es indiscutible. Y conociéndote, debe joderte que tu influencia y control no funcionen con ella. —Se recuesta en la silla y cruza los brazos.

—Admito que es tenaz —«Y que su inmunidad empieza a resultarme divertida»—. Su jefe me ha comunicado esta mañana cuáles son sus planes y sus ideas son buenas. Van en la línea de lo que otros periódicos en América están ya implementando. Creo que de verdad podría ayudar al periódico a dar el salto a las nuevas generaciones. —Doy vueltas a la copa—. Pero...

—¿Pero...?

—Que no encaja con la estrategia que queremos seguir. Por no mencionar que es la hija de Toni.

—La chica no tiene la culpa de lo que hizo su padre. Supongo que no sabe lo que pasó, si no, no habría puesto un pie en la redacción. Y pasa de nuestro padre. Sigue tu instinto.

—Se nota que tú eres el hermano pequeño porque te la pela el legado familiar. Tú y yo somos como Osiris y Seth.

—Tranquilo, el reinado te lo dejo todo para ti y no tengo pensado asesinarte en el corto plazo. Yo, por suerte, vivo muy lejos de papá y de su ambición, así no puede manipularme como lo hace contigo.

Después de la comida, bajo a la cafetería de la esquina a tomar un café con algunos compañeros, entre los que se encuentran varios redactores del departamento digital. Aprovecho el ambiente relajado para preguntar con naturalidad por las dinámicas de la dirección, de las que me hablaron la otra vez. Será vital toda la información que pueda reunir. Les comparto que Adrián me resulta difícil de leer. Inaccesible, incluso. Noto un pequeño silencio. Comparten entre ellos varias miradas cómplices.

—Bueno, puede que haya cierta política detrás.

—Pero es normal. Siendo quien es —suelta un columnista, como si eso lo aclarase todo.

Los observo en silencio, preguntándome si hay algo importante que yo debería saber.

—A mí me parece que Adrián es el más carismático de todos. Eso sí, llevo trabajando con él meses y todavía no le conozco. El tío es como una caja fuerte —me revela Biel, un periodista del equipo digital.

—Va de sobrado. Se pasea por la redacción como si te perdonase la vida —despotrica una redactora de Vida.

—Porque puede permitírselo. Siempre va tres jugadas por delante —apunta Diego, otro de los redactores de Adrián.

—Y menuda caña nos mete...

—Sí, pero nunca te deja tirado. Creo que es de los pocos que nos escucha de verdad.

¿Quién eres, Adrián? ¿Acaso estoy utilizando yo la versión de prueba? Me inquieta pensar que pueda existir una versión prémium.

Al final de la jornada, llamo a Aina para pasar a buscar el material para el reportaje, tal y como quedamos.

—Aina, ¿qué tal? ¿Te parece que baje ahora a recogerlo?

—Carlota, verás, es que he estado revisando el inventario y justo ese equipo está asignado toda la semana a otro proyecto.

—¿Cómo? Pero si esta mañana estaba disponible —me quejo.

—Em..., cambios de última hora. Lo siento. Te aviso cuando vuelva a estar disponible —comenta nerviosa.

Me cuelga sin despedirse. Me quedo atónita frente al teléfono.

¿Soy yo o algo ha cambiado en apenas cuatro horas? Parece que alguien, desde la sombra, ha movido una pieza en el tablero. Y ese alguien tiene nombre, apellidos y un apodo: Omega.

La rabia supura por cada poro de mi piel. Mi cuerpo intenta contenerla apretando los puños, pero la electricidad me obliga a abrir las manos. Mi frustración ya roza la exasperación y la indignación se ha instalado en mis mejillas. Cojo la tarjeta de identificación con un movimiento brusco. Me encamino a la octava planta. Cuando las puertas se abren, el vestíbulo ejecutivo se encuentra en penumbra. Algunos despachos siguen iluminados. Y uno de ellos con la puerta entreabierta. El de Adrián. Quiero entrar y gritar. Irrumpir con un portazo. Pero mi intuición me pide cautela. Está al teléfono. «No, Carlota. Es mala idea. Date la vuelta». Me pego a la puerta. Su voz no suena con la cadencia habitual. Se ha vuelto más lenta, más contenida, más frágil, como si pequeñas esquirlas de una identidad sin filtro se hubiesen colado por las grietas de su máscara.

—Sí, he leído el informe. —Adrián suspira—. Lo sé..., sé lo que está en juego [...]. ¿Crees que no lo hago? Lo estoy supervisando personalmente [...]. Tengo muy presente nuestro apellido y lo que significa este periódico para nuestra familia [...]. Me aseguraré de que la imagen del periódico siga intacta. [...]. En un par de semanas presentaremos la propuesta [...]. Yo me encargo, papá.

Me aparto de la puerta, confundida. El corazón me bombea con fuerza. Saco el teléfono del bolsillo, lo desbloqueo, abro el navegador y escribo su nombre. Me prometí no hacerlo el día que le conocí. No es necesario que indague demasiado, porque en la página principal de búsqueda ya aparece la respuesta que estaba buscando. Noto la boca seca.

Percibimos tan solo una fracción diminuta de la realidad. El equivalente a la materia bariónica de la redacción: todo aquello que podemos medir, tocar o nombrar. Las reuniones, los documentos, los correos, las conversaciones, las miradas... Pero hay otro porcentaje, mucho mayor, que no se deja ver y que actúa desde otro plano. La materia oscura: los juegos de poder, la influencia, los secretos y las mentiras. Sabemos que existe porque detectamos sus efectos. Adrián tiene la suficiente masa emocional, intelectual y gravitacional para condicionar el comportamiento de quienes le rodean. A veces, su presencia basta para que una sala cambie su atmósfera. Y ahora entiendo el porqué.

Los secretos y las mentiras son partículas invisibles que forman esa red: cuanto más relevantes son, mayor es su poder de manipulación. Y su secreto tiene la densidad suficiente como para deformar mi estrategia profesional y, siendo honesta, también mi tejido emocional.

Porque ahora sé quién es. No solo es camaleónico, calculador y peligrosamente magnético. Es también el hijo del fundador de este periódico y Beatriz es su tía. Y eso lo cambia absolutamente todo.

Si quiero descubrir la verdad, tengo que mantener mi secreto a salvo. No puedo confiar en él. Al menos hasta saber si Adrián es parte de la versión de la historia que nunca se publicó.

10
El límite de Roche

¿Hasta qué punto puedo acercarme
a lo que deseo sin perder el equilibrio?

—Me parto contigo, amiga... —La carcajada resuena por todo el gimnasio—. Has amenazado al primogénito de la prensa catalana.

—Qué exagerada eres. —Le lanzo una mirada tan despiadada como el golpe cruzado que va en camino.

—¿Cómo que no lo sabías? Si lo debe conocer hasta la señora de la limpieza. —La manopla que Júlia sostiene amortigua el impacto de mi puñetazo.

—Porque no le investigué. Me he mantenido lo más alejada que he podido de *L'Actualitat*. Era una cuestión de honor, ya lo sabes.

—Tendrías que haberme permitido averiguar quién era Omega durante el evento. Y déjame decirte que tu orgullo te ha llevado a vivir como una amish en el periódico donde, por cierto, contra todo pronóstico, te pareció buena idea empezar a trabajar. Y, como resultado, has tonteado y te has enemistado con el mismísimo principito...

Lanzo un *jab* rápido. Luego otro. Júlia tensa los brazos para recibir los golpes, pero acaba retrocediendo. Me niego a reconocer que la he cagado. El sudor me gotea entre las cejas y lo barro con el antebrazo.

—Júlia, me sigue pareciendo un capullo. Me da igual su apellido. No está actuando con profesionalidad. Si tanto le importa el futuro de la redacción, trabajaría conmigo. No contra mí.

—¡Cambio! —grita el entrenador.

Me quito los guantes y me sitúo el pao en el costado del cuerpo. Júlia se coloca en posición de combate.

—Admite que este tira y afloja te pone. —Extiende la pierna con firmeza hacia el escudo, alineada con su cadera.

Resoplo.

—¿Qué dices?

Cambio el pao de posición hacia el centro del abdomen.

—Eres como la protagonista de la canción de Taylor Swift. A los dos os encanta jugar. —Me da un rodillazo suave—. Adrián encaja a la perfección para escribir este capítulo de tu vida. Solo espero que no llevéis esto demasiado lejos.

—¿Jugar? Juls, por favor. Yo solo quiero descubrir lo que pasó de verdad y, por el camino, escribir mi propia historia. —Las palabras se acompasan a mi respiración entrecortada—. Y él no me gusta. Es arrogante, manipulador y cínico.

—Y además es inteligente. Podría ser el protagonista de la próxima campaña de Boss y huele como el demonio.

—Irrelevante.

Con un movimiento calculado me clava el talón en el centro del escudo. El impacto me empuja hacia atrás. Tropiezo con mi propia imaginación y caigo de espaldas sobre el tatami.

Júlia se asoma mientras canturrea «Blank Space» y me tiende la mano.

—Luego no digas que no te avisé.

Tras la clase de kick boxing, volvemos a casa dando un paseo. Caminamos bajo el alumbrado navideño, procurando evitar las zonas más oscuras. Noto la humedad fría de la noche en la piel, comparada con el reciente calor de la ducha. El vello de mis brazos se eriza. Resguardo las manos en los bolsillos y me aferro al plumífero.

—¿Has podido averiguar algo más en la redacción? —Su pregunta me coge desprevenida.

Júlia es la única que conoce mis intenciones no declaradas. Después de encontrar la tarjeta entre los restos de basura, me puse en contacto con Tomás, el investigador, que compartió conmigo el testimonio de un ingeniero que formó parte del proyecto Horus. Le había filtrado un informe parcial con los resultados de las pruebas de radiación que contradecían la versión oficial publicada.

—No tengo novedades… —Agito la cabeza—. De momento, contamos con el informe, las notas que encontré en el despacho de mi padre y la declaración del ingeniero.

—¿Y qué tiene de especial ese informe?

—Antes de lanzar un satélite equipado con paneles solares, se realizan pruebas en el laboratorio para simular las condiciones del espacio a las que estarán expuestas. Ese documento, en concreto, analiza la eficiencia de las células de arseniuro de galio —explico—, que es el material que se utilizó, al someterlas a un bombardeo controlado de partículas solares.

—¿Y qué dicen los resultados?

—No encajan con la versión oficial. Lo normal es que pierda alrededor de un uno por ciento de eficiencia al año, que es lo que indica el que está publicado. El que nosotros tenemos muestra degradaciones de hasta cinco veces más de lo que aceptó la Agencia Espacial Europea.

—¿Y con eso no es suficiente? ¿No podéis publicarlo para hacer ruido?

—Tomás tiene un acuerdo *off the record* con el ingeniero, por lo que no puede publicar su testimonio ni citarlo. Además, el documento que nos entregó era preliminar. Un borrador sin el sello oficial y que podría ser falso.

Me mordisqueo el labio.

—¿Tú crees que lo es?

—No, pero para estar seguros necesitamos los otros resultados de las pruebas ambientales que se realizaron. Por ejemplo, el ensayo de ciclado térmico.

—Ci… ¿qué? ¿Por qué los científicos usáis palabras tan raras?

—Freír y congelar las células fotovoltaicas cientos de veces. Igual que lo que ocurre allí arriba: cuando el satélite está sometido a los rayos solares se calienta y cuando está en la sombra se enfría. Si los resultados coinciden, podríamos demostrar que la degradación no fue causada por tormentas solares ni interferencias magnéticas, sino que fue culpa del material. Lo que significaría que el informe final se manipuló.

—¿Y si le preguntas a tu madre? —me sugiere Júlia antes de girar la llave y empujar la puerta de casa—. Quizá tu padre le consultase dudas técnicas.

—Prefiero mantenerla al margen. Además, si se da cuenta de que estoy investigando por mi cuenta, se lo contará a mi padre y será imposible husmear con calma.

—Ten cuidado, ¿vale? —Le devuelvo la promesa con una sonrisa.

A Júlia parece que la haya abducido un ovni después de la ducha, porque está todo el rato mirando el móvil mientras hacemos la cena.

—¿Qué te tiene tan ensimismada? —le pregunto a la par que preparo la ensalada griega—. ¿Me pasas el orégano?

Júlia se tapa la boca con la mano. La observo sin entender nada.

—Ya sé de qué me sonaba este tío.

—¿De qué hablas?

—Adrián es el ex de Elena, la relaciones públicas de Origens, la marca sostenible de alta costura que se ha hecho tan viral.

Su nombre viaja desde mis oídos hasta mi estómago y comienza a dar vueltas como una centrifugadora. Gira el teléfono. Ahí están los dos, copando la pantalla de su iPhone. La encarnación de la belleza, la química y la elegancia. Los Blake Lively y Ryan Reynolds catalanes. Son molestamente compatibles.

Un silencio extraño se instala entre nosotras. Aprovecho para poner la mesa y mantener una conversación conmigo misma. A ver, no me debería sorprender. Tiene sentido que alguien como él esté con un cañón de mujer como ella. Lo que no lo tiene es que me haya planteado, por un instante, si aquella tensión que sentí durante el evento, su mirada densa como un agujero negro y la energía que nos envolvía y que presagiaba una colisión cósmica, fue real o producto de la innovación molecular alcohólica.

—¿Cuánto hace que rompieron? —curioseo.

—Hará cosa de un año. —Júlia se apoltrona en la silla y me estudia con detenimiento—. No te estarás comparando, ¿verdad?

Yo me limito a encoger los hombros.

Mi amiga se incorpora de un salto y me agarra los brazos con contundencia.

—Escúchame. No te voy a negar que Elena es guapa. Muy guapa. Y que es una mujer carismática y empoderada. ¿Y qué? —Me arrastra hasta el espejo del pasillo y me sitúa frente a él—. Hazte un favor y mírate. Ojalá te vieses como te vemos las personas que te queremos. No te hagas pequeña por un tío que no sabe la suerte que tiene de compartir el mismo oxígeno que tú en la redacción. —Me rodea con los brazos antes de apretujarme como una boa constrictor—. Además, tú tienes algo que ninguna otra mujer que él conozca tendrá.

—¿Un pijama navideño del Grinch? —Arqueo una ceja.

—Anécdotas, corazón. ¿Quién más puede explicar que se quedó encerrada en el ascensor el primer día de trabajo, en el periódico donde su padre hizo historia, con una mancha de café en la americana, cortesía, por cierto, de los Louboutin de su mejor amiga; que le salvó el tío con el que tonteó en el evento de moda del año, y al que pensó que no volvería a ver nunca jamás? Y aun así hubieses sido capaz de describir el origen del universo y de enumerar las leyes de la física sin despeinarte.

Me debato entre reír o echarme a llorar cuando Júlia sale disparada en busca de mi teléfono.

—Es el momento de darte de alta en The Big Love Data —me ordena.

Camino hacia el salón a regañadientes, escoltada por unos ojos hambrientos de diversión. Me siento en el borde del sofá. Mi pulgar titubea antes de desbloquear el móvil. Abro la aplicación con un suspiro contenido. Nunca he utilizado una plataforma de citas y, pese a que este experimento es estrictamente laboral, percibo un cosquilleo en el pecho, como burbujas de champán ansiosas por estallar. Observo los diminutos puntos de datos brillantes que comienzan a visualizarse de manera dispersa en la pantalla. Poco a poco, se agrupan y se conectan entre sí, como una red neuronal, formando un corazón. Una luz roja recorre sus líneas, simulando un pulso eléctrico. El logotipo desaparece y da paso al registro. Relleno los datos básicos y verifico mi identidad.

—Sube la foto que te hice en Modart, aquella con el atardecer y el MNAC de fondo —me aconseja mi amiga.

Recorro la galería como una viajera en el tiempo, retrocediendo al pasado con la yema del dedo. Me topo con las fotos de aquella escapada romántica que acabó en ruptura. Finjo no recordar lo que vino después. Deslizo más rápido. Apenas tenemos imágenes juntos de ese fin de semana. Otra señal más de nuestra desconexión emocional y que yo no quise ver. Me pregunto si Martín estará en una aplicación como esta, ahora que ya no seguimos juntos. Si alguien estará disfrutando de una versión suya completamente desconocida para mí. Aunque, para averiguarlo, solo tendría que mirar su perfil de Instagram.

¿Cuánto tiempo hace falta para que tu contacto frecuente pase a ser solo otro número en la agenda?

Superar un duelo consiste en eso precisamente: convertir en nada a alguien que lo fue todo. O quizá no estamos superando al otro, sino a la parte de nosotros que se fue con esa relación. Obligándonos a reconstruirnos y dejando atrás esa identidad compartida.

El amor ha cambiado.

Pero el desamor también.

El duelo se ha digitalizado. Se ha vuelto más intrusivo y, en muchas ocasiones, más cruel. Antes, podías reconstruirte en silencio, sin la tortura de visualizar las stories de tu ex, sonriendo en un *après-ski* en Andorra con sus amigos y vistiendo esa ropa que juró que no se pondría jamás. Hace tiempo, bastaba con guardar en el armario la caja de zapatos repleta de recuerdos: las entradas del concierto de La Casa Azul al que fuisteis juntos, unos billetes de avión a Menorca y unas polaroids arrugadas. El dolor era físico. Y analógico. Ahora el dolor se almacena en carpetas en la nube y se reproduce en bucle en posts en redes sociales. Las despedidas modernas consisten en desvincular cuentas compartidas, silenciar notificaciones y archivar chats. Porque ya no necesitas tirar de memoria para recrear conversaciones en tu cabeza, la puedes leer cronológicamente en tu historial de WhatsApp. Y así, poco a poco, vas eliminando cookies emocionales. Pero lo jodido del amor moderno o, mejor dicho, del desamor, es que persiste su huella digital. En la memoria y en el corazón.

#desamor #reflexiones #dueloamoroso #rupturasentimental #amormoderno

Me detengo frente a las fotos de la noche del Big Bang.

—¡Esta! —señala con el dedo.

Adjunto la imagen que ha escogido Júlia, evitando prolongar la agonía otra vez, rememorando el evento. Enlazo las aplicaciones principales en la siguiente pantalla: redes sociales, música, películas, geolocalizaciones frecuentes y deportes.

Cuando pulso «aceptar», la esfera comienza a girar lentamente con puntos de luz, de nuevo, que titilan. El porcentaje avanza hasta que aparece un mensaje anunciando que han encontrado compatibilidades potenciales. ¿Significa eso que hay alguien ahí afuera que pueda encajar conmigo? ¡Arranca el casting! La aplicación me notifica que dispongo de tres citas al mes con el plan gratuito y que, si quiero disfrutar de los extras, puedo suscribirme a la versión prémium. Cierro el aviso y ojeamos los perfiles.

—Mente abierta, ¿eh?

—Que sí, pesada. —Entorno los ojos.

Después de varios minutos seleccionando a los candidatos y añadiéndolos al carrito, como si estuviese de compras online, empiezo a sentirme abrumada.

—Este me gusta. —Júlia apunta a un arquitecto especializado en diseño urbano sostenible, que viste una camisa beis de lino remangada—. Es fan del café de especialidad y medita por las mañanas.

Lo añado a la lista provisional.

—¿Y este? Además, es psicólogo. Si no va bien la cita, te puede hacer terapia. Aunque se parece demasiado a Martín…

Paso. Deslizo otra vez.

—¡Es él! Tu alma gemela. —Júlia me arranca el teléfono de las manos.

—Se llama Gabriel. Es ingeniero aeronáutico. Cinturón negro en karate. Se considera una persona curiosa y activa. Es lector asiduo de novelas románticas —repite en voz alta—. Dice que en su *playlist* no puede faltar Cigarettes After Sex. —Me da un codazo—. Su perro se llama Planck. Esto no sé lo que significa. —Suelto una carcajada.

—A ver, déjame ver. —Examino la imagen. Lleva el pelo castaño ligeramente despeinado. Ojos miel. Gafas redondas de pasta.

—Te interesa, ¿eh? —Sus cejas se disparan—. Intelectual y sexy.

La curiosidad da paso a la fobia emocional. Me doy cuenta de que esta parte ya no es solo trabajo. Bloqueo el teléfono inmediatamente.

—Sigo mañana. —Aparto el móvil y me hundo más en el sofá.

Júlia me escanea como si fuese un código de barras, pero no tengo ganas de escupir mi vulnerabilidad, así que decido irme a dormir.

A la mañana siguiente, después de un par de mensajes, consigo lo que parecía imposible. El material audiovisual para grabar las entrevistas. Un viejo contacto de mis prácticas en televisión me ha prestado el equipo técnico que necesito y ahora cargo con él por el pasillo de la redacción mientras luzco una sonrisa vencedora, aunque no lo suficiente. Todavía no he recibido una respuesta de los creadores de la aplicación y dudo que a estas alturas la vaya a recibir. Levanto la barbilla un par de milímetros más cuando atravieso la puerta de la cuarta planta. Localizo la sala que he reservado para recibir a los invitados y voy directa hacia allí. Quiero dejar todo listo para mañana concentrarme solo en lo importante.

El trípode se me resbala un poco del hombro y lo reajusto sin detenerme. Alzo la vista y detecto la presencia de Adrián al final del pasillo. Gesticula con entusiasmo mientras parlotea con su equipo a la salida de lo que parece una reunión. Le fulmino con la mirada en cuanto me observa de reojo. Él desvía su atención hacia la maleta que arrastro con orgullo y enarca una ceja, incrédulo. Se dibuja una leve sonrisa en mi rostro.

«Chúpate esa, Omega».

Me persigue con la mirada. Cuando paso por su lado aprieta los labios, disimulando que la situación no le divierte. Su olor me encuentra y se cuela por mis fosas nasales. Mi pie se engancha con una de las ruedas de la maleta y trastabillo con ella. Intento mantener el equilibrio, aterrizar entera y, a ser posible, con algo de dignidad.

Adrián

La forma en la que me mira cuando consigue algo por sí misma es irritante. Y ridículamente sexy. Capto el movimiento brusco de su cuerpo al tropezar. Mi cuerpo reacciona antes que mi cabeza. Mis manos ya la sujetan antes de que toque el suelo. Puedo notar cómo el corazón le va a mil por hora. Carlota levanta la cabeza, muerta de vergüenza. Por un momento he olvidado que no estamos solos.

Nos contemplamos en silencio mientras recupero el aliento. Ni siquiera soy capaz de responder a las voces que me preguntan si estoy bien. El contacto microscópico ha provocado que las partículas de mi cuerpo se hayan acelerado. Adrián retira las manos de forma abrupta.

Según la ley de gravitación universal, cuando dos cuerpos celestes son lo bastante masivos, la fuerza de gravedad es tan intensa que se atraen sin poder evitarlo. Curvan el espacio-tiempo a su alrededor, atrapados en una órbita compartida, como una danza de seducción peligrosa donde un mínimo error de cálculo podría reescribir su final.

No se tocan, gracias a la velocidad tangencial que impide el desastre. Se produce un equilibrio entre el deseo de acercarse y el impulso de escapar. Vamos, un coqueteo cósmico.

El problema viene cuando la distancia se acorta. La tensión aumenta hasta volverse insoportable. La piel arde, el pulso se acelera, la respiración se acorta y el autocontrol empieza a resquebrajarse.

Si se acercan demasiado, lo que en astrofísica llamamos el límite de Roche, ya no hay vuelta atrás.

El equilibrio se rompe.

Y estarán condenados a una colisión estelar.

La cara me arde. Los latidos de mi corazón retumban como los golpes rítmicos y graves de un tambor. Me sacudo la americana de tweed, aprieto la mandíbula, cojo aire y camino hasta la sala sin mirar atrás. Cierro la puerta con fuerza, dejo el trípode, la maleta, y permito escapar toda mi vergüenza acumulada.

—¡Joder! —suelto un grito contenido mientras doy un par de saltos de rabia.

Y entonces caigo. La sala es acristalada. Giro la cabeza y miro hacia fuera. Adrián y parte de su equipo siguen allí, observándome. Cierro los ojos. «Agujero negro, trágame».

El zumbido de mi móvil me saca del bucle bochornoso en el que me he quedado atrapada.

—Nico, ¿qué tal? —respondo mientras extiendo el cable de los micrófonos hasta el portátil.

—Apagando fuegos, como siempre. ¿Tienes mucho lío?

—Estoy ultimando los preparativos para las entrevistas. ¿Necesitas que te ayude con algo?

—Sube a mi despacho cuando termines y nos ponemos al día. ¿Te parece?

—Sí, genial. Nos vemos ahora.

Configuro la grabadora, ajusto la base del trípode, instalo el foco portátil y reviso el nivel de sonido y la luz en pantalla. Echo un último vistazo el set que he improvisado. Me asomo al pasillo. No hay rastro de Adrián. Agradezco que se haya marchado. Vuelvo a la sexta planta más aliviada y con la mente más despejada ahora que he tachado todas las tareas de la mañana en mi agenda, aunque aún siento algo incómodo que se adhiere a mi piel. Dejo el portátil sobre mi mesa, la blazer en la silla y me encamino hacia el despacho de Nico.

—¿Todo preparado para mañana? —me pregunta al cruzar el umbral.

—Estoy ajustando el guion con el *feedback* que me diste. —Me estiro las mangas del jersey—. Tengo un buen presentimiento. Si todo sale según mis planes, tendremos una propuesta sólida para Beatriz.

—Justo de eso quería hablarte. Ya tenemos fecha para la reunión. Lo ideal sería dejar el proyecto aprobado antes de Navidad.

Noto cómo el calor trepa por mi nuca en cuanto Nico menciona la fecha de la sesión. Mi cerebro entra en modo *retroplanning.* Tengo que organizar las citas lo antes posible, redactar el post, grabar las entrevistas, editarlas, escribir el reportaje principal para la web y diseñar las encuestas. Y los vlogs. Todo en menos de una semana.

—Tu idea es buena, Carlota. Aunque, como era de esperar, hay reticencias en la dirección. —Nico exhala despacio.

«Adrián», pienso.

—Víctor —me aclara, como si estuviese leyéndome la mente—. Pero ya estamos haciendo campaña para los escépticos. Por eso es tan importante que el piloto salga bien.

Mis dedos se agitan nerviosos. ¿Y si mi plan no es robusto como para que cale entre el tejido directivo? ¿Y si acaban pensando que tan solo soy la hija de Toni, una enchufada que cree tener la solución a los problemas de un periódico que ya funcionaba antes de que naciese? Ni siquiera una solución piraña podría disolver el nudo que tengo en la garganta.

—¿Y qué tal con el equipo digital? ¿Os compenetráis bien Adrián y tú?

Carraspeo, intentando no atragantarme. «Tan bien como el agua y el aceite. Por un momento he dudado si había sido él quien me ha puesto la zancadilla cuando casi me estampo en el pasillo».

—Sí, claro. Nos apoyamos mutuamente en todo lo necesario para sacar adelante el proyecto.

«Mentira», pero ahora ya no es el momento de mostrar debilidad.

Asiente con parsimonia.

—Me han comentado que has traído equipo de fuera. ¿No teníamos suficiente en casa?

—Algunas cosas estaban reservadas... —Nico se recuesta en la silla y cruza los brazos sobre el pecho.

—Me encanta que seas resolutiva, pero no te olvides de que estoy aquí para ayudarte, Carlota.

—No quería molestarte.

—Es mi trabajo. —Tras una breve pausa, en la que se nota que ha medido bien sus palabras, añade—: Adrián no es ningún amateur. Tiene más interés que nadie en que esto funcione. Y no dudará en utilizar todo lo que esté a su alcance para conseguirlo. Espero que sepas a qué estás jugando.

No respondo. No estoy segura de a qué se refiere...

—Si en algún momento dudas sobre cuál debe ser tu siguiente movimiento..., cuenta conmigo. ¿De acuerdo?

Inclino la cabeza.

—Por supuesto.

Adrián

Cuando la sesión finaliza, soy el primero en abandonar la sala. Estas reuniones estériles, fruto de la incapacidad de mi equipo de hablar entre ellos, me dejan el cerebro frito. Avanzo por el pasillo y paso por delante del set de grabación de Carlota. Lo examino a través de la cristalera y siento que algo me reconcome por dentro. Estoy harto de ver mediocres a mi alrededor y ella parece ser la única rival digna en esta redacción, aunque luego tropiece con su propia terquedad. Suelto una carcajada breve.

«El consejo quiere resultados inmediatos o podría forzar una reestructuración en la dirección. Perderemos el control del periódico». Las palabras de mi padre resuenan en mi cabeza. El piloto tiene potencial, pero no sigue la línea editorial. Desvío la mirada. No pienso intervenir.

Es cierto que el material no es suficiente para llevarlo a cabo. Igual no debería habérselo incautado.

Carlos, mi persona de confianza, me alcanza y lo freno con la mano. Chasqueo la lengua.

—Traed el equipo técnico completo. Sin que lo sepa.

Carlos asiente, sin pedir explicaciones.

—Continuad con el plan, pero monitorizad todo lo que publique. Informadme de los avances. «Veamos adónde nos lleva esto y cuánto tarda en rendirse».

Tras renunciar a lo que quedaba de mi orgullo en el despacho de mi jefe, pongo rumbo a nuestro bar de confianza, donde he quedado con mis amigas para tomar una copa. O el vino es solo una excusa para despotricar y deshacerme de este barniz emocional pegajoso que me ha acompañado todo el día. Ya me están esperando cuando asomo la cabeza por la entrada.

—Nena, ¿has podido dejar todo organizado para recibir mañana a los gurús del amor? —Júlia me da una palmada en el hombro.

—Sí, después de derrapar, literalmente, delante de Adrián y su equipo. —Cuelgo mi bolsa en el asiento.

Mis amigas se mofan de mi mala suerte, dando golpes con la mano en la mesa mientras luchan por no ahogarse de la risa.

—Tu torpeza te va a llevar muy lejos —deja caer Claudia.

—Mínimo a comerme la moqueta de la redacción un día de estos. Va, ponedme al día. ¿Qué me he perdido?

Claudia da un sorbo a su kombucha con granada e hibisco.

—Le he contado a Júlia que Abril y yo hemos empezado a buscar activamente a una chica para, ya sabes, hacer un trío. —Claudia se enreda el dedo con el borde de la servilleta.

El *ménage à trois*, el nirvana de las fantasías sexuales, sigue ocupando los primeros puestos en el ranking de las fantasías más deseadas, como quien sueña con que le concedan una hipoteca o con tener a cero la bandeja de correo electrónico del trabajo. Sin embargo, menos de un tercio de la población adulta la ha llevado a cabo. Entre el deseo y la realidad hay una brecha donde el atrevimiento se pierde y la logística compite con la excitación.

—¿Y cómo tenéis pensado encontrarla? —me intereso.

Pido una copa de vino blanco al camarero.

—Ya no se ponen anuncios en el periódico, mi amor —bromea Júlia.

—También podrían ir a un local de sexo liberal, ¿no?

—Sí, pero allí hay muchas parejas heterosexuales. —Claudia se atusa los rizos—. Hay algunas aplicaciones de citas con filtros específicos y, por supuesto, al estilo vintage: a través de amigas.

—Debo de ser una antigua, pero yo me decantaría por esa opción.

—No te creas, a mí me pasa igual. Me siento más cómoda pensando que no será una completa desconocida. No sé, podría ser una psicópata.

—También hay grupos de Telegram o foros.

—¿En serio? ¿Cómo sabes eso? —preguntamos al unísono Claudia y yo.

—Yo sé muchas cosas.

—¿Y cómo funciona exactamente? ¿Quedas para tomar algo como en una cita normal? ¿Chateas previamente o al lío sin rodeos? —interrogo.

—¿Recuerdas que soy nueva en esto? —Claudia levanta los hombros—. Supongo que depende de la pareja. A mí, así en frío, no me sale. —Baja la voz, casi susurrando—. Necesito que haya conexión. ¿Cómo voy a saber si me apetece acostarme con ella si no sé ni cómo se ríe?

Mientras la escucho no puedo evitar preguntarme si Claudia busca una versión de ella más moderna, sin prejuicios y más deseable para su novia. Y si Abril intenta demostrarse a sí misma que todavía es libre para escoger antes de una transformación vital irreversible, como lo es la maternidad.

—¿No te da pereza el coqueteo después de tantos años de relación estable? —Deslizo el dedo por el borde de la copa.

—¿Se lo preguntas a ella o es una pregunta para ti misma en voz alta? —«Diez puntos para Juls, la filósofa del siglo XXI».

Le lanzo una advertencia cariñosa. Ella continúa su discurso haciendo caso omiso.

—Yo preferiría improvisar. Sin tanta planificación. Me explico: si se trata solo de experimentar sexualmente, ¿para qué voy a flirtear con alguien, con el riesgo de que me llegue a interesar de verdad? —Júlia frunce los labios—. Ojo, que a mí me parece la parte más divertida de las relaciones. Lo que viene después son lentejas. Pero quizá deberíais profundizar primero en qué es lo que perseguís.

—A mí me chiflan las lentejas —replica Claudia—, pero no tengo ni la más remota idea de si estamos preparando una ensalada de verano, un guiso o unas hamburguesas vegetales.

Júlia y yo compartimos una mirada cómplice. Doy un trago a la copa. Claudia desvía los ojos hacia la ventana, observando a los transeúntes que caminan afuera del bar, para evitar mirar hacia dentro.

—Y tú, ¿a qué hora has llegado hoy? No te he visto cuando me he ido a trabajar —le pregunto a Júlia.

—Estaba volviendo de una cita «Tinder sorpresa». —Hace comillas con los dedos.

—¿Nos puedes dar más detalles, por favor?

—Anoche quedé con el piloto que conocí por Tinder hace unos meses. —Inclina la cabeza—. Acababa de volver de un vuelo desde Roma y fuimos a cenar a un restaurante de moda especializado en cocina nipona. Fue ocurrente, atento sin ser empalagoso, y hubo química. Tal y como lo recordaba. Así que cuando me invitó a tomar una copa a su casa, no dudé en aceptar. —Júlia hace una pausa para hidratarse con el vino—. Lo pasamos bien en la cama. Bueno, es un eufemismo porque...

—No necesitamos tantos detalles —aclara Claudia fingiendo una arcada.

—El caso es que me pidió que me quedase a dormir. Estaba cansada, así que...

Ambas la escuchamos atentas, esperando el desenlace de su noche de pasión con el piloto que la subió a las nubes.

—Esta mañana, mientras me estaba duchando, me he hecho un corte tonto con el aluminio de la mampara. Él estaba en la cocina, hablando por teléfono. He abierto el cajón, buscando el botiquín. Y en vez de encontrar las tiritas he encontrado un sérum de retinol y vitamina C...

—¿Y? Los hombres también las utilizan.

—Tenía todos los productos de la rutina coreana. Así que he decidido abrir otro cajón. Y adivinad qué. He encontrado un anillo dorado junto al yodo. Resulta que sigue manteniendo su antiguo piso de soltero.

—Menudo capullo. ¿Y no habías notado señales?

—No tenía ni idea, pero me siento culpable. Era la segunda cita. La vez anterior vino a casa antes de que Carlota se mudase y no se quedó a dormir porque tenía un vuelo temprano. Me he saltado mi protocolo ético de no acostarme con hombres con pareja.

—No te fustigues. No sabías que el tipo se la estaba pegando a su mujer.

—Como dice el refrán «ojo de loca, no se equivoca». Al final, todos te acaban decepcionando —se lamenta mi amiga.

Después de escucharlas hablar sobre fracasos sentimentales me siento frente al portátil con una taza de cacao caliente, con la esperanza de encontrar consuelo en las palabras.

Júlia se ha acostado con un hombre casado que utiliza su trabajo como piloto para llevar una doble vida, con escalas incluidas. Claudia intenta convencerse de que un trío es el impulso que Abril necesita para comprometerse a ser madre. Y yo estoy a punto de lanzarme a una aplicación de citas en un mercado amoroso saturado, inestable, lleno de promesas y desastres sentimentales. Me da más miedo que quedarme sola.

Ningún formato parece garantizar lo que todas buscamos.

¿Puede un algoritmo protegernos del autoengaño, de la idealización, de las mentiras, de las expectativas mal gestionadas y de la contradicción humana?

No sé si el amor ha muerto o simplemente necesita una analítica de datos. Por el bien de la ciencia y en nombre del amor, estoy dispuesta a comprobarlo… en primera persona.

11

La paradoja del amor moderno

Más conectados que nunca,
pero paradójicamente más solos.
¿Dónde están todos?

Publicado hace 9 horas

Más de ocho mil millones de personas latiendo en un mundo hiperconectado. Y un treinta por ciento de la población pertenece a nuestro rango emocional objetivo. Sin embargo, paradójicamente, nunca nos hemos sentido tan solos.

Un sinfín de aplicaciones nos prometen aumentar nuestras probabilidades de conectar con alguien ahí fuera, pero existen tantas opciones que acabas sintiéndote como en un bufé, donde todo parece descartable y a todo le pones un pero. ¿Tenemos claro lo que estamos buscando o solo nos deslizamos por inercia?

Deseamos que alguien nos vea y nos elija, pero nos adentramos en el mundo de las citas con una máscara digital que oculta, detrás de un selfi perfecto, un terrible miedo al amor y al rechazo. Porque hoy en día parece más fácil desnudarse físicamente que emocionalmente.

Por eso saltamos de una historia a otra como si solo nos interesase el capítulo piloto y, cuando calmamos nuestra sed de placer y distracción, lo abandonamos. No necesitamos a nadie más. Puede que estemos confundiendo ser autosuficientes con no permitirnos necesitar a nadie.

Así que, yo me pregunto, si hay tantas opciones para hacer *match*, ¿por qué es tan difícil encontrar el amor? ¿Estamos ante la paradoja del amor moderno?

#laparadojadefermi #relacionesmodernas #appdecitas #laparadojadelamormoderno #amorlíquido #citasonline

—Es alucinante la cantidad de experiencias que han compartido conmigo después del post. Mira. —Deslizo la pantalla mostrándole a Júlia los comentarios y mensajes directos que he recibido—. Una chica me cuenta que, después de chatear semanas con un chico, quedaron y en la cita se encontraron con su mujer y sus tres hijos.

—Debe de ser amigo del piloto.

Le paso el teléfono a Júlia, que continúa revisando los comentarios mientras me termino de vestir.

—Oye, a mí no me ha ido tan mal. —Deja el móvil en la mesa.

Abro los ojos y parpadeo una vez.

—Dijo la que huye del amor como si fuese la peste bubónica... —murmuro. Ella entorna los ojos.

—Está claro que puedes encontrar de todo ahí fuera y llevarte alguna sorpresa, pero te ahorras un par de disgustos si dejas muy claro desde el principio lo que estás buscando.

—No te preocupes, Juls. Esto forma parte de mi trabajo y no estoy buscando el amor verdadero.

—Dijo la que ha visto *Love Actually* al menos una treintena de veces. —Júlia me devuelve la puya, parodiando mi forma de hablar.

Me enrollo la bufanda y me acerco para abrazarla.

—Suerte con las entrevistas. Luego me cuentas qué tal ha ido.

Ondeo la mano mientras me encamino hacia la salida.

Cuarenta y cinco minutos después, empujo la puerta de entrada a la planta de innovación digital con la cadera, como una malabarista que carga en los brazos el bolso con el portátil y la agenda dentro, la tarjeta de acceso, los AirPods, el móvil, unos cuantos botellines de agua y las galletas para los invitados. Los nervios reptan por mi cuello, provocando un hormigueo en la piel. Me deslizo rauda por el pasillo hasta que diviso la sala acristalada. El corazón me golpea las costillas. Aminoro el paso.

—¡Qué! —Mis cejas se arrugan con un gesto de incredulidad.

Apoyo la palma de la mano en el pomo de la puerta y la giro. Me asomo y descubro una sala distinta a la que acondicioné ayer. Peino con la mirada el espacio y me sorprendo a medida que avanzo en mi recorrido visual. Dejo los bártulos en una de las sillas y me paseo por el interior inspeccionando todo. Me fijo de inmediato en los brazos móviles con micrófonos colgantes. Frente a ellos, un panel led ajustable. Justo al lado, el trípode compacto con una cámara *mirrorless*. En la mesa reposan unos auriculares acolchados y un portátil abierto con el software preparado. Me siento como una niña el día de Navidad, deseando estrenar mis juguetes nuevos. Me muerdo el labio, conteniendo la emoción.

Nota mental: debo agradecer a Nico el haber sido mi Papá Noel por un día. Para que luego digan que no existe la magia de la Navidad.

Realizo las últimas comprobaciones técnicas. Todo en orden. Voy a por un café antes de recibir al psicoterapeuta. De camino a la salida me cruzo con Diego y Biel, con los que suelo coincidir en la cafetería por las mañanas.

—Tengo un colega con un largo historial de citas desastrosas, por si necesitas inspiración —bromea uno de ellos, señalando a su amigo.

—Te agradezco el ofrecimiento, pero de momento tengo material suficiente. —Les guiño un ojo.

Abro la puerta de salida y, cuando me dirijo hacia los ascensores, me topo de frente con Adrián, absorto en su teléfono. Me aparto para evitar la colisión. Echo un vistazo con disimulo. Viste una camisa azul celeste y un pantalón de traje gris carbón. Sopeso si sería muy descortés por mi parte no saludarlo. Aún me persigue el patinazo de ayer y mis mejillas se ruborizan al recordarlo. Continúo la marcha indecisa cuando su voz me llega por la espalda.

—¿Ya has terminado tu entrevista en el consultorio cutre del amor? —se mofa Adrián.

Suelto una carcajada seca y deshago mis pasos. Me detengo frente a él y levanto la barbilla con desdén.

—Habría sido mucho más eficiente haber podido contar con el material de nuestro periódico… —chasqueo la lengua—. Es una pena que no estuviese disponible para el proyecto más importante que hay en marcha. No obstante, no habría sido tan divertido como el ver tu cara al conseguir el equipo sin tu ayuda. Y, como puedes comprobar por ti mismo, ha tenido su propio *glow up*. Hay gente dispuesta a ayudar en este proyecto, pero, claro..., tú solo debes conocer la coacción y manipulación como métodos para conseguir lo que quieres.

Adrián permanece inmóvil. Sus manos apretadas y su mandíbula rígida me transmiten que debo haber acertado en la elección de mis palabras. Yo me debato, mientras tanto, entre dejarlo estar o poner el broche a mi contraataque verbal.

—Y no. No he acabado. El doctor Segarra está a punto de llegar. —El tono de mi voz suena más burlón de lo que pretendía.

Me doy la vuelta antes de perder el control de esta discusión, o de lo que sea que estamos teniendo.

—Suerte si crees que vas a descifrar el amor con un éxcel.

Me trago sus palabras, que raspan dolorosamente mi garganta, y continúo sin mirar atrás.

Adrián

No sé qué me sorprende más: su insistencia en verme como el villano de su historia o que de verdad la esté ayudando, aunque hacerlo vaya en contra de los planes de mi padre.

Al salir de la cafetería, desbloqueo mi móvil con la mano que no sujeta el café recién hecho. La otra se aferra a la manga de cartón para evitar una quemadura de tercer grado. Desbloqueo el iPhone, activo la cámara frontal y pulso el botón rojo.

—Aún sigo atónita leyendo vuestras citas surrealistas. He estado reflexionando sobre el contexto tan contradictorio y tragicómico en que vivimos, y he decidido realizar un pequeño experimento en el me gustaría que me acompañaseis. Después de haber formulado la paradoja del amor moderno, estoy dispuesta a explorarlo, e incluso a resolverlo en primera persona con encuentros reales. —Doy un sorbo al café—. ¿Conocéis a Enrico Fermi? Fue un reconocido físico y premio nobel en los años cincuenta. Realizó diversas aportaciones como, por ejemplo, construir el primer reactor nuclear o desarrollar la estadística cuántica. Y seguro que os estáis preguntando cómo este científico italiano nos puede ayudar. Os lo cuento en el siguiente vídeo.

Ajusto los fragmentos para hacerlo más atractivo. Añado un par de titulares en la pantalla y lo cuelgo en las principales plataformas de contenido.

La notificación de una llamada entrante desconocida salta en la pantalla de mi teléfono.

—¿Diga?

—Buenos días, señorita Ferrer. Le llamo de The Big Love Data. Soy la secretaria de Pau y Jan.

Me aclaro la voz. Lo último que supe de ellos es que no tenían disponibilidad en las próximas semanas para reunirse conmigo.

—Buenos días, ¿en qué puedo ayudarles?

—Siento avisar con tan poco tiempo, pero hemos conseguido un hueco de última hora en la agenda para su entrevista. Mañana a las once. ¿Aún le interesa?

—¡Sí! —respondo como un resorte—. Lo organizo todo. No hay problema.

—Perfecto. Acabamos de concretar los detalles por correo.

—Muchas gracias.

—A usted, señorita Ferrer.

En cuanto cuelgo, doy un pequeño salto. Por fin la suerte empieza a sonreírme. Abro el calendario y me anoto la entrevista. Justo antes de cerrarlo, deslizo el dedo a unos cuantos días después. Viernes a las siete. La cita con Gabriel. Me quedo unos segundos de más observando la pantalla. Le escribo un mensaje rápido a Júlia.

Te apetece ir de compras?

Para cuando termino el café, me avisan de recepción. El doctor Segarra acaba de llegar al edificio. Bajo a recogerlo de inmediato y recorremos el camino de vuelta hasta la pequeña sala de grabación, donde toma asiento. Le da un último sorbo al vaso de agua mientras yo ajusto los micrófonos. Parece un hombre muy agradable. Le explico brevemente cómo será la dinámica y accede a todo. Inicio la grabación.

—Quería presentaros al doctor Segarra, psicólogo clínico, terapeuta de pareja y divulgador de los nuevos modelos relacionales. Doctor, sin más dilación, ¿por qué cree que nos cuesta tanto encontrar pareja hoy en día?

—No se anda con rodeos, ¿eh? —Mi pregunta le arranca una carcajada—. Mire, ante esta pregunta, yo siempre explico que el amor contemporáneo es como nadar en mar abierto, donde la corriente te empuja. Si luchas contracorriente, te deja sin energía. Si no haces nada, te acaba arrastrando. La clave está en aprender a gestionarla. Digamos que ahora hay tres corrientes principales que afectan a la consolidación de los vínculos.

—¿Podría explicar cuáles son y cómo impactan en la búsqueda del amor?

El entrevistado asiente.

—La primera corriente es la forma en la que actualmente nos relacionamos. En un alto porcentaje, de forma digital. Tenemos acceso las veinticuatro horas al mercado sentimental, lo que incrementa la dispersión y el miedo a elegir mal. Nos volvemos más impacientes y utilizamos tácticas de evitación o captación emocional a la hora de relacionarnos.

—¿Se refiere al temido *ghosting*?

—Sí, esta es una táctica de evasión.

El doctor Segarra aprieta los labios hasta formar una delgada línea.

Ghosting, *zombieing*, *orbiting*, *benching*, *breadcrumbing*, *fishing*, *curving* y *cookie-jarring*. Son algunos términos que, actualmente, la sociedad utiliza en el milenario arte de ligar. Hoy en día, como si no fuese suficientemente complejo conocer a alguien, necesitamos hacerlo con un diccionario de inglés a cuestas.

—La segunda corriente hace referencia a los nuevos modelos afectivos. Ahora tenemos mayor libertad para elegir el formato que mejor nos convenga en nuestras relaciones, pero para ello necesitamos preguntarnos realmente qué es lo que queremos. La falta de autoconocimiento, sumado a los pocos referentes en relaciones modernas y a la herencia emocional, nos limitan y generan una mayor incertidumbre y ansiedad.

—Tener la posibilidad de diseñar una relación a medida, ¿nos acerca al amor o solo es una vía fácil para huir del compromiso?

Pienso en Claudia y en Abril. El doctor Segarra apoya los antebrazos en las rodillas.

—¿Qué entiende usted por amor?

Me revuelvo en la silla, pero no respondo. El psicoterapeuta abre su cuaderno y dibuja unos círculos.

—Si me lo permite, las relaciones son solo el envoltorio. El amor se construye con comunicación, respeto y compromiso, que no está ligado a la exclusividad sexual. Y, como puede intuir, muchas relaciones monógamas están vacías.

Siento un pellizco familiar en el centro del pecho. Martín.

—¿Y la última corriente? —pregunto.

—La maleta emocional que arrastramos. Es decir, la forma en la que nos vinculábamos con nuestras figuras de referencia de niños afecta a nuestra cuenta corriente afectiva. Hoy en día tenemos más donde elegir y un modelo más flexible, pero esto solo amplifica los patrones de siempre si no hay un trabajo personal previo.

—En ese sentido, creo que tengo una buena herencia sentimental.

Él me mira sorprendido.

—Mis padres llevan más de treinta años juntos, así que se ahorraron Tinder. No recuerdo discusiones entre ellos, ni altibajos, ni terceras personas —aclaro—. Los dos trabajaban mucho y pasaban muchas horas fuera de casa, pero siempre han estado muy unidos. Forman un gran equipo. Para mí son... un matrimonio ejemplar.

El doctor Segarra apoya el bolígrafo sobre su cuaderno y ladea la cabeza ligeramente.

—Lo que me está diciendo es que, para usted, una relación perfecta es la que no muestra confrontación, como la de sus padres. Pero ¿qué ocurre cuando hay un desacuerdo? Las personas vivimos en constante evolución, lo lógico es que haya momentos de fricción y aprendizaje conjunto. Si no todas las relaciones serían un fracaso. ¿No cree que el amor debería permitir ruido, contradicción e imperfección?

Abro la boca, pero me detengo. Me limito a sonreír. Continúo la entrevista con la incómoda sensación de que algo ya no está en su sitio y, ahora, no sé dónde colocarlo.

Al terminar, decido salir a comer. Sola. Me siento en una pequeña mesa al final del restaurante con una ensalada y me limito a chismorrear mis redes sociales, ignorando los mensajes de las chicas.

Aprovecho para grabar y colgar la segunda parte del vídeo como antiséptico emocional.

—En el último vídeo planteamos la paradoja del amor contemporáneo. Os hablé de Enrico Fermi. Resulta que este físico planteó un enigma cósmico con múltiples hipótesis que dio lugar a décadas de investigación. Su reflexión fue la siguiente: si en el universo existen miles de millones de estrellas y planetas potencialmente habitables, ¿por qué no hemos detectado vida inteligente fuera de la Tierra? Es el mismo planteamiento que yo utilizaré como punto de partida para mi investigación. Si en nuestro planeta habitan millones de personas potencialmente afines a nosotros, ¿cómo es posible que todavía no hayamos encontrado el amor? —Hago una breve pausa—. ¿Dónde están todos?

Vuelvo a la redacción con la mente algo más despejada y me pongo manos a la obra con la edición de la entrevista, antes de la visita del antropólogo. Les mando un mensaje a las chicas con un selfi en el set de grabación.

Tengo tanto trabajo que podría quedarme en esta silla hasta la semana que viene

Claudia
Porque lo de pedir ayuda… queda descartado?

Júlia
No hay que mostrarse débil ante el enemigo

Claudia
Pero de qué enemigo habláis?

Si no fuese tan capullo, le habría pedido ayuda a algún miembro de su equipo con este jaleo de cortar, pegar, añadir efectos, reordenar tomas…

Dejo el teléfono en la mesa y apoyo la espalda contra la silla. Me froto los ojos con las manos y resoplo. Percibo que alguien me observa desde el otro lado de la pecera. Es Aina.

—¿Cómo lo llevas, influencer? ¿Has hecho ya las paces con el Adobe Premiere? —Se asoma por la puerta.

Niego con la cabeza.

—¿Te han dado permiso para hablar conmigo? —dejo caer.

Aina pasa adentro y cierra la puerta.

—Em, sí, eso... Lo siento, tía. —Eleva los hombros, rindiéndose ante la realidad.

—No te preocupes. Política —exhalo frustrada.

—Oye... Todavía no he realizado mi buena acción del día, ¿quieres que te eche un cable con eso? —Señala la pantalla del portátil—. Me está dando urticaria ver cómo lo estás editando.

Pienso en qué excusa utilizaré para rechazar su oferta, pero no estoy como para negarme. Tiene razón Claudia. Igual debería aceptar la ayuda.

—Todo tuyo. —Le hago hueco.

Con el rabillo del ojo reviso que Adrián no merodee por la planta. Media hora más tarde tenemos la entrevista lista para publicar.

—Me da hasta rabia lo bien que te ha quedado. Gracias, Aina, de veras.

—Con esto ya he equilibrado mi karma.

Antes de marcharse, frena en seco y me mira una última vez.

—Ah, por cierto, te envío en un rato por WhatsApp una lista de palabras que deberías incluir en tus publicaciones. Igual haces *match* con el algoritmo...

Mis ojos brillan, agradecidos. Aina cierra la puerta y la recepcionista vuelve a notificarme que el antropólogo ya ha llegado. Segunda ronda.

Después de un repaso cronológico de la evolución emocional y romántica desde los *baby boomers* hasta hoy en día, vuelvo agotada a casa. Ha sido un día largo y lleno de reflexiones existenciales. Júlia llega poco después que yo, con la misma pesadez en la espalda.

—Llévame a quemar la Visa, por favor. —Se deja caer en el sofá con todos los problemas encima, que parecen aplastarla.

—¿Mucho lío en *Diva*? —Hundo los dedos en su pelo. Júlia cierra los ojos y suspira.

—¡Me he pasado el día apagando fuegos!

—Eres una bombera vestida de Prada. —Me hago un hueco y me siento a su lado—. Oye, sabes que muchas revistas de este país desearían contar con alguien como tú, ¿verdad?

Júlia apoya la cabeza en el respaldo del sofá y deja escapar el aire junto a un montón de emociones encapsuladas.

—Venga, que tenemos trabajo. Vamos a buscarte un par de conjuntos para tu estreno en el mundo del ligoteo. —Juguetea con las cejas provocando que sonría inevitablemente.

Recorremos el imperio de Amancio Ortega con Dua Lipa de fondo.

—Por cierto, ¿has ido a ver el único piso que no parece el sótano de un asesino en serie?

—He decidido posponerlo hasta que termine el reportaje de las citas. No me siento capaz de lidiar con ese melón ahora mismo.

Júlia bailotea mientras selecciona las prendas.

—No me malinterpretes. No te estoy metiendo prisa. Por mi parte te puedes quedar todo el tiempo que necesites.

—Lo sé. Soy yo la que no soporta vivir en un piso con la misma entropía que la de un agujero negro —me burlo.

La comisura de los labios de Júlia se estira, dejando al descubierto una sonrisa inocente.

Después me entrega todas las perchas y orienta mi cuerpo hacia el probador.

—Bueno, te voy a dar unos cuantos consejos ahora que formas parte del equipo de solteras. —Escucho la voz de mi amiga al otro lado de la cortina—. Te recomiendo huir en los siguientes casos. Primero: si tienes que enseñarle a un tío lo básico, suspendido. Se viene de casa ya educado. —Me ajusto el vestido y me observo frente al espejo. «Esa parece fácil», pienso—. Segundo: fíjate en cómo trata a los demás, a los que no le aportan nada directamente. Si a ellos los trata mal, en cuanto consiga de ti lo que busca, te tratará igual. —Trago saliva—. Y tercero: lárgate si habla más que escucha o te sientes incómoda. No lo justifiques.

Demasiada información. Salgo del probador.

—Me flipa. Es sencillo, elegante y te queda de infarto. Nos lo llevamos.

Llego cinco minutos antes al restaurante italiano, con una estética muy de los años setenta, donde me ha citado Samuel, el arquitecto. Levanto la vista para admirar el extenso local de dos plantas y la lámpara de cristal de Murano que la corona. El camarero me acompaña a una mesa apartada del bullicio, rodeada de plantas tropicales. Le pido una copa para tener algo entre las manos. Detengo la mirada en una columna de espejo, a un lado de la mesa. Me ajusto el vestido Bardot de punto negro y me repaso con el labial. Él llega puntual, unos pocos minutos más tarde, y viste un jersey de cuello vuelto negro y unos chinos grises a juego. Me levanto con el corazón latiendo en mi garganta. Me inclino para darle dos besos, pero él, en cambio, estira la mano. Nos intercambiamos un primer saludo a destiempo.

—Disculpa —se excusa. A ambos se nos escapa la risa, pero la mía se alarga demasiado.

Nos acomodamos en los sofás de terciopelo terracota. Huele a ropa limpia y planchada, aunque el aroma se desvanece rápidamente, no como el de…

—¿Desea tomar algo? —El camarero se cuela en medio de mis pensamientos.

—Sí, por favor. —Curiosea mi copa—. ¿Qué has pedido tú?

—Un pistacho martini —respondo. El ecoarquitecto arruga la frente.

—Tomaré un negroni, gracias.

Aprieto los labios formando una delgada curva y doy un sorbo al cóctel.

Aunque no soy muy fan, a él le apetece pedir ostras. Yo no quiero negarle el capricho, así que me dejo llevar. A ver cómo me sale esto de fluir… Por entrar en confianza, hablamos de sus rituales con el café. Compara prepararse un solo con construir un edificio y yo le hablo de mi adicción a la cafeína para sobrevivir a las jornadas maratonianas, sin distinción de variedades. Poco después, me explica el enfoque holístico de la arquitectura sostenible y nos enfrascamos en un debate intelectual sobre la manera de rediseñar los comportamientos sociales: él desde la óptica técnica de las infraestructuras y yo desde la experiencia personal de barrio. Parece que hablamos de lo mismo, pero no lo sentimos igual.

Nuestras manos se cruzan torpemente sobre la botella del agua. Un silencio plano se instala entre nosotros. Él lo aprovecha para terminarse la copa.

—¿Viajas mucho? ¿Te gusta? —indago.

—Sí. Todo lo que puedo —mientras responde, llega la bandeja de ostras. Samuel coge una y yo le sigo por inercia. Me la llevo a la boca—. Elijo destinos que me den una nueva perspectiva urbana: Copenhague, Tokio, Malmö..., Singapur. ¿Y tú?

La textura blanda, húmeda y resbaladiza del molusco choca con mi paladar. Cierro los ojos, intentando fingir afinidad, pero mi lengua no quiere cooperar. Me la trago entera, sin saborearla.

—Me gustan los lugares con historia o con paisajes distintos como, por ejemplo, Egipto; el contraste del azul profundo y del blanco de las islas griegas, el paisaje lunar de Capadocia, la fauna marina de las Maldivas, la vegetación de las Azor...

El rugido abrupto que surge de la boca de mi estómago me interrumpe. El malestar se extiende despacio hasta debajo de las costillas.

Él sigue hablando mientras yo empiezo a sudar ligeramente. Bebo agua. Sonrío. La charla se estanca. Vuelvo a dar un sorbo.

No puedo más.

Pese a que el algoritmo haya analizado nuestra compatibilidad, mi estómago predice que esto no va a funcionar. Las palabras de Júlia aparecen como una visión frente a mis ojos: «Si te sientes incómoda, lárgate».

—Perdona, pero creo que la ostra me ha sentado regular. Preferiría irme a casa.

Camino hacia la salida con una mezcla de alivio y decepción, junto al sabor insípido de la ostra en la boca. Cuando llego a la calle, trago una bocanada de aire y disfruto del frío. Mientras espero al taxi, murmuro:

—Si no somos capaces de saludarnos a la vez, imagínate en la cama.

A la mañana siguiente mi aparato digestivo vuelve a funcionar con normalidad, aunque trato de entender lo que ocurrió anoche o, mejor dicho, lo que no ocurrió. Dos personas con intereses comunes, rutinas compatibles, un hombre atractivo, responsable y maduro y una compatibilidad prometedora. Y, pese a tener todo a nuestro favor, no sentí absolutamente nada. Miento. Una indigestión.

Le doy un trago a la infusión que sustituye hoy mi café. Mi lengua se contrae, como si la cita no hubiese sido suficientemente amarga. Reviso la lista de preguntas a la par que golpeo el bolígrafo contra los labios. En unos minutos, Pau y Jan llegarán a la redacción. Hay bastante revuelo en la planta, lo que significa que Adrián está cerca. Los músculos de mi cuerpo se tensan involuntariamente.

Me sobresalto con el repiqueteo de unos nudillos contra la puerta acristalada. Nico entra en la sala, con un manojo de papeles enrollados en la mano.

—¿Recuperada? —Mi jefe enrolla los papeles formando un rulo.

—Algo mejor ahora que empiezo a olvidar la ostra y la cita. —Le muestro la manzanilla.

—Ánimo, que ya solo te queda la última entrevista. —Me atiza cariñosamente con el rollo.

Nico da un vistazo a la sala y veo cómo sus pupilas se dilatan.

—Mucho mejor ahora, ¿verdad? —comento. Nico asiente—. Gracias por la aportación. —Señalo el material.

Nico zarandea la cabeza.

—Carlota, yo no soy el responsable de esto…

Mi boca se entreabre y mi ceja derecha empieza a temblar. «Entonces ¿quién?».

—Será cosa de Adrián —afirma.

Se me escapa una carcajada que rebota en las paredes de la sala. Me llevo la mano a la boca para frenarla cuando Nico arruga la frente.

—¿Qué te hace tanta gracia?

«Que no creo que me haya montado una sala de grabación de última generación, después de haber hecho todo cuanto estaba en su mano para que mi idea y yo no formemos parte de este proyecto».

—Nada, cosas mías… —comento—. ¿Quieres que hagamos un repaso rápido antes de que lleguen?

—Sí.

—¿Qué te parecen las preguntas? —le cedo el guion.

—Me encajan. Pregúntales también por los indicadores que utilizan para medir el funcionamiento de la herramienta.

—Vale, anotado.

—Por cierto —comenta Nico antes de marcharse—, he organizado un par de sesiones de trabajo con Adrián y su equipo para preparar la presentación a Beatriz. Espero que para entonces ya tengamos todo el contenido y el reportaje listo para poder analizar los resultados.

—Yo también lo espero... —musito.

Aunque antes de convencer al comité, tendremos que persuadir al heredero del trono de papel.

Tras recibir a los fundadores de The Big Love Data, y hacer las presentaciones oportunas, comenzamos la grabación. En esta ocasión inicio la entrevista con una pequeña reflexión a cámara antes de dar paso a la conversación.

—Antropólogos y prestigiosos biólogos han estudiado desde hace más de una década el cerebro enamorado. El *match* era algo imposible de predecir en el pasado y, hoy en día gracias a la neurociencia y a la analítica de datos, lo tratamos de sistematizar. La compatibilidad parece dejar atrás el mundo místico. En el ser humano, no obstante, existe una parte irracional y, aunque la ciencia o los modelos predictivos nos susurren a quién amar, hacemos oídos sordos. Puede que sea la razón por la que a algunos nos va regular en el amor. O quizá es porque no habíamos encontrado la aplicación idónea que filtre nuestras malas decisiones y nos muestre solo a las personas que, con alta probabilidad, encajan mejor con nosotros. Por eso hoy hemos invitado a Pau y Jan, los desarrolladores de The Big Love Data. ¿Creéis que el Big Data puede resolver la paradoja del amor moderno?

—Es una forma de reescribir el amor —apunta Jan.

—Sí, porque no resuelve el contexto social, pero funciona como brújula en estos tiempos complicados y nos ayuda a fallar menos a la hora de elegir —argumenta Pau.

—Nosotros nos aseguramos de que el escenario sea perfecto y que las personas sean altamente compatibles. El resto, de momento, se escapa de nuestras manos —matiza, de nuevo, Jan.

Después de una hora de debate, ambos siguen convencidos de que los datos son un salvavidas del amor moderno y que sus indicadores clave de desempeño lo corroborarán. Yo, en cambio, les cuestiono si algo tan humano como la química se puede matematizar o estamos descartando, por error, relaciones que genuinamente hubiesen podido funcionar. ¿Cómo se miden en su fórmula las experiencias vitales o los traumas? Para esto no tienen respuesta. Quizá el universo se pueda explicar mediante leyes de la física, pero el amor no cabe en una ecuación.

Al finalizar la entrevista, los acompaño al vestíbulo de la planta y salgo pitando hacia el baño. He quedado con el segundo candidato para tomar un café en una cafetería con estética de Pinterest cerca del periódico. Al volver del aseo, paso por el set de grabación a recoger mi bolso, cuando reconozco unas voces. Doy unos pasos en su dirección. Me asomo y observo cómo Adrián charla con los fundadores con una cercanía sospechosa. ¿Los conoce? Me aproximo un poco más.

Adrián

—¿Qué tal, tío? —Jan y yo nos damos un apretón de manos. Después me presenta a su socio.

—Cuánto tiempo.

—Sí, la última vez tenías pelo por aquí. —Le señalo las sienes.

Los tres reímos.

—Estuviste en Estados Unidos, ¿no? Te he ido siguiendo.

—Sí, viaje de trabajo. Fui a buscar ideas frescas. —Llego tarde a la siguiente reunión, así que acorto las formalidades y voy al grano—. Oye, muchas gracias por venir. Sé que estás hasta arriba de trabajo.

—Tranquilo. Tenía curiosidad por ver en qué lío te habías metido esta vez.

—A ver si quedamos un día para ponernos al día.

—Nos vemos en un par de semanas en la cena de antiguos alumnos, ¿no?

—Claro, estos reencuentros no me los pierdo. A ver quién ha envejecido peor.

—Tú estás como siempre, guaperas.

Continúan inmersos en la conversación, pero no alcanzo a entenderla. Jan se despide con una palmada amistosa en el brazo de Adrián. Me pego a la pared para que no me vean al pasar y salgo cuando todo está despejado. Será capullo… Seguro que fue él quien les pidió que no aceptasen la entrevista. Exhalo furiosa.

Un par de horas más tarde mi malhumor y una cita aún más desastrosa que la anterior se mezclan formando un cóctel molotov.

Chicas, estoy convencida de que el amor es un mito de Hollywood, alimentado por las películas de Disney

Júlia
Qué ha hecho el fotógrafo?

Me ha llevado a una cafetería monísima, eso sí. Pero en cuanto hemos pedido, se ha pasado diez minutos discutiendo con el camarero sobre la temperatura de la leche. Yo he pedido café con bebida de almendras y me suelta que su ex también era así de tiquismiquis. Aunque ella estaba un poco loca. Solo habían pasado cinco minutos! Y en un momento de debilidad me ha confesado que se ha casado consigo mismo. Por qué será?

Júlia
Se ha pasado de introspectivo y además ha maquillado su LinkedIn sentimental y la aplicación no puede detectar a embusteros. Envíales la idea para la versión 2.0

Claudia
Carlota, no te desanimes. Algún día encontrarás alguien que merezca la pena

No sé, chicas… Empiezo a pensar que hemos evolucionado tanto que hemos conseguido

exterminar el amor o que, directamente,
nunca ha existido. Al menos no como nos
lo han pintado. Quizá las hipótesis
de Fermi sean ciertas?

Al día siguiente dejo el set de grabación, ahora que las entrevistas han acabado, y vuelvo a mi escritorio en la sexta planta. Mis compañeros se interesan por el piloto y les pongo al día mientras desayunamos. Durante la mañana, me dedico a revisar el rendimiento de los posts y vídeos y a responder comentarios. Tras devorar un bol de quinoa con verduras frente al portátil, me escapo para devolverle a mi amigo el material que me prestó. Todavía no sé a quién tengo que entregar el equipo que aún se encuentra en la sala. Me paso la tarde trabajando en el reportaje para la web del periódico y editando la entrevista con los fundadores de la aplicación. Me escuecen los ojos y noto las piernas entumecidas. Resoplo. Agarro el iPhone y abro la aplicación. Me mordisqueo los labios. ¿Y si cancelo la cita? Aparece en pantalla una notificación de WhatsApp. La abro.

Júlia
Recuerda que es solo trabajo, Carlota

Con la bolsa en la mano y con menos ilusión que si acudiera a una cita con el dentista, entro en el baño para cambiarme de ropa. Esta vez he aprendido la lección, así que he elegido algo cómodo para enfrentar otra decepción. Me lavo los dientes, me pongo unos vaqueros de tiro bajo de corte relajado; una camiseta básica calentita y unas New Balance beis. Me retoco el maquillaje en tonos tierra. Me abrocho el abrigo, me enrollo la bufanda y me pinto ligeramente los labios de color nude. Acorde con mi apatía y escepticismo.

—Siempre diva —me digo frente al espejo.

De camino al ascensor confirmo la ubicación. No vaya a ser que me plante en la otra punta de Barcelona. Gabriel me espera en el barrio de Gràcia. En cuanto las puertas metálicas se abren, mi pecho empieza a bombear desbocado. Inspiro con fuerza. Parece una broma cósmica, pero aquí estoy, compartiendo este cubículo suspendido y sin escapatoria con Adrián. Me coloco en la pared opuesta a la suya. Me pregunto si tendrá el valor de ignorar mi existencia como la última vez. Sujeta su iPad y una agenda de piel negra bajo el brazo. En cuanto me ve, sus dedos se detienen sobre la pantalla del teléfono y lo guarda en el bolsillo interior de su americana. El ascensor arranca. Aprieto los labios y formo una sonrisa artificial. Espero que se dé por saludado. Su olor viaja hasta mí y se expande en mis pulmones. Huele a secretos, a control y a... Desvío la cara hacia el otro lado. De reojo, noto que sigue con sus ojos fijos en mí, así que decido enfrentarle. Giro la cabeza despacio hasta que estamos frente a frente. Su mirada se desliza por mi cuerpo con la misma intensidad que la noche en el MNAC, reparando en que me he cambiado de ropa. Arqueo una ceja y abro la boca, como si quisiese provocarlo, pero no supiese exactamente cómo. El ascensor para en el segundo piso y varios compañeros suben. Adrián les deja hueco y se sitúa a mi lado. Apenas me roza el brazo, pero basta para que mi cuerpo tenga que resistirse al deseo de acercarse. Cierro los ojos, maldiciéndole. Cuando aterrizamos en la planta baja, noto cómo la tensión se disipa. Parece que ambos nos dirigimos hacia la salida, así que caminamos uno detrás del otro. En cuanto traspasamos la entrada, rompe el silencio.

—¿Trabajo de campo? —Su voz sarcástica me atraviesa.

Aprieto la mandíbula.

—Puede que sea algo más que eso. ¿O te sorprende que alguien quiera conocerme? —rujo.

A Adrián se le desdibuja la sonrisa irónica que preside su cara. Me giro y emprendo mi camino.

—Carlota, espera. —Su voz me detiene.

Sopeso si continuar o darme la vuelta. Mis pies deciden por mí. Sostiene mi bufanda en sus manos. Se me habrá caído al salir del edificio.

—Ten. —Me la entrega y entonces repara en mis ojos vidriosos.

Nuestras manos se encuentran por accidente en el intercambio. El roce involuntario provoca un calambre en mis dedos.

—Gracias —respondo sin mirarle.

Retomo el camino hacia el coche sin darme la vuelta.

Otra de las teorías que se plantean en la paradoja de Fermi es que existe una barrera evolutiva que impide que las civilizaciones lleguen a encontrarse. ¿Y si ocurre lo mismo en las relaciones? Aunque exista conexión, hay obstáculos invisibles que actúan como filtro, impidiendo que conectemos completamente con alguien. Como, por ejemplo, el miedo a mostrarnos vulnerables, la autoexigencia desmedida, las heridas sin cicatrizar, las creencias sobre el amor, la falta de sincronía vital, la necesidad de control, el autosaboteo o la lealtad familiar.

El gran filtro emocional.

Aparcar en esta zona es casi tan complicado como encontrar pareja. Tras varias vueltas, consigo meter el escarabajo, sin daños colaterales, en un parking. Paseo por las calles estrechas y peatonales hasta el punto de encuentro. Durante el trayecto, recorro con la mirada las fachadas modernistas de los edificios que te adentran en esa sensación de vida de barrio. Las luces de Navidad le añaden un plus de encanto. Disfruto de los murmullos y las risas cuando paso cerca de la plaza. Aspiro el aroma a café y a dulce, mezclado con las especias exóticas que me llegan a medida que avanzo. Giro en la esquina y la calle se llena de adoquines, talleres con las puertas entreabiertas y varias cafeterías. Compruebo la dirección. Es aquí. Leo el cartel con la tipografía tallada sobre la madera y debajo un escaparate que deja a la vista un estudio de arte. Allá voy. Entro en el pequeño local. La mayor parte del espacio está ocupada por dos largas mesas con material artístico. Todavía no ha llegado nadie.

—Bienvenida. —Una chica con acento argentino me recibe—. Puedes dejar la chaqueta allí. —Me indica un pasillo estrecho que da a un patio interior.

Me desprendo del abrigo y de la bufanda. Siento una punzada al tocarla. Enseguida la chica me acompaña a mi silla, que se ubica en la esquina, donde reposa un delantal. Frente a mí, un caballete y un lienzo con el boceto de mi signo zodiacal.

—¿Preparada? —me pregunta.

—No tengo muy claro de qué va esto. Intuyo que vamos a pintar.

—Sí, correcto. Es una experiencia donde crearás tu propia obra. Hoy vamos a pintar el horóscopo y yo os iré guiando y facilitándoos el material que necesitéis —aclara.

Paseo por el interior, admirando las obras colgadas en las paredes de otros visitantes, hasta volver a mi sitio. Cotilleo el cuadro de mi izquierda. Sagitario. Le mando un mensaje a Júlia.

Qué sabes de los sagitarios?

Son optimistas, sociales, profundos y cabezotas.
El nerd sexy es sagitario?

Entorno los ojos y dejo el móvil encima de la mesa de madera.

Poco a poco el estudio se va llenando, pero mi cita sigue sin aparecer. Lo que me faltaba: me han dejado plantada. Me siento ridícula. Quizá debería irme. O igual podría quedarme y disfrutar de la experiencia. Contemplo cómo los demás ríen a mi alrededor mientras se preparan para empezar a dar color a sus obras. Voy al baño, solo por moverme. Me enfrento a mi reflejo. Los mofletes me arden. «¿Cuántas citas más necesitas?». Me arranco el delantal de un tirón y vuelvo a la sala dispuesta a marcharme. Cuando abro la puerta, Gabriel entra apresurado en el estudio. La encargada del taller, que está justo a mi lado, le pide que se acerque hasta nosotras.

—¿Se recuperó el señor? —le interroga.

—Sí. Parece que no ha sido grave. Un susto. —Gabriel se mete las manos en los bolsillos de los vaqueros.

Enseguida desvía la mirada hacia mí.

—Carlota, disculpa el retraso. No sabía si ya te habrías marchado. —Hace una breve pausa—. Un anciano se ha caído frente al estudio...

La argentina se cuela entre nosotros, deposita las pinturas sobre nuestra mesa y le entrega un delantal a Gabriel.

—Ay, pobre señor, se dio un buen golpe. Pero él lo ayudó, llamó a una ambulancia y lo acompañó todo el rato. Un sol. —Me guiña un ojo.

Joder. Yo pensando que era un idiota más y él, mientras tanto, socorriendo abuelos.

—¿Te quedas? —Ladea un poco la cabeza, con una dulzura tan inesperada que me desarma. Examino sus ojos verdes oliva a través de las gafas. Está bien, universo. Le daré una oportunidad. Me pongo el delantal de nuevo. Observo de reojo cómo sonríe al tiempo que se pone el suyo.

—Sagitario, ¿verdad? —pregunta la encargada. Gabriel asiente—. ¿De qué día?

—De hoy… hace treinta y tres años.

—¿Es tu cumpleaños? —Me sorprendo.

—¡Felicidades! Seguro que lo pasarás relindo. —Nos entrega una copa de vino a cada uno.

—¿Brindamos? —Alza la copa en mi dirección.

—Feliz vuelta al sol, Gabriel.

—Puedes llamarme Gabri. —Da un sorbo.

Tras la indecisión en la selección de los colores y los consejos de la guía para abordar la obra, nos centramos primero en el fondo.

—¿Y cómo vas a celebrar tu aniversario? Aparte de con una desconocida… —bromeo.

—Este fin de semana me voy a Polonia con unos amigos, hasta el lunes. Y tú, ¿qué planes tienes estos días?

—Trabajar, básicamente. Estoy preparando un reportaje para un proyecto en el periódico…

—Tengo curiosidad, ¿cómo acaba una astrofísica trabajando en un periódico? —Su pincel se desliza por el lienzo, como si lo acariciase, llenando de verde musgo el cuadro. ¿Qué color habría escogido Adrián?

Gabriel me contempla paciente, esperando mi respuesta. «Carlota, aterriza». Carraspeo.

—Todo empezó gracias a una niña rebelde que decidió no seguir los pasos de su padre. Cuando era pequeña, solía sentarme a mirar las estrellas con mi madre mientras mi padre vivía para el periódico. Con el tiempo me di cuenta de que lo mío con el periodismo era algo inevitable…

—Me parece envidiable que seas tan polifacética. Yo, como puedes comprobar, estoy más cerca del crimen visual que del talento artístico. Lo mío son los números.

—A mí me parece que tiene personalidad —le rebato.

Nos contemplamos durante unos instantes hasta que la risa se nos escapa y volvemos a posar la mirada en los cuadros, que poco a poco se van llenando de vida. Comenzamos a pintar las figuras y, más tarde, los detalles, utilizando pinceles más finos.

—¿Lo de ponerle a tu perro Planck es por la constante?

Gabriel niega con la cabeza y se remanga la sobrecamisa.

—Es por la misión espacial europea que buscaba…

—Captar la luz primigenia de nuestro universo —remato yo.

—¡Claro! Se me olvidaba que eres astrofísica. —Se le forman unos pequeños hoyuelos al sonreír.

El móvil me vibra otra vez. Lo he ignorado en varias ocasiones, pero me preocupa que sea algo urgente.

—Disculpa, voy al baño un segundo.

Guardo el dispositivo en el bolsillo trasero de mi pantalón. Una vez dentro, lo desbloqueo y leo las notificaciones. Son e-mails de trabajo. Accedo a la bandeja de entrada. Al ver su nombre, mi corazón decide saltarse un latido. Cierro los ojos y abro el primer e-mail. Adrián está respondiendo las dudas que Nico le ha planteado en un hilo en el que, hasta ahora, no se había dignado a incluirme. ¿Por qué ahora? Empiezo a pensar que el universo tiene gusto por el drama.

Muevo la cabeza reiteradamente y bloqueo el iPhone. No voy a permitir que me estropee el momento. De camino a la mesa paso a buscar un par de vasos de agua y le entrego uno.

—¿De dónde viene tu gusto por la lectura?

—Por mi abuela, una apasionada de las novelas de amor. Siempre decía que no había nada más valiente que enamorarse aun sabiendo que puede salir mal. Leíamos juntos todas las…

El zumbido constante del teléfono me desconcentra.

—Lo siento. —Silencio el móvil.

Ambos somos conscientes de que he roto el momento de intimidad. Así que ninguno dice nada y continuamos retocando el cuadro.

—Acordaos de firmar las obras —nos sugiere la encargada.

—Firmarlo me parece un atrevimiento —confiesa Gabriel.

La guía se acerca a nosotros. Parece que somos los siguientes.

—¿Quieren hacer una tirada rápida? Tenemos a una tarotista en el patio trasero.

Ni hablar. Todavía sigo intentando superar la noche en Arcana.

—Va. Será divertido. Vamos juntos. —Mi cita adopta una mirada suplicante.

Inclino la cabeza, en un intento fallido de negarme. No quiero parecer una rancia y más después de la cagada del teléfono. Cojo aire y le complazco. Gabriel empuja la puerta y yo le sigo. Me freno en seco al reconocer a la mujer.

—La bruja... —musito.

—¿Estás bien? —se preocupa Gabriel.

Agito las manos, restándole importancia.

—Bienvenidos. Sentaos.

La tarotista no viste una túnica en esta ocasión. Lleva un pantalón amplio y vaporoso y una blusa de corte suelto. Está rodeada por estufas de exterior que proyectan una luz cálida. Parece que no me ha reconocido. Respiro aliviada. Tomamos asiento. El olor a incienso vuela por el aire, envolviéndonos en ese ambiente místico.

—¿Queréis preguntar algo concreto?

Gabriel y yo nos miramos.

—¿Por qué no preguntas qué tal irá tu proyecto? —me propone Gabri.

Buena idea. Huyamos de las preguntas personales.

La bruja baraja las cartas y me pide escoger una. Al levantarla deja al descubierto la carta de los Enamorados.

—Un arcano poderoso... Tu proyecto encontrará tarde o temprano su camino. Pero, como te dije, tú tendrás que elegir... entre la verdad y lo que deseas. —Nuestras miradas se encuentran. Me ha reconocido. Gabriel nos observa. Arruga la frente. Un cosquilleo me recorre el estómago. «¿Qué tratas de decirme, bruja?».

Al acabar el taller, Gabriel me propone cenar algo rápido en un libanés cerca del estudio. Allí me cuenta que tiene una hermana pequeña a la que adora y yo le hablo de Júlia y Claudia, que son como mi familia. Más tarde paseamos por las calles de Gràcia con nuestro recuerdo artístico a cuestas. Nuestros hombros se encuentran en un par de ocasiones. Los murmullos ya se han acallado y el silencio reina en el barrio.

—Te acompaño al coche —me anuncia Gabriel.

—Tranquilo, no hace falta —respondo.

—Solo quiero asegurarme de que llegas sana y salva. —La comisura de sus labios se curva con persuasión.

—De acuerdo. —Me muerdo el interior de la mejilla y reprimo el impulso de sonreír.

Al llegar a la entrada del parking, nos quedamos en silencio uno frente al otro. Buceo por mi bolso hasta que encuentro las llaves del coche.

—¿Te volveré a ver?

Suspiro. Me inclino y acerco los labios a su mejilla. Gabriel gira la cara con delicadeza, buscando mi boca. Siento su aliento cerca. Nos quedamos quietos. Retrocedo apenas unos centímetros. Nuestros ojos se encuentran. Él capta mi duda y se aleja.

—Buenas noches, Carlota. —Las hendiduras de sus mejillas hacen acto de presencia al morderse el labio inferior.

—Buenas noches, Gabriel. —Le sostengo la mirada hasta que cruzo la puerta.

Tal vez el error no esté en preguntarnos si el amor existe, sino en aceptar que llevamos demasiado tiempo buscándolo en el lugar equivocado. Quizá la verdad sea más fácil e incómoda. Buscamos fuera lo que deberíamos estar buscando dentro. Por ahora la paradoja del amor moderno seguirá siendo un misterio para mí. Aunque si algo voy entendiendo es que el amor puede aparecer de infinitas formas, pero ninguna se asemejará a la que imaginábamos.

12
Decaimiento orbital

De los creadores de «si juegas con fuego te quemas»,
llega «si orbitas cerca de un agujero negro,
acabas engullida».

ADRIÁN

El taxi me deja frente al Palau de la Música Catalana. Camino un par de minutos hasta la galería. El interior huele a cava y a pintura seca. Paseo por el local de techos altos con una copa en la mano, examinando los cuadros que cuelgan de las paredes. Doy con el guardarropa y me deshago de mi abrigo. Después me dirijo hasta una obra que ha captado mi atención. Una figura humana, sin rostro. Un cuerpo inmóvil en mitad de la superficie blanca, relleno de algo oscuro y viscoso. El barro aceitoso color azabache le gotea por los brazos y las manos, formando cadenas. Los pies también se hunden en el mismo líquido espeso. Lo que lleva dentro, también lo ha atrapado por fuera. La obra tiene la firma de mi hermano.

—¿Te reconoces?

—¿Debería? —Doy un sorbo al cava.

—Sin duda. Está inspirado en ti —confiesa Álvaro.

—Luego resulta que soy yo el capullo. —Giro la cabeza hacia la izquierda.

—Parece que le ha ido bien la cita, ¿no?

«Sí, eso parece». Chasqueo la lengua. No sé qué espera que le responda.

—Podrías haberla invitado a salir tú.

—¿A pintar cuadros? —Me río por lo bajo—. Es más tu estilo.

—Cualquiera diría que vives en el siglo XVI y que seáis la familia Montesco y Capuleto, tío.

—No es solo eso.

—Ah, ¿no? Entonces ¿qué es?

«No pienso convertirme en un cliché. No soy su jefe, técnicamente. Pero su mérito será el que se ponga en duda, no el mío, si cruzamos esa línea. No sería justo para ella. Y tampoco me siento bien incumpliendo las órdenes de mi padre y acercándome, ocultándole lo que sé sobre el suyo».

—Carlota no me interesa.

Me doy la vuelta y dejo la copa en la bandeja de un camarero.

—Pues para no generarte interés, le has dedicado mucha atención y energía. Y no es propio de ti.

El timbre de la alarma incrementa su intensidad hasta que soy incapaz de ignorarla. Palpo la mesita en busca del teléfono. Detengo el ruido taladrante y salto de la cama, aún con los ojos entrecerrados. Saco la agenda del bolso y enciendo la cafetera. A las diez está programada la primera sesión de preparación para la reunión con la dirección. Solo quedan unos días y aún falta acordar una parte. Mi parte. Exhalo frustrada. No me apetece perder varias horas de mi vida en una reunión estéril en la que algunos asistentes menosprecian mis ideas. Ya con el café entre las manos, desactivo el modo avión y reviso los mensajes pendientes. Mis padres me escribieron anoche, después de subir el contenido de la última cita.

Mamá
Espero este domingo la versión extraoficial de tu
cita

Papá
Interesante forma de entrelazar los contenidos.
Yo hubiese buscado otras fuentes menos
obvias

Paso por mis redes sociales para echarle un ojo al rendimiento del vlog y del reportaje en la web del periódico. Contemplo perpleja la pantalla.

—¿Cómo...? —Un cosquilleo se desplaza desde mi estómago hasta la garganta, como una ola, al ver el número de nuevos seguidores en mis cuentas.

Júlia se desliza a toda velocidad por el pasillo.

—¡Carlota! —vocifera.

En tres segundos se planta frente a mí. Se apoya en mi antebrazo para frenarse. Nos miramos en silencio, con los móviles en la mano. La comisura de nuestros labios se agranda hasta que muta en una risa imparable. Nos agarramos y empezamos a saltar. «El amor verdadero a un clic... y a unos cuantos TB de datos de distancia» se ha hecho viral.

Me doy una ducha rápida y, poco después, rebusco en el armario el vestido de *animal print* mientras canturreo.

—Alguien está hoy de subidón, ¿eh? —bromea Júlia, reclinada en el marco de la puerta de la habitación.

Le devuelvo una sonrisa socarrona y le lanzo la toalla.

El móvil vibra y me asomo a la pantalla. La aplicación de The Big Love Data me recuerda que aún esperan mi valoración de la cita. Han pasado cuarenta y ocho horas desde que acabé las entrevistas y conocí a Gabriel. En este par de días me he esforzado por ocupar todo mi tiempo vital en posponer el veredicto. Con la redacción del reportaje y la preparación del contenido ha sido sencillo. Bloqueo la pantalla y continúo vistiéndome.

—Las botas marrones, tigresa. —Júlia las señala en cuanto ve un ápice de indecisión en mi cara. Acepto la sugerencia y le mando un beso como agradecimiento.

Me encamino a la oficina abrazada a mi abrigo largo de lana chocolate. Es una fría mañana de diciembre, a pesar de que el cielo se encuentra totalmente despejado. Trago el aire helado y sonrío. Las pequeñas pero ágiles zancadas que doy son el claro ejemplo de mis ganas de compartir con Nico las novedades. Cuando llego, ya lo sabe media redacción, así que imagino que mi jefe también.

Diego y Biel me reciben en la puerta de la cafetería más cercana a la oficina haciéndome la ola.

—¿Me firmas un autógrafo? —se mofa Diego.

—Hazte una foto conmigo para Instagram, por favor —comenta, entre risas, Biel.

—Menudos personajes estáis hechos. —Zarandeo la cabeza.

—Pero entonces ¿hubo tema con el ingeniero o no?

—Paso de vosotros. —Me cuelo entre ellos y me sitúo en la cola.

—¿Te quedas a tomar café, al menos?

—Me pido uno para llevar, que ahora tengo reunión con vuestro jefe —respondo.

—Prepárate, porque hoy no está de humor.

—A mí me llegó un correo suyo a las tres de la mañana —anuncia Diego.

—Esta noche no ha pillado, fijo —apunta Biel.

El comentario se me clava como una astilla. No sé cuál de las dos cosas me molesta más: que Adrián esté de mala leche y lo tenga que soportar en la reunión o habérmelo imaginado en la cama con una mujer. ¿Acaso me importa con quién se acuesta? Pago el café y cruzo la calle hasta el periódico.

A medida que me adentro por los pasillos voy cazando conversaciones, hasta que escucho sin querer a dos periodistas hablando sobre mí.

—La del vídeo es la hija de Toni, ¿no?

—Sí. Hace poco que entró en el periódico. Menuda forma de honrar su apellido…

Ambos dejan escapar un suspiro que supura crueldad. Siento cómo el corazón se me encoge y me hago tan pequeña que me vuelvo invisible. Sin girarme, acelero el paso, huyendo del peso de sus palabras. Mi padre no está conmigo para desmentirles y asegurarme que está orgulloso de mi trabajo. Tampoco se lo pienso preguntar. Él es un periodista serio y riguroso, y yo escribo sobre el amor. La posibilidad de que tengan razón no me parece tan descabellada. Por un segundo doloroso, temo que tal vez sí que le importe que se haya viralizado un reportaje considerado de segunda categoría. ¿Y si estoy dinamitando su legado? Me seco disimuladamente las lágrimas.

En cuanto me siento en mi silla, Nico me envía un mensaje para avisarme de que su reunión se está alargando y que nos vemos directamente en la siguiente. Reviso los correos, las anotaciones sobre nuevas narrativas y el análisis de los contenidos publicados. Supongo que el equipo de Adrián nos mostrará los resultados relacionados con el rendimiento de los posts y el tráfico a la web. Agarro el portátil y la agenda, y voy hacia la sala Pulitzer.

Llego al mismo tiempo que Nico. Me rodea con el brazo y me aprieta contra él.

—Enhorabuena —me susurra antes de entrar.

No puedo evitar sonreír al ver su reacción, pero recuerdo lo que he oído a los otros periodistas, y la felicidad se disipa. Bajo la barbilla y dejo escapar el aire poco a poco mientras me coloco el pelo detrás de la oreja. El equipo de innovación ya está dentro, tomando asiento. Adrián no está entre ellos. Saludo a Aina, que también está invitada. Me sitúo junto a mi jefe, que mira su reloj impaciente. Pasados los cinco minutos de cortesía, el equipo trata de localizar a Adrián sin éxito, así que Nico decide dar comienzo a la sesión.

Repasamos la agenda y Carlos, la mano derecha de Adrián, nos explica la estrategia que planean trasladar a la propuesta.

—El primer pilar es la optimización SEO y la segmentación de los intereses de los lectores con newsletters personalizadas.

—Y, entre otras medidas, reutilizaremos las noticias, los reportajes, las columnas y las crónicas como contenido en nuestras redes para darles un impulso hacia la audiencia más digital —apunta Clara, la jefa de Aina.

—No digo que subirlo en las plataformas no ayude a dar visibilidad, pero si una noticia no conecta, colgarlo en pequeños fragmentos a Instagram no lo va a hacer mejor. —Me inclino hacia delante—. Si no queremos caer en el *clickbait*, es decir, en ganar clics con titulares engañosos, tenemos que contar historias. —Mi dedo marca el compás de mis palabras contra la mesa.

De reojo veo cómo Aina me escucha con atención y asiente discretamente. La puerta emite un sutil chasquido. Los presentes levantan la cabeza en su dirección. Se instala un silencio familiar. Me volteo lo justo para confirmar que es Adrián el que entra en la sala. Sus ojos siguen fijos en la pantalla de su teléfono y los labios apretados remarcan su mandíbula tensa. Cruza la sala con paso firme hasta el otro lado de la mesa. Se sienta frente a Nico. Desenfunda el iPad y traza un movimiento en la pantalla con el lápiz. Echo un vistazo a los demás. Todos se recolocan en la silla. Casi puedo escuchar el «preparaos».

—Si os parece podemos revisar ahora el piloto transmedia. Considero que hay información valiosa en los resultados que puede ayudarnos a diseñar la estrategia. —Nico rompe el silencio con la serenidad de quien sabe que redirigir el flujo de la reunión hacia lo práctico es lo más inteligente.

Clara carraspea y empieza a cantar las cifras.

—Las métricas muestran un tiempo medio de lectura y fidelización alto.

—No tenemos claro el efecto paracaidista —espeta Adrián, sin molestarse en suavizar su tono ni apartar la vista de la pantalla—. ¿Cuántos accedieron sin tener claro dónde estaban?

Me río por lo bajo.

«¿De qué va?».

Retrocedo una página en mi agenda y repaso las cifras antes de abrir la boca.

—La mayor parte del tráfico que ha recibido el reportaje ha llegado de mis plataformas sociales, lo cual demuestra que la cercanía funciona. Además de la interacción de los lectores. —Alzo la vista hasta mi principal detractor, cruzo los brazos y dejo brotar una pequeña curva en la comisura de mis labios.

El director de innovación coloca el lápiz en el lateral del iPad, dirige con parsimonia sus ojos hacia mí y cruza las manos. «Ay, madre».

—Puede que también ayudase que desde mi equipo optimizamos la metadescripción, hicimos una mejora en el etiquetado y ajustamos titulares en el reportaje de la web. Además de amplificar tu contenido a través de las redes sociales del periódico. ¿O crees que ha sido casualidad?

«¿Cómo puede resultar tan irritante todo lo que sale por su boca?».

—Esto no ha sido un golpe de suerte. —Niego con la cabeza—. Ha funcionado porque mi historia conectaba, porque estaba bien contada y porque tengo una comunidad fiel. —Aprieto el bolígrafo.

—Convendrás conmigo en que, sin el empujón, los resultados habrían sido… anecdóticos —objeta.

Nico mantiene la mirada fija en los papeles y no interviene. El resto trata de resguardarse detrás de sus caras de póquer. Aprieto los puños bajo la mesa. ¿Qué esperaba, una ovación? Adrián no ha creído en mi idea y ha tratado de boicotearla desde el día que la propuse. Debería sorprenderme que le haya dado visibilidad a mi contenido. Respiro hondo, preparándome para el contraataque.

—Qué suerte he tenido, entonces. Menos mal que el equipo ha decidido salvar mi trabajo. —Mi voz suena condescendiente—. Aunque con algo de comunicación previa habría bastado.

Mi dardo envenenado no tarda en surtir efecto. Adrián gira el cuerpo hacia Carlos, dando por cerrado el piloto.

—¿Volvemos a las propuestas de…?

—Adrián, si no hacemos algo ya, esta situación va a ir a peor… —replico.

Nuestros compañeros contienen la respiración. Adrián recuesta la espalda en la silla. Nos estamos calentando —y no en el buen sentido de la palabra— y no sé si voy a ser capaz de parar este fuego.

—Quizá deba recordarte que esto es un periódico y no una agencia de influencers. La viralización no aporta prestigio, lo aportan los suscriptores. ¿Quieres saber cuántos nuevos hemos tenido desde tu reportaje? —me ataca.

Abro la boca para rechistar, pero Nico me lanza un gesto para que pare de alimentar a la bestia y él toma el relevo del debate.

Durante los siguientes diez minutos me muerdo tanto la lengua que podría ahogarme con mi propia sangre. La piel me arde. Opto por ignorarlo. Arranco una página en blanco y recurro a lo único que aún me permite huir de mis problemas. Inventarme otro. Cojo el boli y empiezo a garabatear. La masa de un agujero negro opaco, inaccesible y hermético y la de una estrella de neutrones. El semieje mayor de la órbita y la excentricidad orbital. Escribo las ecuaciones. Calculo la tasa de decaimiento y el tiempo hasta el colapso. Esto tiene mala pinta. Todas las historias con un agujero negro terminan igual.

—Creo que todos coincidimos en que el contenido ha funcionado por el formato conversacional y el tema que se aborda. Necesitamos un enfoque editorial que conecte sin perder profundidad. Propongo trabajar en un par de ideas en esta línea y ponerlo en común mañana. ¿Qué opinas, Adrián? —Nico nos lanza una mirada a ambos. Yo me encojo de hombros.

Cuando la sesión finaliza, no tenemos una conclusión clara, como me temía. Mañana tenemos la siguiente ronda y yo solo quiero salir de allí para averiguar cómo puedo fingir una gastroenteritis y no tener que revivir lo de hoy. Lanzo el papel arrugado a la papelera y abandono la sala la primera, evitando mirarle.

Las críticas de Adrián y la frialdad con la que las ha pronunciado han levantado un muro todavía más alto entre nosotros. ¿Se puede saber qué daño le provoqué en otra vida? Ni siquiera espero a Nico. Subo a coger mi bolso para salir pitando de la redacción. Lo último que quiero es recrearme en mi humillación.

He quedado para comer algo rápido con Júlia y Claudia. Decido ir caminando para que me dé tiempo a calmarme antes de encontrarme con ellas. No quiero darles la comida. Soy la primera en llegar al restaurante, y Júlia, la última, lo cual le sorprende a un total de cero personas.

—¿Te toca guardia? —le pregunto a Claudia al ver la mochila colgada de su hombro.

—Soy R5, corazón. Por supuesto que sí.

—No me das envidia, pero te agradezco tu vocación…

—Sobrevivo gracias a eso y a la promesa de volver a dormir ocho horas seguidas algún día.

—Eres mi doctora favorita.

—Y tú mi influencer favorita.

Júlia aparece en escena cargando varias bolsas repletas de ropa y se deja caer en la silla.

—No preguntéis, por favor.

—Olivia… —soltamos Claudia y yo a la vez.

Júlia asiente.

Después de ojear el menú de mediodía, pedimos nuestros respectivos platos con la esperanza de probar el de las demás. Mis amigas posan sus ojos sobre mí con atención cuando el camarero se aleja y me dispongo a dar un trago al vaso de agua fresca.

—¿Qué?

—¿Cómo que qué? Exijo detalles —insiste Claudia.

Júlia se acomoda en la silla y se frota las manos. Entorno los ojos y me lanzo a contarle la cita con Gabriel con pelos y señales. A medida que avanzo, Claudia va poniendo la misma cara que cuando vemos una comedia romántica en tiempo real. Primero una sonrisa cómplice, luego las cejas levantadas, más tarde la boca abierta, de repente suelta un «ay, qué mono», se lleva las manos al pecho e incluso creo haber oído un suspiro cuando llego al momento del casi beso. Excepto cuando le explico que estuve algo distraída durante la cita, aunque evito compartir el motivo.

—Ya te vale, Carlota. —Frunce los labios con desaprobación.

—No estaba en mi mejor día, si te soy sincera. —Me llevo un trozo de tomate a la boca.

—Si aun así quiso acompañarte al coche, cual princesa custodiada en una torre, es que le gustaste —apunta Júlia.

—¿Y cuándo habéis vuelto a quedar?

—Bueno... —Me limpio con la servilleta—. Todavía no he dado mi *feedback* sobre la cita.

—¡No te creo! —Júlia suelta una carcajada seca.

—¿Has tenido en cuenta que en algún momento se puede cansar de esperar? —sentencia Claudia.

Sí, claro que sí. No. En realidad, no.

—Si Gabriel pasa de ti, ¡que le den! —En ese instante, el camarero deposita otra botella de agua en la mesa—. Además, vamos a cumplir la edad de las protagonistas de *Sexo en Nueva York.* ¿Sabéis lo que eso significa? Que aún nos quedan seis temporadas y un par de películas por vivir.

Claudia y yo inclinamos la cabeza, reconociendo que en eso Júlia tiene razón.

—No sé, chicas. Estoy hecha un lío. Esto de los encuentros era solo trabajo. No tengo claro que esté preparada para seguir conociéndole.

—A ti lo que te pasa es que...

—Shhh. —Mando callar a mi amiga. Sé por dónde va a salir y, joder, después de lo que me ha hecho el capullo de Adrián, no me apetece que lo meta en esta conversación.

—Cambiemos de tema, por favor. —Hago un ademán con la cabeza, dándole paso a Claudia—. ¿Novedades?

—Hemos quedado con una chica. —Levanta reiteradamente las cejas.

—¿Cuándo?

—Mañana por la noche. Iremos a tomar algo..., y lo que surja.

—Qué ganas de hacer un trío un martes, ¿no? —comento.

—¿Qué pasa? ¿Que solo se puede tener sexo los fines de semana? Te pareces a mi abuela, mi ciela —me recrimina Júlia.

—Es que hace tanto que no lo tengo, que se me ha olvidado lo divertido que puede llegar a ser.

—Yo estoy segura de que, si quisieras, podrías tener un montón. Y con más de uno, fíjate. —Me guiña un ojo.

Pongo los ojos en blanco.

Antes de despedirnos, le hacemos prometer a Claudia que nos contará su tórrido encuentro este fin de semana. Yo habré presentado ya la propuesta, así que podré llorar acompañada. Vuelvo a *L'Actualitat* caminando y hago una breve parada en un puesto ambulante de café de especialidad frente al edificio. Mientras espero mi turno, le echo un vistazo a la aplicación de alquiler de pisos. Qué desastre.

Les envío un audio a las chicas, como si no hubiera acabado de comer con ellas.

—La búsqueda va de mal en peor y la agencia tampoco me ha enviado ningún piso que me encaje. ¿Creéis que si me mudo a un trastero alguien me denunciará? —Cojo aire—. El día ha empezado bien, pero en cuanto he puesto un pie en el periódico todo se ha torcido. Y luego está «él». El innovador y engreído heredero, con su palo directivo metido por el culo desde que nació... Qué pena, con lo interesante que parecía en el evento.

Alguien me toca el hombro varias veces con insistencia. Me giro con brusquedad. Mi corazón bombea ansioso, golpeándome las costillas. La insistencia tiene nombre y empieza por A. De amargado, arrogante y, desgraciadamente, atractivo. ¿Cuánto tiempo lleva ahí? Me habla, pero no le oigo. Mierda, los AirPods. Me retiro los auriculares.

—Te están esperando. Te toca. —Señala al frente.

Creo que me ha escuchado, aunque todo en su cara está milimétricamente calculado para simular cualquier emoción, así que no tengo forma de averiguarlo. El calor se extiende por mi cuello junto con un hormigueo en la lengua. Me vuelvo hacia el barista.

—U-u-un café con bebida de almendras, gracias. —La petición tropieza en mi garganta.

Tras un incómodo silencio, el señor me extiende el datáfono. Acerco el teléfono para pagar, pero no funciona. Reviso la pantalla. Está apagado. Intento encenderlo. No. Ahora no. Cierro los ojos y trato de mantener la calma.

—Lo siento, me he quedado sin batería y no tengo efectivo. ¿No tendrá un cargador? —La voz se me rompe. Trago saliva.

—Póngame un café solo para llevar y cobre todo junto, por favor. —Adrián extiende el iPhone sin dirigirme la mirada.

El camarero le entrega los cafés. Se gira hacia mí con las manos ocupadas.

«¿Qué tal un gracias, Carlota?».

—Bueno, parece que ya estamos en paz. —Me ofrece el café—. No te acostumbres…, sigo llevando mi innovador palo conmigo.

En su rostro se dibuja una mueca afilada. Adrián se marcha y yo me quedo sosteniendo el vaso como si fuese dinamita. ¿Me habrá escupido dentro?

12 + 1

Luna de sangre

Cuenta la leyenda que el Sol y la Luna se deseaban en secreto, pero que su amor estaba condenado por la distancia. El universo, que en el fondo es un romántico, les concedía de vez en cuando unos instantes de cercanía. Pero también disfrutaba de los culebrones, por eso le pedía a la Tierra interponerse entre ellos dos. La Luna, furiosa, se teñía de rojo como venganza.

Publicado hace 10 minutos

Esta madrugada, la luna se teñirá de rojo durante el eclipse lunar total. Un evento celestial que no ocurre con tanta frecuencia y que podrán observar los más trasnochadores. La luna entrará en la umbra terrestre y provocará que los rayos, visualmente, se vean de color naranja y rojo, debido al efecto Rayleigh. Según mi amiga Júlia, que, como ya sabéis, es mi astróloga de confianza, deberíais estar en alerta, pues será una auténtica bomba de emociones y una purga kármica. O eso me ha contado en el desayuno. Este eclipse traerá choques de poder, decisiones definitivas y giros inesperados. Yo, escéptica de nacimiento, la miraba perpleja mientras ella recitaba la agenda cósmica y yo me volvía una víctima de la programación emocional del universo.

Aunque admito que hay algo tentador en imaginar que la luna de sangre pueda conseguir una alineación imposible. Y más teniendo en cuenta que en unas horas atravesaré la puerta de la redacción, enfrentándome a una sesión en la que, casualmente, voy a necesitar una alineación nivel eclipse. Y si no ocurre, siempre puedo culpar a la luna.

#eclipselunar #lunadesangre #reflexiones

Muevo la pierna al ritmo de mi nerviosismo mientras reviso los apuntes para la segunda sesión con el equipo de innovación. Nico me ha enviado unos comentarios que aún trato de digerir junto con el café humeante. La pantalla del iPhone se ilumina y desvío la vista hasta el número desconocido.

—¿Diga?

—Carlota, soy de la agencia. Disculpa que te llame tan temprano.

—Hola. No, tranquila. Dime. —Me hundo en la silla.

—Resulta que nos acaba de entrar un piso y antes de publicarlo queríamos saber si te interesaría.

Escucho con atención cómo la voz al otro lado va cantando, metafóricamente, la mayoría de los requisitos de mi lista para alquilar. Como ya me imaginaba, si quiero cerrar el trato, tengo que darme prisa y visitarlo hoy mismo. Justo el día antes de la sesión con Beatriz. Mando un mensaje a Claudia.

Clau, me han ofrecido visitar un piso que tiene muy buena pinta. Cambiamos una cómoda comida saludable por un trozo de pizza de camino?

¿Será esta la primera decisión definitiva de la luna de sangre?

Me termino el café antes de bajar a la cuarta planta y paso por el baño para pintarme los labios con un tono rosa satinado muy natural. Aprovecho para ajustarme la falda gris larga, que tapa mis botas negras de tacón. Quiero pensar que la reunión será más colaborativa que la anterior, ya que Adrián y yo nos tomamos el otro día el café de la paz gracias a la batería de mi teléfono. Le devuelvo la sonrisa a la Carlota del espejo, que aún mantiene la esperanza. Sujeto los bártulos contra el pecho y emprendo camino hacia la planta digital. Entro directa a la sala, unos minutos antes de la hora, ojeando las notificaciones de mi post. En cuanto suelto en la mesa el portátil y la agenda, me doy cuenta de que tengo compañía. Me sorprendo al verle ya sentado. Me fijo en su corbata de rayas azul marino. Está concentrado en la pantalla de su iPad y no me saluda. «Mal empezamos». Me hago la loca. Aunque me resulta tan infantil y absurdo que no puedo mantener mi papel.

—¡Buenos días! —exclamo.

«Sí, idiota. Sé que me estás ignorando a posta».

—Buenos días, Carlota. —No levanta la vista y el tono de su voz se mantiene estable, como si mi saludo no hubiese modificado ni un átomo a su alrededor.

Me quedo unos segundos de pie, de brazos cruzados, con la lengua recorriendo mis dientes. Adrián ni se inmuta. Este hombre me exaspera. Doy media vuelta para esperar a los demás fuera.

Adrián

Lo que va a suceder en la sesión no es justo, pero es inevitable. Después del disgusto que se va a llevar Carlota, espero que al menos le guste el piso. Ayer cuando escuché su situación mientras hablaba con sus amigas, me conmovió que no tuviese un lugar decente donde poder recrearse en su propio malestar y odiarme en paz. Una amiga de mi madre busca inquilino. He llamado a su agencia y he pedido que se lo enseñen a ella primero.

Percibo el ruido de un objeto al caer y desplazarse por la mesa.

—Te he traído un cargador, por si lo necesitas hoy también. Me saldrá más barato que financiar tus cafés.

Aprieto los párpados. No me lo puedo creer. Debe de ser algún tipo de táctica de desestabilización para sacarme de quicio antes de empezar la reunión. Dejo entrar el aire despacio en mi pecho. No voy a caer en su juego. Me vuelvo otra vez hacia él. Me encantaría devolverle el dinero, pero no tengo suelto encima y tampoco pienso buscar su número de teléfono para enviárselo.

—Muchísimas gracias por tu deferencia. —Le muestro una sonrisa postiza y guardo el cable. «¿Estás tratando de enmendar acaso tu mal comportamiento para que no te envíen al infierno? ¿O simplemente te divierte provocarme?».

Cuando me dispongo a salir, me encuentro con Nico de frente, que entra en ese preciso momento.

—¡Ey! —Me mira a mí primero y luego repara en Adrián. Pongo los ojos en blanco. Nico sonríe y me empuja con el hombro. Enseguida llegan los demás y Adrián despliega sus alas como un pavo real, volviendo a ser el ser social de siempre. Lo que confirma mis sospechas. Le caigo mal. La pregunta es: «¿Por qué?».

Las conversaciones empiezan a disiparse y se oyen algunos carraspeos hasta que finalmente se hace el silencio. Trato de saludar a Aina a lo lejos, pero ella, en cambio, contrae los labios y desvía la mirada. Me parece que esto va a doler. Estiro el cuello vuelto de mi jersey. ¿No hace mucho calor aquí dentro?

—Carlos, proyecta la versión final, por favor —dispone Adrián. No se molesta en fingir que esta reunión era para decidir conjuntamente lo que presentaremos mañana a Beatriz.

Giro la cara en busca de Nico, que frunce el ceño. Parpadeo dos veces tan pronto como el equipo comienza a explicar el enfoque «disruptivo» que han decidido incluir en la propuesta de forma unánime. Una extensión de lo que ya está haciendo el periódico, pero con vídeos breves insertados en los artículos y columnas. Personas serias repitiendo lo mismo y respondiendo preguntas lanzadas por los lectores. Todo editado con sumo cuidado para que no se salga del tono institucional del periódico. Mi respiración se acelera y las palmas de mis manos empiezan a sudar. ¿En serio que nadie más piensa que esto es un auténtico error?

—Los resultados del piloto fueron claros. Los lectores están cansados de que les hablemos, pero no los escuchemos. O que ni siquiera nos comuniquemos en su idioma, en el caso de las nuevas generaciones. —Recuesto la espalda en la silla y entrelazo los brazos—. ¿Cómo nos va a ayudar adjuntar un fragmento de entrevista, en el mismo formato de siempre, para llegar a esos usuarios? Esto no tiene nada de innovador. —Niego con la cabeza.

—Nuestra estrategia no es revolucionaria porque no somos una *start-up*. Somos un periódico cuyo objetivo es informar con rigor y responsabilidad sobre hechos que afectan a la sociedad. —Adrián se inclina hacia delante—. Enfocarnos en el SEO y en la publicidad nos permitirá abrirnos camino en los segmentos en los que tenemos una cuota de mercado más baja.

—El SEO no obra milagros. —Me apoyo sobre la mesa, imitando su postura.

—Pero nos ayudará a pagar las nóminas. —Adrián golpea la mesa con el dedo índice mientras clava sus ojos en los míos.

Le sostengo la mirada.

La tregua entre nosotros duró lo mismo que el café que me pagó tardó en enfriarse.

Capto la incomodidad del resto de los asistentes, que se remueven inquietos y comparten miradas cómplices. Deben de pensar que estoy loca o que soy una necia por enfrentarme al hijo del dueño de este periódico.

—¿Y si consideramos la posibilidad de arrancar en la sección de Vida un espacio de debate con historias potentes y soporte multimedia? Nos permitiría experimentar sin alterar mucho el ecosistema editorial.

—Nico, mañana nos jugamos mucho. No podemos incluir algo que no esté completamente desarrollado.

—Adrián, pero podríamos... —intenta rebatir Nico.

—Podríamos y lo revisaremos, os lo prometo. Pero no va a ir en la propuesta de mañana —sentencia Adrián.

Nico comienza a recoger. Supongo que piensa que la batalla está perdida. Yo jugueteo con el cuello de mi jersey, paliando la impotencia que me produce no poder oponerme al acuerdo.

—Carlota, encárgate de cerrarlo con las mejoras sugeridas durante la sesión —me ordena el maldito Adrián. Le fusilo con una mirada cargada de decepción. Ni siquiera me la devuelve. Asiento, de cara a los demás. Por dentro, es otra historia.

Adrián

Después de ayudar a Carlota con el reportaje desde el periódico, mi padre entró en cólera. Me ha exigido que arregle esta situación. Él me enseñó que la gratitud es una deuda y que las deudas se pagan. Y yo, probablemente, necesitaré toda una vida para agradecerle la segunda oportunidad que me dio. Llevo años convirtiéndome en el hombre que él ha necesitado.

He tomado decisiones que, en realidad, nunca me han pertenecido. Y, en cambio, ella…, ella no pide permiso, porque es libre para luchar por lo que quiere. Puedo ver en su cara cómo la he vuelto a decepcionar.

Nico y yo nos quedamos sentados. La rabia escala por mi garganta y escapa de mi boca en cuanto estamos solos.

—¡Joder! Nos ha dejado fuera. ¿De qué va? —gruño.

—Algo ha ocurrido… Y tengo mis sospechas —confiesa Nico.

Me levanto furiosa. Nico detecta que mis ojos están repletos de lágrimas, que se aferran a los párpados inferiores por vergüenza. Me marcho sin despedirme. De camino al vestíbulo me arrepiento de haber reaccionado de esa manera. Estoy enfadada y resignada porque esperaba más apoyo por parte de Nico en la reunión, pero soy una adulta funcional que debería saber gestionar sus emociones delante de su jefe. Mañana tendré que defender un proyecto en el que mi participación ha sido limitada, una idea con la que no comulgo y, lo peor de todo, es que me enfurece cómo ha evolucionado la situación. No he podido hacer absolutamente nada para reconducirla. Adrián me ha dejado muy claro desde el principio que no le interesaba mi opinión.

Con el sabor amargo de la mañana todavía en el paladar, salgo de la redacción en busca de Claudia. Intento hacerme la fuerte y dejar atrás lo ocurrido, pero cargo con demasiadas emociones en paralelo. Al divisar su figura siento la necesidad imperiosa de abrazarla. Claudia se sorprende cuando me cobijo entre sus brazos. Me sostiene con fuerza y me acaricia con suavidad el pelo.

—¿Estás bien?

Niego con la cabeza y me echo a llorar. Me envuelve con los brazos, apretándome contra el pecho.

—Vamos a buscar una pizza y me cuentas, ¿vale?

Ya con el estómago lleno, y habiendo compartido con ella las toneladas de frustración que me acompañan, ponemos rumbo a la visita. Solo me faltaría quedarme sin piso, también. Claudia me aconseja por el camino que me plante en su despacho y me sincere con Adrián.

La agente inmobiliaria abre la puerta y doy un vistazo rápido a mi alrededor. Claudia va detrás de mí. Sesenta y cinco metros cuadrados llenos de luz. Un piso relativamente pequeño, pero con mucho potencial. Los dueños lo compraron para su hija, una interiorista que se marcha a París unos años y que no ha escatimado en reformar la vivienda, exprimiendo al máximo el espacio. Ha tirado todos los tabiques para unir el salón, el comedor y la cocina, creando un único ambiente con una cristalera, que separa la cocina sin perder la luz natural ni la sensación de amplitud. Dispone de una pequeña terraza donde desayunar al fresco mientras me tomo el segundo café del día o preparo la propuesta para el proyecto de desinnovación del periódico a la luz de la luna. Dicho así, suena idílico. Puertas correderas acristaladas, suelo de parqué, colores naturales que combinan con la madera por toda la casa y un lavadero escondido tras un armario del pasillo. Además, ubicado en una zona decente y a un precio razonable. Suena demasiado bonito para ser real. Basta con ver la cara de Claudia para confirmar que a ella también le ha gustado.

—¿Dónde hay que firmar? —disparo.

—Si te encaja, necesitaríamos la documentación básica junto a las nóminas y la declaración de la renta. Y para formalizar el contrato, los dueños piden una mensualidad, la garantía y el mes en curso. Te recomiendo decidir pronto, porque volará.

No necesito pensarlo durante más tiempo. Este piso tiene algo. La sensación real de poder empezar de nuevo y mucha luz. Aunque para ello tenga que demostrar que soy más solvente que las empresas del IBEX.

Al salir de la visita, Claudia me propone tomar un café para celebrarlo. Nos ha sobrado algo de tiempo y lo siguiente que me espera en mi mesa son los ajustes para la reunión de mañana. Así que acepto encantada.

—¿Tú no tuviste una cita con Abril y la chica morena la otra noche? —Arrugo las cejas.

Claudia baja la barbilla, como si estuviese ocultándome algo.

—¿Qué pasa? —trato de averiguar.

Se lleva las manos al pelo y juega con un rizo entre los dedos.

—Tía, que pensaba que podía con esto. —Rodea la taza de té con las manos—. Pero cuando llegó el momento no me gustó. Abril estaba en su salsa, como si llevase toda la vida haciendo tríos. Y yo me sentí fuera de lugar.

—¿Te molestó ver a Abril con otra mujer?

—¡No! —aclara—. No me puse celosa, no va por ahí. Es que no me excitaba la situación. Además, me sentí mal por no disfrutarlo, ¿sabes?

—No pasa nada si no te gusta el sexo liberal, Claudia. Me parece valiente admitir que no estabas cómoda.

—El problema es que a Abril sí que le ha gustado. —Posa los ojos del color de la tierra húmeda sobre los míos y percibo su miedo—. Según ella, como no me van los tríos, propone que probemos eso de... cada una por su lado, sin contarnos nada. Pero ¿cómo se supone que me va a dar igual que un día me diga que se va a pilates y esté liándose con otra?

—Clau, sé sincera, por favor. ¿Tú quieres ese tipo de relación con Abril?

—Carlota, solo sé que no quiero perderla. Ella es mi hogar. —Su cara revela el brillo de una emoción palpable. Se le nota que le da terror que Abril la abandone y que su familia se vuelva a romper.

Trepo por la mesa hasta alcanzar su mano para acariciársela.

Claudia desvía la mirada hasta la cristalera de la cafetería.

—Oye —murmura Claudia—, ¿ese no es el padre de Júlia?

Tardo unos segundos en ubicarlo. Examino el coche oscuro que está parado frente al semáforo. Lo conduce un hombre de unos sesenta años, con la calva pulida, la mirada altiva y la americana impoluta, a la altura de un abogado con despacho en la Diagonal. Junto a él, una mujer de la misma edad, supongo que será otra abogada del bufete o una clienta.

—Sí que lo es... —continúo observando la escena.

La mujer que lo acompaña se inclina hacia él y se besan. El café se me resbala de las manos.

«Joder. No. Otra vez, no».

Después de que Júlia descubriese que su padre había engañado a su madre durante meses, él la hizo cómplice de su mentira. Le pidió que su infidelidad no saliese a la luz. ¿Quién confiaría en dos abogados que no son capaces de mantener a flote su propio matrimonio? Lo que ocurra dentro no importa siempre que la fachada esté impecable. Le prometió que no volvería a ocurrir. Júlia no guardó el secreto por él. Lo hizo por su hermana y su madre. Por la reputación familiar. Durante años ha tenido que cargar con una información que cada día la consume por dentro y que entonces le hizo perder la fe en el amor.

Nos apresuramos a pagar. Ambas compartimos la misma preocupación.

—¿Deberíamos contárselo a Júlia? —susurra Claudia.

—Sí, pero no sé cómo se lo tomará. Júlia es como una moneda al aire.

—Si hablas con ella esta noche, escríbeme. No me puedo escapar hoy, tengo guardia.

Nos despedimos con otro abrazo y ponemos rumbo a la redacción y al hospital.

Me froto los ojos. Llevo más horas de las que me puedo permitir frente a la pantalla, sin poder avanzar. Las luces y el murmullo constante se han ido apagando a medida que mis compañeros se han marchado de la oficina. Ahora quedo yo, en mitad del escenario, obligada a seguir moviéndome para asegurar que las luces con sensor de presencia y mi propio cerebro se mantengan encendidos.

Apoyo la frente en la mesa. Siento que estamos desaprovechando el potencial del proyecto. Preferimos quedarnos en la zona segura, siendo un medio más que sobrevive, en vez de liderar el cambio. Si tuviese libertad creativa y apoyo, podríamos llegar más lejos.

El móvil vibra. Ojeo la notificación. Nico me ha enviado un enlace por WhatsApp. Me ajusto los AirPods y lo pongo en marcha. La narradora tiene una voz íntima y cálida. Lee en voz alta una historia real de amor de la famosa columna de un periódico de Estados Unidos. El formato de audio se está industrializando y expandiendo a la velocidad de la luz en América. Desde actrices hasta periodistas reconocidos tienen un pódcast. El capítulo finaliza con una reflexión de la narradora sobre el tema central de la historia. Al acabar el episodio tengo clara una cosa: Nico quiere que continúe luchando.

Recuesto la espalda en la silla y la balanceo con el pie. ¿Y si...? Me acerco al portátil de puntillas y reviso la lista de usuarios conectados. Adrián sigue aún en línea. No. Ni de coña. Y menos después del repaso en la reunión. Me aparto. Cierro el portátil y recojo mis cosas. Seguiré en casa. A medida que avanzo por el pasillo las luces van volviendo a la vida. Bajo en ascensor hasta el vestíbulo, me pongo el abrigo y cruzo la puerta de entrada. Mientras me alejo del edificio, tiro de la bufanda desde el fondo del bolso y me rodeo con ella el cuello. El recuerdo táctil del contacto de nuestras manos me empuja a despegar los ojos del suelo hacia la octava planta. Me detengo. Todavía queda una luz encendida. La de su despacho.

Adrián

—Adrián, quiero que mañana no se apruebe nada que no esté alineado con lo que hablemos, ¿está claro?

Me mantengo en silencio mientras mi padre carga contra mí.

—No podemos permitirnos experimentos que pongan en entredicho al periódico. Te recuerdo que hay mucho en juego. No solo nuestra reputación, también apoyos políticos y relaciones empresariales con subvenciones, acuerdos y favores. La imagen lo es todo y no voy a permitir que este apellido se vea abocado a la vergüenza pública por culpa de un ingenuo que quiere jugar a revolucionar el periodismo en Cataluña.

—No estamos inventando nada, se trata de trasladar una narrativa que ya funciona en otro país y que, si no nos damos prisa, cualquier otro medio adoptará primero.

La voz al otro lado del teléfono sube el volumen, como si creyese que no le he escuchado, y su tono se vuelve más frío, con palabras cada vez más crudas.

—No me interesa tu opinión. Recuerda por qué estás aquí. Te he dado un nombre y un futuro. Si esa idea absurda arruina el prestigio del periódico, la culpa será tuya.

Me quedo de pie, junto al escritorio, sin apenas moverme. Estoy cansado de anteponer sus deseos a los míos, de hacer lo que haga falta para pertenecer y aun así no ser suficiente, simplemente siendo quien soy. ¿Acaso lo sé yo?

—Haz lo que te pido. Y que tu tía no olvide quién toma las decisiones aquí. Y tú tampoco. —Unos segundos después añade—: Que no me arrepienta de haberte acogido cuando nadie más quiso hacerlo, ni siquiera tu verdadera familia.

Cierro los ojos mientras sus palabras me atraviesan el pecho, dejando al descubierto un órgano que late por inercia. Me he acostumbrado a vivir así, a ganarme cada centímetro de espacio que ocupo y a convivir con un dolor que ya he conseguido anestesiar, adormeciendo también cualquier otra emoción por el camino. Algunos nacen con el corazón entero; yo, en cambio, llegué al mundo con un corazón roto.

Mi respiración se acompasa con los latidos de mi corazón, que se aceleran por cada planta que asciendo. «Carlota, esto no es buena idea». Las puertas metálicas se abren en la planta directiva, que también está en la penumbra. «De hecho, es una muy mala idea». Camino sin pensar muy bien en las consecuencias. ¿Qué es lo peor que puede pasar? Que Adrián me mande a la mierda de forma educada y fría. No. Que crea que no soy capaz de terminar la presentación sin ayuda ni que entienda que no quiere que me inmiscuya más. Me llegan voces lejanas, pero el tono de Adrián es inconfundible. La puerta de su despacho está abierta. Es una conversación telefónica, como la otra vez. Detecto su cansancio por cómo arrastra las palabras. Cuando llego al umbral, la conversación ya se ha terminado. Adrián está de pie, de espaldas, con la camisa arremangada. De repente, barre los papeles de la mesa con furia, que vuelan sin dirección, y suelta un gruñido. La propia inercia del gesto lo deja al descubierto. No lleva corbata y tiene el pelo alborotado. Me quedo paralizada y tardo un par de segundos en procesar la escena. El desorden del suelo de su despacho no es nada comparado con el que parece tener en sus ojos. ¿Y si debajo de su disfraz de ejecutivo infalible hay una persona vulnerable? Una que acaba de perder el control. Siento el impulso estúpido de acercarme y preguntarle si está bien, aunque es evidente que no lo está. Adrián me atraviesa con unas pupilas que centellean. Doy un paso atrás. Respira agitado, pero se mantiene inmóvil. Me late la garganta.

No debería estar aquí.

Me doy la vuelta y deshago el camino todo lo rápido que puedo.

—Carlota… —Cierro los ojos. Su voz suena desgarrada.

Me quedo quieta durante un instante en el que me recuerdo a mí misma quién es Adrián y lo que simboliza para mí. Aun así, soy incapaz de dejarlo de esa forma. Vuelvo al despacho con cautela, con las alertas de mi cuerpo encendidas y mi piel respirando peligro. Me siento una auténtica TEDAX, sosteniendo entre mis manos una situación altamente explosiva. Apoyo mi mano en el marco de la puerta y con la otra sujeto el asa del bolso que cuelga de mi hombro.

—Lo siento —susurro. La incomodidad emocional me aprieta las cuerdas vocales—. Yo no pretendía...

Él mueve la cabeza con suavidad.

—Pasa —me ordena.

Vivir es arriesgar y al arriesgarnos nos exponemos al dolor. Tarde o temprano, aparentar ser fuerte acaba debilitándonos. Quizá la verdadera fortaleza reside en aceptar nuestra vulnerabilidad. La valentía no consiste en resistir, ocultar nuestra fragilidad o no sentir miedo, sino en permitir que todas esas emociones nos acompañen. Lo fácil es que los demás vean la luz. Lo difícil es mostrar nuestras sombras.

Voy tras él y observo su figura. La estela de sándalo y vainilla que deja tras cada paso me produce niebla mental. Se sienta en el borde de su escritorio y cruza los brazos.

—Tú dirás.

Me humedezco los labios.

—He visto la luz encendida de tu despacho y pensé que tal vez...

—Tal vez ¿qué? ¿Cambiaría de opinión? —Afila la mirada.

—Llevo toda la tarde dándole vueltas a la reunión de mañana. —Hago una pausa. Puede que lo que vaya a decir a continuación sea mi sentencia—. Yo no me siento cómoda presentando algo en lo que no creo al cien por cien. —Intento respirar hondo para ralentizar los latidos de mi corazón—. No me convence el ángulo final de la propuesta. Puede que sea lo más sensato, pero creo que estamos siendo demasiado...

Me esfuerzo por no terminar la frase. Adrián no responde. Mantiene los ojos enrojecidos fijos en la pared.

—¿No tienes la sensación de que nos hemos rendido demasiado pronto? —Me sorprende la honestidad de mi comentario, y parece que a él también.

Adrián

La pasión con la que lucha me resulta casi insoportable. Ella representa todo lo que yo no tengo..., y la admiro y envidio por ello.

—No puedo rendirme en un juego al que yo no he decidido jugar —admito.

Carlota frunce el ceño, sin entender a qué me refiero. Vuelvo a intuir cómo el desengaño se expande por sus pupilas. No puedo soportarlo más. Estoy agotado.

«¿Y si por una vez fuese dueño de mis decisiones? ¿Y si por una vez yo fuese como ella?».

Después de un inquietante silencio, desvío la mirada y me incorporo.

—Vamos a revisarlo. —Cuando las palabras salen de mi boca, la garganta me late con violencia, como el pecho.

Me alejo para evitar que Carlota escuche los latidos. No tengo muy claro cuáles serán las consecuencias, pero el sabor de la rebeldía me resulta demasiado dulce como para no disfrutarlo.

«¿Cómo?».

Pestañeo varias veces. Adrián se sitúa al otro lado del escritorio y aparta la silla. Me quedo plantada en la puerta, como si fuese una mera espectadora.

—¿Vienes o no?

Estaba tan preparada para una negativa que me he bloqueado. Zarandeo la cabeza y me pongo en movimiento, con cuidado de no pisar los papeles esparcidos por el suelo. Coloco el bolso en el escritorio y espero instrucciones. Adrián aparta un poco más la silla, cediéndomela. Tomo asiento como si fuese una trampa mortal. Desbloquea la pantalla y proyecta la propuesta. Luego apoya una mano en la silla y otra en el escritorio.

—¿Qué es lo que no te convence? Hemos incluido las entrevistas para complementar los reportajes. También se publicarán en redes para darles visibilidad. Joder, es bastante similar a lo que has hecho tú en el piloto.

—Lo sé, pero no es suficiente. —Niego con la cabeza—. No tiene identidad ni voz propias. No hay cohesión. Es contenido esporádico que no crea comunidad ni fideliza.

—¿Y qué propones?

—Quiero que escuches algo. —Agarro el ratón.

Adrián carraspea. Suelto el ratón y señalo el ordenador.

—¿Puedo?

—No te cortes. Como si fuese tu despacho. —Me muerdo el labio para contener la sonrisa. Creo que es la primera vez que lo hago junto a él, desde que nos conocimos en Modart.

Tras escuchar, unos pocos minutos, el pódcast que me ha enviado Nico, Adrián libera un largo suspiro.

—Demasiada intimidad y drama. No sigue la línea editorial de nuestro periódico.

—Lo sé, pero...

—Carlota, esto es carne de melatonina. Seguro que ayuda a dormir a la mitad de Manhattan. —Adrián acompaña su opinión con un gesto vago.

—Sé que te resulta difícil, pero ahora imagina que hacemos algo similar —gesticulo—. Adaptamos un formato periodístico, como una columna, a algo más audible o que, incluso, se pueda llegar a visualizar. Menos tostón. Que genere debate. Apto para un público amplio, pero que acerque a los jóvenes a un tema de interés. Porque les estaremos hablando en un formato que consumen. Como un pódcast.

Adrián se recuesta en la mesa. He captado su atención.

—¿Y cuál sería la estructura? ¿Quién lo presentaría? ¿De qué temas hablaríamos?

Cojo aire y roto en la silla hasta que me sitúo frente a él.

—No tengo todas las respuestas, pero quizá podríamos construirlas juntos.

Adrián aprieta los labios, luchando contra sí mismo. Saca un rotulador del cajón y se dirige a la pizarra blanca. Comienza a listar una serie de preguntas.

—Si vamos a evaluar la posibilidad, mejor hacerlo bien. —Se gira y me ofrece el rotulador—. ¿Algo más?

Giro la cara hasta la ventana. La luna ya se encuentra en lo alto del cielo. Aún parece una gran perla y faltan unas horas para que cambie su tonalidad, aunque ya empiezo a sentir que Adrián y yo, dos cuerpos totalmente opuestos, estamos más cerca de encontrarnos en un mismo firmamento. ¿Nos estaremos alineando?

Asiento. Me aproximo a la pizarra y agarro el rotulador rojo. No sé lo que ha ocurrido, pero no voy a ser yo la que le lleve la contraria al universo.

14

Polvo de estrellas... y amor

Somos cenizas de una gran explosión que, lejos de cerrar un capítulo, da paso a una nueva historia. Eso somos. El universo, tú y yo.

ADRIÁN

Durante los siguientes quince minutos, debatimos el encaje del formato en la arquitectura del periódico. Esta vez no le muestro al directivo frío y exigente que conoce. Parece sentirse mucho más cómoda con este Adrián. Creo que nos pasa lo mismo, yo también prefiero a este. Carlota se remueve en la silla y se masajea la nuca. Seguro que está cansada, son las ocho y media.

—¿Quieres un café? —Me pongo de pie.

—Vale.

No puedo evitar fijarme en cómo la falda de tubo acentúa la forma de su culo al levantarse.

«Aparta ahora mismo la vista y cualquier tipo de pensamiento indecente de ella».

Y aunque lo intento, la idea de intercambiarme por esa silla se apodera de mí. Antes de cruzar la puerta me vuelvo con rapidez.

—¿Te gusta fuerte o prefieres algo más... suave?

«¿Qué cojones estás haciendo, Adrián?».

—¿Qué? —La he pillado desprevenida.

—El café.

Unos segundos de silencio después se aclara la voz.

—Depende del momento.

La comisura de mis labios se arquea cuando detecto que me está siguiendo el juego.

—¿Y en este momento?

Doy un paso hacia ella.

—Fuerte, por favor.

«Contrólate».

Asiento lentamente, sin apartar los ojos de sus labios, notando la tensión en mis pantalones. Me doy la vuelta y me dirijo hacia la sala donde se ubica la cafetera mientras trato de recuperarme.

En cuanto Adrián desaparece, libero el aire contenido. «Joder». La tensión que nos separaba estaba a punto de alcanzar el límite de ruptura, así que agradezco que no se haya movido ni un milímetro más. Juraría, incluso, que he visto un atisbo fugaz de diversión en su rostro y yo me he odiado un poco al notar el cosquilleo que se concentraba entre mis piernas por tan solo habérmelo imaginado.

Mientras él prepara el café, decido darme un paseo por el amplio espacio hasta los ventanales que enmarcan su despacho. Lo preside un vasto escritorio negro con su iPad abierto frente a la pantalla del ordenador. En el centro reposa una alfombra gris con dos sillones de cuero negro y una minúscula mesa auxiliar. Parece que Adrián prefiere el trato cercano para llegar a un acuerdo o resolver un conflicto. Quizá lo de que conoces a alguien cuando visitas su casa también aplica a su despacho, teniendo en cuenta la cantidad de tiempo que pasa aquí. Reviso las paredes donde hay colgadas varias fotografías que marcaron la historia. Bastante impersonal y clásico: los restos de Hiroshima, la caída del muro de Berlín, el hombre en la Luna, la primera gala de los Oscar, un salto olímpico el verano del 92 en Barcelona y el 11-S. Una estantería con los manuales básicos de periodismo, dosieres con informes y varios diarios con titulares relevantes. Asumo que los guarda porque los escribió él. En uno de los estantes destaca una figura de un Clone Trooper. Vamos, un soldado clon del Gran Ejército de la República de Star Wars. También una pelota de baloncesto. ¿Será fan de los Lakers? ¿Se sabrá de memoria los diálogos de las once películas de la saga? ¿Quién eres, Adrián?

—Me lo regaló mi hermano. —Adrián regresa con un par de cafés.

—¿Tienes un hermano? —Me hago la sorprendida, como si Júlia no hubiese hecho un análisis forense nivel CSI en cuanto le di luz verde.

Él asiente.

—¿Y tú? —Extiende el brazo y me ofrece la taza.

Procuro evitar que nuestras manos se toquen.

—Yo soy hija única. —Le doy un trago.

—Se nota.

«¿Perdona».

—¿Y en qué se nota? —Alzo las cejas, con una mezcla de interés y orgullo.

Adrián vuelve a tomar el control del rotulador y pasa al siguiente tema, anotando opciones. Odio cuando esquiva mis preguntas.

—¿Quién habla? —Me señala la pregunta de la pizarra.

—¿Qué te parece un presentador y un invitado por capítulo?

—¿Y si añadimos un segundo colaborador? —me cuestiona.

—Puede funcionar. Un estilo conversacional podría aportar dinamismo. —Doy un sorbo al café—. Pero tendrían que ser dos visiones antagónicas para dar juego.

—¡Menuda sorpresa! Creo que es la primera vez que estamos de acuerdo en algo.

—Tan inusual como un eclipse lunar total. —Adrián arruga la frente—. La órbita de la Luna está ligeramente inclinada respecto a la de la Tierra y es lo que provoca que no veamos eclipses lunares todos los meses. ¿No te lo explicaron en el cole?

Adrián suelta una carcajada.

—Me hace gracia cuando te pones en plan científica sabelotodo.

«¿Eso ha sido un cumplido?».

Me lanzo a por el rotulador y mi mano se encuentra con la suya en el intento. Noto la calidez de su piel. Mi cerebro se pausa. Me lo cede. La sala se silencia durante unos segundos hasta que consigo que mi función cerebral se reanude y comienzo a escribir en la pizarra.

—La temática. —Alzo la mano con la palma abierta—. Esto no te va a gustar.

Él entrecierra los ojos.

—No sé si sabes que tenía una columna...

—He leído alguna cosa. Concreta —aclara.

«¿Me ha leído? Carlota, céntrate».

—Pues propongo seguir en esa línea. Amor, vínculos, amistad...

Adrián suelta un chasquido de desaprobación con la lengua. Levanto el dedo con la mano con la que sujeto el rotulador.

—Escucha. Este pódcast será el piloto, pero puede haber otros. Por ejemplo, si hablamos de política no se trata de analizar el último consejo de ministros, sino de cómo vive una comunidad un cambio de gobierno o qué siente un joven que vota por primera vez. —Me voy entusiasmando a medida que avanzo en mi discurso—. Si creamos uno sobre gastronomía no aparecerán recetas, sino que daremos voz a qué significa comer con una enfermedad crónica o cómo consiguió ese chef que lo perdió todo convertir su idea en una estrella Michelin. En el de economía no se tratarán los tipos de interés, sino que hablaremos del coste de cuidar a otros o de por qué las mujeres siguen ganando menos.

Adrián me contempla sin pronunciar ni una sola palabra. Y, en esta ocasión, percibo que mis palabras le han descolocado. En sus ojos veo algo que no esperaba encontrar. Está procesando la idea. O eso quiero pensar. Porque la otra interpretación que toca la puerta de mi mente es demasiado peligrosa como para dejarla pasar.

—¿Y cómo lo monetizamos? —Se aclara la voz.

—No sé, eres tú el del MBA...

Adrián se revuelve el pelo con una mano. Un gesto jodidamente humano que puede que me haya gustado más de lo que debería.

—Podrían patrocinarnos. Podríamos hacer publicidad. O podríamos ofrecer contenido parcial gratuito y el pódcast completo con suscripción.

El arco de mi boca se agranda.

Contra todo pronóstico, Adrián y yo formamos un gran equipo.

Admiramos la pizarra con el esqueleto del pódcast. Aún falta plasmarlo en la presentación, pero mi intuición ya está dando palmas. Mi estómago vacío ruge con fuerza. Llevamos un par de horas trabajando y mi cuerpo empieza a necesitar gasolina. Adrián saca el iPhone del bolsillo y se lo lleva a la oreja.

—Espero que no te guste la pizza con piña —señala.

—Es mi favorita.

Me atraviesa con la mirada.

—Es broma. —Entorno los ojos.

Adrián se da la vuelta para ocultar que le ha hecho gracia y pide la pizza.

Antes de que llegue el repartidor conseguimos acordar la cantidad de diapositivas y el contenido de cada una. Adrián baja a recoger el pedido y me vuelvo a quedar sola en su despacho, adelantando la presentación. Desde la silla observo cómo las hojas todavía siguen tiradas en el suelo. Me acerco hasta ellas y me agacho para recogerlas con la agilidad que me permite la falda. Formo un montón con ellas. No puedo evitar fijarme en los gráficos, las pérdidas y los indicadores de riesgos. Puede que no sepa interpretar los términos financieros, pero sé reconocer cuando algo va mal. *L'Actualitat* está en caída libre.

Adrián aparece con la caja de cartón que desprende un olor delicioso y repara en que los papeles ya no se encuentran esparcidos, sino colocados encima del escritorio. No lo menciona y yo tampoco saco el tema. No me quiero ni imaginar la presión a la que debe de estar sometido.

Colocamos la pizza en la mesa y continuamos trabajando. La noche se filtra por las ventanas, junto a la ciudad que titila ajena a lo que ocurre al otro lado de este cristal y, seguramente, al de muchos ventanales de grandes edificios corporativos.

—Crearemos una cuenta en redes sociales para el pódcast y tendrá su propio apartado en la web.

—¿Así que ya no es solo una posibilidad? —bromeo. Adrián mueve la cabeza—. ¿Crees que le encajará la idea a tu tía?

—Créeme. Beatriz es el menor de nuestros problemas, porque no será el único obstáculo al que se va a enfrentar este pódcast... —Adrián exhala.

Mis sensores se encienden, detectando que detrás de sus palabras se esconde algo más.

Adrián le da un bocado a la pizza. Aparto la vista.

«Carlota, no le mires la boca. No. Le mires. La boca».

Mis ojos se desvían hasta el trozo que se adentra en su boca. Persigo el recorrido del aceite en sus labios, hasta que lo recoge con la lengua. Trago saliva y me lanzo a por un trozo.

A medida que la noche avanza, el olor que emana Adrián se transforma en algo más carnal. O quizá soy yo, que estoy demasiado cansada como para poner resistencia. Me sorprende y avergüenza, a partes iguales, ser capaz de explicar la materia oscura, pero ser incapaz de gestionar el impulso de acercarme a Adrián en su despacho, el hijo del fundador del periódico y cuya familia sospecho que destruyó la carrera de mi padre.

—¿Por qué elegiste contarlo así?

—¿Cómo? —Doy otro bocado.

—La columna. Por qué decidiste utilizar las metáforas astrofísicas.

—¿Conoces la frase de Carl Sagan? Literalmente los elementos que forman nuestro cuerpo provienen de restos de estrellas que murieron hace millones de años. Los desechos estelares alimentan nuevos planetas, estrellas y vida. Es un ciclo cósmico. ¿Por qué no utilizar aquello que nos conformó para dar sentido a lo que vivimos emocionalmente, también? El universo está hecho de polvo de estrellas... y también de historias.

—Y de amor. —El silencio se instala entre los dos—. Según tu columna.

Nuestras miradas se cruzan y se quedan enredadas. Entonces lo siento. Dejo la porción de pizza encima del cartón.

—Eso es... el nombre del pódcast —propongo. Sus ojos se agrandan.

—Polvo de estrellas... y amor —repite.

Adrián desvía los ojos hasta mis labios, aproxima el dedo hasta la comisura derecha de mi boca y me aparta con cuidado los restos de la pizza. El pulgar roza mi labio inferior, lentamente. Mis párpados se cierran con el contacto de su piel. Mi corazón galopa con tanta fuerza que resuena por toda la sala. Retira la mano y vuelvo a abrir los ojos.

Me giro hacia la pantalla y preparo la última diapositiva. Adrián se levanta y recoge la caja con las sobras. Echamos un último vistazo a la propuesta juntos y la damos por cerrada. Trago aire y sonrío, disfrutando del ronroneo en mi pecho.

—Mira. —Adrián señala la luna.

Me asomo a la ventana, admirando la postal de la ciudad con la luna roja copando el cielo. Le hago una foto, inmortalizando el momento en el que los astros, Adrián y yo nos hemos alineado.

—¿Dónde has aparcado? —indaga.

—Hoy no he traído el coche. Pediré un taxi —respondo mientras me pongo la chaqueta.

Adrián se desenrolla las mangas de la camisa. Yo espero en la puerta hasta que se abriga y se cuelga la mochila al hombro. Luego apaga las luces y cierra la puerta. Hace diez horas no habría imaginado todo lo que podría ocurrir en este despacho. Ha sido como entrar en otra dimensión. Un universo paralelo.

No decimos nada mientras el ascensor se desliza planta a planta. Cuando llego al vestíbulo las puertas se abren, pero Adrián sube la mano, impidiéndome el paso.

—Te llevo a casa. Es muy tarde.

—No hace f...

—No es una pregunta, Carlota —decreta—. Tengo el coche abajo en el aparcamiento.

A pesar de la crispación que me produce su seguridad, Adrián provoca ese magnetismo aplastante que te atrae poco a poco hasta devorarte. Y que consigue siempre... quitarme el aliento.

Al llegar al parking, saca las llaves y las luces de un Mercedes nos dan la bienvenida. Me acaricio el labio inferior con una sonrisa vacilona.

—¿De dónde lo has robado? —bromeo.

—Sube antes de que nos pille la policía. —Me sigue el rollo.

Tomo asiento. El interior del deportivo está ambientado con luces led y asientos de piel negra. El motor ruge y el perfume de Adrián invade todo el espacio.

Cuando me acomodo, no puedo evitar soltar una carcajada.

—¿Qué te hace tanta gracia?

A ver cómo le explico a Adrián que el encuentro en la octava dimensión va a dar para una buena sesión de salseo con las chicas.

—Dudo que puedas llegar a comprobar la potencia de este coche —comento mientras me abrocho el cinturón.

—Este coche y yo tenemos mucho en común —se jacta con una sonrisa pícara.

—La fragilidad de un hombre es proporcional al número de caballos que tiene su coche.

—No sabía que también habías hecho una tesis sobre motores y egos masculinos.

¿Cómo consigue hacerme reír tras casi veinticuatro horas sin dormir y la ansiedad rebosando por todos los poros de mi cuerpo? El coche empieza a rodar, sube la ventanilla y una versión distinta a la que yo conocía de «Wicked Game» retumba a través de los altavoces delanteros.

—Así que ese era el misterio de la lista de Spotify. El House. No sabía que debajo del traje de ejecutivo vivía un DJ.

La comisura de sus labios se agranda y pisa el acelerador.

No hablamos en todo el camino, hasta que aparca en doble fila, frente al edificio.

—¿Vives aquí?

—Convivo. Con mi amiga Júlia. Espero que por poco tiempo —le aclaro.

Le miro sin pestañear.

«Gracias. Por darnos…, darle la oportunidad al proyecto», pienso.

Dejo ir el aire. Abro la puerta.

—Hasta mañana —me despido.

—Hasta mañana, Carlota. —Su voz ya no suena rota, sino como una caricia en mi mejilla.

El coche aguarda fuera hasta que cierro la puerta de la entrada. Apoyo la espalda contra ella. «Mierda».

Adrián

Cuando Carlota entra en el edificio, me quedo unos segundos más mirando su puerta.

«Enhorabuena. Ahora ya no tienes solo un problema, tienes dos».

Meto primera y piso a fondo. El motor ruge y el coche acelera, huyendo de mis problemas.

No había visto a Nico tan emocionado desde que entré en *L'Actualitat*. No ha dejado de asombrarse cuando le enseño, durante el desayuno, la presentación y le cuento la idea del pódcast que trabajamos Adrián y yo anoche. Aunque no quiero cantar victoria tan pronto. Primero, Adrián tiene que mantener su palabra. Después, a Beatriz y al resto de la dirección les tiene que encajar la propuesta. Y por lo que intuí anoche, no será fácil.

—No sé qué hiciste anoche para convencer a Adrián, pero el proyecto es genial, Carlota. —Sostiene el dosier entre las manos.

Aprieto los labios, satisfecha.

—Si dedicases tanto tiempo a trabajar en esto —agita el documento en el aire— como a montarte películas con Adrián, te habrían dado ya el premio Ortega y Gasset de Periodismo.

Mi cara empalidece. Muevo la cabeza de un lado a otro negando cualquier insinuación que pueda estar haciendo Nico.

—Carlota, juego con ventaja. Nací veinte años antes. —Reposa la mano en mi hombro—. Solo te pido que tengas cuidado. Adrián arrastra un apellido que protegerá por encima de cualquier cosa y no se detendrá por nada ni nadie.

«Y yo, Nico. Tampoco me detendré».

El ambiente en el periódico se espesa conforme se acerca la hora de la reunión. Me mordisqueo las uñas mientras atravieso la puerta de la sala de juntas. Recuerdo la primera vez que estuve aquí y descubrí que el director de innovación era el tío que conocí la noche del evento y el sobrino de la directora. Bueno, la última parte la averigüé más tarde. Este mes he vivido un auténtico *escape room* emocional en este periódico. Tomo asiento, junto a Nico. Como la otra vez. Minutos después aparece Adrián, que se dirige hacia nosotros. Aparta la silla y se sienta a mi lado. No le miro, pero no puedo evitar sonreír.

Adrián hace la introducción y explica la estrategia SEO en detalle, que parece encajar a los presentes. Le escucho embelesada. Adrián argumenta con su capacidad innata de influir en los demás, aunque a veces me parezca un estirado y un egocéntrico. Más tarde me da paso para contar el proyecto de transformación: *Polvo de estrellas... y amor.* El corazón me late en el paladar.

—Cada dos semanas se publicará un episodio de entre treinta y cuarenta y cinco minutos. Participarán expertos y aparecerán testimonios reales, generando debate en redes y utilizando las aportaciones del público para retroalimentar los capítulos. Tendrá su propia identidad en redes, aunque estará totalmente vinculado al periódico. El contenido estará disponible en la web, Spotify y otras plataformas de vídeo y audio con las que colaboraremos.

—Eso es radio. No estamos inventando nada. Y se aleja totalmente de la línea editorial del periódico. —Víctor me ataca con los brazos cruzados.

—La radio emite en directo, con una programación fija y necesidad de infraestructura. El pódcast tiene mayor libertad horaria y creativa, además genera una relación directa con quien lo escucha, crea comunidad porque se comparte y comenta. Y se puede extender a las redes. Es un formato que se integra fácilmente con el periódico y se puede convertir en texto —defiende Adrián—. El formato no impide que mantengamos el rigor periodístico en las piezas narrativas.

—La prensa vive un momento en el que tiene que captar nuevas audiencias a través de medios distintos. Grandes periódicos en Estados Unidos lo están impulsando y les está funcionando. Por ejemplo, *The New York Times* —añade Nico.

Víctor se remueve en su asiento, tratando de construir su discurso para desmontar la propuesta, pero Beatriz se le adelanta.

—Esto es exactamente lo que esperaba. —El aire se escapa de mi cuerpo, quitándome un gran peso de encima—. Montad un equipo. Quiero el primer episodio publicado a la vuelta de las vacaciones de Navidad. Si funciona, grabaréis una temporada completa. —Beatriz nos mira directamente por encima de las gafas—. Presentaréis vosotros dos.

Durante unos segundos me quedo en shock. «¿Nosotros?».

La tía de Adrián cierra el documento y se levanta, dando la sesión por concluida. Víctor resopla. Nico sonríe, victorioso. Los demás comienzan a abandonar la sala. Y yo empiezo a entender que esto no es el final, sino tan solo el principio.

—Enhorabuena a los dos. —Beatriz aprieta el hombro de su sobrino y me sonríe discretamente cuando pasa por mi lado.

Adrián se queda en silencio y yo no quiero perturbar el momento, así que no digo nada. Me quedo unos segundos a su lado mientras recogemos las cosas. Observo de reojo cómo saborea la gloria y yo disfruto viéndole. Le conozco lo suficiente como para saber que no es el momento ni el lugar para hablar. Pero siento que algo ha cambiado. Adrián ya no es la caja negra que no me permitía ver qué había al otro lado. Me marcho feliz a celebrar lo que hemos conseguido junto con Nico y al resto de los compañeros.

Antes de marcharme a casa, decido subir al despacho a ver a Adrián. Los nervios me persiguen cada vez que cojo el ascensor para dirigirme hacia allí. La puerta está cerrada. Toco una vez.

—Adelante.

Paso y cierro la puerta. Esta vez nos separa el escritorio. Adrián está al otro lado, revisando documentos. No levanta la vista. Parece serio.

—Solo quería pasarme para agradecerte el apoyo durante la reunión y celebrar contigo la microvictoria. —La cara me arde y el corazón me golpea las costillas—. Te he traído esto.

Dejo la taza sobre el escritorio. Adrián la sigue con la mirada. Tras unos segundos, levanta la barbilla.

—Carlota..., yo no tengo nada que celebrar.

—¿Perdón?

—He sido diplomático y he defendido la propuesta. Era lo que esperaba mi tía, pero estoy de acuerdo con Víctor. Es una estrategia arriesgada y si sale mal, que te adelanto que hay muchas posibilidades, no solo será un experimento fallido. Puede afectar a la credibilidad del periódico. —El tono de Adrián suena a kilómetros de distancia.

Asiento despacio con los labios cerrados, a punto de temblar. Salgo del despacho sin despedirme y cierro la puerta.

Sigo siendo una estúpida. Por un momento me había permitido pensar que Adrián, a pesar de su hermetismo y distancia profesional, había creído en mi proyecto, en mí, en nosotros. Y que anoche me había permitido ver una cara oculta. Más vulnerable. La idea ahora me parece ridícula y me siento tonta.

Atravieso la planta directiva e intento enterrar todas las emociones que quieren salir a la superficie. Al entrar al ascensor noto la vibración de mi teléfono. Lo saco del bolso y lo desbloqueo. Reviso la notificación de The Big Love Data. Hoy termina el plazo. Luego, accedo a la galería y amplío la última foto. Observo la luna de sangre en el cielo a través de la ventana del despacho de Adrián. Una lágrima cae sobre la pantalla y emborrona la imagen. Las puertas se abren y cruzo el vestíbulo.

A veces creemos que no tomar decisiones nos mantiene a salvo y, como me recordó mi madre hace algunos meses, la inercia acaba siendo una elección..., aunque a la deriva, porque el universo no se detiene a esperarte. «Primera ley de Newton».

Limpio el teléfono y entro en la aplicación de citas. La pantalla parpadea durante un segundo antes de mostrarme la pregunta. Respiro hondo y pulso la respuesta. WhatsApp se abre en segundo plano y una nueva conversación se materializa en la pantalla.

Gabriel escribiendo...

15
Enredo cuántico

Cuando dos partículas están entrelazadas,
da igual la distancia emocional que las separe,
la conexión persiste.

De media, puede llevar meses encontrar un lugar donde vivir que se adapte a nuestras necesidades. Así que haber encontrado un apartamento, que cumpla el ochenta por ciento de mis requisitos, me parece increíble. La lista de indispensables no era muy larga, pero con la efervescencia de la compraventa de viviendas, el alquiler se ha disparado y, sin Martín, mi capacidad económica ha mermado. En este proceso me siento igual que Lucy cuando atraviesa el armario que la conduce a Narnia por primera vez. No opongo resistencia al dejar atrás el cómodo refugio y me maravillo por la existencia de un mundo mágico, con esa curiosidad tan característica de los niños. Mi aporte solo consiste en seguir la misma tendencia decorativa que la dueña, añadiendo un sofá beis y unas sillas minimalistas, una cama con canapé abatible para maximizar el espacio de almacenaje y un escritorio frente al ventanal. Seguiré soñando con un megavestidor en la Quinta Avenida. Como vivimos en la época de lo instantáneo, lo tengo todo al alcance de los dedos. Comida a domicilio, muebles nuevos, flores frescas e incluso sexo. ¿Y el amor? Después de la investigación de campo, puedo confirmar que se necesita más de un clic.

El sonido del bombín al girar la llave me teletransporta, por un segundo, al día en el que Martín y yo dormimos por primera vez en nuestro piso. Un par de colchones en el suelo, una pizza carbonara y una cerveza a medias fueron suficientes para dar comienzo a una vida en común. Ojalá hubiese bastado también para mantener nuestra relación a flote. Cuando decidimos dar el paso, no pensamos mucho en la lista de imprescindibles, ni dedicamos tiempo a elegir cuidadosamente la decoración. Las ganas de independencia compensaban la antipatía generalizada de la comunidad, las humedades, los muebles de Ikea y las averías recurrentes del sistema de calefacción. Poco a poco nos fuimos dando cuenta de lo importante que era tener unos vecinos civilizados, una habitación donde poder esconderte tras las discusiones, un balcón donde tomar el aire los días calurosos y un sofá cómodo con una manta suave donde refugiarte los días de lluvia.

Dejo las cajas en la encimera de la cocina y aspiro este olor a recién estrenado que me acompañará durante un tiempo.

Gabriel García Márquez escribió: «Crecemos con sueños en nuestros ojos y canciones en nuestros labios, y descubrimos luego que la vida no es lo que pensábamos que sería. Y luego, descubrimos la nostalgia». ¿He descubierto yo la nostalgia como Cristóbal Colón América, que descubrió lo que ya existía? El timbre retumba por las estancias parcialmente desvestidas. Abro la puerta a mis padres, que llegan en mi rescate.

—Es más bonito, incluso, que en fotos. —Mi madre pasea de un lado a otro inspeccionando cada recoveco. Espero que no encuentre el vibrador.

—Te dejo por aquí las cajas. —Mi padre resopla al soltarlas en el suelo.

Apoyo la espalda en el mueble de la cocina y me siento de un salto en la encimera.

—Aún me quedan un par más con la ropa de invierno que me llevé a casa de Júlia.

—Entonces necesitarás un camión de mudanzas, porque con la cantidad de ropa que tienes, hija... —bromea mi madre.

—¿Habéis arrancado ya el proyecto? Nico me ha contado que hiciste un buen trabajo con la propuesta. —Mi padre se sacude las manos.

El orgullo me infla el pecho.

—Mañana tenemos la sesión de puesta en marcha con el equipo. Y estoy deseando compartir mis...

—Oye —me interrumpe—, no abuses de las referencias cosmológicas. Puedes acabar pareciendo algo pretenciosa si los oyentes no entienden del tema.

Aprieto las manos en el borde del mármol y hago oídos sordos a su comentario. Sé que, si entro al trapo, la conversación puede derivar en un debate eterno sobre mi identidad como periodista. Y hoy no me apetece desgastarme.

—Toni, deja de atosigar a tu hija, que ya tiene un jefe. No necesita otro más. —Mi madre me guiña un ojo—. A mí me parece una forma muy creativa de enlazar tus dos mundos, Carlota.

No hace falta que mencione los estudios científicos, porque los miles de años de experiencia avalan lo que voy a decir, pero las madres tienen el superpoder de la intuición. Quizá sea la modificación de las estructuras cerebrales tras el embarazo o la profundidad con que llegan a conocer a sus hijos, pero lo que está claro es que tienen un sexto sentido. Y mi madre sabía perfectamente que esa conversación me estaba incomodando.

—Voy a buscar la caja de herramientas al coche —suelta mi padre. Agradezco que haya dado por finalizada la charla y disponer así de cinco minutos de descanso.

—¿Tienes brocas para pladur?

Niega con la cabeza.

—Ahora me paso por la ferretería.

De mi padre, aparte del periodismo, también he aprendido el gusto por la cocina, o mejor dicho por la comida, y lo suficiente de bricolaje como para sobrevivir. No porque me apasione. Más bien para sentir que soy autosuficiente. Mi madre se aproxima hasta mí.

—¿Qué tal con las chicas?

—Bien. Luego se pasarán a echarme una mano. —No me enrollo. Necesitaría toda la tarde para ponerla al día.

—¿Y tú?

—¿Yo qué? —Me hago la despistada bajándome de la encimera.

—¿Hay algo que me quieras contar? —Mi madre inspecciona mi rostro, como un polígrafo intentando detectar la verdad.

Barajo la posibilidad de compartir con ella esta situación extraña que vivo con Adrián, pero ni yo misma sé definirla. ¿Qué le voy a contar? Que viví una noche mágica con un desconocido en un evento y que luego resultó ser el heredero de *L'Actualitat.* Que nos enfrascamos en una batalla campal en la redacción en plena situación de crisis y que ahora tenemos que presentar juntos un pódcast, después de haber pasado la noche trabajando juntos en el despacho con la sensación de que, en cualquier momento, la situación habría podido derivar en algo físico incontrolable. Aunque horas más tarde me dejó claro que solo estaba interpretando un papel. Eso sin tener en cuenta que tendría que explicarle todo lo que sé sobre la misión Horus. Descarto la idea.

—Estoy digiriendo lo sucedido en los últimos meses y enfocándome en mi carrera en el periódico.

Me recorre con la mirada. ¿Omitir parte de la información es mentir?

—¿Has vuelto a quedar con ese chico de la aplicación de citas?

El sonido de la puerta principal nos interrumpe. Salvada por la campana. Un rato más tarde, cuando mis padres se marchan con la promesa de hacerles una visita a las montañas, el timbre vuelve a sonar.

—¡Venimos con refuerzos! —Júlia sostiene unas Coronitas en alto, y Claudia, una bolsa con comida mexicana.

—Os ofrecería asiento, pero el sofá y las sillas no han llegado todavía. —Me lanzo a por la comida.

—Nos podemos sentar en corro, como en los campamentos. —Claudia cruza las piernas y se acomoda en el suelo.

—Por suerte no necesitamos hoguera. Hay calefacción. —Júlia dobla la americana con cuidado y la deja encima de mi cama.

—Mira que venir en traje, rubia…

—Si quieres voy a trabajar en chándal. Es como si yo te dijese: «¡Mira que ir en bata al hospital!» —se burla Júlia. Claudia pone los ojos en blanco.

Imito a Claudia y me siento en el suelo, con un totopo entre los labios. Dejo el plato de nachos con guacamole en el medio.

—¿Cómo estás? —le pregunto a Júlia. Cuando, hace unos días, le conté que habíamos visto de nuevo a su padre haciendo de las suyas, la noté muy afectada.

Ella se encoge de hombros.

—Sabía que no mantendría su palabra. Supongo que por eso es tan bueno en lo suyo. Mi progenitor es un mentiroso. —Le da un trago a la cerveza.

Encojo las piernas contra el pecho. La expectativa de Júlia era mínima. Tanto que ni siquiera se siente traicionada, pero no tener esperanzas es incluso más doloroso que sentirse decepcionada.

—¿Qué vas a hacer? —indaga Claudia.

—Nada. No quiero que mi padre tenga ninguna excusa para hacerme cargar con la culpa de haber roto nuestra familia.

—¿Y no crees que tu madre debería saberlo?

—Por supuesto, Claudia. Pero ¿qué crees que pasará si soy yo la que se lo dice? No tengo pruebas. Es su palabra contra la mía. ¿O acaso piensas que confesará en un arranque de sinceridad? —replica Júlia.

Claudia mueve la cabeza. Júlia tiene razón. Su padre ha defendido a demasiados culpables y sabe perfectamente cómo jugar sus cartas.

—En fin. Hablemos de algo más divertido. Por ejemplo, de cuántas veces se ha masturbado Carlota recreando la escena en el despacho con Adrián.

No respondo.

Sería la segunda vez que miento hoy y, al final, se va a convertir en un hábito. Así que opto por comer.

—¿Qué dices, tía? Si no se soportan —refuta Claudia.

—Estoy segura de que cualquier escritora de novela erótica desearía estar en tu cabeza ahora mismo para inspirarse. —Mi amiga me perfora con la mirada intentando hallar la verdad.

—Es que... no le entiendo —balbuceo. Y quizá tampoco a mí misma, porque Adrián y su comportamiento me tendrían que dar igual.

—Es muy sencillo, Carlota. Estáis jugando al gato y al ratón. Y ya sabéis cómo acaba eso.

—¿Cómo? —le pregunta Claudia.

—El ratón siempre acaba entrando en el agujero —me advierte Júlia. La saliva se me atora en la garganta—. Así que la manera más rápida de acabar con este tira y afloja es acostándote con él.

Doy un mordisco a la fajita. Analizo mentalmente los pros y contras de hacerlo.

—No te estarás planteando tirártelo, ¿verdad? —Claudia me da un manotazo.

—¡No! —farfullo.

—Te lo has pensado, Carlota.

—Joder, no. Estaba comiendo —miento.

Júlia aplaude mientras intenta no ahogarse con su propia risa.

—Pero ¿qué edad tiene ese tío para ser ya directivo? —sondea Claudia.

—Un lustro más que nosotras. —Júlia me señala con la cabeza y levanta las manos—. Aunque tampoco hace falta que Carlota le pida el carnet de identidad para tener sexo.

—Sí que le ha ido bien para su edad, ¿no?

—Es el hijo del dueño. No había forma de que le fuese mal.

—Eso es muy injusto, Júlia —le recrimino—. Aunque su chulería intelectual y su aura de misterio insufrible me desquicien, puede ser muy convincente. Es impecable y astuto. Te aseguro que sin él no habríamos conseguido que aprobaran el proyecto.

Lo he defendido porque me he puesto en su piel. Me retorcería de rabia si alguien pensase que he conseguido este trabajo por enchufe.

—Guau. Le voy a decir a mi madre que sopese lo de contratarte como pasante en su bufete. Tus argumentos sí que han sido convincentes —se cachondea mi amiga.

Le levanto el dedo corazón al tiempo que doy un trago a la cerveza con la otra mano.

—Dejemos a un lado el humor. —Su súbita seriedad me descoloca—. Tienes que mostrar indiferencia. Ignórale. Los hombres son criaturas competitivas y orgullosas por naturaleza y cuando sienten que no son el centro de atención se enfurecen —me aconseja Juls.

—Yo pienso que te trató bien un día y ya está. La noche del despacho fue su momento de humanidad del año. Y ya ha cumplido la cuota. Como mucho dos, contando la del evento.

—Esa noche no fue amable, Claudia, esa noche hizo la danza de apareamiento con Carlota.

—Creo que he dejado que su actitud me afecte demasiado. A partir de ahora me va a dar igual todo lo que salga por su boca. Viviré más tranquila.

—Va a ser divertido, teniendo en cuenta que presentaréis juntos un pódcast —murmura Júlia—. ¿Y por villa Lesbos hay novedades?

—Todo va... genial. Estamos fluyendo. —Claudia se encoge de hombros.

Júlia la examina en silencio. Claudia ha preferido no compartir lo que realmente ocurre. Y no seré yo quien levante la alfombra. Le echo un vistazo disimulado, pero ella no me corresponde. Júlia arrastra los ojos lentamente hacia mí, de nuevo.

—Y con el *golden retriever*, ¿qué tal?

—No le llames así, tía —le reprende Claudia a Júlia—. ¿Os habéis vuelto a ver Gabriel y tú?

—Hemos quedado el jueves. Me acompañará a comprar los regalos de Navidad.

Ambas se entusiasman al escuchar nuestros planes, y Júlia sigue disparando barbaridades por su boca el resto de la noche.

El zumbido de la alarma me despierta de golpe. ¿Dónde estoy? Tardo unos segundos en orientarme y recordar que ahora vivo sola. Me doy una ducha rápida y me visto con el único conjunto que he traído. Una americana *oversize* con estampado de pata de gallo en tonos marrón y beis, unos shorts a juego y unas medias negras semitransparentes. Luego iré a por el resto de mis cosas. Reviso las notificaciones. Tomás Ortega me ha escrito. Primero necesito un café, pero como todavía no tengo cafetera, voy a tener que comprarlo de camino al periódico. Abro la conversación.

Tienes ya la documentación?

He estado tan volcada en la propuesta del pódcast que he relegado el motivo principal por el que entré en el periódico. La búsqueda de la información que necesitamos para contrastar los datos técnicos y cualquier documento que me pueda ayudar a entender lo que le ocurrió a mi padre. Hoy, sin falta, tengo que conseguirlos.

Aprovecho todo el trayecto para construir la armadura con la que me blindaré de los efectos de Omega. Una versión inexpugnable de mí misma y centrada en el trabajo. Entro en la sala de la planta de innovación con paso firme. Adrián llega enseguida, con su mono de trabajo diseñado para distraer a los enemigos y una mochila a cuestas. Nos saluda, pero yo me hago la sorda. Evito levantar la cabeza cuando pasa frente a mí, pero es imposible ignorar su presencia: al acercarse, siento un tirón en la parte baja de mi vientre y entro en su campo magnético. Clara le acapara y escucho atenta las risas que le provoca cualquier palabra que sale por su boca. Ya averiguaré qué día actúa en el Club de la Comedia.

—Buenos días. —Nico me interrumpe en mitad de la conversación mental que estoy teniendo conmigo misma mientras analizo el nivel de disociación que tienen algunas para flirtear de esa forma en mitad de la oficina.

—Tienes mala cara.

Nico me tiende un café.

—Gracias, jefe. Esta noche no he dormido nada. —Por la cara que pone, me está pidiendo una aclaración—. Es la primera noche que duermo en el piso nuevo y tengo que aclimatarme.

—¿Necesitas ayuda con la mudanza?

Niego con la cabeza.

—Me conformo con que vayamos a celebrarlo un día de estos.

—Cuenta con ello. A cambio solo te pido que conviertas este pódcast en el salvavidas del periódico.

—Sí que me va a salir cara la cena. —Ambos reímos.

—Ven, que te enseño tu nueva mesa —me comunica.

¡¿Nueva mesa?!

Sigo a mi jefe, que se abre paso entre Clara y Adrián para salir de la sala. ¿Lo habrá hecho aposta? Es minúsculo el espacio que nos separa y mis caderas se acercan peligrosamente a Adrián, que no se mueve.

—¿A qué te referías antes? —indago una vez que estamos fuera.

—A que temporalmente os vais a trasladar aquí. —Me señala una zona de escritorios.

—¿Tú también? —«¿Y él?». Recuerdo la mochila que cargaba.

El pánico se adueña de mi cuerpo en cuanto se materializa en mi cerebro la posibilidad de tenerle en la mesa de al lado todo el día. El sistema límbico se activa, el hipotálamo suena como la sirena de una ambulancia y mis hormonas se encargan de activar mis glándulas sudoríparas.

—Yo tendré que dividirme. Sigo siendo responsable de varias secciones, además de participar en la coordinación de la producción del pódcast. —Arquea las cejas varias veces.

Me mantengo a la espera, con la esperanza de que suelte un «Adrián se quedará a cuatro plantas de distancia», pero no comenta nada más. Después de pasearme por la nueva área de trabajo, nos incorporamos a la reunión, que todavía no ha comenzado. Me paralizo cuando me doy cuenta de que el iPad y la mochila de Adrián están justo a mi lado. «No. Ni hablar».

Nico toma asiento y a mí no me queda más remedio que hacer lo mismo. Gruño para mis adentros.

—¿Es una costumbre tuya eso de invadir el espacio ajeno? —me pregunta al sentarse con una ceja arqueada.

Yo continúo con la vista al frente. Adrián arranca la reunión.

—Como sabéis, ya tenemos luz verde para el proyecto del pódcast. Beatriz insiste en publicar el primer episodio a la vuelta de Navidad. La sesión de hoy tiene como objetivo organizar los próximos pasos. Si estáis aquí es porque vais a formar parte del equipo. Así que consideraos unos afortunados..., pasaréis muchas horas con nosotros. —Adrián gira ligeramente la cabeza—. Nos hemos repartido las funciones a partes iguales. Carlota se encargará de tener ideas, y yo, de que no nos despidan por ellas.

Todos se ríen.

Menos yo.

Montar un pódcast se asemeja bastante al lanzamiento de una misión espacial, y ambas cosas parecen mucho más épicas y sexis en mi cabeza y en las películas que en la vida real. Las dos requieren una planificación meticulosa y elegir un equipo resiliente y multidisciplinar de productores, realizadores, guionistas, técnicos y presentadores —entre otros— capaces de estar encerrados con las mismas personas durante semanas o meses y soportar la presión. Porque la fecha compromiso siempre resulta ser para ayer. Solo nos falta el traje de astronauta. Adrián, de hecho, ya lleva el suyo.

En la pizarra hay garabateada una lista extensa de puntos a cubrir y un presupuesto mucho más comedido del esperado para conseguirlo.

—El estudio de grabación es lo primero. Carlos, habla con el equipo de Tecnología y apóyate en Nico, que tiene contactos. —Adrián empieza a cantar las tareas.

—Les pediré un presupuesto para acondicionar la sala y para el equipo de grabación —comenta Carlos.

—¿No sería más práctico reutilizar la sala de radio? —propone Nico.

—Que lo valoren —le pide Adrián a Carlos—. Clara y Aina, encargaos de definir la estrategia de difusión en redes. Trabajad con márquetin.

—En paralelo también deberíamos alinearnos con los de *branding* —apunta Aina.

Adrián asiente. Punto para Aina.

—Carlota —todavía me sobresalto al escucharle pronunciar mi nombre. Estaba acostumbrada a que obviase mi existencia hasta hace poco—, piensa en un esquema de temas para la temporada y con cuál arrancaríamos. Prepara una lista tentativa y, a partir de ahí, pensaremos en invitados que encajen.

—Tendríamos que decidir la estructura de los episodios —propone Nico.

Quiero tomar notas, pero no encuentro mi bolígrafo. ¿Dónde estará? Rebusco dentro del bolso y echo un ojo al suelo, por si se me ha caído. De repente, el bolígrafo de Adrián, sujeto por su pulgar y su dedo índice, se desplaza por la mesa hasta chocar con mi mano.

«Respuesta breve, Carlota». Me instruyo a mí misma.

—Gracias —susurro.

La reunión continúa con un debate sobre el presupuesto y la posible participación del equipo legal.

Me concentro en mis notas y mi mente divaga sobre los temas de los que podríamos hablar y las analogías astrofísicas que se podrían utilizar. ¿Supernova? ¿Agujeros negros? Doy pequeños golpecitos con el cabezal en mis labios y, sin darme cuenta, lo introduzco en la boca. Y ¿qué tal la inflación cósmica? Me dedico a apretar el botón con la lengua. Apunto en mi agenda «La paradoja de Olbers». Sigo jugueteando distraída con el bolígrafo en la boca.

Adrián se inclina y acerca lentamente los labios a mi oreja. El calor de su aliento me roza la mejilla y contraigo los músculos involuntariamente.

—Aunque es una imagen muy sugerente, ¿podrías dejar de hacerle una felación a mi bolígrafo? —me susurra con su voz arrogante y magnética.

«Joder». Lo aparto de la boca de inmediato. Adrián cambia de postura. Dejo el bolígrafo en la mesa y se lo ofrezco. Me arden las mejillas.

—Tranquila, quédatelo. Ahora lleva tu ADN y podría utilizarlo en la escena de un crimen.

Contengo la risa.

Cuando la sesión termina, todos nos quedamos en la planta a estrenar mesa, menos Adrián. Como ya me había imaginado, no querrá compartir espacio con la plebe. Una punzada de decepción me atenaza el pecho.

A última hora, la oficina está prácticamente vacía. Es un momento idóneo para ejecutar mi plan. Me encamino escaleras arriba hasta la sexta planta al ritmo del taconeo de mis botas contra las baldosas y el tamborileo de mi pecho. Me asomo con cautela para asegurarme de que en esta planta tampoco queda nadie y recorro el pasillo sigilosamente. Me siento como una ladrona de guante blanco, hasta que me sitúo frente a la puerta con el letrero negro que tantas veces he querido cruzar. Me cuelo en la hemeroteca y cierro la puerta deprisa. La luz se enciende automáticamente. Avanzo por los pasillos, inspeccionando las fechas de publicación. Cuando doy con el año, abro la caja y rebusco dentro. Agarro el reportaje que escribió mi padre. También hay comunicados de prensa, cintas con las entrevistas, correos impresos y los informes de las pruebas de rendimiento. El corazón me late en la garganta. Recojo todos los papeles y los guardo dentro de la carpeta. Salgo pitando de la sala y llego a mi nueva mesa casi sin aliento. Todo a mi alrededor está en la penumbra, excepto el pasillo. Mientras termino de recoger mis cosas, una voz familiar me intercepta por la espalda.

—Carlota.

Doy un respingo y se me escapa un grito ahogado.

—Joder, qué susto. Pensaba que no quedaba nadie. —Me giro en su dirección.

Adrián se fija en la carpeta que llevo pegada al pecho. Instintivamente la aprieto contra mí. Detecto en su frente una arruga casi imperceptible para cualquiera, menos para mí. Parece que, tratando de descifrarle, me he aprendido de memoria los surcos de su cara. Nos quedamos en silencio. Alzo las cejas y espero a que diga algo antes de marcharme.

—Perdona. No quería provocarte un infarto. —Se aclara la voz—. Te he visto conectada y he supuesto que estarías trabajando en el guion. —Aprieto los labios, sin entender muy bien qué quiere.

—¿Necesitas algo?

—Asegurarme de que estás avanzando. Deberíamos fijar ya el día de la grabación.

¿Habrá pasado lista a los demás para ver si han hecho los deberes?

—Quizá deberías valorar lo de bajar del Olimpo y sentarte con los seres terrenales para contar con información de primera mano.

Adrián no responde, pero un tic le recorre la mandíbula. Le saco de sus casillas y eso me divierte.

—Respondiendo a tu preocupación, tengo algunas ideas, pero nada aterrizado. Aún. —En cuanto haya leído los documentos en profundidad, me pondré con eso—. Pero tranquilo. Tengo en mente la fecha a la que nos hemos comprometido. Serás el primero en conocer mis ideas suicidas para que puedas impedir a tiempo que sepulten nuestras carreras.

Adrián aparta la cara y se acaricia la nariz con la mano. Disimula que mis bromas le hacen gracia o este gesto es un mecanismo para disipar la ansiedad que le provoca mi rebeldía. ¿Quedará algo del Adrián que conocí en el evento debajo de esa máscara de Darth Vader? Continúa plantado en el mismo sitio. Inclino la cabeza y me doy la vuelta. Percibo su cercanía en cuanto da un paso adelante. Mi cuerpo se pone en alerta. ¿Cómo puede oler tan bien incluso después de una jornada laboral infinita? Inspiro discretamente su perfume y luego me regaño por haberlo hecho.

—Te llevo a casa.

Su osadía me sorprende tanto que me obligo a cerrar la boca. Menos mal que estoy de espaldas. Resulta que ahora está interpretando el papel de taxista. ¡Qué actor tan camaleónico!

—Vienen a recogerme. —Me marco un farol.

Continúo trasteando en mi bolso, aunque en realidad no estoy buscando nada. Al menos me obligo a no ceder ni un ápice en la actitud distante que he tratado, fallidamente, de adoptar hoy. Me muerdo el interior del moflete, reteniendo esa voz que quiere escapar de mi garganta y enredar la conversación.

—Pásalo bien entonces, Carlota —musita.

Mis ojos se desvían hasta sus dedos, que dan pequeños golpes en la mesa.

—Igualmente. —El rumor que sale por mi boca es casi inaudible.

Observo cómo se aleja mientras me convenzo de que haberle rechazado es la mejor decisión.

A estas alturas, no sé si lo mío con Adrián es tensión sexual no resuelta, karma cósmico o un enredo cuántico. Por más que intento poner distancia y levantar un muro profesional entre nosotros, él encuentra la forma de que mi autocontrol se tambalee. No tengo forma empírica de demostrarlo, pero Adrián y yo parecemos dos partículas entrelazadas, que, al haber entrado en contacto, han sincronizado su estado sin importar lo alejadas que estén. Las reacciones de una alteran a la otra. Surge un poder de influencia invisible en ambos sentidos. Una conexión que desafía la lógica y que Einstein llamaba «la espeluznante acción a distancia».

En el momento en que decido alejarme, él se sienta a mi lado. Cuando él finge que no existo, se lo recuerdo yo, acercando mi cuerpo al suyo peligrosamente. Y si me olvido de él lo suficiente como para meterme su bolígrafo en la boca, él me susurra al oído que deje de hacerle una mamada.

La diferencia es que en lugar de partículas subatómicas somos dos adultos, supuestamente funcionales, y la distancia que nos separa es puramente emocional. ¿Habrá sido el roce de sus dedos en mis labios durante la luna de sangre lo que nos entrelazó?

Está claro que a los dos nos gusta este juego. Y, aunque negaré esto delante de Júlia, admito que a veces me siento un poco gato y, a veces, un poco ratón.

Cuando llego a casa con las cajas que faltaban a cuestas, me hago un moño, me pongo el pijama y esparzo los papeles por el suelo. Las ojeras se acentúan debajo de mis ojos. Es tardísimo.

—Vamos allá —suspiro con el lápiz entre los labios.

Los informes parecen sólidos. Tienen el sello oficial y reflejan algo muy distinto a lo que me mostró Tomás, pero no hay nada raro en ellos. Leo las justificaciones que la ESA publicó y, posteriormente, mi padre mencionó en su cobertura. Voy tomando notas en mi agenda. Subrayo: «Tormentas solares como causa principal».

Reproduzco una a una las entrevistas a los empleados de la ESA y a los ingenieros de EnerG2V, hasta que escucho algo que no me cuadra.

«La actividad solar ese año fue bastante baja. Lo que propició que las condiciones fueran ideales para la misión».

Rebobino.

—¿Baja? Si precisamente es el motivo de la degradación de eficiencia... —murmuro.

Continúo con las cintas.

«Las pruebas se realizaron cumpliendo los estándares, pero el material no estaba preparado para una eyección de masa coronal de esa envergadura».

Busco los datos de la actividad solar de ese año en internet. Encuentro una gráfica que parece indicar que tuvo algunos picos, pero nada alarmante, en mi opinión. Podría validarlo con mi madre, que imparte la asignatura de Física Solar y Clima Espacial en la universidad, pero tardaría tres minutos en recibir una llamada de mi padre pidiéndome explicaciones. Descarto la opción.

Vuelvo a las notas y me fijo en una mención que hace mi padre a un ensayo de ciclado térmico diferente del que tengo en las manos. El código no coincide. Se supone que ahí detallaban técnicamente los resultados, pero no tengo forma de saberlo porque no encuentro ese informe. No está en la carpeta. Tampoco en el inventario de documentos. Y parece clave para tirar del hilo. Llamo a Tomás.

—Tienes que rastrear los servidores internos del periódico hasta dar con él.

—Pero ¿cómo? Necesito unas credenciales con un rol superior. Podría utilizar las de mi padre, aunque ya las habrán dado de baja y todo el mundo sabe que hace años que no trabaja allí.

—Levantaría demasiadas sospechas. Busca otra forma, Carlota. —Tomás exhala—. Estamos cerca…

Encontraré la forma.

16

$v = H_0 \times d$

Nuestra historia se acelera más
que la expansión del universo.

El universo está en expansión. Lo sabemos a ciencia cierta, nunca mejor dicho, desde que Hubble —el científico, no mi perro— observó que el espacio entre las galaxias se estiraba. Se creía que lo hacía a una velocidad proporcional a su distancia. Y la luz que viaja por el espacio, también, alargando su longitud de onda hacia el espectro rojizo. Lo que llamamos el desplazamiento al rojo. Este descubrimiento fue la primera evidencia empírica del Big Bang, cuando todo estaba comprimido en un punto infinitamente denso.

Supongamos que ese punto de partida fue la noche en el MNAC, donde la chispa de un encuentro provocó el nacimiento de una aventura cósmica que avanza imparable. Adrián es el elemento que marca el ritmo al que crece mi curiosidad por conocerle a él y a una versión de mí misma más valiente y capaz de arriesgar más. Pero lo sorprendente es que, a medida que esta historia avanza, todos los secretos que guardo parecen empujarme también en su dirección, amplificando esa velocidad de forma exponencial.

—¿Y si le regalas un libro? —me sugiere Gabriel.

—Quizá sí. Ahora tiene mucho tiempo libre. —Le muestro una sonrisa pícara—. O podría regalarle unos auriculares inalámbricos para que escuche mi pódcast.

Gabriel me acompaña en la primera misión de esta Navidad: comprar los regalos a mis padres. La segunda es montar el árbol en casa, tarea que con la mudanza he tenido que posponer. Yo antes era de las que sacaban la decoración navideña del armario a finales de noviembre. ¿Quién me ha despojado de mi espíritu navideño? Estamos en plena tormenta de ideas mientras paseamos por un centro comercial con espacios abiertos, cercano al periódico. Disfruto del aroma a galleta recién horneada que se mezcla con el aire fresco, casi frío, y que me transporta a un bosque invernal en pleno centro urbano. Es una de mis épocas del año favoritas, en la que vacío sin culpa el bote de crema de almendras mientras fulmino, una tras otra, todas las series y películas navideñas que aparecen frente a mí. En la ficción, la magia de la Navidad siempre consigue que una urbanita, muy atareada y sin fe en el amor, y un chico unicornio de pueblo se enamoren y que, además, juntos logren salvar el espíritu navideño de todo un país. Como si encontrar el amor no fuese suficiente hazaña.

Continúo ojeando los escaparates por si me llega la inspiración. Gabriel, que tiene las manos resguardadas en su chaqueta, se gira hacia mí. Hoy no lleva las gafas color carey a juego con sus ojos. A cambio puedo admirar las motas doradas en su iris.

—¿Te apetece un chocolate? —Sus hoyuelos se acentúan.

—Con nata, por favor. —Le devuelvo la sonrisa.

Le sigo con la mirada hasta que se adentra en la cafetería. Júlia me envía un mensaje mientras le espero fuera:

> Si sobrevive a esta tarde contigo, quizá lo de la aplicación tenga futuro

Entrecierro los ojos, guardo el teléfono y me ajusto el gorro. Gabriel aparece con dos vasos grandes colmados de nata y canela.

—Ten cuidado, que el vaso está ardiendo —me advierte.

—Soy bastante impaciente. —Doy un sorbo.

En cuanto el líquido toca mi lengua, me doy cuenta de que Gabriel no estaba exagerando. Me he abrasado las papilas gustativas. Me abanico la boca con las manos.

—Háblame más sobre esta impaciencia tuya que te provoca quemaduras de tercer grado. —Gabriel me ofrece la botella de agua fresca que acaba de comprar—. Esto te aliviará.

—Gracias, es que no soy capaz de resistirme a un chocolate en invierno —me justifico.

—¿Hay algo más de lo que me tengas que advertir?

—Un par de cosillas sin importancia. —Hago un ademán de despreocupación—. Una de ellas es que colecciono jerséis navideños feos.

Gabriel suelta una carcajada.

—Seguro que estarás preciosa, incluso con un jersey horrible del Grinch.

Bajo la mirada, esquivando el cumplido. Hace tanto tiempo que no escuchaba algo así. No sé muy bien qué hacer con ello. El rubor escala hasta mis orejas y las empiezo a notar calientes.

—Venga, vamos. Aún tenemos trabajo —me anima.

Nos ponemos en marcha, deambulando por la planta baja donde se ubica el gigantesco abeto, adornado con brillantes bolas rojas y doradas y las suficientes guirnaldas como para tener que utilizar unas gafas de observación solar. Nos encontramos con varias casetas de madera. Me acerco a un puesto y reparo en un colgante con un sistema solar a pequeña escala, combinando esferas de malaquita, aguamarina y rodonita. Es perfecto para mi madre.

Más tarde, pasamos por delante de una zona interactiva de madera con toboganes para niños, que simulan una fábrica de regalos. Observo cómo juegan los más pequeños y recuerdo por unos instantes lo fácil que era todo hace veinte años. Gabriel me cuenta anécdotas de su infancia hasta que llegamos a una pista de hielo y se para justo enfrente.

—Te he visto con ganas de tirarte por el tobogán, pero creo que esto puede servir. —Levanta los brazos mientras camina de espaldas hacia allí.

—Ni de coña. No sé patinar.

—¿Confías en mí? —Me ofrece la mano.

Mi necesidad de control me obliga a meditarlo. Dos Carlotas se debaten en estos momentos sobre si debiera dejarme llevar o no, pero Gabriel tira de mí sin darme tiempo a decidir. De repente, ya estoy intentando deslizarme por el hielo. A duras penas lo consigo, aunque él sujeta mis dos manos y evita que acabe con la cabeza estampada en el suelo. Una risa nerviosa se escapa de mi boca y Gabriel parece divertirse ante la escena. Suena música navideña de fondo mientras él aplica cada vez más fuerza para que giremos en círculos, con el centro de masas entre nuestras manos. Yo suelto un grito, pero enseguida disfruto de la fuerza centrífuga. Consigo salir de la pista sin sufrir daños. Mientras entrego las botas, él no me quita los ojos de encima.

—¿Qué pasa?

—Es que tienes... —acerca los dedos a la comisura de mis labios. «Ay, madre». ¿Es esto un *déjà vu*?— chocolate.

Gabriel levanta la cabeza hacia el muérdago que cuelga sobre nuestras cabezas. Cuando sus ojos se encuentran con los míos, su sonrisa es tranquila, como si no tuviese prisa. Quizá es esta extraña nostalgia de estas fechas, o el recuerdo difuso de una escena similar inacabada, pero no quiero apartarme mientras él se acerca a mí. Sus labios rozan los míos con delicadeza y yo me dejo arrastrar por el momento, igual que en el hielo. Su mano acaricia mi rostro y nuestras bocas se fusionan en un beso cálido, con sabor a chocolate.

En cuanto completamos la misión, nos encaminamos hacia la salida. En esta ocasión, nada me ha impedido estar presente en la cita en cuerpo y alma. Escucho atenta toda la valiosa información que comparte conmigo. Me permite conocer partes de él más bonitas y vulnerables de lo que había imaginado. Me explica con detalle la cirugía a la que se sometió hace unos años, tras una rotura de menisco, y cómo afrontó el dejar de competir. Desde entonces, enseña artes marciales a un grupo de niños. Gabriel me produce una serenidad desconocida. Lejos de sentir el martilleo en el pecho que últimamente amenaza a mi pobre corazón, lo calma.

Cruzamos la calle hacia su coche. Mi corazón se salta un latido al divisar una figura cubierta por un abrigo azul marino que viene en sentido contrario. Adrián me reconoce y un rictus de sorpresa le deforma la cara. Se retira los AirPods. De repente, siento que la garganta ha perdido su capacidad de tragar y la boca se me seca. Tengo apenas unos segundos para pensar en mi siguiente movimiento. Miro de reojo a Gabriel. Valoro si me apetece que Adrián sepa que salgo con hombres. Aunque es evidente que él también lo hace. Salir con mujeres, quiero decir..., o con hombres. Aún no le conozco lo suficiente como para saber su orientación sexual. Solo sé que tuvo una relación con Elena, pero para mí es un completo desconocido.

—Carlota —murmura Adrián.

—Hola... —El saludo se entremezcla con un suspiro.

Adrián desvía la mirada hacia Gabriel y espera en silencio. Yo me quedo mirándole, sin ser consciente de que quiere conocer a mi acompañante.

—Eh..., te presento a Gabriel. Un amigo. He venido a comprar los regalos de Navidad a mis padres —le aclaro.

—Encantado. —Gabriel le tiende la mano.

Adrián se queda quieto y la incomodidad va creciendo entre nosotros tres. Unos segundos después, Omega le devuelve el apretón de manos. Espero que no estén midiendo su hombría por la fuerza del saludo. Pero ¿en qué momento me ha parecido a mí buena idea no salir corriendo?

Adrián se gira de nuevo hacia mí.

—Me alegra comprobar que te sobra tiempo para socializar. —«¿Estás siendo sarcástico, Adrián?»—. Eso quiere decir que mañana me enseñarás el guion del episodio piloto.

Él finge que está bromeando y yo aprieto los labios, porque sé que no es cierto.

—¿Es tu jefe? —me pregunta Gabriel.

—Algo así... —responde Adrián antes de que pueda hacerlo yo.

«Pero ¿qué dice?».

—No, él no... —intento esclarecer.

—Disculpad, tengo que marcharme. Llego tarde a una cena. —Adrián nos lanza una mirada a ambos—. Que disfrutéis de la noche.

Después de su retirada, trato de reanimarme. Puede que necesite una desfibrilación.

—¿Estás bien? —Gabriel arruga la frente.

—Sí, perdona... —Las comisuras de mis labios se alargan, en un esfuerzo por disimular la conmoción cerebral.

Adrián

En cuanto mi tía llega al restaurante, guardo el teléfono en la americana. He procurado mantenerme ocupado para no destripar mentalmente la imagen de Carlota y su acompañante saliendo del centro comercial.

—Hola, corazón. —Mi tía me da un beso en la mejilla y ambos tomamos asiento—. ¿Cómo estás?

Me encojo de hombros. Mi padre solo tardó unos minutos en enterarse de la aprobación del proyecto, cortesía de Víctor, quien ya me lo había advertido antes de marcharse de la sala: haría cualquier cosa para que mi padre le debiese un favor. Lo que vino después fue incluso peor de lo que había imaginado. Por eso no he tenido más remedio que acudir a Beatriz.

—Mi padre me ha amenazado con convertirme en un recuerdo corporativo si no soluciono este desastre. Quiere que boicotee el proyecto.

—Cielo, eso no va a suceder mientras yo dirija *L'Actualitat.*

—No tienes tanto poder. Sé que las cosas en el consejo se están torciendo. Me preocupa que empiecen a tomar decisiones que... te afecten. He hecho todo lo que él quería, pero ya no puedo seguir así. Sus decisiones estratégicas no salvan al periódico. Si no innovamos, moriremos.

Ella me observa con calma.

—Hablaré con mi hermana. Le pediré que medie con Alejandro mientras yo persuado al consejo. —Beatriz coge aire—. Aguanta. Algún día podrás dirigirlo tú. Tienes visión, capacidad y liderazgo. Solo te falta creértelo más.

Bajo la cabeza. Espero que mi madre consiga apaciguar lo suficiente a mi padre para que no me despida, porque ahora no pienso parar hasta que el pódcast vea la luz.

Al cruzar la puerta del restaurante, me resisto a marcharme a casa, no me apetece ir a lamerme las heridas en soledad, así que pongo rumbo al estudio de mi hermano.

—¿Has venido a llorar las penas? —me saluda Álvaro en cuanto me abre. Lleva toda la ropa manchada de pintura.

—Yo también me alegro de verte. —Accedo a su estudio con cuidado.

—¿Quieres una copa?

—Me vendrá bien tomar una. —Me paseo por el taller, curioseando.

—¿Qué tal ha ido con Beatriz?

—Bien. Con ella todo es fácil. No como con nuestro padre —confieso con frustración—. No entiendo cómo mamá lo soporta.

Mi hermano me ofrece un whisky.

—Yo tampoco. Tiene mi total apoyo para deshacerse de él. Creo que ya no duermen en la misma habitación. —Álvaro continúa pintando—. Y si tú sigues sus pasos, acabarás follando muy poco. Aunque tengas ese pectoral.

—Ya tengo menos sexo del que me gustaría.

—Podrías tenerlo si quisieras. Con Carlota, por ejemplo. —Me señala con la espátula—. Pero como no te interesa...

Muevo la cabeza, tratando de borrar la escena de la cabeza.

—Creo que Carlota sale con alguien. Los he visto hoy de compras. —Mis ojos se pierden en su cuadro—. Ella se merece a alguien mejor que yo.

—Tienes toda la razón, pero, para sorpresa de todos, parece sentirse atraída por ti. —Álvaro me da una palmada en la espalda—. Deberías llorar más y lamentarte menos. Te iría mejor en la vida y seguro que follarías más.

Suena el despertador. Me levanto directa a por mi café, ahora que ya me he hecho con una cafetera a juego con este nuevo hogar, que voy decorando por fascículos. Abro el armario y reviso los cajones hasta encontrar mi jersey navideño favorito. Sonrío. Tengo pensado llevármelo a la oficina. Mientras hojeo la agenda con mis notas, me doy cuenta de que ya ha pasado un mes desde que me incorporé al periódico y dos desde el evento de moda. Doy un sorbo al café humeante y mi lengua aún protesta por la quemadura de ayer, provocada por el chocolate caliente. Me miro en el espejo para dar el visto bueno. La minifalda le da un toque gracioso a la par que sexy al jersey beis con estampado navideño. Me apresuro a coger el bolso. Cuando tengo las llaves del coche en las manos, me pregunto si quizá no debería dejarlas, pero borro la idea de la cabeza.

Al llegar a la oficina, olvido que ahora mi lugar está en la cuarta planta y el ascensor se pasa de largo. Me regaño por haber perdido cinco minutos en preparar la escaleta que, con total seguridad, Adrián va a querer revisar. Después de parar en la sexta, el ascensor continúa subiendo hasta la octava planta. Mi corazón tiene un pálpito. ¡Ya podría tenerlo acerca del número de la lotería de Navidad! Cuando las puertas se abren, Adrián espera al otro lado. Lo primero que hace es fijarse en mi jersey. Luego se sitúa en el lado opuesto al mío, apoyado en la pared metálica, y me observa en silencio, con los brazos y los pies cruzados. Él, su ego y su perfume ocupan todo el espacio.

—Solo tú podrías llevar un reno con tanta dignidad —y añade—: ¿te regaló anoche el jersey Papa Noel?

—Viniendo de alguien cuya paleta de colores es apta para daltónicos, lo tomaré como un cumplido —contesto ignorando la segunda parte de su pregunta.

El ascensor baja hasta la planta de innovación. Adrián camina tras de mí. Echo una mirada para averiguar hacia dónde se dirige. Cuando llego a mi mesa, dejo el bolso y doy un sorbo al café. Adrián ocupa el escritorio contiguo y yo casi me atraganto.

—Carlota, parece que tienes compañero nuevo —se mofa Aina.

Mi cara debe de ser un poema. ¿Por qué ha cambiado de opinión? A Adrián se le escapa una mueca peligrosa que, enseguida, disimula tosiendo. Mientras intento hurgar en su mente con los ojos entornados, aparecen Nico, quien capta al instante lo que está sucediendo, pero decide ignorarlo, y Carlos.

—Traemos dos noticias buenas y una mala. —Nico apoya las manos en mi mesa.

—Disparad. —Le pide Adrián, que está recostado en su silla.

—Una de las buenas es que podemos reutilizar la antigua sala de radio, lo que reduce considerablemente los costes de inversión —comenta Carlos.

Adrián inclina la cabeza, contento con la noticia.

—¿Y la mala? —indago.

—Entre vacaciones y falta de stock, los proveedores no tendrán el estudio de grabación preparado hasta después de Navidad.

Adrián cierra los ojos, asumiendo que tendrá que informar a Beatriz del retraso en el pódcast. Probablemente, ahora esté echando de menos tener un despacho para maldecir a los de Tecnología sin que nadie lo escuche.

—Tendremos que reorganizar el calendario de producción... —resoplo.

—Además, estoy teniendo ciertas dificultades para aprobar el presupuesto, Adrián —añade Nico—. Si quieres lo comentamos luego.

—De acuerdo. Hablaré con el comité, por si hay alguna forma de agilizarlo. —Después del batacazo, Adrián logra mantener la compostura.

Admiro su resiliencia. Yo ya estaría pidiendo sushi a domicilio y eligiendo película en Netflix.

—¿Y la otra noticia buena? —suelta Biel, que también se ha sumado al equipo. Nos ayudará a proponer enfoques, a estructurar los guiones de cada episodio y a simplificar la fase de documentación y preparación de entrevistas.

—Que esta noche es la fiesta de Navidad del periódico. —Nico nos lanza una mirada a todos—. Os lo digo ahora para que nadie haga la previa, que luego acabáis demasiado perjudicados. Y arreglaos un poco, por favor. Os he mandado el *dress code* a vuestros correos —comenta antes de irse, no sin mirar de refilón las zapatillas deportivas de mis compañeros.

Los demás se ríen al recordar momentos míticos de las cenas en los años previos. Mientras tanto, yo he aprovechado para pedirle ayuda a Júlia y que me elija el atuendo de esta noche. Del jersey de renos al uniforme de elfa sexy. Se va a enterar el maldito Omega de qué estoy hecha, además de polvo de estrellas, por supuesto.

Cuando Júlia cruza el umbral de la puerta de mi piso con el portatrajes negro, yo ya estoy peinada y prácticamente maquillada.

—Te he traído un vestido con el que más de uno va a necesitar una bombona de oxígeno. —Júlia baja la cremallera y enseguida confirmo que es perfecto.

Júlia también tiene esta noche la cena de Navidad de *Diva* en la otra punta de Barcelona. Por eso le agradezco unas trescientas veces que haya pasado antes por mi casa para traerme el vestido. Me meto en el baño para cambiarme.

—¿El vestido es para desearle feliz Navidad a todos o a uno en concreto? —indaga mi amiga.

Me quedo callada. Escucho su carraspeo al otro lado de la puerta.

—Una pena que Gabriel solo te pueda disfrutar esta noche por foto —arremete.

—Sí... —Me concentro en embutirme en el vestido.

—Prométeme que si os enrolláis seré la primera en saberlo. —Entrecierro los ojos. Necesito un segundo para procesar si está hablando de Gabriel o de Adrián. Conociéndola, apuesto por lo segundo.

—Eso no va a pasar en este universo, Juls.

—Las cenas de Navidad de las empresas transforman a las chicas buenas en malas.

No me equivocaba. Se refería a él.

—Te lo repito: no va a pasar. Adrián no está interesado en mí.

—¿Acaso tú en él sí? —pregunta Júlia, con sorna.

—Yo no he dicho eso —replico.

—Tampoco has dicho lo contrario.

Salgo del baño, obviando su juego mental, y me sitúo frente al espejo de la habitación. Júlia me espera recostada en la cama y se incorpora con agilidad. Levanto la vista y estudio mi reflejo. Mi atuendo no es casual, es una encerrona al rey. ¿Conseguiré jaque mate esta noche? Se dibuja una sonrisa juguetona en mi cara.

—Nena, estás radiante cual adorno navideño. —Me acaricia el hombro, me guiña un ojo a través del espejo y pone en mis manos el labial rojo de Pat McGrath Labs—. Y recuerda: siempre diva.

—Nunca indiva. —Termino la frase.

Afortunadamente, dejo el coche en un parking al lado del emblemático edificio de ladrillo rojo donde se celebrará la fiesta, una antigua fábrica de cervezas rehabilitada, que mantiene muchos de los elementos históricos. Me ahorro caminar con los tacones por las baldosas de la ciudad y hacerme polvo los pies. Al cruzar la puerta me embriaga el olor a malta. Se intuye la música de fondo y los murmullos de las conversaciones a medida que bajo las escaleras hasta la sala de eventos, situada en el sótano, ubicada en las antiguas bodegas de fermentación. Mi nerviosismo cobra fuerza en cuanto me cuelo entre la masa de gente que charla animadamente con una copa en la mano. Noto cómo algunos ojos se posan sobre mi vestido y me inquieto. La iluminación cenital tenue y las luces rosáceas, que se proyectan en las paredes de ladrillo, propician un espacio íntimo. Hay un árbol de Navidad metálico decorado con botellines de cerveza y todo el personal lleva un gorro de Papá Noel. Me topo con parte del equipo y me rodean rápidamente.

—Estás impresionante, Carlota. —Biel me sujeta de la mano, haciéndome girar sobre mí misma.

—Me encanta tu pintalabios —elogia Aina

—Gracias. Vosotros también estáis muy elegantes.

Mis ojos escanean la sala inconscientemente. Localizo a Nico entre la multitud. Nuestros ojos se encuentran. Viste un jersey de cuello vuelto gris que le sienta de fábula y una americana a juego.

Levanta una ceja y luego inclina suavemente la cabeza al tiempo que alza una copa de cava. Le devuelvo el saludo con una sonrisa tímida.

Mis compañeros siguen conversando, pero yo me he ausentado mentalmente. Toda mi atención la dedico a examinar el resto del local. En medio de la sala se encuentra la barra principal de bebidas. También han instalado una gigantesca pantalla, donde proyectan fotografías de la plantilla de la redacción. El espacio dispone de un completo equipo de sonido. ¡Con lo bien que nos vendría ahora para el estudio de grabación! En la sala contigua están preparando el cáterin que servirán más tarde. Es de sobra conocido que en este tipo de eventos la comida es escasa, pero la bebida abunda.

—Voy a buscar una copa —me excuso.

Cruzo la sala hasta la barra.

—¿Qué le pongo?

—Una copa de tinto, por favor. —Inspecciono a mi alrededor. Mis piernas se mueven inquietas.

El camarero coloca la copa y me sirve el vino. Estiro la mano, pero al rozar el fuste con los dedos, esta se tambalea, y se derrama líquido por el borde. Por fortuna, la cojo al vuelo y evito que choque con la barra y que mi vestido acabe manchado. Pido disculpas al barman.

—Quizá algo más fuerte le ayude a relajarse.

Ni todo el tequila de este planeta lo conseguiría, si Adrián se encuentra en el mismo espacio que yo.

El camarero deja un vaso de chupito junto al vino y compartimos una mirada cómplice. Tomo aire. Los que solemos meternos en líos decimos «de perdidos, al río». Me lo bebo de un trago. En cuanto el alcohol recorre mi garganta, cierro los labios y me tapo la boca con el dorso de la mano. Sacudo la cabeza y entonces siento un campo gravitacional invisible tan potente que tira de mí, obligándome a girar el cuello en su dirección. A escasos metros, Adrián mantiene la mirada clavada en mi vestido y sus ojos recorren todas las curvas de mi cuerpo hasta detenerse en mis labios. Como un imán me siento tentada a acercarme, pero me sujeto a la barra para no cometer un error más. Me doy la vuelta, disimulando el efecto que provoca en mí su presencia magnética.

—¿A quién tratas de conquistar esta noche?

Su voz sensual, melódica y ligeramente ronca me sacude. Se me encoge el corazón. Me doy la vuelta y mis pupilas escalan por su cuerpo: zapatos de charol, un pantalón que mezcla texturas, creando definición, y una camisa satinada. Todo al negro. Una combinación ejecutada a la perfección. Ha peinado su pelo ligeramente hacia atrás y huele como el infierno y el paraíso al mismo tiempo. Maldito agujero negro.

—Veo que tienes buena memoria. —Me humedezco los labios antes de dar un sorbo a la copa. Su mirada se desvía de nuevo hasta ellos.

Hace poco leí que Cleopatra usaba hormigas trituradas, carmín y cera de abeja para conseguir el tono rojizo de sus labios. Ese tono le hacía verse atractiva y sentirse segura. Y yo esta noche tan solo dispongo de una barra de labios igual a la que utilizaba la mismísima Taylor Swift. Y también es mi arma de seducción.

Asiento con la cabeza mientras saboreo el vino. Ambos nos mantenemos en silencio, aunque parezca que hemos entablado una conversación muda, casi telepática.

—¿Quieres una copa? —pregunto, rebajando la tensión.

—Sí —se dirige al camarero—. Lo mismo que la señorita, por favor.

Un escalofrío recorre mi espalda. Está recreando la escena del evento. Vuelve a dirigirse hacia mí.

—¿Aún piensas que opto por lo fácil?

Quizá es el rojo, que me ha empoderado demasiado, pero respondo sin maquillar mis palabras.

—Creo que sigues haciendo lo que los demás esperan de ti. —Acaricio el borde de la copa con las yemas de los dedos—. Aunque eso signifique quedarte con las ganas de hacer lo que de verdad deseas. —Alzo la vista hacia sus ojos.

Adrián se queda callado, sosteniéndome la mirada. Me fijo en cómo titilan sus pupilas. Parece como si mi respuesta se hubiera colado por una rendija de su cámara acorazada.

Se inclina hacia mí e instintivamente cierro los ojos.

—A los Aries os sienta muy bien el rojo —me susurra.

Su comentario no entraba en mi guion mental. Así, sin previo aviso y en público. Doy un vistazo rápido a mi alrededor para asegurarme de que nadie nos escucha. ¿Está probando un nuevo juego o es un ataque disfrazado de halago? Independientemente del objetivo, me ha desarmado del todo. Respiro con fuerza y ayudo a mis pulmones a transportar oxígeno hasta mi cerebro.

—Tú, en cambio, deberías cuestionarte un cambio de estilista. ¿El traje negro no es algo convencional para alguien tan innovador como tú? —Me burlo para poner una sana distancia emocional entre nosotros. Adrián no puede contener la carcajada. Objetivo conseguido, Carlota.

De manera repentina, Nico corta nuestra conversación.

—Perdonad la interrupción, pero Beatriz quiere pronunciar unas palabras.

Adrián se despide de mí con un gesto fugaz. Creo vislumbrar en sus labios la promesa de un «hasta luego».

Desaparece entre el gentío y yo siento que, cuanto más se aleja, más crece en mí de forma exponencial esta atracción absurda.

Nico y yo contemplamos la escena, uno al lado del otro.

—Si no llego a aparecer, juraría que os habríais saltado los preliminares.

17

Todo al rojo

¿Hasta dónde puede expandirse
nuestra historia sin resquebrajarse?

ADRIÁN

Aprovecho la llegada de Nico para alejarme de ella. Me voy a volver loco si sigo mirándola. Carlota lleva un vestido color rojo tentación, que dibuja todas las curvas de su silueta y que cae hasta los pies. La tela le tapa los brazos, pero deja sus hombros al descubierto. Me enfurece ver tantos ojos rebosantes de deseo sobre su cuerpo.

Mi tía agarra el micrófono. Todos escuchamos diligentes el discurso navideño mientras contamos los minutos que faltan para que lleguen la comida y el alcohol.

—Decía Gabriel García Márquez que el periodismo es el mejor oficio del mundo porque tienes el privilegio de cambiar algo todos los días. Puede que no siempre lo hayamos conseguido, pero lo hemos intentado. —Beatriz hace una breve pausa—. Este año he tenido la oportunidad de estar al mando de esta redacción y de trabajar con todos vosotros en una estrategia que posicionará a nuestro periódico en el siguiente nivel. Será un año lleno de retos, pero ninguno se superará individualmente, sino con un equipo unido. El éxito no es fruto de la casualidad, sino del trabajo colectivo, la confianza y la capacidad de adaptarnos a lo que venga. Feliz Navidad a todos.

La plantilla aplaude.

Ojalá fuese todo tan idílico como lo pinta. Víctor se aproxima y se coloca a mi lado.

—Parece que este año será decisivo. —Da un sorbo a su copa—. La hija de Toni y tú tenéis entre manos una gran apuesta. —Me pone la mano en el hombro—. Por cierto, veo que habéis congeniado, ¿no?

Giro la cabeza despacio en su dirección. Trato de calmar mis ganas de darle un puñetazo por sus insinuaciones.

—Espero que no se te olvide a qué bando perteneces... —Víctor alza las cejas para mandarme una advertencia. Decido no seguirle el juego. Después se marcha. «Gilipollas».

Aunque sé que Víctor es un estratega, me preocupa que el resto de nuestros compañeros tengan esa percepción de nosotros. Puede que deba ser más cauto y distanciarme de Carlota.

La fiesta avanza a medida que los camareros se pasean con las bandejas rebosantes de canapés y rellenan las copas de vino. He aprovechado la ocasión para orquestar algunos intereses políticos, como por ejemplo agilizar la aprobación del presupuesto para el pódcast. Eso sí, bailándole el agua a más de uno. Si hiciera lo que de verdad me apetece, me largaría con una copa de cava a la terraza, como la noche del MNAC.

Cuando termino la ronda de diplomacia y vida social, el personal ya ha retirado las mesas altas y ha dejado espacio para que la gente se anime a bailar. Ya hay cola en la barra. Cuando voy a por un agua con gas, me encuentro con mi equipo allí. Me acerco a ellos despreocupadamente para que no sospechen.

—¿Qué tal va la noche? —les pregunto, evitando el contacto visual con Carlota.

—Ahora empieza lo divertido. ¿Te apuntas? —Clara me invita a la pista de baile. Su cercanía es exagerada y, probablemente, producto del alcohol.

—Lamentándolo mucho, tengo que rechazar tu oferta —le sonrío—. Generaría demasiadas envidias si me viesen bailando con alguna de vosotras.

Clara suelta una carcajada.

—Si cambias de opinión, estaremos por aquí. —Su mano acaricia mi brazo al despedirse.

Con sus gin-tonics a cuestas, se dirigen a la improvisada pista de baile. Carlota parece molesta. Ni me ha mirado al pasar. «¿No buscabas distancia?». Reniego con la cabeza. Comienza a sonar «Levitating», de Dua Lipa. No es mi estilo, pero reconozco que es pegadiza; sobre todo, si la baila Carlota. Estudio cómo sus movimientos se sincronizan con la música.

Es consciente de que la estoy observando. A cada compás, sus movimientos son más sensuales. Mis ojos la recorren disimuladamente. Poco a poco, un grupo de chicos se suma a ellas. Me gusta ser testigo de la felicidad de Carlota, pero cada vez me incomoda más contemplar cómo se aproximan a ella. Doy un trago a la copa. Carlos hace rato que me habla, pero no le estoy prestando atención. Asiento por inercia. Desearía arrancarla de los brazos de esos tíos y bailar con ella. Que mis manos exploraran su contorno y se deslizaran por su espalda hasta su cintura, por donde la sujetaría y la acercaría a mí para que notase lo excitado que estoy. Carlota me lanza una mirada mientras baila con Biel y Aina, que acaban de traerles más bebida. ¿Cuántas copas se han tomado ya? Cuchichean entre ellos, compartiendo risas, hasta que Carlota se paraliza. Su cara cambia en el acto y da paso a una mezcla de enfado y frustración. Le entrega el vaso a Aina y sale disparada en mi dirección. Me empuja con fuerza al pasar. «¿Qué ha sucedido?».

—Voy un segundo al baño —me disculpo con Carlos.

La sigo discretamente hasta una terraza interior apartada. Cuando llego, Carlota está apoyada en los barrotes metálicos. Me sitúo junto a ella.

—¿Va todo bien? —murmuro.

—¿A qué estás jugando? —Dirige sus ojos enfurecidos hacia mí—. ¿Creías que no me iba a enterar?

Su pregunta me descoloca. Me sacude el recuerdo de la noche en la que descubrí que su padre nos había traicionado y había puesto en peligro al periódico.

—Carlota, yo…

—Quiero respuestas. —Se aprieta el puente de la nariz—. Explícame por qué te negaste a prestarme el material para el reportaje, pero luego acondicionaste una sala mucho mejor. O el motivo por el que me conseguiste la entrevista de Pau y Jan para después ponerme en evidencia.

El alivio se asienta en mi estómago, pero inmediatamente después el cabreo escala por mi cuello. La mandíbula se me tensa. Mi equipo se ha ido de la lengua. Antes de responder, valoro mis opciones y elijo la que me resulta menos problemática. Aún no he abierto la boca cuando arremete de nuevo contra mí.

—No necesito que nadie me salve. —Me apunta con el dedo—. Y yo ya tengo un padre, no necesito otro —sentencia.

Inhalo con fuerza y contengo la rabia que siento. Carlota desconoce todo lo que he arriesgado por ayudarla y la presión a la que estoy sometido. Podría confesárselo, pero eso nos dejaría en una situación complicada a ambos. Además, nunca me ha gustado mostrarme vulnerable y hoy no va a ser una excepción.

—Represento los intereses del periódico y tengo una imagen que salvaguardar. Tu idea tenía una probabilidad muy alta de fracaso. —Mi tono de voz ha sonado más ronco de lo que pretendía. Arrugo la frente. Carlota respira agitadamente—. Resulta muy ingrato por tu parte que me lo eches en cara después de haberte dado la oportunidad.

Ella se queda plantada frente a mí, con los puños apretados. No sé qué me resulta más irritante: que abra la boca o que se quede callada.

Finalmente, se marcha. Reprimo mi deseo de ir tras ella. Es hora de volver a casa. La diversión por hoy se ha acabado. Busco una excusa creíble y me despido de mis iguales. Estoy tan enfadado que el frío de la calle me permite respirar y pensar con tranquilidad. Al llegar al garaje, abro la cartera y pago el tique en la máquina automática. Me llega por la espalda el sonido de unos tacones y una voz familiar maldiciendo su mala suerte. «Carlota». Me doy la vuelta. Está rebuscando por su bolso. Se sorprende al verme, pero sigue a lo suyo.

—No me digas que tengo que pagar también tu tique del parking... —Tuerzo los labios y arqueo una ceja. No puedo evitar provocarla.

Carlota levanta la vista.

—No hará falta. No necesito tu ayuda. —Me muestra una sonrisa impostada—. Pero gracias por no ofrecérmela a mis espaldas esta vez.

—¿Qué buscas entonces?

—No encuentro las llaves de casa. —Mueve la cabeza—. Seguramente se me habrán caído en el coche.

Sé que no necesita mi ayuda y que ella puede encargarse, pero quiero ayudarla. Carlota me observa de reojo. «Cabezota».

—¿Te ayudo a buscarlas? —Saco la mano del bolsillo del pantalón y me señalo—. En realidad, me haces un favor. No me gustaría perderme este momentazo para restregártelo en tus segundos de debilidad.

Carlota pone los ojos en blanco y avanza por el aparcamiento. Sus tacones vacilan en el suelo. Llegamos a su coche, un Beetle negro descapotable. Muy ella.

—Tú busca por el lado izquierdo —me ordena.

El espacio interior es minúsculo. Carlota apenas puede moverse con el vestido y yo prefiero no mirar sus posturas mientras trata de dar con las llaves. Demasiado provocador. Enciendo la linterna del móvil. Enseguida nos encontramos buscando en el mismo lugar. Nuestras caras se acercan demasiado. Carlota huele como el otoño. De pronto, comienza a reír.

—¿Qué te hace gracia?

—Parece que estamos destinados a vivir situaciones surrealistas.

«Soy consciente, te lo aseguro».

—Creo que las llaves no están aquí.

—Joder. En el local tampoco están… —suspira. Sus reflejos son cada vez más lentos—. Llamaré a Júlia.

Desiste después de varios intentos fallidos.

—Son las dos de la mañana, seguramente esté durmiendo.

—¡Qué va! Júlia tenía la cena de Navidad de su empresa —me explica—; así que estará vete tú a saber dónde. Y mi amiga Claudia está de guardia en el hospital. Tendrá el móvil apagado.

—Puedes llamar a tu novio, al *personal shopper* —le insinúo.

Carlota suelta una carcajada.

—Gabriel no es mi novio. —«Ah, ¿no?»—. Pero igual no es mala idea…

También podría llamar a un cerrajero, pero además de caro, tendría que esperar sola y no debe coger el coche después de haber bebido. Descarto mentalmente la propuesta. Carlota agarra de nuevo el teléfono y lo desbloquea, pero se le apaga de golpe.

—Empiezo a pensar que tienes una relación tóxica con la batería de tu móvil.

Vuelve al coche, pero se agobia al no encontrar tampoco un cargador. Se abraza a su abrigo. Debe de tener frío y está cansada. Una idea peligrosa me cruza el cerebro. «Olvídalo, Adrián».

—Ven a mi casa. —Los ojos de Carlota se agrandan y su boca se abre—. Así podrás cargar el teléfono y entrar en calor.

Al darme cuenta de cómo suena, me arrepiento inmediatamente de lo que he dicho.

Carlota se toca el pelo. Supongo que se lo está pensando. Unos segundos después, inclina la cabeza.

—Cargo la batería y me voy.

Asiento.

—Claro, en cuanto consigas hablar con tu novio…

—¡Que no es mi novio! Además, sigo enfadada, por cierto —reconoce en cuanto se pone el cinturón de seguridad del asiento del copiloto en mi coche.

—Por supuesto, si no sería muy aburrido —musito.

Arranco el motor y enciendo la calefacción.

El coche se detiene frente a la fachada de una vivienda unifamiliar del casco antiguo de Sarrià que aún conserva los muros originales de piedra. «¿Vive aquí?». Muevo la cabeza. Creo que el alcohol ha dado paso en mí a la confusión mental. Siempre le había imaginado en un ático de alto standing cerca de la Diagonal, en una de esas torres modernas con la personalidad de un piso piloto. La puerta de madera del parking se abre y el coche se cuela dentro. Me observa en silencio tras estacionar. Se podría componer una canción de House con los latidos de mi corazón como base.

—Vamos —murmura Adrián.

Obedezco y sigo sus pasos. Las luces fluorescentes se van encendiendo a medida que avanzamos. Me fijo en un par de máquinas de gimnasio arrinconadas. Aquí debe de ser donde forja sus músculos de semidiós. Me río en voz alta. Me mira sin entender lo que está pasando por mi cabeza. Después de subir unas pocas escaleras, gira la llave y coloca la mano en mi espalda para cederme el paso. Entro tímidamente, aunque con la certeza de que lo que ocurra a partir de este momento lo cambiará todo. ¿Acaso no lo ha hecho ya?

—Bienvenida. —Adrián enciende las luces y un espacio diáfano se proyecta ante mis ojos.

Paseo por el interior, estudiando cada detalle. A la derecha, la cocina americana con una isla de mármol de granito negro y madera y un par de taburetes de piel. Levanto la vista, y admiro tanto la altura del techo como la lámpara de diseño que cuelga de él.

—Nunca hubiese imaginado algo tan moderno dentro de una casa tan rústica. —Dirijo los ojos hacia la cocina.

Adrián me regala una sonrisa traviesa mientras vierte agua fresca en un vaso.

—Ten. Te sentará bien.

—Gracias. —Me encojo de hombros—. En realidad, solo estoy un poco cansada.

Continúo explorando hasta llegar al salón, amueblado con un sofá de color gris antracita sobre una alfombra a juego. A este hombre le gusta el gris, de eso no hay duda. En la pared de enfrente se encuentra empotrada una chimenea de bioetanol, una estantería y las escaleras. Supongo que conducen a su cuarto y al despacho que se vislumbra desde el salón. Adrián se aproxima y extiende la mano.

—¿Me dejas tu teléfono?

Había olvidado por completo que tenía que cargar mi móvil. Se lo entrego. De pronto, me sobresalto al notar algo rozándome las piernas. Su compañero de piso se acurruca en ellas. Un gato negro. Si hubiese sido de otro color, me habría empezado a preocupar. El animal no duda en darme un zarpazo en cuanto intento acariciarlo. ¿A quién se parecerá?

—A la gente le molestan los gatos porque no son dóciles como los perros.

Examino el cuadro que hay colgado encima del sofá. Me llama la atención por la profundidad de lo que esconde. Una figura humana embadurnada en un líquido espeso negro, que parece que le lastra. Adrián se percata de mi interés.

—Una adquisición reciente. —Se sitúa a mi lado y esconde las manos en los bolsillos—. Es una obra de mi hermano. —Aprieto los labios, reconociendo el talento.

—Parece muy cansado tener que llevar todo ese peso encima. —Inclino la cabeza, tratando de descifrar el cuadro.

—Sí. A veces puede llegar a serlo... —musita.

El sonido del saxofón se desliza por toda la casa y las luces bajan su intensidad. Parece que me haya transportado a un bar con música en directo.

—¿Jazz? —pregunto sabiendo de antemano la respuesta.

—Es tal y como me imaginabas, ¿no? —Adrián juega con las cejas. No puedo evitar reírme. Quizá sí que le prejuzgué un pelín.

—Así que aquí vives... —comento mientras me acerco a ojear los libros y las fotografías de la estantería. Su casa huele a él. El olor me embriaga.

—¿Te he decepcionado, otra vez?

—¿Por qué piensas eso? —Me giro con una foto enmarcada de él y su hermano en la mano.

—Seguro que me habías imaginado en un ático ultramoderno en lo alto de un rascacielos o en una mansión victoriana, como un villano gótico.

No puedo contener la risa. ¿Y si en realidad no le conozco?

—Tu hermano y tú parecéis muy distintos —confieso.

Adrián descorcha una botella de vino y se sirve una copa.

—Déjame probarlo —le pido. Él duda—. Volveré a casa en taxi. Te lo prometo.

Me cede su copa. Noto el sabor de la madera en la lengua. Cierro los ojos para disfrutarlo.

—Lo somos. Distintos. —Empuja la corredera acristalada que ocupa toda la pared y que separa el salón del patio interior.

Nos acomodamos en los sofás después de encender el brasero exterior. Suspira, como si quisiese compartir algo conmigo. Le devuelvo la copa y sigo contemplando el fuego.

—No es mi hermano biológico —suelta. Mi corazón se salta un latido. Sus palabras son la pieza que faltaba en mi puzle sideral—. Mis padres me adoptaron cuando yo era muy pequeño.

Giro la cabeza. Su mirada sigue fija en la copa. Debe de haberle costado confesármelo. Efectivamente, todavía me queda mucho por descubrir sobre Adrián. Las luces parpadean en el firmamento y me siento diminuta ante la inmensidad del universo. Aún continúo sorprendiéndome por lo extraordinario de nuestra existencia. Me acaricio los brazos. Adrián deja la copa en la mesa, se quita la americana y me rodea los hombros con ella.

—¿Quién eres y qué has hecho con Adrián? —bromeo.

—No te acostumbres. La tregua solo dura una noche. —Curva los labios sin poderlo remediar.

A medida que la noche avanza, siento cómo mi vestido y yo nos desplazamos al rojo, intensificado por el deseo y la curiosidad que crece en mí y empujándome hacia un Adrián tan desconocido. No obstante, mi lado racional cree que, por más que trate de alcanzarlo, él continuará alejándose rápidamente, volviéndose inalcanzable. Y el lado visceral sueña con que no se convierta en fugitivo y cruce el horizonte cósmico.

—No he visto tu árbol de Navidad. ¿Dónde está?

—No hay. —Adrián da el último sorbo a la copa—. No me apasiona la Navidad.

Supongo que sus antecedentes no ayudan a ver esta época como un símbolo de unión familiar. Puede que sienta nostalgia al recordar que hay partes de su historia que no conoce. Sería como arrancar las primeras páginas de una novela. Siento una punzada de rabia y tristeza.

Levanto la vista hacia el cielo. Tengo la necesidad de compartir algo de mi vida, igual que lo ha hecho él.

—En mi familia hay cierta preferencia por los Reyes Magos. Por eso mi madre, cuando yo era pequeña, solía contarme una historia sobre las tres estrellas del cinturón de Orión: Alnitak, Alnilam y Mintaka. —Las señalo y Adrián me sigue con los ojos—. Según ella, eran Melchor, Gaspar y Baltasar viajando juntos hacia la estrella de Belén, Sirio. Siempre ha intentado explicarme cómo funciona el mundo mirando el cielo.

Después de permanecer callados durante unos segundos eternos, rompo el silencio que se interpone entre nosotros.

—¿Qué le ocurrió a tu familia, Adrián?

Él apoya los antebrazos en las piernas y piensa detenidamente cómo contar su historia.

—Mi madre biológica estaba sola. Era muy joven y no tenía suficientes recursos. Mis padres, pensando que no podían tener hijos, donaron una cuantiosa cantidad a la institución religiosa que medió en el proceso de adopción. Un par de años después nació Álvaro.

—¿Has pensado en buscarla?

—No sé si quiero encontrarla y descubrir que no soy capaz de perdonarla. —Su voz se mezcla con el crepitar del fuego, que se refleja en sus ojos café.

Nuestras miradas se encuentran en algún punto del firmamento. Y aunque lucho con todas mis fuerzas, mi mano se mueve hacia su pelo como una autómata. Lo peino lentamente, sintiendo la suavidad de sus mechones. El corazón me bombea con fuerza, la sangre recorre mis venas con rapidez, tanto que siento su sabor en mi paladar. Un movimiento suyo y todo podría saltar por los aires, pero, en su lugar, cierra los ojos y eso me permite recuperar algo de cordura.

—Debería ir a comprobar la batería del teléfono…

Adrián se pone de pie, haciendo alarde de su sentido común.

Desbloqueo el móvil. Ya tiene suficiente carga como para llamar a un taxi y volver a casa…, pero ¿con qué llaves entro? Bostezo. Me lanzaría de cabeza al sofá.

—Carlota…, es muy tarde y estás agotada. ¿Por qué no te quedas? Yo estaré aquí abajo, tú puedes dormir en mi cama.

«¿Perdona? ¿Me está proponiendo que me quede en su casa a dormir?».

—No. Yo... —Mientras busco una excusa, la posibilidad de pasar aquí la noche se va materializando porque Adrián me busca una de sus camisetas. ¡Qué poder de convicción tiene este hombre!

Me entrega una gris oscura en la que se lee «Dios es un DJ». Resoplo, conteniendo la risa. Adrián entorna los ojos. Me acompaña hasta el baño de su habitación, que sigue la misma línea decorativa que el resto de la casa. En cuanto cierro la puerta, me miro al espejo. «¿Acaso has perdido el poco juicio que te quedaba, Carlota?», «la mejor forma de vencer la tentación es caer en ella». Las voces de Claudia y Júlia parlotean en mi cabeza. Ojalá estuviesen aquí para aconsejarme. Me pongo la camiseta y aprovecho para refrescarme la cara. «Madre mía, y yo sin hacerme el *skin care*». Me freno antes de abrir el cajón. Mejor no rebusco, por si descubro que está casado. Salgo del baño y Adrián aún está sacando su pijama del armario. Sus ojos recorren mis piernas. Noto el calor en mis mejillas.

ADRIÁN

Está jodidamente sexy con esa camiseta. Si no se mete ahora mismo en la cama, la llevaré yo.

Carraspeo, deshaciéndome de esta incómoda situación.

—Buenas noches, Adrián.

—Buenas noches, Carlota.

A pesar de estar exhausta, no paro de dar vueltas en su cama gigante. El corazón me da latigazos contra el pecho. Tengo la boca seca. Necesito agua o un extintor. Bajo sigilosamente por las escaleras. Adrián está tumbado en el sofá; claramente le falta espacio. Me muerdo el labio. La culpa me corroe por dentro. Yo debería haberme ofrecido a dormir en el sofá. Adrián se incorpora.

—¿No puedes dormir?

—No. Estoy sedienta. —Adrián se persona en la cocina y me llena el vaso—. ¿Por qué no vienes a dormir arriba? Hay espacio para los dos de sobra. Me quedaré en una esquina —insisto—. No me siento bien habiéndote robado la cama y obligándote a dormir en el sofá.

—No. Dormiré aquí.

—Oye, yo me he quedado, tal y como tú me has pedido. Lo justo es que ahora cedas tú.

Adrián suelta un largo suspiro.

—Detrás de ti. —Me hace un ademán para que pase primero. Subo las escaleras satisfecha por haber ganado esta vez.

Adrián

A medida que sube los peldaños, el vaivén de la camiseta deja al descubierto su tanga rojo. Aprieto los ojos con fuerza. Va a ser una noche muy larga. Aunque apenas queden unas horas para que amanezca.

18

De estrellas fugaces a la extinción

De los creadores del Chicxulub llega
el asteroide Omega. Preparada para el impacto.

Adrián y yo nos situamos en los bordes opuestos de la cama, como si hubiésemos sustituido el colchón por un tablero de ajedrez y, en esta partida, el deseo no fuese lo único que estuviese en juego.

Nuestros cuerpos siguen inmóviles. En la habitación reina el silencio, que tan solo se ve interrumpido por un par de largos suspiros que alimentan nuestro desasosiego. Busco una postura menos rígida que me permita relajar mi cuerpo y, con algo de suerte, dormirme para que esta tortura que está padeciendo mi corazón pase rápido. El roce del algodón de la sábana, que seguramente será egipcio, contra mis muslos desnudos turba la quietud. Me muerdo el labio en castigo por hacer ruido. Adrián se reacomoda para no salirse demasiado de su perímetro. El colchón cruje. Le observo de reojo, aunque estamos en la penumbra y lo único que percibo son las siluetas iluminadas por la luz del exterior. El calor que desprende su cuerpo irradia hacia mi posición. Respiro hondo. No tengo de qué preocuparme. Esta cama es lo suficientemente amplia como para que podamos compartirla. Además, me autoconvenzo, nunca me han atraído sexualmente los hombres como él, aunque reconozco que esta noche ha vuelto el Omega que conocí en el evento de moda en el MNAC y mi pecho se deshace al pensar en ello. Luego recuerdo cómo se ha comportado conmigo este último mes y la enajenación se esfuma. Mi autocontrol no tambaleará por un hombre de negro que huele como el mismísimo Lucifer. Y, por supuesto, de ninguna manera arriesgaré mi objetivo de desenmascarar al periódico. Giro mi cuerpo hacia la pared.

ADRIÁN

Intento soportar el calor de la habitación, pero ya es demasiado. Ahora que Carlota se ha dado la vuelta, aprovecho para quitarme la camiseta. Mejor eso que destaparme, porque pondría en evidencia un problema más difícil de ocultar. No sé cómo me he dejado convencer para meterme en la cama con esta mujer. «Eres idiota», me repito. Muevo la cabeza en su dirección. Las sábanas están tan pegadas a su cuerpo que es fácil perfilar el contorno de sus nalgas y de sus piernas. Mi cuerpo sigue reaccionando con excitación. Trago saliva. No puedo ceder al impulso, porque eso pondría en riesgo mis principios y me convertiría en un estereotipo del que huyo. Demolería para siempre la reputación que tanto me he esforzado por construir y la posibilidad de que mi padre me acepte al fin. Ni siquiera es atracción, solo se ha convertido en un desafío personal. Estoy seguro. Me doy la vuelta hacia la ventana y tiro de la sábana para taparme.

La tela se desliza por mi piel, tan rápido que no soy capaz de agarrarla, y destapa mi cuerpo. Adrián se incorpora de golpe y yo me vuelvo hacia él. Mis ojos se desvían directos hacia su pectoral. Me humedezco los labios instintivamente.

—Disculpa. —Adrián aparta la vista de mis piernas mientras me devuelve mi porción de sábana.

—Tranquilo, estoy acostumbrada a que me pongas las cosas difíciles —bromeo.

Adrián ahoga una risa seca y después se deja caer en el colchón, apoyando el brazo detrás de la nuca. El bíceps se le tensa bajo la piel. Me vuelvo a tumbar lentamente, implorando al universo que se apiade de mí. Continúa revolviéndose y sus respiraciones impacientes van en aumento.

—¿No estás acostumbrado a tener compañía y por eso no consigues dormirte? —me burlo.

—¿Estás insinuando que ligo poco? ¿O que les pido amablemente a las mujeres que se vayan después de acostarme con ellas? —La voz de Adrián suena áspera.

Me coloco de lado y paso la mano por debajo de la almohada. Adrián desliza la cara en mi dirección. Parece molesto.

—Lo siento —susurro—. Es evidente que podrías estar con la mujer que quisieras. —Adrián enarca las cejas—. Quiero decir..., con otras mujeres.

—¿Por qué tienes esa imagen de mí, Carlota? —Arrugo la frente ante su pregunta—. ¿Acaso crees que voy por la vida aprovechándome de los demás y rompiéndoles el corazón a las mujeres?

Alzo los hombros. No sé por qué me obligo a verle como el antagonista de esta historia. Quizá es porque ese relato mental me permite autoprotegerme de mi propia contradicción. Es más fácil eso que reconocer que me siento irremediablemente atraída por él.

Adrián se arrima y todo mi cuerpo se tensa al sentir la atracción irresistible de su gravedad. Mi piel comienza a arder. Mi respiración pesa cada vez más con el silencio de fondo.

Adrián

—No soy el rey de corazones, Carlota —murmuro—. He tenido pocas relaciones serias. Y la última acabó hace tiempo. No voy por ahí acostándome con cualquiera. Valoro mucho mi soledad como para compartir mi tiempo con alguien que no me interesa.

—¿Por qué lo dejaste con Elena? Es muy guapa... —En cuanto ve la sonrisa burlona de mi cara, parece que se arrepiente de haberlo preguntado en voz alta.

—¿Me has investigado, Carlota? —le pregunto con sorna.

Ella hace un amago de girarse hacia el otro lado y yo estiro el brazo para retenerla. Mis dedos rozan su cintura desnuda durante el manoseo. La suavidad de su piel me embriaga y noto la tensión en mis pantalones. Retiro la mano inmediatamente y recupero el espacio entre nosotros.

—Me la presentó mi padre. Es hija del dueño de una compañía de logística catalana. Y sí, es inteligente y su belleza es evidente. —«Pero ella no tiene estrellas fugaces en los ojos, como tú». Me mantengo en silencio unos segundos, tratando de recuperarme de mi propio pensamiento—.

Ambos estábamos obsesionados con nuestros trabajos. Y nuestros proyectos de vida eran bastante distintos.

—Como por ejemplo…

—Tener hijos no formaba parte de sus planes.

—¿Y tú sí quieres tenerlos? —indaga.

—No lo sé… —Pienso en mi infancia y en la sensación de abandono con la que he vivido toda mi vida, a pesar de la segunda oportunidad que me dio mi familia adoptiva—. Si me convirtiese en padre y no llegase a estar a la altura, jamás me lo perdonaría. —Los ojos de Carlota rebosan curiosidad—. Pero tampoco quiero negarme la opción antes de ni siquiera valorarlo. Seguíamos juntos porque quería contentar a mi padre, como en tantas otras ocasiones, pero la relación no iba a ninguna parte. Era puramente comercial.

—Creo que serías un buen padre.

Nos contemplamos en silencio. Carlota aprieta los labios, conteniendo la sonrisa. La tentación de besarla se vuelve imposible de ignorar. Sin darnos cuenta nos hemos ido acercando otra vez. Noto cómo mi cuerpo responde a su cercanía. Muevo las piernas para poder recolocar mi erección sin que se dé cuenta. Nuestros pies se encuentran y juegan bajo las sábanas.

Puedo notar cómo el pecho se me acelera y se me eriza la piel cuando Adrián me roza. Hay algo irracional que me empuja a querer sentirle más cerca. Adrián se destapa la mitad del cuerpo.

—Y ¿qué hay de ti? ¿Algo relevante sobre tu historial sentimental? —Su voz me saca de mi conversación mental.

Me tumbo boca arriba. Probablemente me avergüenza lo que voy a confesarle.

—La noche en la que nos conocimos aún tenía pareja. Llevábamos juntos ocho años. —Echo un vistazo para comprobar su reacción. Tal y como me imaginaba, está sorprendido—. Llevaba tiempo sin funcionar. Ninguno de los dos quiso afrontarlo. Luego descubrí que me había engañado, aunque nunca le confesé que lo sabía. —Mi voz se va apagando.

Sus ojos me envuelven como un refugio, acunándome. Luego intuyo algo más en ellos, que no soy capaz de descifrar. Su mano viaja por el colchón hasta dar con la mía y la acaricia, consolándome. Cada vez que nos tocamos, el contacto se prolonga un poco más. Adrián levanta la vista hacia el techo y suspira.

—¿A que no te imaginabas, la noche del evento, que algún día acabarías siendo mi compañero de mesa?

—¿Que si me hubiese imaginado que bailaría con la hija de Toni Ferrer en la azotea del Palacio Nacional y luego acabaríamos reencontrándonos en el ascensor del periódico? —Hace una breve pausa—. Ni en mis mejores pesadillas.

Rompo a reír. Al retorcerme, choco con su rodilla. Dejo mi pierna sobre la suya. Me sorprendo cuando el deseo de subirme a horcajadas me asalta sin permiso. Mi ropa interior está empapada. La necesidad de sentirle dentro de mi cuerpo resulta cada vez más insoportable. Sacudo la cabeza, espantando la imagen que se proyecta en mi mente.

—¿Cómo era trabajar con él? —investigo.

Adrián se remueve incómodo.

—No trabajé mucho con tu padre. Una parte de mi carrera la he vivido fuera del periódico y el tiempo que he pasado dentro no coincidimos. Trabajábamos en secciones distintas. —Chasquea la lengua—. Pero todo el mundo cree que es uno de los mejores periodistas de *L'Actualitat.*

—Me aterra pensar que siempre me conocerán como su hija y que dará igual lo que haga para diferenciarme, porque nunca será suficiente. —La voz se me quiebra—. Nunca seré tan buena como él.

—Carlota —Adrián roza mi mejilla cuando retira un mechón de mi cara y lo coloca detrás de mi oreja—, no pienses eso, por favor. No te compares con él… —Parece que quiere decir algo más, pero no lo hace.

—¿Nunca te ha inquietado que todos piensen que eres una extensión de tu padre?

Adrián

—No. Creo que lo sentiría como una victoria… —confieso.

La culpa empieza a molestarme en el pecho. Debería explicarle a Carlota lo que sé sobre su padre, pero eso pondría en riesgo a mi familia. Y, además, no entendería que solo intento protegerla. Desecho la idea.

—Deberíamos dormir —suspiro.

Carlota asiente, se da la vuelta, deja al aire la mitad de su cuerpo y busca una postura cómoda.

Tuerzo la cabeza, la observo. Tengo frente a mí a Carlota de espaldas, con la camiseta levantada y con tan solo un tanga. El calor se apodera de mi entrepierna. Cierro los ojos y dejo volar mi imaginación.

Me aproximo a ella hasta que mi aliento choca en su nuca. Acaricio sus brazos con suavidad hasta alcanzar sus manos para entrelazar las mías con fuerza. Mis caderas se acercan a sus nalgas, buscan la fricción. Me deshago de la presión del pantalón del pijama. Mis dedos se cuelan en su tanga y notan unos labios hinchados, mojados y temblorosos. Le aparto la ropa interior y me deslizo dentro de Carlota, tan lento que no soy capaz de determinar si estoy sufriendo o disfrutando. Sujeto sus caderas. Respiramos al ritmo de nuestros movimientos, al principio lentos y suaves. Luego, cuando la embisto con fuerza, se vuelven intensos hasta que se corre. El deseo se transforma en liberación, porque lo que más me estremece es pensar que he dejado de luchar contra mí mismo. Lo que más arde en mis entrañas es despojarme de la culpa y dejarme llevar por este placer salvaje.

Abro los ojos y tiemblo como un crío. Carlota parece que continúa dormida, en la misma posición en la que la he dejado cuando he dado rienda suelta a mis fantasías. Me odio a mí mismo por haber sucumbido a la excitación del momento. Le acaricio el pelo con cuidado de no despertarla, como si fuese la cosa más frágil que he sostenido en mis manos en toda mi vida, y me levanto de la cama.

Adrián sale de la cama después de que sus dedos han peinado mi pelo. He sentido cómo tiritaba. Seguramente habrá tenido una pesadilla. Me quedo unos minutos sola en la habitación, procesando lo ocurrido esta noche.

Durante un tiempo lo he observado como un cuerpo lejano, frío e impredecible que solo requería cierta vigilancia. He puesto todas las barreras a mi alcance para que no se acercase demasiado. Pero esta noche todo ha cambiado. Ya no es un asteroide errante que orbita en la periferia, ahora se ha convertido en un meteorito que ha irrumpido en mi vida con violencia y ha conseguido rasgar la atmósfera de mi mundo sin permiso. Lo peor de todo es que presiento una colisión inminente. Sé que el impacto podría destruirlo todo. Sin embargo, hay algo que me fascina de este peligro. Adrián es un cataclismo feroz al que parece que no puedo resistirme.

Está empezando a amanecer y apenas he podido dormir. Escucho ruido en la cocina. Decido bajar las escaleras. Adrián, que sostiene una taza en los dedos, levanta la vista desde el otro lado de la isla.

—¿Café?

—Sí, por favor. —Apoyo las manos sobre el mármol.

—Mi camiseta te sienta casi tan bien como a mí —bromea.

Pongo los ojos en blanco. Me arrolla su seguridad apabullante. Él tiene el pelo alborotado. No se ha preocupado lo más mínimo de peinarlo. Lo observo disimuladamente.

—Aquí tienes. —Me ofrece la taza, sin dejar de mirarme—. Fuerte, como te gusta.

—¿Cómo sabes que no tomo leche? —pregunto tras el primer sorbo.

—Tengo bastante presente el día en el que te salvé de acabar trabajando en el *food truck* con café de especialidad, cuando no podías pagarte el tuyo con bebida de almendra. —Hace una breve pausa—. Tenía una sin abrir, por casualidad.

Esta situación me resulta tan casual como haberlo encontrado en la mesa trece durante el evento de Modart.

—¿Te apetece darte una ducha?

—Rotundamente, sí. —Espero deshacerme de su olor, que está impregnado en cada poro de mi piel. Aunque tendré que ponerme de nuevo el vestido de anoche.

Desenchufo mi móvil y reviso las notificaciones. Mis ojos se clavan en el mensaje que me ha enviado Tomás. La licitación comenzará a lo largo del primer trimestre del año y todavía no he podido acceder al repositorio documental. Siento una punzada en el estómago. Bloqueo la pantalla.

—Tienes toallas limpias arriba. Me quedo aquí para que tengas intimidad.

Asiento y doy el último trago al café.

Cruzo el despacho de Adrián camino a la ducha. Reparo en la amplia mesa de madera que copa el espacio. Al traspasar la puerta, freno en seco. Miro el móvil otra vez. «¿Y si la respuesta que busco está a escasos metros?». Enciendo el grifo y vuelvo al despacho conteniendo el aliento. El corazón me martillea las costillas. No pensaba hacerlo, pero puede que tenga justo enfrente la forma de esclarecer esta historia. Me acerco despacio al escritorio, procurando no hacer ruido. Su agenda de cuero reposa en el centro de la mesa. Mis dedos dudan un instante antes de abrirla. Si lo hago, cruzaré un límite: el de la traición. El agua sigue corriendo. Cierro la agenda y la coloco tal y como la encontré. Vuelvo al baño y me cuelo en la ducha, me pongo bajo el agua para que esta borre de mi cuerpo la adrenalina y la culpa que me acompañan.

Desciendo por las escaleras, vestida con el mismo atuendo que la noche anterior. Adrián se ofrece a llevarme hasta el parking donde dejé mi coche, pero rechazo la tentadora propuesta. Un ronroneo molesto asciende por mi tráquea. Tengo que ir a casa de mis padres a buscar una copia de las llaves después de recuperar el Beetle. Me cuelgo el bolso en el hombro. Adrián me acompaña hasta la puerta.

—Gracias por acogerme esta noche —susurro. Una vez que salga de su casa, sé que ambos volveremos a comportarnos como dos extraños que no han compartido confesiones y sábanas.

Él se queda callado con sus ojos fijos en los míos, guardándose bajo llave todas esas cosas que nunca nos diremos. Inspiro con fuerza y me doy la vuelta lentamente para marcharme. De pronto, su mano tira de mi brazo y me arrastra de nuevo hacia él. Todo sucede tan rápido que, antes de que pueda reaccionar, ya siento la calidez de sus labios contra los míos. Un escalofrío de placer me recorre al notar su piel húmeda chocando con mi boca. Primero su mano me sujeta la nuca. Y luego me rodea la cara con urgencia. Me quedo paralizada entre el deseo y el miedo. Adrián lo nota al instante y se aparta. Aún contengo la respiración. Cierra los párpados, maldiciéndose. Yo recuerdo su agenda negra entre los dedos. Este beso no debería importarme, pero me desgarra por dentro. Aprieto los puños con fuerza, luchando contra mi propia incoherencia. Puede que sea de las que prefieren las consecuencias a la incertidumbre.

Acorto la distancia y me abalanzo hacia su boca, permitiéndome cometer el error que tantas veces me había negado a mí misma y siendo consciente del desastre de proporciones astronómicas que estamos causando. Adrián me levanta del suelo en cuanto nuestros labios chocan y me rodea la cintura con un solo brazo. Me arrastra de nuevo al interior. La puerta golpea con fuerza al cerrarse.

Adrián no es un meteorito cualquiera. Habría sido el elegido para protagonizar una de las páginas más épicas de la historia: la extinción de los dinosaurios.

Adrián

Mi lengua se adentra hambrienta entre sus labios. Apoyo su espalda en el lateral de la isla. Mis manos recorren su cuerpo mientras mi boca se aferra a su cuello. Jadea junto a mi oído. Me está a punto de estallar el pantalón. Sus manos agarran mi pelo con desesperación y ese gesto me desata por completo. Respondo sin delicadeza, bajándole el escote de su vestido rojo, liberando sus pechos. Los contemplo como si tratase de grabármelos a fuego en mi cerebro. Luego me lanzo hacia ellos, hundiendo mi cara. Carlota arquea la espalda. Le doy la vuelta y pego su cuerpo al mármol frío. Le sujeto las caderas y me rozo contra sus nalgas, por encima de la ropa. Ella gime al notar la erección. Subo rápidamente su vestido hasta la cintura. Tengo delante de mí la misma imagen de mis fantasías. Le aparto el tanga mientras me humedezco los labios. Me inclino hacia ella y hundo los dedos. Me vuelvo loco cuando resbalan entre sus muslos mojados. El aire apenas sale de su boca. Exhalo con fuerza. «Necesito sus ojos. Ahora».

Giro su cuerpo de nuevo y la subo a horcajadas. Nos besamos con fiereza. Ella me rodea con las piernas, manteniéndome lo más cerca posible. La acomodo en la encimera y me aparto. Contemplo cómo brillan sus pupilas justo antes de bajarme el pantalón. De repente, algo cambia en su mirada. Cuando me aproximo, recuesta la mano en mi pecho y cierra los ojos, frenándome. Su frente se apoya contra la mía mientras ambos tratamos de recuperar el aliento.

La onda expansiva me recorrió el cuerpo desde el momento en el que nos besamos y el propio impacto nos arrastraba a lo inevitable. El calor de sus manos, la presión de su cuerpo contra el mío, la humedad de nuestras lenguas y la urgencia por poseernos. Pero ahora que el polvo del aire se había disipado tras la colisión, me encontraba en mitad del cráter y una cruel escena se abría paso en mi pecho. La magnitud de lo ocurrido es devastadora. Había arriesgado la investigación y mi carrera. Y, sobre todo, me había traicionado a mí misma. Pese a todas esas certezas, no me marchaba porque me arrepintiese, sino porque lo deseaba demasiado y no podía perdonarme por ello.

Cierro la puerta de su casa y los párpados se me cierran como el telón final de una función. Mi mano todavía sigue agarrada al pomo.

En el fondo siempre lo he sabido: lo nuestro nunca ha sido química. Lo que hay entre Adrián y yo es astrofísica.

Aprieto el libro contra el pecho y mis párpados se cierran. «Menuda cagada, Carlota». El corazón todavía me bombea con fuerza y no puedo desprenderme de su olor. Devuelvo *Orgullo y prejuicio* a la estantería del salón de casa de mis padres.

Ya tengo en mis manos la copia de las llaves que dejé aquí. He abandonado el vestido rojo por un jersey de punto lleno de bolas y unos tejanos que tenía en el armario de mi antigua habitación, y me he zampado, obedientemente, el desayuno gourmet que me han preparado mis padres. Por supuesto, después de darles las pertinentes explicaciones. A mis treinta años. He quedado para comer con Júlia y Claudia en un flexitariano en Ciutat Vella, así que vuelvo a casa para cambiarme de ropa, aunque en el mismo *mood* invernal. Un suéter beis claro y un pantalón marrón topo. Me envuelvo en mi abrigo cuando llego a la puerta del restaurante. Desde fuera, huelo el ansia de chisme de mis amigas. Me sorprende que Júlia haya llegado puntual.

—¿Qué tal la noche, dama de rojo? —Claudia me da un abrazo.

—¿Tanto te ha exprimido que te ha dejado descolorida? —Júlia se mofa.

Le enseño el dedo corazón. La camarera se aproxima a la mesa y pedimos unos zumos naturales mientras le echamos un ojo a la carta. Llevan tantas frutas, verduras y plantas que podríamos hacer la fotosíntesis.

—¿Nos cuentas ya lo que pasó anoche o jugamos a las adivinanzas un ratito más?

—He dormido en casa de Adrián.

—¡¿Qué?! —El grito de ambas provoca que medio restaurante se gire.

«¿No querían salseo?».

Mientras probamos los platos, les pongo al día, describiendo cada detalle de lo que vi allí. Y luego les comparto la primera bomba: Adrián es adoptado. Ambas exhalan un largo suspiro.

—Ahora entiendo la obsesión por complacer a sus padres.

—Mientras le escuchaba, sentí un escalofrío de rabia y pena. Podía ver el sufrimiento en su mirada. Y que Adrián, siendo tan hermético, confiase en mí…, joder, bajé la guardia.

—Te puso cachonda su vulnerabilidad.

—Qué bruta eres, Júlia.

—Solo traduzco sus palabras, tía.

Pongo los ojos en blanco y continúo el relato.

—Después de dar veinte vueltas en su cama, bajé a por agua.

—¿Bajaste a por agua o en realidad te apetecía que te propusiese también el sesenta y nueve?

—Me sentía mal porque él estaba durmiendo en un sofá, después de ofrecerme su cama. —Doy un trago el zumo—. Total, que le invité a dormir conmigo.

Claudia se tapa la boca.

—Dime que ahora empieza lo emocionante —balbucea Júlia con la boca llena.

—Júlia, silencio. —Claudia me ruega que continúe.

—Imaginaos la escena…, la calefacción a toda pastilla. Yo, con una camiseta y el tanga. Adrián en pijama, aunque la camiseta le duró más bien poco.

—Y ¿qué pasó? —pregunta intrigada Claudia.

—Mejor dicho: ¿cuántos orgasmos tuviste? —corrige Júlia.

—Charlamos toda la noche.

—No te creo —Júlia abre la boca estupefacta.

—Ya podría ser interesante lo que tenía que contarte… —Claudia aplaude mientras ríe a pierna suelta.

—Fue el mejor polvo emocional de mi vida.

—Me sorprende que aguantases toda la noche despierta.

—Era imposible dormir, tenía taquicardias.

Me aclaro la garganta, como si hubiese más que no les estuviera contando. Ambas me examinan, intrigadas. Les muestro un papel. Zarandean la cabeza, sin entender lo que les estoy enseñando.

—Es la contraseña del repositorio documental.

—¿Se la has robado? —Júlia agarra el papel—. ¿Estás loca?

—No es solo eso…

—¿Qué más ha pasado? —trata de averiguar mi amiga.

Claudia clava los ojos en los míos, hasta que lo comprende.

—Estos dos se han enrollado —suelta Claudia.

Arqueo una ceja. «Más o menos…».

19

La paradoja de Olbers

La mayor parte del universo no es observable, igual que los sentimientos. Pero no significa que no existan. Simplemente que no hemos encontrado la forma de verlos.

Nueve días, veintidós horas y diez minutos sin saber nada de Adrián. Comienzan las vacaciones más extrañas de mi vida: con una constante necesidad de comprobar el teléfono en busca de un mensaje o un correo que nunca llega, y demasiado tiempo libre para reflexionar sobre lo que ocurrió en su casa. Desde entonces, él parece haber desaparecido de la faz de la Tierra y yo he intentado hacer lo mismo, aunque sin mucho éxito. Me he refugiado en el chocolate caliente y las comedias románticas navideñas para evitar afrontar la despiadada realidad que atenaza mi corazón. En cambio, me autoflagelo una y otra vez, preguntándome por qué crucé la línea y, sobre todo, por qué deseé tanto hacerlo.

Las yemas de mis dedos acarician mis labios mientras me maquillo y los destellos de aquella noche me sacuden. El regusto amaderado del vino, mezclado con su propia saliva. El vestigio del sándalo que se aferraba a mi piel. La humedad de su lengua aterciopelada acariciando mis labios. Nuestras respiraciones acompasadas, vibrando en nuestras gargantas. Cierro los ojos y trato de ocultarme de los recuerdos, pero continúan persiguiéndome. Me prometo, frente al espejo, borrar los restos que quedan de la hecatombe y ponerme manos a la obra a ordenar mi vida a lo Marie Kondo. El timbre interrumpe mi tortura mental.

—¡Bajo! —aviso por el interfono.

Cuando llego al portal, dos mujeres preciosas me esperan, preparadas para disfrutar de la última noche del año. Todavía no tengo muy claro cómo nos hemos dejado engañar por Júlia, pero vamos de camino a una fiesta en un bar de ambiente de chicas. Es la primera vez que coincidimos las tres juntas en Fin de Año. Claudia no tiene guardia y, además, Abril está visitando a unas amigas en Suiza; y yo vuelvo a estar soltera. El universo ha confabulado a nuestro favor.

Llegamos al club donde nos espera una larga cola hasta la entrada. El frío se cuela bajo mi minifalda y la piel de los muslos se me eriza.

—A mí los tacones me sobran ya —se queja Claudia.

—A eso no se le puede llamar tacón —le recrimina Júlia, echando un vistazo a sus zapatos.

Ya estamos cerca de la puerta, el barullo se intuye al otro lado, pero aquí hay demasiado silencio. Me giro hacia Júlia, que tiene la mirada fija en el cielo. «¿Qué estará tramando?».

—Oye, Carlota, ¿por qué las noches son tan oscuras?

—¿Qué dices, tía? —Claudia suelta una carcajada cuando escucha la pregunta—. Que estamos rodeadas de farolas. —Júlia pone los ojos en blanco.

—¿No me cuentas siempre que hay más estrellas en el universo que granos de arena en todas las playas de la Tierra? Me parece raro que el cielo no brille más —indaga Júlia.

No puedo evitar sonreír. Mi amiga no dejará de sorprenderme, nunca.

—¿Sabes que esa misma pregunta se la han hecho astrónomos durante siglos? De hecho, hasta tiene nombre: la paradoja de Olbers.

—¿Y tiene solución o todavía siguen investigándolo?

—Pues resulta que en estos dos últimos siglos nos hemos dado cuenta de que el universo no es infinito ni eterno y que la luz de muchas estrellas aún no ha llegado hasta nosotros o que, directamente, está en un espectro invisible.

Ambas ladean la cabeza y asienten. No tengo muy claro si han entendido algo de lo que he dicho. Levanto la cabeza hacia el firmamento.

—¿Qué sabes del principito?

—Absolutamente nada. Es como si lo hubiesen abducido los extraterrestres.

—Tú sabes que yo siempre seré del equipo Carlota, pero igual es que captó tu mensaje subliminal… —Júlia se aclara la garganta—. Ya sabes, cuando te rajaste en mitad del calentón.

—Lo que pasó fue un tremendo error. Catastrófico. Apocalíptico. —Pienso en el riesgo que asumí y luego me ahogo en mis propias contradicciones.

—Lo vuestro sí que es una paradoja del universo…

—No lo es. La explicación resulta tan obvia que me sorprende que no se dé cuenta.

—Estoy segura de que Adrián está tan arrepentido como yo y que este silencio es el paso natural tras pensar detenidamente en las consecuencias potenciales que hubiese tenido ir más allá —explico.

—¿Más allá de tu vagina, te refieres? —bromea Júlia—. Deberías dejar de jugar a los detectives en la redacción y consumar ya esta tensión sexual insoportable.

Claudia y yo la fulminamos con la mirada. El portero nos invita a pasar. Salvada por la campana.

Si lo que está ocurriendo entre Adrián y yo es tan evidente para los demás, ¿por qué no soy capaz de comprenderlo? Quizá debería recurrir a la cosmología moderna para resolver mi propia paradoja.

Cruzamos el arco de la entrada, dejamos los abrigos en el guardarropa y pedimos una copa. La Casa Azul nos da la bienvenida al club. Nos colamos entre la multitud que baila bajo las luces estroboscópicas en la pista.

—¡Bienvenidas a la revolución sexual, divas! —nos grita Júlia al oído.

Muevo las caderas al ritmo de la música y las lentejuelas tintinean. El nuevo año aún no ha comenzado y ya estamos abrazándonos, saltando y cantando a pleno pulmón. Porque hoy no solo celebramos que cambia el calendario gregoriano, o que traspasamos un umbral energético, también que somos muy afortunadas por habernos soportado otro año más.

Bajo el aura rojiza y el reflejo de las luces, los movimientos se vuelven relámpagos hasta que la música se atenúa para que las campanadas marquen la medianoche. Levanto la vista y el confeti empieza a descender desde el techo como una lluvia llena de posibilidades. Abro los brazos, la sonrisa se escapa de mi boca y dejo que los trocitos de papel caigan sobre mi piel. Abrazo la incertidumbre. El brazo de Júlia me rodea el cuello, apretándome efusivamente contra ella.

—Espero que este año te hayas propuesto perder un poquito el control.

Miro a mi amiga y a su vestido dorado con incredulidad. No sé si lo dice en broma, pero por una vez me gustaría que tuviese razón. Claudia se abre paso entre el gentío con varios chupitos en las manos.

—¡Os quiero, tías! —confiesa mientras brindamos.

Rompemos a reír tras el momento de exaltación de la amistad y la fiesta se vuelve a adueñar de nuestros cuerpos.

—Esa rubia te está mirando, Claudia. —Júlia le da un empujón con el codo.

—No me gustan las rubias. —Claudia se atusa los rizos y niega con la cabeza.

—¿Tú no quieres demostrarle a Abril que estás dispuesta a intentar este rollo de las relaciones abiertas? ¿O solo va a ligar ella y tú te quedarás sentada mirando?

Claudia me busca para que la salve de la situación.

—Haz lo que quieras, pero Juls tiene razón. Lo justo es que ambas os divirtáis. —Le doy un sorbo a mi mojito.

Claudia suelta un largo suspiro de resignación, que basta para que Júlia salga disparada hacia la chica de pelo largo. En cuanto se da cuenta de las intenciones de nuestra amiga, se gira en mi dirección, muerta de vergüenza. Unos segundos más tarde se sitúa a mi lado y observa disimuladamente desde la distancia a Júlia, quien ha comenzado a bailar mientras entabla una conversación.

—Oye, ¿por qué le has dicho a Júlia que no te gustan las rubias, si te vuelven loca? —La miro de reojo y detecto un tic en la comisura de sus labios y la tensión de sus dedos alrededor de la copa. Claudia encoge sus hombros.

—No sé si estoy preparada para este juego —susurra.

—Tienes libertad para experimentar. Pero voy a serte sincera, Claudia. Si tienes que traicionar tus principios para que funcione, quizá no es la relación correcta.

«Joder, yo dando consejos desde principios de año, después de cómo terminé el anterior». Júlia regresa acompañada.

Después de las presentaciones, conseguimos encalomarle la rubia a Claudia. Ojeo incesantemente el teléfono, esperando que su mensaje atraviese el vacío cósmico y que ilumine la oscuridad que me acecha desde la fiesta de Navidad.

—No te va a escribir, Carlota. —Júlia mueve la cabeza de un lado a otro—. Escríbele tú.

—Mejor que no. Sería incómodo para ambos y yo debería mantenerme alejada del peligro —agito el móvil.

—¿No te parece que será muy raro reencontraros directamente en el periódico después de lo que pasó? Te recuerdo que tenéis que presentar un pódcast juntos. Un proyecto muy importante para tu carrera, si no lo he escuchado mal las cuatrocientas veces que lo has comentado.

Siento un cosquilleo en el estómago. Tal vez la distancia no pueda borrar lo que ocurrió, solo lo oculta hasta que un día sea inevitablemente visible y ya no pueda ignorarlo más.

—Felicítale el año, aséptica y lacónica.

Abro la conversación, todavía vacía. «¿En qué momento guardé su número? ¿Tendrá Adrián el mío en su agenda?».

Feliz año, Adrián. Brindo por un año lleno de éxitos y retos, aunque espero que más fáciles que lanzar un pódcast :)

Enviado. Dejo escapar el aire de los pulmones, junto con un montón de emociones silenciadas.

Debajo de la nueva entrada en WhatsApp, reposa la conversación con Gabriel. Desde la noche en la que dormí en casa de Adrián, decidimos ir más despacio, sin presión ni expectativas. Tiene gracia que sea yo la que le pida que fluyamos cuando esa palabra está prohibida en mi diccionario. Gabriel me está dando todo el espacio que necesito hasta aclarar qué es lo que está pasando en mi cabeza. Me siento egoísta, pero todo ocurre a una velocidad que no soy capaz de controlar. Mi cabeza y mi corazón tienen un pequeño desacuerdo y siento que tomar cualquier decisión precipitada solo va a perjudicarme a mí y hacer daño a los que me rodean. Lo único que puedo ofrecerle a Gabriel, por el momento, es honestidad.

Júlia me da un empujón para que no me pierda el espectáculo. La rubia de la discoteca y Claudia se están besando. Claudia vuelve con las mejillas sonrojadas y la culpa a cuestas.

—¿Os importa si nos vamos?

Adrián

La puerta de mi antigua casa se abre de par en par varios segundos después de llamar al timbre. Mi madre me recibe con su calidez habitual.

—Pasa, cariño. Hace frío. —Pega la mejilla a la mía y luego me acompaña dentro.

Me desprendo del abrigo y de la bufanda.

—Feliz año, Adrián. —Mi tía Beatriz me da un abrazo a medias mientras continúa sujetando la copa de cava con la otra mano.

Mi hermano está sentado en el sofá y no se levanta ni siquiera para saludarme. Le empujo la cabeza al pasar.

—Podrías mostrar un poco de respeto a tu hermano mayor.

—Te veo muy envalentonado desde tu *coitus interruptus*. ¿Es que acaso hay novedades, hermanito?

Me llevo el dedo a los labios, pidiéndole que se calle, y niego con la cabeza. Mi madre nos observa a lo lejos.

—¿Y papá? —pregunto.

—Está en el despacho. Deberías ir a saludarle —me reprende mi madre.

Suspiro. Como no quiero estropearle la noche, voy hacia allí.

—Hola, papá. —Abro la puerta lentamente.

—Adrián. —Mi padre apenas levanta el mentón y me echa un vistazo rápido. Me fijo en la invitación con un logo dorado que reposa encima de la mesa—. ¿Has venido a disculparte?

—¿A disculparme...? —Parpadeo varias veces.

—Por tu desobediencia.

Estiro las manos al notarlas engarrotadas por la tensión.

—Sé que me pediste que no continuase con el pódcast. He apostado por él porque puede ayudar al periódico a evolucionar. Te pido que confíes en mí.

—¿Este es el discurso que has pactado con tu tía? —Me mira con una mezcla de decepción y frialdad—. ¿O vas a volver a refugiarte detrás de tu madre?

Mi padre hace una pausa.

—Vuelve cuando estés preparado para hablar de hombre a hombre —remata.

Salgo del despacho con los nudillos blancos y los dientes apretados. Álvaro me da una palmada en la espalda y aprieta mis hombros, intentando disipar la tensión.

—Venga, todos a la mesa. La comida está a punto de servirse.

Me coloco al lado de mi madre.

—¿Tenéis algún acto benéfico próximamente? —le pregunto mientras retiro la silla.

—Una cena a la que nos han invitado con algunos políticos y empresarios. —Mi madre desliza la mano, restándole importancia—. Ya sabes que tu padre no se pierde ni una.

Después de que todos tomemos asiento, mi madre propone un brindis. Levantamos las copas. Antes de que ella pueda abrir la boca, mi padre se adelanta.

—Por un año en el que no se carguen el periódico que hemos construido con tanto esfuerzo —espeta.

—Una forma excepcional de empezar el año. Qué gran idea la de mamá de reunirnos aquí a todos… —me susurra Álvaro.

Mi tía es la última en sentarse. Lo único que se escucha el resto de la cena es el sonido de la cubertería al chocar con la vajilla. Cuando terminamos, mi padre se sirve una copa en el despacho, mi madre y mi tía continúan la charla en la mesa, y mi hermano y yo nos desplazamos al sofá. Con lo bien que estaríamos en cualquier otro lugar, pero lejos de mi padre. «¿Cómo lo estará celebrando Carlota?». El pensamiento llega sin previo aviso. El móvil se ilumina y su nombre aparece en pantalla. Me recoloco inmediatamente. Mi hermano me mira de reojo y me muestra la sonrisa previa al comentario que está deseando soltar. Agarro el teléfono mientras me pongo de pie. Me alejo del salón para leer el mensaje sin nadie merodeando alrededor.

Aunque me alegra tener noticias suyas después de lo que ocurrió en mi casa, me parece un mensaje un tanto impersonal para haber dormido en tanga en mi cama. «¿Y qué esperas leer después de la cagada, joder?». Me he vuelto a decepcionar a mí mismo con mi comportamiento.

La he puesto en una situación incómoda y he arriesgado su carrera por mis deseos incontrolables. Parezco un adolescente. Menos mal que Carlota fue la única con un poco de sentido común y paró a tiempo.

Además, estoy seguro de que está evitando que nuestra relación se enrarezca antes del lanzamiento del episodio. Por eso me ha enviado esta felicitación de Fin de Año. Ahora tengo que estar a la altura, responderle y proteger el pódcast. Mi padre se agarrará a cualquier mínimo error para que lo cancelen.

Regresamos a casa deseando deshacernos de los tacones, envolvernos en el nórdico, cerrar los ojos y dejar atrás todos los problemas que nos acompañan desde el año pasado. El iPhone vibra en mi mano cuando entro en el portal. Mi corazón se paraliza cuando su nombre aparece en la pantalla.

Seguro que el pódcast será solo el comienzo.
Feliz año a ti también, Carlota

Después de Reyes, la rutina regresa como si las Navidades tan solo hubiesen sido una elipsis en nuestra historia. Me deslizo en un vestido granate de punto y me decanto por el pintalabios marrón té para superar la ansiedad posvacacional. Esta vez poco tiene que ver con el trabajo y mucho con quien me voy a encontrar en él. Hoy he decidido aparcar a diez minutos de la redacción y así dar un paseo antes de empezar la jornada maratoniana que nos espera. O tal vez solo estoy retrasando el reencuentro. Cruzo la avenida Diagonal con mi café humeando y los botines repicando contra los adoquines. Trago aire y empujo la puerta de entrada del edificio.

La oficina es un manojo de nervios. La grabación del primer episodio es inminente y todo lo demás, incluso mis dramas, quedan suspendidos hasta nueva orden. Cuando llego a la planta, no hay rastro de Adrián. ¿Se habrá vuelto a mudar a su despacho? En vez de sentirme aliviada, el pecho se me hunde.

Aina es la primera en acercarse mientras dejo el bolso en el escritorio.

—¿Qué tal el merecido descanso? ¿Te ha traído Papá Noel muchos regalos?

Quiero echarme a reír. Aunque he intentado cobijarme en la lectura, en el deporte y en mi familia, los pensamientos intrusivos, mezclados con la melancolía típica de la época, se colaban en mi cabeza y la única forma de sacarlos de allí era escribiendo. Bueno, y masturbándome. A pesar de que mi cabeza tiene muy claro que bajo ninguna circunstancia debo permitir de nuevo esa situación con Adrián, a mi cuerpo le sigue pareciendo que la escena fue bastante entretenida.

—La verdad es que no. Mis padres me regalaron perfume, como cada año —bromeo—. ¿Qué tal vosotros?

—Me parece que Carlota ha sido una chica mala —deja caer Biel, que continúa en su silla, deslizando los dedos por la pantalla del teléfono.

«Demasiado traviesa», me reprimo a mí misma.

—Yo celebré la Navidad en una casa rural con mis amigas. Fue divertido.

—¡Qué suerte la tuya, Aina! Te ahorraste los comentarios de cuñado que me tuve que tragar durante la cena familiar —comenta Biel.

Nico y Carlos aparecen poco después por el pasillo. Vuelven de ultimar los detalles en la sala de grabación.

—Bienvenida. —Nico inclina la cabeza.

No hacen falta preguntas sobre el regreso al trabajo, porque durante este retiro navideño nos hemos intercambiado mensajes y tiene información bastante actualizada.

—¿Todo listo? —me intereso.

—Ha sido una semana de inicio de año interesante con los del departamento de Tecnología.

—Venid, que os enseñamos cómo ha quedado. —Carlos me cede el paso.

Nico se sitúa a mi lado y nuestros hombros chocan.

—Luego vamos a tomar un café y charlamos —susurra.

Asiento complacida. Ahogarme en café es todo lo que necesito ahora.

Al entrar en la sala, mis ojos se humedecen. No puedo creer que estemos a punto de grabar el primer episodio en este sitio tan bonito. Mis dedos acarician el sofá de *bouclé* marfil. Frente a él, los brazos extensibles con micrófonos. A la izquierda, una butaca a juego para los invitados y una mesa auxiliar de madera. Todo está decorado con mucho mimo para crear una sala acogedora: la lámpara de pie, las lamas de madera del fondo, las palmeras interiores y el cuadro minimalista en la misma paleta de tonos claros.

Paseo por el interior, en una especie de ritual previo al ensayo, hasta que un sutil chasquido de la puerta me distrae. Mi cuerpo se bloquea al instante. El espacio se reduce en cuanto él lo atraviesa y el aire se densifica, dificultándome la respiración. Los murmullos se acallan y todo queda amortiguado por los latidos que zumban en mis oídos. Levanto la vista, aunque el vértigo me descoloca al toparme con sus ojos café, donde se reproducen una y otra vez en bucle una serie de momentos. Se acerca a mí. Si Nietzsche tenía razón y estamos condenados a revivir cada instante, estaré perdida toda la eternidad entre el placer y el dolor. Mi atención se curva hacia ese punto ineludible y el corazón se me encoge cuando Adrián sonríe.

Después del shock inicial, en el que todos continúan como si nada hubiese sucedido y yo intento no salir corriendo, estudio minuciosamente su cambio de look mientras termina de saludar al equipo. Se ha cortado el pelo, más largo por la parte superior y sutilmente degradado por detrás. Tampoco lleva traje. Viste un polo de punto canalé ajustado y unos pantalones de sastre que realzan su figura e impiden que pueda despegar los ojos de su cuerpo.

—Carlota. —Su voz empuja mi corazón hasta las costillas, apretujándolo. «Mierda, ¿qué me pasa?».

—Hola… —Sonrío nerviosa al tiempo que juego con un mechón de pelo. El ambiente se carga de electricidad—. ¿Nuevo corte de pelo? —«¿No es evidente, Carlota?».

Adrián se peina el flequillo. Sus ojos escalan hasta detenerse en mi boca.

—Y tú te has comprado un pintalabios nuevo.

Entreabro los labios para responder, pero luego los cierro y me muerdo el labio inferior.

—¿Estáis preparados? —Nico interrumpe nuestra conversación sinsentido.

«Creo que con este hombre nunca lo estaré».

—Claro. —Choco las manos mientras balanceo los brazos, liberando tensión.

Nos colocamos en los sofás. El resto del equipo ocupa sus posiciones. Los técnicos validan el sonido de los micrófonos. Adrián me pasa el guion impreso. Nuestros dedos se rozan en el intercambio. Y ahí está otra vez, esa chispa entre nosotros que no pasa nunca de moda.

—Gracias. —Mi voz se deshace mientras recorre la garganta.

—Carlota, acércate más a Adrián, por favor.

Mi cerebro duda si es buena idea seguir la orden, pero mi cuerpo ya se ha arrastrado por el sofá unos centímetros. Adrián echa un vistazo al espacio que nos separa y arquea una ceja. Pongo los ojos en blanco y me arrimo otra vez. Tengo que concentrarme y dejar de comportarme como una cría. Este proyecto podría catapultar mi carrera y parece que estoy en el patio del colegio. Carraspeo y cambio de postura, tratando de traer de vuelta a una Carlota más madura, centrada y segura de sí misma. Lo mejor será disociarme de mi realidad y olvidar que hace quince días tenía entre las piernas los dedos de mi compañero de pódcast.

El ensayo comienza con las pruebas técnicas de sonido. Leemos un par de frases con diferentes entonaciones y probamos distancias óptimas al micro. Luego es el turno del contenido y la dinámica entre nosotros. La idea es que la conversación sea natural, por lo que tan solo trabajamos los turnos, algunas señales por si uno de los dos se traba y tiene que socorrer al otro, y el ritmo de los bloques que hemos diseñado. En cada episodio habrá una introducción potente para retener al espectador y, tras la sintonía, la entrevista con el invitado. Como a Adrián y a mí nos gusta tanto jugar al ratón y al gato, al equipo se le ocurrió incluir una sección de debate entre nuestras dos visiones confrontadas, pero en un formato más original y rotatorio: nos podría tocar defender una de las dos posturas al azar; en otras ocasiones, analizaremos una historia real anónima, o escribiremos una pregunta incómoda que el otro deberá responder. La diversión y la incomodidad están aseguradas en este pódcast. Y los últimos minutos serán el espacio perfecto para un cierre reflexivo e íntimo.

Cuando comprobamos que todo funciona correctamente y nos confirman la hora de inicio de la grabación, Nico me lanza una señal para escaparnos a la cafetería. Nos mantenemos en silencio hasta salir del edificio. De alguna forma incomprensible, él se ha convertido en un testigo respetuoso de mi estratosférica historia con Adrián. Observa, analiza y aconseja.

—¿Has vuelto a quedar con él?

—¿Desde que salí huyendo de su casa? —Niego con la cabeza—. Dudo que tenga interés en una cobarde como yo.

—Yo no lo llamaría cobardía. ¿No crees que estás demostrando fortaleza al tomar el control de tus propios deseos?

—Nico, yo solo sé que cada día quiero más esos nervios, esa adrenalina y ese misterio que siento cuando él se acerca. Cada vez me cuesta más resistirme. Es como caminar al borde de un precipicio y poco a poco desear estar más al filo.

—¿Sabes qué decía Nietzsche? —Al parecer Nietzsche dice muchas cosas últimamente para mí—. «Quien con monstruos lucha, cuide de convertirse a su vez en monstruo. Cuando miras largo tiempo a un abismo, el abismo también mira dentro de ti».

Doy un sorbo al café. Al escuchar las palabras de Nico, no puedo evitar sentirme identificada. Desde que he empezado a trabajar en esta redacción, he tomado decisiones cuestionables que antes habría condenado: mentir, ocultar información, manipular y acercarme a las personas para conseguir algo de mi interés... Parece que he comenzado a sentirme cómoda en esta moralidad gris. No me reconozco, pero me repito que hay un propósito detrás de mi comportamiento y que por eso merece la pena seguir adelante.

—Creo que ambos hemos tenido tiempo para pensar mucho estas vacaciones y dejar que el calentón se enfríe. Está claro que lo que pasó no se repetirá.

Nico arruga la frente.

—¿Sabes que Adrián se ha pasado estas dos semanas peleándose con todos los que querían tumbar nuestro proyecto antes de que viese la luz?

—No, no tenía ni idea, Nico... —tartamudeo—. Pensaba que Adrián estaba descansando o alejándose de mí o las dos cosas al mismo tiempo.

—El pódcast está en medio de una partida política. Hay filtraciones a otros medios y bandos dentro del consejo. Créeme cuando te digo que las cosas están muy tensas.

A pesar de lo que ocurrió, Adrián ha continuado luchando por nuestra idea incluso a costa de su reputación. Y yo le he traicionado en su propia casa, robándole las credenciales para conseguir información que pueda relacionar al periódico con lo que le ocurrió a mi padre. Una sensación nauseabunda me recorre el estómago.

—Ten cuidado con lo que arriesgas, Carlota. En este periódico hay muchas personas que estarían dispuestas a vender a su propia familia por conseguir más poder.

Adrián

La sala está vacía cuando entro a por un café. En un rato empieza la grabación. Inspiro con fuerza mientras la cápsula se vacía en la taza. Nos jugamos mucho con el episodio piloto. Estas semanas me he centrado en el trabajo para evitar sobrepensar en lo que ocurrió con Carlota. Víctor atraviesa la puerta y se coloca a mi lado mientras termino de prepararme el café.

—¿De verdad vas a seguir adelante con el pódcast?

Le hago caso omiso.

—¿Qué ha pasado entre vosotros para que te dejes arrastrar por una idea tan estúpida con todo lo que está en juego? —El veneno se desliza por su lengua—. ¿Se mueve tan bien fuera como dentro de la redacción, Adrián?

—Cuidado con lo que insinúas.

—Bastará con que corra el rumor para que todo el mundo lo dé por hecho. ¿Qué crees que pensará tu padre cuando vea su reputación y su apellido arrastrados por el suelo por culpa de su hijo? —Espera unos segundos antes de volver a abrir la boca—. Y por fin entenderán por qué a la chica le va tan bien. Entra en el mejor periódico de Cataluña gracias a su padre y luego se acuesta con el hijo del fundador. Es una buena estrategia corporativa, la verdad.

En cuanto la amenaza de Víctor sale disparada, la sangre me arde y la rabia me late en el cuello. Me apoyo en el mármol, conteniendo el impulso inmediato de estamparle contra la pared.

—Si se te vuelve a pasar por la cabeza la absurda idea de hacerle daño a Carlota, me encargaré personalmente de que te arrepientas cada día de tu vida.

Giro la cara en su dirección, asegurándome de que entiende mi mensaje.

—Sí que te ha dado fuerte con la niña de Toni. —Su maldita sonrisa me apuñala.

Víctor se aleja satisfecho. Parece que ya ha conseguido lo que buscaba.

Vuelvo a la sala con Nico. La conversación en la cafetería todavía ronronea en mi cabeza. El equipo ya toma posiciones. Carlos entra con el invitado de esta semana. Nico y yo lo acompañamos hasta su butaca. Me piden que tome asiento. Adrián aparece con los músculos de su cara contraídos. Se sienta a mi lado sin dirigirle la palabra a nadie. Las luces nos apuntan, las tres cámaras ya están preparadas. Un silencio denso se extiende en la sala. Los técnicos levantan el pulgar. Adrián asiente. Yo trago saliva y me inclino hacia el micrófono con la excitación y el vértigo corriendo por mis venas.

El universo se creó a partir de la expansión gigantesca de un punto diminuto y extremadamente caliente que concentraba toda la materia y energía. Ese punto dio paso a todo lo que hoy conocemos. Desde átomos hasta galaxias. Aunque lo que provocó la detonación aún se desconoce. ¿Y no es exactamente eso lo que alguna vez hemos sentido al conocer a alguien? Una chispa desconocida que desata un cóctel de sustancias químicas cerebrales, que nos revolucionan mental y físicamente. Un auténtico Big Bang emocional. ¿No parece, sin embargo, terriblemente poco romántico reducirlo todo a un proceso químico y a un mecanismo de supervivencia humana? La muerte de Romeo y Julieta se limitaría a un par de adolescentes puestos de dopamina y con la serotonina por los suelos. Qué cruel pensar que una tragedia que nos ha inspirado durante siglos quede ridícula frente a la dimensión humana. ¿Acaso es capaz la química de dar respuesta a la singularidad de nuestras elecciones? ¿Se puede reducir el amor a una reacción bioquímica o a un accidente cósmico?

La sintonía da la bienvenida a los seguidores de *Polvo de estrellas... y amor.*

Los ojos de Adrián me penetran con tanta intensidad que tengo que desviar la vista hasta el neurobiólogo.

—Tal vez haya personas que se resisten a admitir que el amor es un proceso biológico con fecha de caducidad. —Adrián y yo nos miramos de nuevo—. ¿Qué opina al respecto? —Adrián dirige su pregunta al científico.

—Hoy en día sabemos que la química juega un papel fundamental en el enamoramiento. Según la antropóloga Helen Fisher el amor se divide en tres circuitos cerebrales. En el primero, la testosterona y los estrógenos son los encargados de provocar el flirteo, la excitación y los pensamientos intrusivos, entre otros. Después aparece la adrenalina. La atracción sexual se vuelve adictiva, se libera dopamina, generando sensación de placer y la necesidad de más. Nuestro cuerpo libera serotonina, igual que ocurre en una enfermedad mental.

Adrián carraspea.

—Eso significa que ahora mismo hay personas que están a punto de perder la cabeza... —bromea Adrián.

—Si consigues sobrevivir a estas etapas, llega la oxitocina y la vasopresina, que se liberan durante los orgasmos, lo que permite la consolidación del afecto. Por eso los enamorados pasan largas temporadas en la cama.

—¿Entonces todo se reduce a química? —pregunto.

—No exactamente. Cada cerebro tiene sus propios procesos mentales. Piensa, interpreta y decide influido por sesgos, experiencias pasadas o la historia que nos contamos a nosotros mismos.

Me remuevo incómoda en el sofá. ¿Con qué narrativa personal me traté de convencer de que Adrián no había disparado mis niveles de dopamina, oxitocina y noradrenalina?

Al terminar la grabación, él se despide del invitado y me lanza una mirada desde la puerta. Sus ojos brillan orgullosos con el resultado del episodio. El aire vuelve a llenar mis pulmones poco a poco. Les envío una foto a las chicas.

Júlia

Cómo ha ido, podcaster? Has sobrevivido al combate con el heredero al trono de papel?

Claudia
Estamos igual de ilusionadas por veros que cuando retransmitían la telenovela los mediodías después del cole!

Me río mientras leo sus mensajes. La amistad también es un flechazo. Elegimos a aquellos que son parecidos a nosotros: edad, gustos similares, contexto socioeconómico o a las que serán capaces de detectar a la bandera roja andante que te mandará directa al psicólogo. De hecho, varias investigaciones revelan que las mejores amistades comparten ondas cerebrales y tienen patrones de respuestas neuronales coincidentes. En resumen, que la amistad también va de química.

Dos días después, el pódcast ya es una realidad a ojos del mundo, pese a todos los obstáculos que se interpusieron en el camino de su publicación. A la mañana siguiente, nos reunimos en una sala para monitorizar su rendimiento rodeados de café y cruasanes.

—¿Habéis leído los comentarios? —se ríe Aina—. «Ahora entiendo por qué me volví loca por mi ex. Fue culpa de la serotonina», «lo que tienen los presentadores sí que es química», «¡por favor, necesitamos más planos del presentador sexy!», «¿cuándo se publica el siguiente episodio?».

No hace falta que me acerque la mano a las mejillas para saber que arden con cada comentario que el equipo canta en voz alta. Adrián continúa de pie, cruzado de brazos, aunque sus labios se curvan cuando escucha lo de «sexy». Qué egocéntrico es Omega. Nico aparece por la puerta con una botella de cava que no tarda en abrir. Adrián arruga las cejas.

—Que hayamos conseguido lanzar el pódcast me parece motivo suficiente para celebrarlo —se justifica Nico—. Además, los números hablan por sí solos. Está teniendo una gran acogida.

Brindamos con vasos de cartón. «Seguro que es la primera vez que Adrián toma cava así». Me río en voz baja. Le lanzo una mirada y alzo la copa en su dirección. Él sonríe discretamente y también levanta la suya.

Tal vez lo que ocurre entre Adrián y yo sí tiene una explicación, como en la paradoja de Olbers. Nuestra historia ha tenido un principio y, probablemente, tendrá un final. En nuestras vidas aún persiste el eco de quienes un día formaron parte de ellas, provocando confusión emocional. Los secretos, las mentiras y las traiciones también se interponen entre nosotros, como el polvo cósmico lo hace con la luz de las estrellas. O puede que lo que hay entre nosotros haya alcanzado una magnitud tan grande que su longitud de onda se ha estirado hasta el extremo. Se ha desplazado completamente al rojo, volviéndose invisible a nuestros ojos.

Su teléfono suena y se marcha para atender la llamada. Unos minutos después vuelve con más trabajo.

—Equipo, tenemos que preparar un informe con el rendimiento de las primeras veinticuatro horas. Beatriz tiene comité mañana a primera hora para revisar los resultados.

Nos ponemos en marcha para recopilar toda la información, analizarla y maquetarla. Pasaremos lo que queda del día trabajando en esto. Las chicas se han autoinvitado a cenar a casa esta noche para hacer su propio análisis del episodio ante unas bandejas de sushi. Estoy deseando ver a mis groupies favoritas.

Aprovecho que el equipo se queda capturando los datos, y que el resto ha salido a comer, para escaparme hasta mi mesa. Mi corazón tamborilea con fuerza al sentarme en mi silla. Enciendo el ordenador. Echo un ojo a ambos lados, asegurando que no hay nadie merodeando a mi alrededor. Abro el repositorio documental y contemplo cómo parpadea el cursor a medida que escribo las credenciales que he repetido en mi cabeza las dos últimas semanas. Percibo cómo las dudas se extienden desde mi pecho hasta mis manos. Mis dedos vacilan. «El fin justifica los medios, Carlota». Intento convencerme a mí misma que esta traición es un mal necesario. Pero, por un instante, me imagino otro universo en el que Adrián y yo no cargásemos a nuestras espaldas con el peso de la lealtad familiar; en el que pudiésemos, tal vez...

Niego con la cabeza y me obligo a recordar que lo nuestro no es más que un espejismo. Somos antagónicos. Incompatibles. Mi cabeza está idealizando la absurda idea de un futuro juntos que jamás existirá y al que él tampoco aspira. Me aferro a la oportunidad de descubrir la verdad. Tecleo de nuevo. Varios segundos después ya estoy dentro. A pesar de tener las credenciales, era vital acceder desde la oficina para evitar el segundo factor de autenticación, que me habría sido imposible recuperar del teléfono de Adrián. Comienzo la búsqueda con palabras clave, fecha de publicación y autor. Enumero uno a uno todos los documentos que se proyectan en la pantalla. Hay un archivo con correos electrónicos relacionados con la investigación. Lo abro.

«Toni, sé que enviar este correo puede costarme mi trabajo, pero este documento tiene que ver la luz. Sé que harás lo correcto».

Un escalofrío recorre mi espalda. Estoy segura de que la empresa falsificó los resultados y que mi padre lo descubrió. A pesar de que el correo llevaba un adjunto, no encuentro el ensayo de ciclado térmico preliminar por ninguna parte. Le envío el contacto a Tomás para que pueda investigarlo. Mientras trato de dar con más pruebas, aparece el reportaje original que escribió mi padre. Parece que hubo una modificación del documento, realizada por él mismo, días antes de su publicación. Reviso si existe alguna versión previa, pero no es accesible. Alguien lo ha borrado adrede, lo cual refuerza mi idea de que el periódico está involucrado en todo este asunto. Recuerdo las notas que encontré en casa de mis padres, apuntando a una versión muy distinta de la que se llegó a publicar.

«¿Por qué cambió mi padre de opinión en el último momento?».

A pesar de los hallazgos, la única verdad que se revela frente a mí es que yo ya no soy un ángel en el jardín del mal, sino que me he convertido en uno de esos monstruos que lo habitan.

20

Horizonte de sucesos

Cuando superas el horizonte de sucesos
de un agujero negro, ya no hay marcha atrás.
Ni siquiera la luz puede escapar de él.

«Última llamada para los pasajeros del vuelo con destino a Londres». Anuncia el altavoz, que retumba en nuestros oídos, mientras avanzamos a toda velocidad hacia la puerta de embarque.

—Date prisa, no llegamos. —Resoplo mientras empujo con fuerza la maleta de mano de Júlia con ambas manos.

—Tendríamos que haber elegido la cola de la derecha para pasar el control de seguridad.

Pongo los ojos en blanco. Prefiero ahorrarme el discurso y guardar el último aliento para no perder el avión. Tras clasificarnos para los 200 metros lisos, representando a España en los Juegos Olímpicos, apoyo el pasaporte en el mostrador.

—¿Me puedes recordar en qué momento me pareció buena idea ir contigo en lugar de volar con mi equipo? —dejo caer en cuanto cruzamos la pasarela.

—Fue cuando te pareció mala idea compartir avión con Adrián durante dos horas —responde Júlia entre jadeos. Inclino la cabeza y aprieto los labios. Cómo me fastidia darle la razón a esta mujer.

Enero se había escurrido entre mis dedos tan rápido que apenas había podido disfrutar del creciente éxito de nuestro pódcast. Se convirtió en *trending topic* en redes sociales tras la publicación de los tres primeros episodios. Varios clips se habían vuelto virales, las críticas en prensa nos avalaban y el número de seguidores incrementaba semana a semana. Otros medios ya se planteaban adoptar la misma estrategia, porque lo que nació como una apuesta arriesgada, ya había confirmado una temporada completa.

Adrián y yo nos comportamos como dos profesionales centrados en un proyecto que está naciendo, aunque en realidad todo ha cambiado entre nosotros desde aquella noche. Nos hemos acostumbrado a esa energía que flota en el aire dentro de la sala de grabación y que atraviesa la cámara y se cuela por los micrófonos hasta nuestros oyentes. Tal vez nuestra conexión ha acelerado el rendimiento del pódcast, pero Adrián y yo hemos trazado una frontera invisible fuera del plató, delimitando nuestra interacción a los ensayos y a las grabaciones. Una vez cruzamos la puerta, volvemos a comportarnos como dos desconocidos, disipando cualquier potencial rumor sobre nosotros. De esa forma, yo también he conseguido mantener bajo control mis sentimientos y la culpa... hasta que, hace tres semanas, tropecé con la noticia de nuestro viaje a la capital británica. Esto ponía en riesgo el frágil y falso equilibrio que habíamos logrado. La dirección del periódico había decidido aprovechar el auge de la nueva narrativa para darle un ángulo fresco a la cobertura de la Fashion Week, ofreciendo a nuestros lectores una experiencia más inmersiva desde una visión más humana y social. La moda como identidad propia. Así podrían reforzar su presencia internacional y, de paso, reaprovechar los recursos del equipo para generar el resto de contenido tradicional.

Nico me avanzaba la noticia unos minutos antes de que Adrián irrumpiese en la sala para contarnos que una comitiva viajaría a Londres a retransmitir nuestro pódcast en directo durante la semana de la moda. Menos mal que estaba sentada, porque casi me caigo. Adrián y yo lejos del periódico, de nuestras familias y conviviendo tres días. ¿Qué podría salir mal? Absolutamente todo.

Aterrizamos a la hora prevista, pero aún tenemos que ir a buscar la maleta que ha facturado mi amiga, la diva, que va repleta de outfits para los desfiles y eventos a los que tiene que asistir.

La London Fashion Week es la segunda parada del gran circuito de la moda. Durante una semana, la ciudad alberga desfiles y un sinfín de presentaciones. Cientos de diseñadores, bloggers, celebridades, influencers y firmas prestigiosas acuden a presenciar y presentar las novedades de la colección de Otoño/Invierno. No puedo negar que cubrir el evento me ilusiona tanto como cuando de niña esperaba la mañana de Navidad. También es el primer año en el que Júlia asiste representando a *Diva*, aunque uno de los motivos sea porque su jefa prefiere asistir a la de París. Lo habíamos imaginado infinidad de ocasiones cuando trabajábamos las dos en la revista y, años después, un universo caprichoso había decidido que ambas asistiríamos juntas.

—Disfruta de este momento, Carlota. Por fin vas a poder recrear la escena de *Love Actually* en Heathrow.

—Para eso tendría que haber alguien esperándome en la sala de llegadas. —Atravesamos las puertas acristaladas y, por supuesto, nadie nos espera al otro lado. ¿Acaso pensaba que era la protagonista de mi propia comedia romántica?

Ni Júlia ni yo somos tan famosas como para que un chófer nos recoja. Así que nos encaminamos hacia el tren que nos llevará directas al centro de Londres, cerca de Covent Garden. Esta noche dormiré en el hotel que la revista ha reservado para Júlia: moderno, lleno de diseñadores y en el corazón de The Strand, el núcleo del evento alrededor del cual gravitan desfiles, showrooms y las fiestas posteriores. Tan solo está a unos cientos de metros de distancia de nuestro hotel, que es mucho más modesto y discreto para un periódico que da una relativa importancia a la moda. Me reuniré mañana con el resto del equipo, que vuela a primera hora. Un hormigueo recorre mis manos al pensar en reencontrarme con Adrián fuera del periódico.

Contemplo la torre elíptica de piedra de Portland por la que se accede a la entrada principal del hotel. Las puertas correderas dejan entrever el vestíbulo de mármol de su interior. Mientras Júlia se registra en la recepción, admiro la paleta monocromática que lo decora y pienso en Adrián. Seguro que le habría encantado este sitio. Subimos hasta la habitación de Júlia, en la quinta planta. El pasillo es completamente oscuro, tanto la moqueta como las paredes de mármol antracita. Parece que esté atravesando un agujero negro. En cuanto dejo las maletas dentro de la estancia, me lanzo a la amplia cama.

—Es como una gran nube. —Ruedo por el colchón hasta quedarme boca arriba de nuevo.

—Me ayudas a decidir los conjuntos para mañana, paso a buscar las acreditaciones y luego nos vamos a cenar, ¿vale?

Levanto el pulgar, aunque mi cuerpo aún continúa pegado a la cama. Júlia comienza el primer desfile de la semana de la moda dentro de su habitación. Las prendas de mi amiga son la encarnación de los looks de calle que la prensa adora fotografiar alrededor de los eventos y que marcan tanta tendencia como las pasarelas.

—No sé cómo me las apañaré mañana para llegar a todos los desfiles a tiempo. —Suspira mientras deja la ropa en la silla del escritorio.

—Por suerte, no hay que cruzar todo Londres, solo el Millenium Bridge.

—Aún no puedo creer que vayamos a ver el desfile de Burberry.

—Lo que no puedo creer yo es que vaya a un desfile con Adrián y tú estés en la misma sala que nosotros.

—Os haré fotos, como un paparazzi. —Le lanzo una mirada asesina—. Es para que Claudia no se pierda nada, tonta.

Le tiro un cojín. Las carcajadas retumban por las paredes de la habitación.

Recogemos las acreditaciones en el 180 The Strand, un edificio multiusos muy versátil que acoge desde estudios de producción a revistas, marcas y la propia sede de la British Fashion Council. Durante esa semana, se transforma en uno de los escenarios principales y también se utiliza como centro de operaciones. La prensa lo aprovecha para habilitar espacios para entrevistas y el periódico ha alquilado durante unas horas un estudio para grabar nuestro pódcast. ¿Qué hay más auténtico que retransmitir en directo desde el corazón de la semana de la moda?

En cuanto Júlia tiene el *briefing* en sus manos, vamos en Uber hasta un restaurante fusión de cocina japonesa, brasileña y peruana en lo alto de un rascacielos de Londres. Es el típico lugar para dejarse ver cuando estás por la ciudad. El ascensor se detiene en la planta treinta y cinco, y, al abrirse las puertas, se mezclan en mis oídos decenas de conversaciones en distintos idiomas con la música de fondo. El local es igual de exótico que su carta. Júlia ha reservado una mesa frente al ventanal con unas vistas espectaculares. Me cuesta leer los platos en vez de contemplar las luces de la ciudad que se extienden más allá del cristal. Levanto la vista, por encima de la cabeza de mi amiga, reconociendo un rostro que aparece tras ella.

—No te gires, Júlia… —Ella hace un amago para darse la vuelta—. ¡No!

—¿Quién es, Carlota? Dime que es Anna Wintour.

—Casi —chasqueo la lengua—. Es Álex, tu archienemigo.

Júlia pone los ojos en blanco y después se le dibuja una arcada en la cara.

—¿Y qué hace aquí?

—Lo mismo que tú, supongo. —Arqueo una ceja.

Álex acaba de llegar al local y va acompañado por un par de amigos. A través de su blusa semitransparente negra se intuyen las líneas de sus pectorales. Este chico tiene mucho estilo. Escanea con la mirada el espacio y nuestras miradas se encuentran. Sonrío discretamente. Enseguida se percata de que voy acompañada por Júlia y su rostro se contrae. Mi amiga, que no puede soportar estar de espaldas sin saber lo que está ocurriendo, se levanta con la excusa de ir al baño y se cruza con él por el camino. Se intercambian una mirada llena de hostilidad, como si el combate estuviese a punto de dar comienzo.

Júlia vuelve con la barbilla erguida. Camina como si el suelo fuese el de la pasarela de Chanel. Se aparta el pelo del hombro cuando pasa delante de él. Un gesto que me recuerda al típico anuncio de champú. Me muerdo el labio para contener la risa. Le ofrezco la copa de vino que le he pedido mientras estaba fuera.

—Deberías parar esto lo antes posible, Júlia. Los dos tenéis un futuro prometedor por delante y os vais a encontrar mucho a partir de ahora.

—No voy a fingir que ese niñato no me está intentando desprestigiar. He trabajado demasiado duro para que un imbécil dañe mi carrera. —Doy un respingo cuando los palillos metálicos chocan con la cerámica de su plato.

—Juls, solo está defendiéndose. Tu reseña casi le costó su carrera. Imagina que te lo hubiesen hecho a ti.

Nuestras voces se acallan y dejamos que la música nos envuelva, disipando la conversación y la tensión generada.

—Sé lo que estás pensando. Que soy una arpía.

—Yo no pienso eso, pero quizá...

—No fue decisión mía —suelta. Muevo la cabeza, sin comprender a qué se refiere—. Firmé aquella crítica porque me lo pidió Olivia. —Traga saliva mientras trata de justificarse—. Yo acababa de empezar en *Diva* y necesitaba su apoyo. Ella le estaba haciendo un favor a otro diseñador, que quería asegurarse de que Álex no supondría un problema para su marca. Luego se lo devolvió con un gran acuerdo para la revista, que la ayudó a posicionarse como una de las mejores editoras de moda del panorama nacional. Yo solo hice el trabajo sucio, quitando del medio a un enemigo emergente con muchísimo potencial.

—Júlia... —Le agarro la mano con fuerza. No quiero ni imaginar la culpa que habrá arrastrado durante todos estos años.

—No era mi intención que se viralizase y afectase tanto a su carrera, de veras. Pero ahora no puedo dar marcha atrás. Haré lo que haga falta para conseguir mi sueño, Carlota... —Sus ojos se humedecen.

Mi amiga solo intenta sobrevivir en una industria que devora a los débiles. Ella hizo el trabajo sucio a su jefa, quien, a su vez, no duda en traicionarla para seguir prosperando. ¿Qué diferencia hay entre ellas si el objetivo sigue siendo egoísta? ¿Y entre Víctor y yo? ¿Acaso no he puesto en riesgo mi propia brújula moral en nombre de la verdad? ¿Estaremos Júlia y yo perdiéndonos poco a poco a nosotras mismas en el camino de la ambición?

Después de la cena, damos un paseo hasta Leadenhall Market, caminamos en silencio entre los edificios vacíos de la City, cuyas calles están abarrotadas de trajes y prisas por la mañana, pero que ahora parece una ciudad fantasma. Aspiro el aire fresco y cierro los ojos. Tengo la sensación de que esta es la calma que precede a la tormenta.

A las seis suena el despertador y con él estalla el caos. Júlia revisa la agenda con los shows a los que asistirá por la mañana y los eventos a los que está invitada por la tarde. Y por si la maratón con tacones no fuese suficientemente agotadora, en sus huecos libres ampliará su red de contactos y preparará el contenido digital para las redes sociales de su revista. Me digo a mí misma que mi día podría ser peor. Al fin y al cabo, solo tengo que grabar un pódcast y sobrevivir a un desfile con Adrián sin perder el control de mi vida. Doy un sorbo al café.

Bajo a por un par de bagels mientras Júlia se ducha. Cuando vuelvo ya está maquillándose. Me uno enseguida tras devorar el desayuno en un par de bocados. Examino los pintalabios esparcidos por la mesa y elijo un marrón caoba. Las prendas que se irá poniendo durante el día reposan en la cama. Mi conjunto favorito es el traje que llevará al desfile de Burberry con el estampado de tartán en tonos beis tan conocido de la marca, con una americana *crop*, los pantalones acampanados a juego y una corbata marrón. Y, por supuesto, unos tacones con los que me saca una cabeza. Yo llevaré una camisa de manga larga marrón, abotonada hasta el cuello y con acabado asimétrico, bajo una gabardina Burberry anudada que me ha prestado Júlia, y el Prada que me autorregalé con mi primer sueldo íntegro, cuando aún vivía con mis padres y no tenía responsabilidades económicas. Aunque no es obligatorio ir vestida de la marca, se considera un guiño amable al diseñador. El equipo de *L'Actualitat* ya ha aterrizado. Solo han traído el material esencial para el contenido clásico y el resto, o está ya incluido en el estudio, o lo han alquilado en la ciudad y pasarán a recogerlo de camino. Aprovecho mientras tanto para repasar el guion del episodio. Al recibir el aviso de que ya están en el hotel, mi corazón me recuerda lo que está a punto de suceder con un pinchazo en mitad del pecho que me atraviesa. Hemos quedado en el vestíbulo para registrarnos juntos. Dejo la habitación de Júlia y me encamino a la salida. Aún estoy preparándome mentalmente para el reencuentro cuando me topo con Adrián en la recepción. La boca se me seca de golpe. El cuello vuelto que viste le queda perfecto. Lleva un abrigo marrón chocolate. Solo le falta la sal para que el sabor explote en mi paladar.

—¿Qué haces aquí?

—Podría preguntarte lo mismo.

—He dormido con Júlia —me justifico. Alzo las cejas, esperando su respuesta.

—Yo me quedo aquí estos días. —Sus ojos recorren disimuladamente mi silueta.

—¿Te parece demasiado cutre nuestro hotel para tus estándares? —me burlo.

—Créeme, no tiene nada que ver con mis exigencias en cuanto al alojamiento. —Adrián cambia de tema en cuanto ve mis mejillas sonrojadas—. ¿Preparada para la semana de la moda?

—No tanto como tú, que ya habrás asistido en muchas ocasiones. Estarás en tu salsa. —Le guiño un ojo y paso rápidamente con mi maleta a rastras para huir de la escena. Adrián suelta una carcajada seca y me cede el paso.

—Voy a dejar las cosas en el hotel —me despido.

—Luego os busco.

Antes de traspasar la puerta, le echo un último vistazo y descubro que él todavía continúa mirándome.

El centro cultural, de 180 The Strand, es descomunal y está repleto de restaurantes, cafeterías y una azotea que por la noche se convierte en un club con vistas a la ciudad. Ya estoy deseando bajar a por un capuchino caliente. Recorremos el edificio hasta dar con el estudio donde dejamos el material. Adrián llega un rato más tarde mientras el equipo técnico realiza el montaje y las pruebas previas. Sus contactos le consiguieron dos acreditaciones para el desfile de Burberry y la dirección decidió que ambos éramos las personas idóneas para representar a *L'Actualitat* en el evento, así que nos vamos de excursión. Por la tarde volveremos para grabar el episodio, donde entrevistaremos a un diseñador que defenderá la moda como forma de comunicar a los demás quiénes somos; una modelo, que nos hablará sobre la presión a la que se enfrentan con los estándares de la industria y cómo ha conseguido reconciliarse con su identidad más allá de la belleza; y una editora de moda que debatirá sobre la responsabilidad de las revistas sobre la autoestima y la percepción de la imagen corporal en la sociedad. Júlia es la afortunada que ha hecho un hueco en su apretada agenda.

—¿Vamos? —La voz de Adrián me sacude, como un espasmo.

Reviso la hora. Tenemos que darnos prisa si no queremos llegar tarde. No nos dirigimos la palabra hasta que salimos del edificio. En cuanto ponemos un pie fuera, comienza a llover.

—Cambio de planes, vamos en coche. —Adrián me hace un gesto con la cabeza para que le siga.

Saca las llaves de un SUV deportivo negro bastante bonito, estacionado frente a la puerta de su hotel.

—No te has podido resistir a alquilar tu propio coche, ¿eh? —bromeo. Me acomodo en el asiento del copiloto.

—No me gusta depender de los demás —responde al tiempo que se abrocha el cinturón.

El coche se pone en marcha. Las gotas chocan en el cristal y el parabrisas se encarga de mantenerlas a raya. Su sonido nos acompaña durante el trayecto.

—¿Qué música me vas a poner, DJ? —Intento romper el hielo.

—¿Qué te parece si esta vez me enseñas tu música? —Me ofrece su teléfono con la aplicación de Spotify abierta.

—Vale, pero no permito críticas —le advierto.

¿Recibirá algún mensaje inoportuno de algún ligue mientras estoy eligiendo la música? Trago saliva. La simple idea de que esto pueda ocurrir me pone de mal humor. La lista empieza a sonar y poco a poco va descubriendo mis gustos musicales. La lluvia incrementa su intensidad, descargándose sobre la ciudad. Nos quedan cinco minutos para llegar al museo Tate Modern, en Southbank, que es donde se celebra el desfile. No está demasiado lejos del estudio, pero con la que cae es imposible no empaparse. El móvil vibra. Es Júlia. En unos minutos conocerá a Adrián. El pulso se me acelera.

—Hola, estamos a punto de llegar.

—Carlota —su voz suena desesperada—, no sé si llegaré a tiempo al desfile.

—¿Qué dices, tía? —Me muevo inquieta en el asiento. Adrián fisgonea la conversación.

—No hay forma de dar con un taxi ni con un Uber y con esta lluvia es imposible ir andando y menos con tacones. —Escucho un sollozo al otro lado de la línea—. ¿Qué hago?

Sé lo importante que es este momento para ella y sé que se meterá en un buen lío con su jefa si no puede asistir.

—¿Qué ocurre? —se interesa Adrián.

—Júlia, mi amiga, está desesperada. No encuentra taxis... —Me sabe mal por ella. Tengo un nudo en la garganta. Adrián aprieta los labios, como si intentase idear un plan mientras busca aparcamiento. El coche se detiene. Me quito el cinturón para bajar. Sus manos aún sujetan con fuerza el volante. Adrián chasquea la lengua.

—Vamos a por ella.

Siento un pellizco en el pecho. ¿De verdad va a arriesgarse a llegar tarde por ayudar a mi amiga? Al fin y al cabo, estamos representando al periódico.

—¿Estás seguro? —pregunto incrédula—. Es posible que lleguemos tarde...

—Abróchate el cinturón. —Adrián me mira de reojo, la sonrisa peligrosa que siempre consigue descolocarme vuelve a aparecer en su boca—. Volveremos a tiempo para el desfile, Luna.

Un escalofrío recorre mi espalda. Los acordes de «So High School», de Taylor Swift, arrancan al mismo tiempo que el motor ruge con fuerza. Ponemos rumbo de vuelta a la calle Strand. Noto un tirón en el cuerpo cuando acelera, la gravedad vuelve a arrastrarme hacia él y el mundo se curva a nuestro alrededor. No puedo evitar sonreír como una adolescente al observarle conducir como un piloto de Fórmula 1 al rescate de Júlia.

Qué fácil sería enamorarse de él, pienso.

«Tal vez ya sea demasiado tarde, Carlota...».

Cruzamos el puente de Waterloo hasta Somerset House, que es donde nos espera Júlia. Adrián se cuela con agilidad entre el tráfico. Me sorprende que mantenga la calma. Parece que el desfile vaya a esperarle. Unos minutos más tarde, llegamos a nuestro destino. Júlia nos está esperando en la calle. Cierra el paraguas, abre la puerta y se coloca en el asiento de atrás, justo enfrente del espejo retrovisor central.

—Bueno, por fin conozco al famoso Omega. —Cierro los ojos en cuanto Júlia abre la boca—. Siento que hayas tenido que conducir a lo *Grand Theft Auto* por Londres.

Adrián sonríe.

—Jugaba a ese videojuego con mi hermano.

—¿Con el artista? —suelta Júlia.

Adrián desliza una mirada pícara a través del retrovisor hacia ella, preguntándose por qué Júlia tiene toda esa información. Yo giro la cabeza en su dirección, cuestionándome por qué aún la quiero. Masajeo el puente de mi nariz. Tras los quince minutos más largos de mi vida, en los que Adrián y Júlia no han parado de parlotear, aparcamos cerca del Tate Modern. La lluvia ya ha amainado y los fotógrafos están inmortalizando a los asistentes al desfile, incluyendo modelos y actores reconocidos. Adrián se coloca la bufanda Burberry sobre la solapa del abrigo y nos despedimos de Júlia. Entramos al museo, siguiendo las indicaciones hasta encontrar los asientos que nos han asignado. Por suerte, el espectáculo aún no ha dado comienzo, aunque la sala ya está abarrotada.

—Gracias —susurro—. No tenías por qué hacerlo y aun así has dado la vuelta. Significa mucho para mí que la hayas ayudado.

Tras sentarnos, las luces se apagan progresivamente y la sala se queda a oscuras. Unos segundos después, noto la calidez de su aliento en mi oreja. Mis párpados se cierran con el contacto de sus labios en mi piel.

—Lo sé.

Nuestras rodillas chocan al acomodarnos en el asiento. El estómago se me encoge. Me quedo quieta, esperando su reacción. Ninguno de los dos parece tener intención de ceder el espacio. Me muerdo el labio para contener la sonrisa estúpida que insiste en dibujarse en mi cara. Tal vez en la penumbra es más fácil ser valiente, porque desaparecen la presión y el juicio y te sientes más inmune a las consecuencias. Las luces parpadean. La expectativa por descubrir la nueva colección de la mano del nuevo director creativo se palpa en el ambiente. La pasarela tiene un diseño serpenteante y los modelos la recorren como si flotasen. La música rebota en los altavoces y los asistentes aplauden entre transiciones. Frente a nosotros, desfila la representación británica en todo su esplendor, remezclando sus grandes éxitos y trayendo de vuelta los clásicos de la casa, pero reinterpretados a la actualidad. Cuando el desfile concluye, Júlia se acerca hasta nosotros, que aún permanecemos sentados.

—Esperad, chicos. —Saca el teléfono de su bolso—. Este momento tenemos que inmortalizarlo.

Antes de que pueda negarme, Júlia ya ha hecho la foto. Adrián echa un vistazo a la pantalla.

—Envíamela —le pide, acercando rápidamente el móvil al de mi amiga.

Supongo que es para vengarse o amenazarme un día de estos. Mi cara debe de ser un poema. La mano que agarra mi iPhone vibra. Acabo de recibir un mensaje al grupo de las chicas. Pongo los ojos en blanco. Maldita Júlia, no ha tardado ni un segundo en compartirla con Claudia.

Al salir del museo, buscamos al diseñador con el que hemos quedado por los alrededores y que nos acompañará de vuelta al estudio para la entrevista. Al no conseguir dar con él, Adrián hace un par de llamadas.

—Nos ha dejado tirados —concluye.

Tenemos una hora para encontrar un sustituto y regresar a tiempo para grabar el pódcast.

—Puedo llamar a algunos contactos por si algún diseñador que esté por aquí se apunta —propone Júlia.

Escaneo nuestro alrededor hasta que mis ojos se posan sobre una americana *oversize* con el interior forrado de tartán beis.

—Hay una forma de solucionarlo. Pero no te va a gustar, Júlia... —le confieso.

Pese a las múltiples quejas y sollozos de mi amiga mientras me dirigía hacia él, Álex ha aceptado encantado participar y se ha declarado seguidor de nuestro pódcast. Ahora vamos los cuatro en el coche de Adrián de vuelta a la calle Strand. El silencio y la tensión son asfixiantes en el interior. Álex y Júlia están sentados a ambos extremos del asiento trasero, asegurándose de mantener la mayor distancia posible y con las frentes pegadas en las ventanas. Exhalo y me giro hacia Adrián, que frunce el ceño, sin entender lo que ocurre. Le hago un ademán, quitándole importancia a la situación y le señalo la pantalla del coche. Algo de música nos vendría bien. Adrián pone en marcha mi lista. En cuanto escucho la letra de la canción, la corto inmediatamente. Mejor lo dejamos estar. ¿Es mal momento para jugar a «Casarse, Matar o Besar»?

El duelo se desplaza hasta los sofás del estudio, donde participan en un debate acalorado junto a la modelo sobre cómo la moda consigue reflejar nuestra personalidad, estatus social o pertenencia, y también sobre la moda como forma de reivindicación. Luego la conversación vira hacia cómo las revistas moldean los complejos y las aspiraciones de muchas jóvenes, perpetuando cánones de belleza irreales que crean presión social. Júlia defiende la necesidad y urgencia de apostar por la diversidad e inclusión en la estrategia editorial. Solo había que mirarle la cara a Álex para ver que todo lo que decía Júlia le parecía un chiste de mal gusto. ¿Por qué nadie ejerció esa responsabilidad cuando estaba en juego su nombre?

Cuando terminamos de grabar, acompaño a Júlia hasta el vestíbulo. Tiene que continuar el tour y asistir a más eventos. Nos llamaremos más tarde.

—Ahora entiendo tu obsesión... —Su mano reposa en mi hombro—. Adrián no es una bandera roja. Es una bandera negra, de las que consiguen que pierdas la cabeza y después te destrozan brutalmente.

Observo a Júlia mientras se marcha, y me pregunto si será cierto que él comprimirá mi corazón hasta desgarrarlo, como lo haría un agujero negro.

De camino a la planta, le envío un audio a Nico para ponerle al día sobre la grabación y los últimos acontecimientos. Le echo de menos. Me habría encantado que hubiese viajado con nosotros. Al llegar al estudio, el equipo se debate sobre si subir a la azotea a brindar tras superar otro episodio, a pesar de las dificultades. Finalmente nos animamos a tomar un par de copas y picar algo. No todos los días se graba un pódcast en plena semana de la moda londinense con un par de archienemigos sentados en el mismo sofá.

El club cuenta con una barra y mesas repartidas por toda la sala y una piscina exterior. Está atardeciendo, así que la vista panorámica, con la ciudad bañada por los últimos rayos de sol, es perfecta. Hay un DJ pinchando. Nos dispersamos por la azotea. Aina y yo vamos a por las bebidas.

—Oye, Carlota. Quería agradecerte que me hayáis dado la oportunidad de participar en el proyecto.

—No tienes que agradecérmelo. Te lo merecías, Aina.

—Creo que Adrián y tú formáis un buen tándem.

Aprieto los labios, resignándome a aceptar que puede que Aina tenga razón, porque somos aparentemente muy distintos, pero nos compenetramos bien. Laboralmente, claro. En apenas quince minutos, Adrián ya ha socializado con una cuarta parte del club, y yo ni siquiera me he movido de la barra. Él adora ser el centro de atención. Siempre tiene una anécdota que compartir, conoce a alguien famoso o debate sobre temas interesantes porque domina bastantes disciplinas. Normalmente, la gente lo mira descaradamente y escuchan atentos todo lo que dice como si fuese una especie de gurú. Es la mezcla perfecta de un *men-tonic* irresistible: irradia poder y tiene un aura misteriosa, cultura, atractivo y buen gusto. Antes de conocerle, yo había blasfemado sobre este tipo de hombres y ahora traiciono todos mis principios. Cotilleo con atención la conversación que mantiene con la chica de su izquierda mientras ignoro a Aina, que continúa hablándome. ¿A quién le importa que Adrián charle con una morena que me saca una cabeza? A mí no. Claro que no. Así que me giro hacia la derecha y continúo conversando. Doy un trago a mi copa.

ADRIÁN

Subir aquí ha sido un error. Llevo media hora hablando con personas que no me interesan con tal de no acercarme a ella para que el resto del equipo no se percate de lo que siento. Miro el reloj. Un colega me ha invitado esta noche a la fiesta que ha organizado la *British Vogue*. Creo que será mejor que me vaya. Si finjo un minuto más, acabaré vomitando. Me despido del equipo. Carlota vuelve a mostrarse defraudada. Tengo esa habilidad innata: decepcionar a los demás. Iré caminando. Tal vez debería conocer a alguien que no sea una puta contradicción y que no me suponga un problema.

De camino, llamo a mi hermano.

—Vaya, por fin das señales de vida. Creía que habías muerto de un infarto en tu rabo.

Resoplo.

—Eres imbécil. Estoy de camino a una fiesta de *Vogue*. —Hago una breve pausa—. Ya hemos acabado de grabar el episodio.

—¿Va ella, también? —se interesa Álvaro.

—No. Ellos tienen otros planes.

—Mejor, ¿no? Así puedes hacer lo que te dé la gana.

—Supongo. Tampoco me emociona especialmente el plan.

—Al antiguo Adrián le habría parecido un planazo. Barra libre de contactos y mujeres interesantes a las que conocer.

Mi mejor defensa es permanecer en silencio.

—Tal vez te diriges al sitio equivocado esta noche —sentencia.

Levanto la vista y me descubro frente a la puerta del restaurante.

—Te dejo. Ya he llegado. —Me despido de mi hermano.

El ambiente supura exclusividad y postureo. Modelos sacadas de portadas, diseñadores con copas de champán y un barman preparándoles cócteles de autor a los periodistas y relaciones públicas del mundillo. Mi colega me da un toque en la espalda. Me presenta a varios periodistas y a una diseñadora con la que charlo unos minutos. Me esfuerzo por convencerme de que debo estar aquí. Reviso los mensajes cuando me escapo al baño. Parece que el equipo se ha montado su propia fiesta. Van a un karaoke en Holborn con la amiga de Carlota. Guardo el iPhone en el bolsillo. Vuelvo a la fiesta y sonrío con desgana. Lo que tengo delante me parece demasiado aburrido comparado con Carlota metiéndose en líos con un micrófono en la mano y su amiga Júlia al lado. Pienso en lo que ha dicho mi hermano. Debería ser sincero conmigo mismo. No hay un sitio en el que desee más estar que con ella.

Desde fuera el local no es gran cosa. La música del karaoke y las risas ya se oyen. Su interior está completamente iluminado con neones de colores. Tiene varias salas privadas y un bar común con un escenario en el centro. Observo cómo tres mujeres suben al escenario entre aplausos y vítores. Aina, Júlia y Carlota, que ha cambiado su camisa por un vestido corto de punto marrón y unas botas altas. Salivo solo de imaginar el sabor de su piel. La música de la película de *Bar Coyote* comienza a reproducirse a través de los altavoces y la pantalla se ilumina con la letra de la canción. Las tres se miran, avergonzadas. Júlia da el primer paso y desafina. Todos se ríen, pero a ella le da igual y continúa. Me cae bien. Poco a poco van ganando confianza y conquistando al público. Me abro paso entre la multitud. Cuando llega el estribillo, la sala entera ya está cantando con ellas. Carlota sonríe al darse cuenta de que he vuelto. Es la mujer más sexy del universo cuando me mira con esos ojos brillantes.

Los camareros se contagian por la energía de las chicas y les lanzan unos sombreros desde la barra. Están totalmente metidas en el papel. Júlia le da un empujón cómplice en el hombro, animándola a bajar del escenario. Se mezclan entre la gente y bailan despreocupadas. Los demás disfrutan del espectáculo. Carlota se acerca a mí y me coloca el sombrero en la cabeza. Se escuchan silbidos a nuestro alrededor. Sonrío sin poderlo evitar. Es inútil luchar contra la luz de luna.

—Chicos, yo creo que me voy a retirar ya. —Carlota bosteza después de bajar del escenario—. Estoy agotada.

El equipo continúa muy animado, sobre todo con la compañía de Júlia. No creo que les apetezca marcharse ahora y no quiero que Carlota vuelva caminando sola. Lucho contra mí mismo, pero mi preocupación por ella gana la batalla.

—Te acompaño. Yo también regreso a mi hotel. Mañana tengo una reunión a primera hora.

Carlota asiente y se muerde el labio sin darse cuenta. Aspiro el poco aire viciado de la sala. Salimos del local ya abrigados. Levanto la vista. El cielo está encapotado y aunque hoy es luna llena, permanece oculta.

—¿Te lo has pasado bien esta noche, chica Coyote?

—Sí. Ha sido divertido. —Carlota encoge los hombros. Retengo en mi cabeza la curva de sus labios.

Caminamos en silencio, uno al lado del otro. Hasta que el propio vaivén nos va acercando. Nuestros hombros se tocan, pero no nos miramos. Un par de calles más tarde, nos sorprende el crujido de un trueno y pocos segundos después la lluvia se precipita sobre nosotros. No tenemos paraguas, así que nos resguardamos en nuestros abrigos. Aceleramos el paso.

—Corre. —Le ofrezco la mano para que no se resbale con las botas. Carlota la acepta, pero no puede parar de reír mientras corremos bajo la lluvia por las calles de Londres. He batido el récord en hacer cosas estúpidas desde que la conozco.

Pasamos por la puerta de mi hotel primero y paramos para coger algo de aire. El suyo está a un par de minutos caminando y ya casi no llueve, pero estamos empapados. Tiene el pelo mojado y pegado a la cara. Se lo aparto. Las gotas recorren sus labios lentamente y no puedo evitar acariciárselos. Mi corazón va a mil. Carlota se estremece. No sé si por el roce de mis dedos o por el frío. Inclina la cabeza, buscando el contacto de mi mano en su mejilla.

Los momentos más felices que he vivido surgen de las decisiones más imprudentes que he tomado. Miro al cielo y entonces lo comprendo. La luna no brillará en el cielo hoy, porque por una noche la luna será mía.

Adrián tira con fuerza de mi mano, empujándome hacia el vestíbulo de su hotel. La fuerza de su gravedad es demasiado grande para poderme resistir. Le sigo hasta el ascensor. El tiempo ha empezado a ralentizarse a medida que cruzamos el pasillo y nos quedamos completamente congelados. Las puertas se abren y entro sin darme cuenta, igual que ocurriría al cruzar el horizonte de sucesos de un agujero negro. Todo lo que pase a partir de este momento ya es inevitable. El ascensor se cierra, la realidad se divide en dos y comienza a ascender en un viaje sin retorno. Una caída libre inversa e irreversible que te conduce a la misma singularidad, donde las leyes de la física dejan de funcionar. Una vez dentro del agujero negro solo hay dos destinos posibles: que te aplaste su gravedad infinita o que te transporte a otro universo. Y lo segundo, de momento, es solo ciencia especulativa.

Adrián se aproxima hasta que siento su aliento cálido en mis labios y sus dedos en mi pelo. Durante unos instantes, nos contemplamos en esa misma posición. Detengo mis manos, que suplican por su cuerpo. Respiro aceleradamente y el corazón me late furioso. Ninguno de los dos parpadea. Inhalo todo el aire que mis pulmones me permiten y siento que este momento es eterno. Me humedezco los labios.

—A la mierda el control. —Jadea con su mano enredada en mi nuca.

Adrián me aferra a su cuerpo, atrapando mis labios con los suyos, como una trampa. Los devora sin piedad. Noto el sabor y la textura carnosa mezclándose con mi saliva. El cóctel perfecto. Él se aparta un instante. Sus ojos buscan los míos. El vértigo se adueña de mi cuerpo, pero ya no hay nada que pueda hacer para salvarme. Mi destino está sellado.

21
La teoría de los multiversos

> En otro universo, Adrián y yo
> dimos un paseo por Portobello Road.

Agarro su jersey y lo empujo contra la pared metálica, como si me hubiesen poseído y no fuese yo la que está al mando de mis acciones. Aprieto los labios contra los suyos con firmeza, todavía con la tela de su suéter entre los dedos. Su lengua invade mi boca y me dejo llevar. Sus manos sujetan mis caderas y descienden hasta mis nalgas. Me arrima a él tanto que puedo notar su dureza contra mi cuerpo. Lo deseo demasiado y desde hace demasiado tiempo. El ascensor se detiene en el octavo piso. Adrián tira de mi mano y me lleva tras él. Con un simple movimiento la puerta de la habitación se abre, aún a oscuras. En cuanto la atravesamos, recuesta mi espalda contra la pared, su boca acaricia mi cuello y su mano se cuela por debajo del vestido mojado. Reclama mi piel. Sus dedos juegan con mi ropa interior para deshacerse de ella de inmediato.

Mi cabeza me pide a gritos parar esta locura, salir de la habitación y permitir que el oxígeno llegue a mi cerebro para actuar con cordura. Pero mi cuerpo es incapaz. Está entregado por completo a la excitación y ya no me pertenece.

Mis manos escalan hasta su pelo húmedo, lo agarro con determinación y presiono su cabeza hacia abajo. Adrián capta la orden al momento. Se agacha lentamente y se deshace de mi tanga. Arruga el vestido en mis caderas. Sus ojos se detienen en mi entrepierna, derrochan curiosidad y emoción por descubrir su sabor. Me mira por última vez antes de hundir su cara entre mis labios. Su lengua los recorre de arriba abajo, recreándose. Siento una ola de placer que me hace estremecer.

Adrián se pone de pie de nuevo y me besa. Su mano desciende por mi cuerpo para notar la humedad. Se bebe mi gemido al colarse en mi interior. Lentamente, me deshago entre sus dedos cuando acelera el ritmo de sus movimientos. La urgencia por fundirnos en un solo cuerpo se traslada a nuestras caricias. Me levanta del suelo con ímpetu y yo le rodeo la cintura con las piernas, apoderándome de su cuerpo. Sin soltar mi boca, me traslada a la cama y me devuelve el control. Levanto sus brazos para quitarle el jersey y acaricio el vello de su torso desnudo. Su olor me embriaga. Adrián se encarga de mis botas. Su cuerpo está iluminado por las luces de la ciudad. Lo admiro en silencio. Con la mirada fija en mí, se desabrocha el cinturón con parsimonia. Se nota que le gusta degustar el preludio de lo irremediable. Me incorporo para que mis manos impacientes le arrebaten el resto de la ropa, pero Adrián no me lo permite. Me obliga a ser una mera espectadora y el deseo me desgarra por dentro. Deja caer el pantalón al suelo. Me muerdo el labio, conteniendo mis impulsos. Adrián avanza hacia mí con las rodillas sobre el colchón. Mis músculos se tensan. Deseo llenar el vacío que palpita entre mis piernas. Su dedo acaricia mi mejilla y luego lo introduce en mi boca. Lo chupo, mostrándole un adelanto. Adrián suelta un sollozo. Una de sus manos se desliza hasta mi nuca y me conduce hacia su erección. Mi lengua y mis labios se deslizan por su piel.

—Shhh… —Adrián me frena y empieza a moverse, tomando el control de las embestidas en mi boca, que cada vez son más intensas.

Nuestros ojos se encuentran y me ruborizo al darme cuenta de que hemos convertido este momento en un pulso de poder sexual.

Su cuerpo se pone rígido entre mis manos hasta que decide apartarse y siento el frío que me produce no tenerle pegado a mí. Aprovecho para desprenderme del vestido. La piel me arde. Adrián vuelve con el preservativo en la mano y clava sus ojos en mi cuerpo. Quizá medita durante un minuto la opción de dejarme marchar. Se acerca a mis labios y yo le respondo entregándole los míos. Abre mis piernas y se tumba encima de mí. Su lengua mordisquea mis pezones, dilatando el momento. Me remuevo, impaciente.

—¿Tienes prisa, chica Coyote? —La comisura de su boca se curva, provocándome.

Con un movimiento firme, invierto nuestras posiciones y me acomodo sobre su cuerpo. Se acabó el juego. Sonrío victoriosa. Adrián suelta una carcajada seca y empuja con fuerza sus caderas, introduciéndose en mí hasta arrancarme un quejido. Me arqueo para encajarle. Sus manos agarran las mías por encima de su cabeza y comienzo a moverme a mi ritmo, retorciéndome cada vez que Adrián empuja más adentro. Me siento vulnerable y poderosa a la vez.

—Espero que guardes fuerzas. No pienso dejarte dormir en toda la noche.

—Menos lobos, Caperucita —susurro.

Adrián y yo rodamos sobre las sábanas hasta que su cuerpo se suspende sobre el mío, dominándome. Nos besamos con tanta avidez que mis labios estallan en llamas. Primero me embiste despacio y suave, recreándose, hasta que sus movimientos se vuelven rápidos y duros. Descarga la frustración que, como yo, hemos tragado todo este tiempo. Agarro su espalda sudada mientras jadeo contra su boca. La presión se acumula en mi cuerpo hasta que amenaza con desbordarse. Sus caderas empujan una última vez y una explosión de placer me sacude. Adrián contempla cómo me derrito bajo su cuerpo mientras ahogo un gemido. En cuanto mis músculos se contraen, el control se le escapa de las manos y él también se rinde. Su respiración se quiebra y noto sus espasmos entre mis muslos.

—Joder —masculla con los labios pegados a los míos.

«Joder».

Nos tumbamos uno al lado del otro, recuperando el aliento y tomando consciencia de lo que acaba de ocurrir. Aún siento el abismo bajo mis pies y tengo el estómago revuelto. Adrián me mira, pero soy incapaz de girarme.

—Ven. —Ladea su cuerpo y extiende el brazo, invitándome a acurrucarme junto a él.

—Esta situación... —Trago aire, intentando no desmoronarme—. Me da vértigo.

Me arrastra hasta encajarme en el hueco de su hombro y me rodea con el brazo.

—A mí también, Carlota.

Sus dedos serpentean mi pelo y lo peina. Acerco con prudencia mi mano a su pecho y percibo el latido de su corazón acelerado a través de la piel.

—¿Qué vamos a hacer? —Observo sus ojos café en la penumbra.

—No lo sé... —Su voz suena contenida.

«¿Qué es el vértigo?».

Hasta esta misma noche nunca entendí a qué se refería Milan Kundera cuando leí esta reflexión en *La insoportable levedad del ser*. Él decía que el vértigo es distinto del miedo a la caída. Es una atracción fatal hacia el propio deseo de saltar y de la que nos defendemos espantados. Unas horas antes, suspendida por un cable metálico y con su boca a escasos centímetros, me había permitido el lujo de ceder al deseo. La sensación fue indescriptible, como lanzarse desde la planta ciento sesenta y tres del Burj Khalifa. Qué fácil ha sido cruzar este punto de no retorno, ignorando las consecuencias de hacerlo...

Adrián lleva la mano hasta mi brazo y roza sin querer mi pezón, que se eriza con el contacto. Se me escapa un suspiro apenas audible.

Kundera había puesto en palabras algo que yo llevaba tiempo intuyendo. ¿Estábamos Adrián y yo luchando contra el deseo de enamorarnos?

Dibujo el camino de su línea alba. Siento la tensión de su cuerpo a medida que las yemas de mis dedos descienden por sus caderas.

Y el mayor problema es que el abismo me llama de nuevo. Me he vuelto una adicta.

Muevo la cintura, acomodándome y dejo la pierna reposando encima de sus rodillas.

—Carlota, si sigues jugando a este juego perverso...

—¿Qué? —le reto con la mirada.

Voltea mi cuerpo, pegándome a él. Noto su incipiente erección.

Adrián es como una droga de la cual no te puedes desprender y de la que cada día necesitas más, pero que, al mismo tiempo, sabes que te destruye cuando la consumes.

—Ponte boca abajo —demanda Adrián.

Es difícil no obedecerle porque es muy convincente. Me tumbo sobre el colchón tal y como me pide, aunque me remuevo incómoda. Me genera ansiedad no saber lo que está ocurriendo tras de mí y a la vez me excita no tener el mando. Comienza a regar mi espalda con pequeños mordiscos y besos hasta que llega a las lumbares. Un escalofrío me recorre la espalda. Se sienta sobre mis piernas.

Mueve una de ellas con la rodilla, la separa, y sus manos se posan sobre mis caderas, sujetándolas con fuerza mientras se hunde lentamente en mi cuerpo. Puedo notar lo excitado que está. Abro la boca, pero la voz no sale de mi garganta. Lo hace tan despacio que me parece una tortura. Los párpados se me cierran. Entonces se detiene y apoya la frente en mi nuca.

—¿No has tenido suficiente con el espectáculo de antes? —le pregunto con tono burlón.

—No —responde lacónico—. ¿Tú, sí?

Me encojo de hombros, provocándolo.

Adrián sale completamente de mi cuerpo y eso me desquicia. Me contoneo, reclamándole. Pero él aprieta mis nalgas, inmovilizándome. Gruño como protesta.

—¿Qué quieres, Carlota? —me pregunta al oído.

«No pienso suplicar». Me muerdo el interior del labio.

Se frota contra mi espalda. Gimo.

—Dímelo, por favor. —Sus dedos me acarician y se escurren entre mis pliegues—. Tu cuerpo ya me ha respondido, pero quiero que lo admitas tú.

Trago saliva.

—Te quiero a ti, Adrián —murmuro.

Exhala satisfecho al escuchar mis palabras. Pese a la certeza de saber que he condenado a mi corazón, me abandono a la pasión del momento, permitiéndome sentir una vez más la sensación de que mi cuerpo sea parte del suyo. Se desliza de nuevo, disfrutando de la fricción. El placer es tan intenso que creo que me voy a desmayar. La descarga eléctrica me corta la respiración y nuestros jadeos se sincronizan hasta que finalmente cesan.

No pierdo el conocimiento después del orgasmo, pero estoy tan agotada que me quedo completamente dormida.

El olor a café recién hecho se cuela por mis fosas nasales, activando mis neuronas. Abro los ojos y me incorporo despacio. ¿Dónde estoy?

—Buenos días. —Adrián me acerca la taza—. ¿Has podido descansar un poco?

—¿Cuánto tiempo llevo durmiendo?

—Unas pocas horas.

—¿Y tú?

—He estado trabajando.

—Debes de estar agotado.

—Estoy bien, tranquila. —Da un sorbo a su vaso—. Nada que un par de cafés no puedan solucionar.

Adrián se asoma al balcón. Hoy el sol resplandece en el cielo de Londres. Algo poco común en esta ciudad. La semana de la moda continúa y, aunque nosotros ya hemos cumplido nuestro objetivo, una parte del equipo tiene que editar el episodio que grabamos ayer y el resto dispone del día libre para hacer turismo. Júlia tiene compromisos a los que asistir, así que no tengo planes hasta esta noche. Cenaremos todos juntos en el Soho antes de volver a la cruda realidad, como Cenicienta a medianoche.

—Me visto rápido y vuelvo al hotel. No quiero entretenerte, seguro que tienes cosas que hacer. —Dejo la taza en la mesita de noche y gateo por la cama, en dirección al baño.

—Carlota... —Me frena con la mano—. ¿Te gustaría pasar el día conmigo?

—¿Qué? ¿Por qué? —Pestañeo varias veces.

—Quiero conocerte..., conocernos mejor. —El corazón me late en la garganta. Esto sí que no me lo esperaba—. Piénsatelo mientras te das una ducha.

Desde principios del siglo XX, la humanidad se ha cuestionado seriamente si nuestra visión de la realidad podría ser única o existirían otras posibilidades en las que nuestra historia se hubiese desarrollado de manera distinta. Otros universos con una versión diferente de nosotros mismos; por ejemplo, una en la que yo no asistía al desfile de Modart o incluso una en la que continuaba mi carrera como astrofísica, lejos del periódico y de él. ¿Habrá una Carlota en algún otro lugar que esté aceptando ahora mismo la propuesta de Adrián?

Mientras el agua resbala por mi piel, me pregunto si este viaje no está siendo una especie de línea temporal paralela en nuestras vidas. Una en la que Adrián y yo hemos tenido dos orgasmos y Júlia ha compartido un pódcast con Álex. A mí me parece un argumento científicamente sólido como para plantearme la existencia del multiverso.

—De acuerdo, pasaremos el día juntos. —El agua chorrea por mi cuerpo y salpica el suelo de la habitación.

Si en este universo lo nuestro es inviable, me gusta pensar que es posible en algún otro.

Adrián me examina en silencio desde el sillón, con las piernas cruzadas. Se pone de pie y se aproxima hasta mí. Me rodea el cuerpo, deshaciendo el nudo de la toalla.

—Te recojo en tu hotel en una hora —me dice mientras restriega con suavidad el algodón en mi piel.

Alejandro Jodorowsky dice que estamos irresistiblemente atraídos por quien nos traerá los problemas necesarios para nuestra propia evolución. Adrián es mi agujero negro. Misterioso, peligroso y con un campo gravitacional tan grande que consigue atraparme. Me pregunto si encontraré la fuerza para romper este vínculo y liberarme de la atracción destructiva de Adrián, o seré, finalmente, consumida por su magnetismo. ¿Qué viene Adrián a enseñarme?

Es la segunda vez que vuelvo a casa, aunque esta vez sea a mi hotel, con la ropa de la noche anterior. Ambas ocasiones están relacionadas con Adrián. ¿Se considera ya un patrón de conducta? El ascensor arranca de camino al vestíbulo y mi mente se enreda en justificaciones y excusas para cuando tenga que explicarles la aventura londinense a mis amigas. De momento, hasta que no lo pronuncie en voz alta, no ha sucedido. El cubículo se detiene en la quinta planta. Una voz familiar me obliga a levantar la vista cuando las puertas se abren. Una rubia con tacones rojos está reprendiendo a alguien por teléfono. Júlia, mi amiga, me mira desconcertada. Arruga las cejas y ladea la cabeza, confusa, hasta que ata cabos. «Corre». Aprieto el botón reiteradamente, tratando de huir, pero Júlia mete el brazo por el hueco de la puerta.

—Oh, no, amiga. Si pensabas que te ibas a librar de mi interrogatorio estás muy equivocada. —Me arrincona en el ascensor—. Confiesa.

Sin opción de huida posible, suspiro y firmo mi declaración.

—Adrián y yo hemos estado juntos... —Me atrapo un labio y cierro un ojo esperando su reacción.

—Pero juntos, ¿cómo? —indaga Júlia—. ¿Otro simposio nocturno de los vuestros?

—Hemos...

Júlia apoya la palma de la mano contra la pared metálica.

—¿Habéis fornicado? —Nunca había visto los ojos de Júlia tan abiertos.

¿Por qué usa palabras tan raras? Dejo caer la cabeza, confirmándoselo.

—¡Por fin! —chilla—. ¡Es tu evento canónico!

—Shhh. No grites, que me sube el cortisol.

Como era de esperar, Júlia me conduce a la cafetería de la esquina para que le relate con pelos y señales todo lo que ocurrió anoche.

—¡Eso sí que ha sido un polvo y no el de estrellas! —Mi amiga le da el último trago al matcha.

Yo todavía sigo decidiendo si ha sido buena idea contárselo.

—Bueno, ahora sí que me despido de ti. Nos vemos pasado mañana en Barcelona. Espero que me escribas cuando acabes la visita turística. ¿Entendido?

—Entendido. —Aprieto los labios—. Pórtate bien.

—Lo mismo digo. —Me guiña un ojo.

Adrián pasa por mi hotel media hora después de despedirme de mi amiga. Me he vestido con un conjunto de punto, lo suficientemente cómodo para patear la ciudad y tan versátil como para improvisar un cambio de planes. Él lleva unos vaqueros, un jersey de cuello redondo azul marino y un abrigo de lana. Es la primera vez que lleva algo tan informal, además del pantalón del pijama, claro.

—Y yo que pensaba que solo había trajes en tu maleta —bromeo.

—¿Decepcionada, otra vez? —Juega con las cejas—. Espera a pasar unas horas conmigo fuera de la cama.

—Creído. —Le doy un empujón justo después de bajar del coche.

Me siento como la protagonista de la próxima película de Richard Curtis, *Universos infinitos*, con Love of Lesbian como banda sonora, recorriendo las calles del barrio de Notting Hill y sus pintorescas fachadas, con un café entre las manos y una lista enorme de dudas a cuestas.

Nuestra primera parada es una acogedora librería de madera oscura y pasillos estrechos. La campanilla rebota contra la puerta del establecimiento. Adrián se detiene frente a una mesa con las últimas novedades y yo bajo las escaleras para buscar las historias de amor de las que huyo en la vida real. El murmullo de las páginas me acompaña mientras hojeo los libros. Capto el suave crujido de los pasos que se acercan. Retiro una novela de la estantería y me encuentro con sus ojos café al otro lado, a través del estrecho hueco, como si fuese un portal secreto que nos conecta. Adrián es de esas cosas que se desean en voz baja, pero con el alma alborotada. Se desliza por el pasillo, rozando los lomos de los libros hasta colocarse a mi lado. Continúo la búsqueda, haciéndole caso omiso, aunque mi cuerpo trata de advertirme del efecto que tiene su presencia. Nuestros dedos se encuentran en el mismo estante y, tras un forcejeo sutil, retira el ejemplar que estaba curioseando.

—¿Buscas esto? —Arquea una ceja. Adrián gira el libro y lee la sinopsis—. No sabía que te gustaban las novelas eróticas.

—Sorpresa: no leo solo a Murakami. —Me cruzo de brazos—. Para tu información, tampoco veo solo cine de culto. Me encanta Nancy Meyers. Y ¿qué hay de tus gustos cinéfilos? —Le lanzo la pregunta, aunque intuyo la respuesta.

—Me gusta Kubrick.

—Solo te ha faltado mencionar a Lynch y Lars von Trier para parecer un tío intelectual.

—No lo parezco. Lo soy.

Él y su gigantesco ego intentan marcharse con mi libro. Lo reclamo.

—Lo justo sería recibir algo a cambio por él. —Adrián da un paso adelante, recortando la distancia. Capto inmediatamente la naturaleza de su juego.

—No tengo nada que pueda interesarte. —Encojo los hombros, intentando ocultar mi sonrisa traviesa.

Adrián me acorrala contra la estantería, acercando la cadera a la mía. Acaricia con delicadeza la palma de mi mano y escala hasta el codo. Sus labios buscan mi cuello y mis párpados se cierran automáticamente.

—Aquí hay muchas cosas que me generan un gran interés —me susurra al oído.

La punta de su nariz dibuja pequeños círculos en mi pómulo mientras acerca los labios a los míos. Entreabro la boca. La presión de su cadera disminuye y continúa el recorrido por otro pasillo.

—Los ensayos están por allí —me mofo.

Caminamos hasta Portobello Road, donde paramos frente a una tienda de ropa vintage. Cotilleamos por el interior y revisamos las prendas amontonadas en los percheros hasta que doy con una chaqueta de piel y unos vaqueros. Me acompaña al probador.

—¿Recuerdas tu primer beso? —me pregunta desde el otro lado de la cortina.

—Sí. En una fiesta de fin de curso durante el baile. ¿Y el tuyo?

—Fue una apuesta —Adrián hace una pausa—..., que gané.

«Cómo no». Me pregunto si yo también seré otro reto más en su vida. Él fisgonea a través del hueco de la cortina. Le doy la espalda mientras me subo los vaqueros para que disfrute de las vistas. Devuelvo la ropa a la dependienta y salimos a la calle. El olor a comida despierta en mí un hambre voraz. Me sitúo frente a él.

—Solo soy una chica... frente a un chico... —Adrián se muestra expectante por saber cómo acabará mi cita de Julia Roberts. El rugido de mi estómago nos interrumpe. Ambos nos reímos— pidiendo que la lleven a comer al mercado de Portobello Road.

Adrián tira de mi mano para que lo siga.

—Cuéntame alguna mentira que soléis decir las mujeres.

Me acerco a él, como si estuviese a punto de compartir un secreto.

—El tamaño no importa —le confieso.

Adrián suelta una carcajada.

Según los expertos, para conocer realmente a alguien hay aproximadamente cien preguntas que deberías hacerle: la peor cita que has tenido, qué te llevarías a una isla desierta, cuáles son tus mayores miedos, el viaje que más te ha impactado o qué tres deseos le pedirías a un genio. Las preguntas se amontonan en mi garganta y salen disparadas recabando información sin parar.

La calle está repleta de puestos que se extienden ante nosotros: antigüedades, relojes y gafas vintage, ropa y discos de vinilo. El bullicio me envuelve y me distraigo observando la marabunta de turistas que navegan de un sitio a otro. No puedo resistirme a comprarme un bolso. El apogeo culinario se encuentra al final del recorrido, donde las especias y la música son las protagonistas. Barajamos diferentes opciones, cada cual más peculiar. A falta de sushi, buenos son los *baos*. Pedimos cinco sabores distintos para compartir. Los degustamos uno a uno, compartiendo impresiones.

—El de ternera Sichuan es el más sabroso —masculla cuando llegamos al último.

—¡Pica!, ¡pica!, ¡pica! —Me abanico con la mano, intentando apagar el fuego de mi lengua, y doy pequeños saltos.

Sopla dentro de mi boca, tratando de aliviarme.

—Vale, acabo de descubrir que el picante no es lo tuyo... —Adrián se rasca la nuca.

—Esto vamos a tenerlo que compensar con un *cupcake* —le exijo.

A trescientos metros en línea recta hay una pastelería con un mostrador lleno de galletas, pasteles y magdalenas.

—Quiero ese —me relamo.

—¿El de chocolate blanco y pistacho?

—Sip. —Adrián me lo entrega junto con una servilleta—. Te lo agradeceré compartiendo un poco contigo. —Le ofrezco probarlo primero.

—No soy muy fan de los dulces —me dice mientras rechaza la oferta.

«¿En serio?».

Me llevo el *cupcake* a la boca, saboreándolo.

—Mmm... —Doy otro bocado—. Está brutal.

Adrián se ríe mientras me observa zampar, poniendo el foco en mis labios.

—¿Qué? —le pregunto—. ¿Tengo algo? —Paso los dedos por los labios, quitándome los restos de magdalena.

—Tienes... —Adrián acerca el pulgar a la comisura derecha de mi boca—, justo aquí.

Se lleva el dedo a la boca y le da un lametazo.

—Para no gustarte demasiado el dulce lo has gozado. —Le guiño un ojo.

—Sabe bien, pero sigo prefiriendo otros sabores más salados y con un toque ácido. —Su voz acaricia mi oído y su mano agarra mi cadera. Un cosquilleo conocido desciende por mi vientre.

No sé si ha sido un túnel en un agujero negro, o que hay múltiples universos coexistiendo al mismo tiempo cada vez que tomamos una decisión, pero hoy he saltado a un universo paralelo. Uno con sus propias leyes físicas. En el que la fuerza de atracción es tan poderosa que nos empuja inevitablemente el uno hacia el otro, sin jerarquías, decisiones o secretos y en el que todo resulta mucho más sencillo. Tal vez por eso me duela volver a Barcelona, porque hoy he vislumbrado una posibilidad junto a él. Hoy he entendido lo que significa para Adrián conocerse mejor y que la intimidad es, también, el arte de conectar fuera de la cama. Tal vez el hecho de que en otra realidad nos hayamos atrevido y haya funcionado, prueba que esa versión de nosotros mismos sí que existe.

Las luces de las farolas y los comercios iluminan las calles y el olor a comida que impregna a cualquier hora la ciudad nos envuelve de camino al coche. Un saxofonista ambienta el momento mágico. Los acordes de «Me and Mrs. Jones» se filtran a través del instrumento y la piel se me eriza al recordar la primera vez que escuchamos la canción juntos, en la azotea del Palacio Nacional. Andamos prácticamente pegados y nuestras manos se rozan. Adrián me mira furtivamente y frena en seco.

—¿Pasa algo? —le pregunto.

—Ven. —Me tiende la mano.

Con cautela, le ofrezco la mía. Me aferra a su cuerpo y comienza a balancearse.

—¿Qué estás haciendo? —me burlo.

—Tú solo baila —susurra, rozando sus labios en mi mejilla.

Adrián tararea y yo sonrío en silencio.

En otro universo, Adrián y yo dimos un paseo por Portobello Road.

22

La radiación de Hawking

Ni siquiera los agujeros negros
son eternos ni inmutables.

Publicado hace 15 horas

Cincuenta años de evolución para dejar atrás las cartas de amor y dar paso a los mensajes con emoticonos. Fuego, guiño de ojo y berenjena. Si Jane Austen levantara cabeza... Del «Boig per tu» al «Felices los 4». La representación del amor en la música ha trascendido de formas que ni Frank Sinatra hubiese podido imaginar.

¿Dónde quedaron las serenatas bajo la ventana y volar hasta la luna?

De morir congelado por amor a intercambiarse las llaves de tu casa con tus propios amigos para experimentar el sexo liberal.

¿Se ha perdido el amor por el camino o también se le aplica la primera ley de la termodinámica? Ni se crea ni se destruye, solo se transforma.

#evolucióndelamor #cancionesdeamor #reflexiones #amormoderno

De camino a la redacción observo a mi alrededor. La naturaleza está renaciendo. Ya empiezo a sentir la calidez de las temperaturas, la floración de las plantas y el sonido de los animales. Me acompaña el olor a café que se desprende de las cafeterías. A pesar de que no es mi estación favorita del año, tengo que reconocer que hay más luz y más calor. Aunque no soy un animal social, nuestro estado de ánimo suele mejorar. Incluso incrementa nuestra libido. Como dice el dicho: «La primavera la sangre altera». Creo que es hora de desempolvar mi armario cápsula primaveral. ¿Qué será lo primero que estrene esta temporada?

Supongo que el inicio de la primavera meteorológica ha sido mi principal distracción para evitar darle vueltas a la incertidumbre posviaje. No sé qué se supone que viene después. Adrián y yo vivimos unos días en la capital británica ajenos a la realidad que nos esperaba a nuestra vuelta, como si nos hubiésemos teletransportado a un universo paralelo libre de cargas. Pero un vuelo a las seis y cuarenta y cinco de la mañana nos trajo de vuelta a Barcelona y apenas he tenido unas horas para concienciarme de que volvemos a meternos en la piel de nuestros personajes, cuya relación puede arruinar la dinámica del pódcast y nuestra credibilidad profesional; cuyas familias guardan secretos que yo continuaré investigando hasta destapar, y cuyos intereses románticos son tan opuestos que no tiene sentido pensar en un «nosotros».

Adrián

El parque está prácticamente vacío, solo veo a un par de madrugadores como nosotros. He convencido a mi hermano para salir a correr antes del trabajo. El sonido de las zapatillas contra la tierra marca el ritmo.

—Odio correr. —Mi hermano bosteza.

—No seas vago, anda. El deporte es salud.

—¿Estás tomando algún suplemento o el sexo con Carlota te da energía como el ginseng?

—No sé, pero me hace sentir distinto. Duermo mejor y estoy de mejor humor desde que volví de Londres. Incluso la música suena distinta —resoplo.

—Y ahora que ya te has deshecho de la tensión sexual con ella, a por el siguiente reto, ¿no?

¿Eso es lo que quiero? Que volvamos a tratarnos como dos extraños y no vuelva a sentir su piel desnuda entre mis brazos o a ver de cerca cómo chisporrotean sus pupilas. Siento un pinchazo en el pecho.

—Puede que lo mío con Carlota no sea solo sexo... —admito.

Mi hermano empieza a reírse.

—Eso tiene un nombre. Se llama estar enamorado. Y el único que no se había dado cuenta hasta ahora eras tú, idiota.

Acelero la marcha, dejándole atrás y con él a la idea de que puedo sentir algo así por ella. Álvaro para, agotado.

—Enhorabuena por admitirlo, de todas formas. Ahora, no la cagues —me grita a lo lejos.

Cuando estoy a punto de entrar, Nico me intercepta en la puerta del periódico. Entrecierra los ojos, analizando si ha sucedido algo que él todavía no sepa.

—Supe que pasaría esto en cuanto os presenté —susurra.

Niego con la cabeza. Vamos, que me hago la loca.

—Vi cómo te observaba en el despacho de Beatriz, Carlota. La misma mirada que tiene un león cuando localiza a su presa. Conozco a Adrián. Y te conozco a ti. —Nico me atraviesa con la mirada.

Dejo escapar el aire y levanto las manos, declarándome culpable.

—Vamos a la cafetería y me cuentas los detalles.

Al llegar, pedimos un par de cafés. Después de contarle fugazmente mi paso por Londres, Nico se anima más tarde con una napolitana.

—Pensaba que habías dejado el azúcar. —Doy vueltas a la cucharilla del café.

—La tomo solo cuando me das disgustos.

Parpadeo sorprendida.

—¿Así que has metido un garbanzo en el bote? —Farfulla con la boca llena. Yo arrugo la frente. «¿De qué habla?»—. La teoría del bote de garbanzos. Es una teoría universal no escrita.

—¿Y qué dice esa teoría?

Nico se limpia los restos con la servilleta.

—La teoría dice que si guardas un garbanzo en un bote cuando tienes sexo antes de formalizar una relación, y después empiezas a sacarlos cada vez que vuelves a hacerlo una vez formalizada, te mueres con el bote aún por vaciar.

—¿Cuál es tu experiencia? ¿Te quedan muchos garbanzos en el bote?

—Más de los que me gustaría. A decir verdad, podría prepararme un cocido —confiesa.

Los dos reímos al mismo tiempo.

—¿Y ahora qué? —me pregunta.

—No lo sé, supongo que lo nuestro se quedará en tierras inglesas.

—Es lo mejor, Carlota. —Nico me acaricia la mano—. Para los dos.

Me encuentro a Adrián en el pasillo, de camino al ensayo. Para mi sorpresa no me esquiva, sino que me da los buenos días. Antes de nuestro viaje, habría buscado una excusa para no ir a mi lado hasta la sala de grabación. Algo en él ha cambiado desde que volvimos. Durante el ensayo todo fluye, charlamos y reímos junto con el equipo entre las diferentes pruebas técnicas, nos lanzamos alguna mirada cómplice y compartimos un par de bromas. Me quedo tranquila cuando disipo el miedo que me rondaba a que todo fuese extraño entre nosotros, pero a la vez me inquieta. ¿No será que lo que pasó en Londres nos importa más de lo que estamos dispuestos a admitir?

Antes de marcharme a casa, veo que Adrián sigue conectado, aunque ya no queda nadie en la redacción. Después de nuestra nueva dinámica, tal vez podría subir a saludarle. No hemos tenido ni un solo momento a solas desde que volvimos de Londres y, para qué voy a mentirme, lo echo de menos. La planta de dirección está a oscuras, así que la cruzo tranquila. Adrián tiene la puerta abierta. Asomo la cabeza.

—¿Molesto?

Adrián curva los labios al verme.

—Pasa. —Me hace un gesto con la cabeza mientras se levanta.

Cierro la puerta con cuidado.

—¿Qué haces aquí todavía?

—Tenía trabajo pendiente. Cosas aburridas de jefes. —Adrián se apoya en el sillón y cruza los brazos.

Nos quedamos en silencio, contemplándonos. Las imágenes se proyectan en mi cabeza una tras otra. El aire se espesa a nuestro alrededor. Respiro, intentando calmar los nervios.

—Ven aquí —me susurra.

Adrián se aproxima cuidadosamente y siento cómo sus brazos envuelven mi cuerpo.

—¿Esta vez no bailamos? —bromeo.

—Esta vez no. —Siento el roce de sus labios en la oreja—. Aunque cuando menos lo esperes la música volverá a sonar.

Percibo su olor y cierro los ojos. Su abrazo me reconforta. Una vez leí que los mejores abrazos son aquellos que duran entre cinco y diez segundos. ¿Cuántos segundos llevamos nosotros abrazados? No lo sé. A su lado pierdo la noción del tiempo.

He quedado hoy con Júlia para dar un paseo después del trabajo. Tiene que comprar un par de cosas para la fiesta sorpresa de cumpleaños de su madre. Claudia nos manda una foto desde Estados Unidos. Se marchó a un congreso a Chicago un día antes de que yo volviese de Londres, así que no hemos coincidido, aunque sé que está deseando volver para ponernos al día.

—¿Cómo lleváis la preparación de la fiesta?

—Bien, aunque me pone enferma ver a mi padre ayudando a organizarlo todo, como si fuese el marido perfecto, cuando sé que se ha liado con otra. Hipócrita.

—¿Has pensado en hablar con ella?

—No sé si estoy preparada para traicionarle, Carlota. Mi padre fue el único que me apoyó cuando no quise dedicarme a la abogacía. Mi madre puso el grito en el cielo y él, en cambio, me ayudó. Me intento convencer a mí misma de que esto ha sido algo puntual y que yo también debería apoyarle a él —suspira—. Para lo valiente que soy, en este tema parezco muy cobarde...

—No digas eso. No eres ninguna cobarde, pero crees que le debes algo y no es justo. —Júlia mira hacia otro lado. Suele hacerlo cuando no quiere hablar sobre un tema—. ¿Y cómo te fue con tu cita de anoche? —Intento desviar la conversación hacia otro punto.

Júlia y yo deambulamos entre las góndolas y mesas de exposición de la tienda. Le echo un ojo a una minifalda de tiro medio con pliegues delanteros.

—Fuimos a cenar al restaurante Mano a Mano y los postres los tomamos en su hotel —me cuenta mi amiga con una mirada pícara.

—Me encanta ese sitio. Tiene un ceviche y un espumoso brutal. —Júlia asiente y me pasa una americana negra ceñida con cremallera—. ¿Quién ha sido la víctima, esta vez?

—Un modelo irlandés que conocí ayer en una sesión de fotos para la revista. Estamos preparando un artículo sobre tendencias masculinas para esta primavera.

—¿Lo pasaste bien? He leído que los irlandeses son buenos amantes.

—Técnicamente hizo una buena ejecución. —Se encoge de hombros.

—¿Técnicamente? —le interrogo curiosa.

Nos dirigimos hacia los probadores.

—Sí, hizo todo lo que se supone que debía hacer y tocó en los lugares correctos, pero no hubo química. ¿No te ha pasado nunca?

Júlia desaparece tras la cortina del probador. Medito en silencio su pregunta. El recuerdo de Martín surge ante mí irremediablemente. Mordisqueo la cara interna del labio. Él era cuidadoso con mi cuerpo y se esforzaba por conocerlo en detalle. Juntos recorrimos un camino de aprendizaje sexual lleno de confianza y comodidad, pero nunca sentí esa sacudida que Adrián provoca en mí.

Gwyneth Paltrow confesó en una entrevista reciente que prefería la química de Brad Pitt a la impecable ejecución de Ben Affleck. Las comparaciones son odiosas y más si lo compartes con miles de personas, pero he aquí otra paradoja, la de la ejecución perfecta.

—¿Te imaginas un IMDB sexual donde pudiésemos anotar críticas y puntuaciones? —bromeo—. Seis sobre diez. Buena técnica, pero no conecta emocionalmente con el público.

—Cuatro sobre diez. Coitocéntrico, cree que el clítoris es como el santo grial: ha oído hablar de él, sabe que es legendario, pero ni idea de dónde encontrarlo —remata Júlia. Las risas rebotan en los probadores.

Aunque *a priori* puede resultar una idea de lo más atractiva para Jan y Pau, los desarrolladores de la aplicación de citas, el sexo es una experiencia totalmente personalizada. Un baile sincronizado, que además de una buena técnica tiene que ir acompañado de una dosis de emoción.

El móvil me vibra. Adrián me ha enviado un mensaje.

Me ha gustado verte, estabas preciosa. El viaje a Londres te ha sentado bien

—¿Qué tal con el principito?
—Me ha enviado un mensaje. Estamos... —Hago un ademán.
—Tonteando.
Las mejillas se me sonrojan. Menos mal que Júlia no me ve.

Tú no estabas mal, tampoco. Aunque algo contenido para cómo te recordaba. Ahora huelo a ti

—¿Os habéis enrollado en la redacción?
Suelto una carcajada.
—No, mucho mejor. Nos hemos abrazado.
—¿Te estás escuchando? —Júlia reniega con la cabeza.

Espero que sea un buen olor, de esos que se quedan impregnados durante horas. Qué esperabas? Acabar encima de la mesa de mi despacho?

Su mensaje me provoca una carcajada. Lo cierto es que se parece bastante a lo que mi mente pervertida se ha imaginado mientras estaba allí.

Como fantasía tiene su punto. Acaso tú no te lo has imaginado? Seguro que esta ya la tienes tachada de tu lista

Envío el mensaje y me tapo la cara con las manos. Carlota, esto va a doler. Júlia desliza la cortina, ya enfundada en la nueva colección de primavera, devolviéndome al planeta Tierra.

—Nena, como los españoles no hay ninguno y, si me apuras, algún que otro italiano. —Ambas reímos—. ¿Aprobado? —Júlia da ligeras vueltas sobre sí misma para analizar el modelito desde todos los ángulos. Justo lo que yo debería estar haciendo con el guion del pódcast en lugar de fantasear con tirarme a Adrián en su despacho.

Mientras hacemos cola, me llega una nueva notificación.

Yo siempre estoy imaginando. He cumplido muchas fantasías, pero esta no. Si algún día te animas a venir con falda y sin ropa interior, quizá podamos cumplirla juntos

Adrián, no me pongas a prueba...
—Ahora vuelvo —le digo a Júlia.

Puede que sea culpa de la dopamina o de la rebeldía al desear lo prohibido. O que directamente he perdido ya la cabeza, pero el cuerpo me tiembla de deseo y de vértigo al llegar a la oficina a la mañana siguiente con la minifalda. El riesgo con Adrián es demasiado irresistible como para ignorarlo.

Cruzo el pasillo con el pecho golpeándome las costillas. Voy directa a la sala donde tenemos el seguimiento semanal del proyecto. Adrián ya está dentro, charlando con Carlos. Entro y dejo mis trastos sobre la mesa. Me examina disimuladamente. Su rostro esboza una sonrisa traviesa cuando deja caer sus ojos hasta mis caderas. El resto del equipo se incorpora enseguida. Tomamos asiento y comenzamos la reunión. La pantalla de mi teléfono se ilumina.

Llevas ropa interior?

Suelto una carcajada silenciosa y aprieto los labios, conteniendo la sonrisa.

Tendrás que comprobarlo por ti mismo...

A Adrián le arden los ojos de deseo. He despertado a la bestia. Cuando la reunión termina, vuelvo a mi mesa. Hemos revisado las estadísticas, compartido nuevas ideas para el siguiente episodio y tengo que modificar el guion para acomodarlo a los cambios acordados para la grabación. Ya estamos en la recta final. Ha sido emocionante ser pioneros en hacer del pódcast una narrativa posible para la prensa.

Mi teléfono vibra. Miro a los lados, comprobando que no hay nadie a mi alrededor, y desbloqueo el móvil para atender la llamada de Tomás.

—Carlota, he conseguido hablar con el ingeniero con el que contactó tu padre. Tengo novedades, pero es mejor que te las cuente en persona. Mientras tanto, necesito que accedas al sistema para comprobar quién borró el documento.

—¿Otra vez? —respondo en voz baja—. Es muy arriesgado.

—Por favor, es importante. Eso nos ayudará a confirmar la información que me ha proporcionado mi contacto. Te mando ahora las instrucciones.

Un hormigueo me recorre las manos mientras escribo de nuevo las credenciales. Leo atentamente el mensaje de Tomás con los pasos a seguir. Lo que encuentre ahora puede cambiarlo todo. Tal vez condenará al periódico y a la familia de Adrián si se confirman nuestras sospechas. ¿Y si lo arrastro a él con todo esto? Las manos me sudan. Mis dedos tiemblan sobre el ratón cuando estoy a un clic de descubrir quién borró el informe de mi padre. Cierro la sesión y apago la pantalla.

Adrián

Vuelvo a mi despacho después de la sesión de equipo, con unas ganas enormes de levantarle la falda a Carlota. Intento concentrarme en otras cosas en un par de tediosas reuniones sobre presupuestos, pero mi mente no es capaz de dejar de imaginármela encima de mí, balanceándose. Abro su conversación y tecleo.

> Puedes subir un momento a revisar la escaleta,
> por favor?

Dejo el teléfono encima de la mesa.

Hay algo en nuestra conexión que me empuja a desafiar los riesgos y la lógica. Puedo sentir el peligro y la atracción conviviendo al mismo tiempo en mi interior. No sé adónde nos lleva esto, pero no me importa.

Un correo salta en la esquina inferior. Me incorporo. «No. No puede ser». Lo abro. Un escalofrío recorre mi cuerpo. Me quedo mirando la pantalla en silencio. Accedo a la carpeta donde se derivan las notificaciones de acceso al repositorio documental. Desde que descubrí hace años que EnerG2V falsificó las pruebas de la licitación, y que alguien en el periódico lo sabía, activé las notificaciones para asegurar que nadie husmeara. Veo tres notificaciones en los últimos meses. Alguien ha entrado en los archivos del reportaje de la misión Horus y solo una vez he sido yo, cuando borré el informe de Toni. Tal vez no debí hacerlo, pero entonces solo pensaba en protegerla a ella y a su padre. Noto cómo la cuerda se tensa alrededor de mi cuello. Si alguien descubre que borré el archivo, se acabará mi carrera, pondré en peligro al periódico y mi familia nunca me lo perdonará.

El sonido de unos nudillos golpeando la puerta me sobresaltan. Carlota entra y la examino a lo lejos. Es tan sexy que por un momento olvido lo que ocurre en la pantalla. Me acerco poco a poco. Un paso más y podría descubrir lo nervioso que estoy.

—¿Quieres revisar los cambios?

Niego con la cabeza y la estudio de nuevo, deteniéndome en su cintura.

—¿No te sientas? —le pregunto.

Apoya la mano en el sillón y suelta un pequeño chasquido con los labios.

—¿Estás esperando que haga un Sharon Stone? —Sonríe, tímida.

Me echo a reír mientras me dirijo hacia ella. Da varios pasos hacia atrás hasta toparse con la puerta. Apoyo la mano en la madera, al lado de su cabeza, y con la otra mano recorro su pierna. Siento su boca a escasos milímetros de la mía, pero no nos besamos. Mi respiración se agita y noto su corazón bombeando con fuerza. ¿Cómo puedo desearla tanto? La piel se le eriza. Carlota cierra los ojos. Continúo el recorrido por debajo de la falda.

—¿Quieres que compruebe si llevas ropa interior? —le susurro.

Carlota no es capaz de articular palabra y mueve la cabeza de un lado a otro. ¿Justo ahora tiene que aparecer su lado racional? Me separo. Carlota me atraviesa con los ojos y sale del despacho. Cuando voy a cerrar la puerta, me topo con Víctor. Le sostengo la mirada con frialdad.

—¿Ha sido estrictamente laboral lo que ha pasado ahí dentro, Adrián? —me pregunta mientras me dedica una sonrisa maliciosa.

Doy un portazo.

Es la única respuesta que se merece este gilipollas.

Bajo en el ascensor con el corazón latiendo en mi garganta. Aunque la piel me quemaba de deseo, me he asustado. Dentro del despacho no solo estaba Adrián, sino todo lo que simboliza, y eso ha magnificado mi miedo. He sido incapaz de cruzar el límite sabiendo lo que arriesgaba y lo que minutos antes he estado a punto de hacer. Además, cuando Adrián se convierte en Omega es como los mejores licores: hay que disfrutarlo a tragos cortos y, a ser posible, lentamente, o puedes acabar con un colocón descomunal.

Al llegar a la planta, Nico me espera en el pasillo.

—Ven. —Me señala la sala acristalada.

Le sigo.

—Cuéntame, ¿a qué viene tanto misterio? —indago.

—Aclárame tú primero a qué estás jugando con Adrián.

Mi pierna se mueve nerviosa.

—No te entiendo. —Me encojo de hombros.

—Carlota, disimulas fatal. Lleváis dos días tonteando como adolescentes. Pensaba que lo tuyo con Adrián se terminó el día que volvisteis de ese viaje. ¿Eres consciente de las implicaciones que puede tener en tu vida laboral si se supiese? Además del conflicto de intereses, el nivel de autoexigencia que te impondrías para sobredemostrar algo que no es necesario. Os la estáis jugando.

El silencio acapara el momento, pero Nico mantiene fija la mirada en mí, esperando una respuesta que no puedo darle, ni tan siquiera puedo responderme a mí misma.

—Simplemente, estoy jugando. Me estoy divirtiendo un poco. —Aprieto los labios.

—¡Sí, con fuego! —Nico mueve la cabeza de un lado a otro y agita los brazos—. Así que cuidado no te vayas a enamorar en medio del incendio y pierdas el control de las llamas.

Llego a la cafetería a primera hora de la mañana sin aliento. Anoche dormí fatal. Me quedé dando vueltas después de mi conversación con Nico. El olor a mantequilla se cuela en mis fosas nasales. Necesito desayunar. Examino el local mientras espero el café y escucho a lo lejos unas voces familiares. Vislumbro a varios compañeros del equipo, pero también a otros periodistas de economía y cultura. Me aproximo para ir a saludarles, pero freno en seco cuando escucho la conversación que mantienen con Adrián, que está sentado de espaldas a mí.

—Tío, ¿qué te ha pasado desde la semana de la moda londinense? Estás más feliz.

—Eso solo puede ser por una mujer.

Adrián se ríe.

—He conocido a alguien. —Se encoge de hombros—. No es nada serio todavía. Hemos salido un par de veces.

Da un trago a su café solo.

El resto de los compañeros murmuran.

—¿Es periodista, también?

—No. Nos conocimos en una reunión de antiguos alumnos de la escuela de negocios. Trabaja en una consultora, en una de las Big Four.

El nudo de mi garganta se aprieta con fuerza, casi estrangulándome.

—¿Y cuándo vamos a conocer a la afortunada?

—Me estoy planteando llevarla a una cena con algunos de los directores del periódico. Tampoco quiero precipitarme, pero pinta bien.

Se me encoge el corazón al escucharle. Doy media vuelta y me largo sin el café. La frustración y la tristeza llenan mis ojos de lágrimas contenidas. Me dirijo al baño de la redacción en busca de refugio. Cierro el pestillo. Apoyo los antebrazos en la puerta y dejo brotar las lágrimas con rabia. Recorren mis mejillas hasta que llegan a mi pecho. ¿Cómo he sido tan idiota? Golpeo la puerta, varias veces. Tomo aire intentando recomponerme. Quince minutos después salgo del cubículo y me miro al espejo, me acaricio el rostro deshaciéndome de los restos de rímel y me prometo que estas serán las últimas lágrimas que derramaré por Adrián. «Carlota, qué equivocada estás, ¿acaso no recuerdas que estás jugando con fuego?».

Me rehago mental y físicamente a ojos de mis compañeros, e intento disimular lo que siento. Me refresco el cuello con agua, me atuso el pelo con los dedos y me recoloco el vestido. Al salir del baño Nico me observa desde la sala acristalada y no dice nada, pero hay miradas que no necesitan subtítulos.

La mañana transcurre con normalidad excepto por el hecho de que he intentado todo lo posible para no cruzarme a Adrián y que no me he permitido pensar en lo sucedido ni un minuto. ¿Sorpresa? Mi subconsciente no opina lo mismo. Lucho contra cualquier pensamiento intrusivo tecleando sin parar. Nico apoya la mano en mi mesa.

—¿Comemos?

Nos mantenemos en silencio, uno frente al otro después de contarle lo que he escuchado en la cafetería. Puedo intuir lo que dirá en cuanto pidamos las copas de vino, así que quiero desenfundar yo primero, pero Nico coge carrerilla.

—No quiero verte así.

—¿Por qué, Nico? —me lamento—. ¿Es una venganza del universo?

—Carlota, aléjate de él, por favor. Tú has nacido para contar noticias no para ser una de ellas. —Nico suspira. Doy un sorbo al vino—. ¿No has mirado a tu alrededor? La gente ya se está haciendo preguntas. Parece que alguien ha dejado correr el rumor por la oficina de que Adrián y tú tenéis demasiada química. No les des la munición para destrozarte. Adrián es demasiado jugoso como para meterte en un *spin-off* romántico con el hijo del fundador. Eso sin mencionar que no es de los que buscan el amor. Solo le interesan el poder, el control, la imagen pública y la diversión pasajera.

Siento el golpe de sus palabras en el estómago. Puede que Nico tenga razón. Necesito tomar distancia, después de todo lo que ha ocurrido desde Navidad. Estoy arriesgando demasiado por una historia que me he inventado yo sola. Para él solo he sido una más y él para mí ha sido la persona por la que he estado a punto de poner freno a mi investigación.

Tenía pensado hacer una visita a mis padres en la montaña este fin de semana, pero tras la comida con Nico decido recoger los trastos y adelantar mi viaje. No hay grabación hasta la próxima semana y mi familia no llegará hasta el sábado. Tendré un par de días para trabajar en soledad y los aprovecharé para centrarme en el último episodio. Será la excusa perfecta para alejarme del maldito Adrián. Conduzco en silencio todo el trayecto. Busco en la madera y en el fuego el refugio que no he encontrado en el frío mármol del baño. Al llegar, abro las ventanas, me preparo un café y me siento en el porche a trabajar durante un par de horas. Inspiro el aire fresco con fuerza y cierro los ojos. El sonido de la naturaleza me envuelve. Me abrazo al jersey de punto marrón. Tengo que aceptar que no hay lugar para nosotros en este universo y que he malinterpretado completamente nuestra relación.

ADRIÁN

Llevo todo el día sin saber nada de Carlota. Bajo a la planta de innovación y tampoco hay rastro de ella. Cuando vuelvo al despacho, me encuentro a Nico en el pasillo. No sé si es buena idea preguntarle, pero necesito saber si está bien.

—Nico.

—Hola, Adrián. ¿Qué tal?

—¿Sabes dónde está Carlota?

—¿Necesitas algo? Quizá te pueda ayudar yo.

¿En serio? ¿Cuántas explicaciones quiere este hombre para responder a mi pregunta?

—Necesito hablar con ella.

—Carlota estará un par de días trabajando desde casa.

—¿Por? ¿Está bien? —Empiezo a inquietarme.

—Si quieres un consejo... —Nico se toca la barba—, déjala tranquila.

—¿Qué cojones estás diciendo, Nico?

—Sé perfectamente lo que ocurre entre vosotros, Adrián. No soy ningún necio. Soy amigo de Carlota y la aprecio demasiado como para permitir que le arrebates lo que más le importa en este mundo: la posibilidad de diferenciarse de su padre haciendo algo grande en el periodismo. Que la hayas puesto en riesgo y además estés jugando con sus sentimientos me parece de mal gusto.

Entonces caigo: esto es por la conversación de esta mañana durante el desayuno.

—Nico, no estoy jugando con Carlota. —Me paso la mano por el pelo y exhalo con fuerza—. Ayer por la tarde Carlota vino al despacho y Víctor la vio salir. Ha sido él quien ha esparcido el rumor. Yo solo estaba intentando protegerla. No hay otra mujer. Solo..., solo existe ella.

Nico suspira.

—Ahora dime dónde está, por favor —le ruego.

El iPhone se ilumina y mi jefe aparece en la pantalla.

—¿Qué necesitas?

—Carlota, Adrián me ha preguntado por ti. —Nos quedamos en silencio durante varios segundos—. También se ha interesado por saber dónde estabas.

—¿Qué le has dicho?

—Que te habías ido unos días de vacaciones con el ligue de anoche y que no querías saber nada de él.

—¿En serio?

—No, tonta. Le he dicho que trabajarás desde la montaña unos días y que le despellejaré si te vuelve a hacer daño.

Su comentario me arranca una sonrisa.

—Gracias por contármelo, Nico.

—Cuídate, pequeña. Disfruta de la paz antes del empujón final del pódcast.

Cierro el portátil y voy directa a la ducha. El agua recorre mi cuerpo y al chocar con él se evapora. Me enrollo la toalla mientras me seco el pelo. El móvil suena de nuevo. Adrián. Medito si coger la llamada.

—Hola. —Su voz me llega entrecortada.

—¿Qué quieres, Adrián?

—Mándame tu ubicación. —Me retiro el altavoz de la oreja y miro la pantalla de nuevo.

—¿Para qué la quieres y por qué me llamas? —respondo subiendo el volumen.

—Mándamela, por favor. —Suena impaciente—. O tendré que ir puerta a puerta hasta encontrarte.

Considero durante un minuto la idea de verle tocar las puertas del pueblo en mi busca, pero le conozco lo suficiente como para saber que va en serio. Aprieto los párpados y cojo aire antes de enviarle la ubicación. Luego reniego de mi impulsiva decisión. Cinco minutos después suena el timbre. Adrián vuelve al estilo informal de Notting Hill. Lleva unos tejanos claros, una camiseta blanca y una chaqueta de piel marrón. Aunque esté casi tan guapo como en traje, no pienso sucumbir a su canto de sirena. Cara de póquer. «Y esta vez, esfuérzate, Carlota». Se apoya en el marco de la puerta.

—¿Qué haces aquí?

—Estaba preocupado. No te he visto en todo el día en la redacción.

Chasqueo la lengua.

—Espero que tu nuevo ligue no se moleste por haber venido hasta aquí. Y si me disculpas, estoy trabajando en el guion. —Trato de cerrar la puerta, pero Adrián se cuela dentro.

—Carlota, no estoy conociendo a nadie. Joder, tan solo intentaba disimular.

—Pues quizá deberías plantearte cambiar el periodismo por la actuación. Has bordado el papel.

—No comprendo por qué estás tan cabreada conmigo. Estaba protegiéndonos de los rumores. No quiero que esta situación te salpique. No me lo perdonaría nunca... —Adrián da un paso adelante y acaricia mi barbilla—. Deja que te invite a cenar y lo hablamos. Tengo algo para ti que guardo desde hace algún tiempo.

Cierro los ojos, pidiéndole perdón a esa voz interior que ahora mismo desgarra mis entrañas por aceptar. Pero una parte de mí se ha sentido identificada con sus palabras. ¿No he hecho yo lo mismo renunciando a saber quién borró el informe?

—Pasa. —Tiro de él y cierro definitivamente la puerta antes de arrepentirme.

Adrián da un vistazo rápido y va directo hasta la joya de la corona.

—Tenéis unas vistas espectaculares.

—Lo sé. —Señalo el paisaje bañado por un sol que todavía no se quiere marchar—. ¿Me cambio y nos vamos?

Adrián asiente y tras enfundarme una camiseta de tirantes y un cárdigan, que es lo primero que encuentro en la maleta de mano, nos vamos en su coche. Adrián arranca el motor.

—Tu coche está como pez fuera del agua. Además, te vas a dejar los bajos.

—Los bajos me los voy a dejar esta noche. —Adrián me devuelve una mirada cómplice y una sonrisa juguetona. Suelto una carcajada.

—Ni en tus mejores sueños. —Desde que conozco a Adrián he mentido más que en toda mi vida—. ¿Quién elige la música?

—Esta vez no hará falta.

Adrián conecta el teléfono y el altavoz comienza a sonar con una mezcla improbable. La voz melancólica de Lana del Rey en «Say Yes to Heaven», acompañada por una base de house donde los sintetizadores y el ritmo repetitivo mecen la melodía. Estilos opuestos, pero que funcionan durante unos minutos. Por eso debo alejarme de Adrián, porque cuando él está cerca me creo que todo es posible.

Observo las luces a través de la ventana. Adrián me lleva a uno de mis restaurantes favoritos de la zona. Lo reconozco, él siempre acierta. Me sobresalto al notar su mano encima de mi pierna. Le miro de reojo y, disimuladamente, busco el contacto con los dedos. Llegamos al diminuto restaurante, probablemente con no más de diez mesas, al que se accede por unas escaleras de madera. Me acerca la carta de vinos.

—¿No eras tú el experto? —bromeo.

—Ya que voy a emborracharte, elige tú.

—¿Ese es tu plan de conquista esta noche?

—No, pero estás muy graciosa cuando bebes.

«Este hombre no tiene remedio». Durante un minuto pestañeo por si estoy en mitad de un sueño y, en realidad, Adrián no está conmigo. ¿En qué momento he olvidado quiénes somos? Pedimos varios entrantes y un principal para compartir. Visto desde fuera, Adrián y yo parecemos una pareja normal, aunque esa palabra nunca vaya a formar parte de nuestro diccionario.

—¿Postres? —pregunta el camarero.

Esta vez lo tengo claro.

—Un tiramisú, por favor. —El camarero se retira.

—Quizá pruebe un poco del tuyo.

—¿No decías que no te gustaba el dulce? —Doy el último sorbo a la copa—. Además, ¿quién te ha dicho que voy a compartir contigo mi tiramisú?

Adrián se inclina sobre la mesa, acortando la distancia entre nosotros y baja la voz.

—Lo voy a probar de tus labios.

Al terminar la cena, volvemos al coche. Adrián me acompaña hasta la puerta del copiloto y antes de abrirla, rodea mi cintura con los brazos. Recorre mis labios con la lengua y después me besa. No es un beso cualquiera, es uno dulce con contrastes amargos, lento, delicado, esponjoso y suave.

—Tus besos saben a tiramisú.

Me muerdo el labio intentando disimular esta sonrisa tonta de mi cara.

Al llegar a casa, nos quitamos las chaquetas. Sirvo dos copas más de vino y encendemos la chimenea. Adrián continúa inspeccionando la casa hasta que se topa con el piano.

—¿Sabes tocar? —Presiona una tecla y la nota suena.

—Un poco. —Me encojo ligeramente.

—¿Tocarías para mí? —Su voz se mezcla con el crepitar del fuego, que se refleja en sus ojos café.

Asiento. A él no puedo negarle nada. Me acerco al peligro de forma descuidada, un encuentro inocente que abre paso a grietas de profundidad insondable bajo mis pies.

Acaricio el piano de pared, sintiendo la tibieza de la madera bajo mis manos. Tomo asiento y me acomodo. Todo está a oscuras, excepto la suave luz de las llamas que se desprende de la chimenea. Adrián se queda de pie, apoyado en el muro, y me observa en silencio. Cojo aire y mis dedos se deslizan con las primeras notas de «God is a Woman». Mi voz se entrelaza con la melodía, generando una intimidad cautivadora. Siento la presencia de Adrián acercándose sigilosamente hasta que se sienta a mi lado. Su olor se filtra en mis pulmones. Dirijo los ojos brillantes a los suyos, intentando llegar hasta su alma. Él, que continúa atento a mis movimientos, me besa el hombro con delicadeza y mi piel se eriza. Me acaricia con los labios la espalda y deja caer el tirante de mi camiseta. Acerco la boca, ofreciéndosela. Adrián muerde mi labio inferior y ahogo un gemido. Su barba roza mi cara mientras nos besamos. Me levanto del asiento tirando de su mano hasta el sofá.

Adrián y yo jugamos una partida de ajedrez con nuestros cuerpos. Los movimientos son más que simples estrategias. Seleccionamos cuidadosamente la siguiente caricia mientras nos desprendemos poco a poco de la ropa, hasta quedar desnudos. El tablero está desordenado y ya no quedan peones, torres, caballos o alfiles que nos puedan proteger. Nos enfrentamos a un cara a cara, una danza de seducción y puede que de destrucción. Recorre cada centímetro de mi piel con la boca, ligeramente humedecida, y yo, recostada, le acaricio el pelo. Nuestros ojos se encuentran. Adrián separa mis piernas y se sitúa entre ellas, despacio, sin dejar de mirarme. Cierro los ojos. Me muevo instintivamente deseando que entre en mí, pero

Adrián, consciente de ello, juega conmigo, casi torturándome. Agarro su espalda mientras jadeo contra su boca. Adrián incrementa el ritmo y la profundidad. Mi cuerpo tiembla. Me sujeta las manos cuando intento tomar el control, pero Adrián no me lo permite. Ya no me quedan fuerzas para seguir luchando contra el placer.

Jaque mate, Carlota.

Adrián roza su nariz contra la mía y me acaricia la mejilla con la yema de los dedos.

En mitad del campo de batalla, estamos haciendo el amor.

Agotados, sedientos y en silencio nos contemplamos. Probablemente, una parte de Adrián sigue dentro de mí.

—Gracias por venir hasta aquí.

—No hay otro sitio donde hubiese deseado estar más que aquí. —Recorre con el dedo índice mi estómago hasta llegar a mi pubis.

—Te queda bien. —Contemplo su barba recién recortada—. Te ensalza la cara de travieso.

—¿Así que esa es la cara que tengo? —Adrián me agarra de la cintura colocándome sobre él.

—¿Cuál es tu objetivo?

—Ayudarte a dormir mejor. Mira qué hora es y todavía sigues despierta. —No puedo evitar reírme.

Dormir está sobrevalorado.

—Ven. —Adrián se incorpora, todavía con mis piernas rodeándole, y me ofrece su camiseta.

Se abrocha el pantalón y, segundos después, cruza el salón conmigo de la mano.

—¿Adónde me llevas? —le interrogo.

Adrián abre la puerta de la terraza y me invita a pasar.

—Espera aquí. —Obedezco su petición con desconcierto.

Vuelve con su teléfono. Lo mueve, apuntando al cielo y dando vueltas sobre sí mismo.

—Allí. —Gira mi cuerpo en esa dirección, me rodea por la espalda y me regala un pequeño beso en el cuello que eriza mi piel. Me acerca su teléfono, mostrándome la pantalla:

«RA 02h55m40.190 +11°36'31.92" dec 14.18 mag».

Sé perfectamente lo que es. Pero no entiendo...

—Carlota, el día que estuviste en mi casa me dijiste que la Navidad era especial para ti. Aunque no soy muy fan de la época, y ya han pasado unos meses, no quería que te quedases sin tu regalo. —Aproxima los labios a mi oído—. Tú contemplas las estrellas en el cielo, pero yo solo tengo que mirar tus ojos para ver galaxias enteras reflejadas en ellos. Y ahora una estrella del cielo lleva tu nombre, Carlota.

Siento un latigazo en el estómago, que recorre mi esófago y mi garganta hasta humedecer mis ojos. Me aferro a su cuerpo, colocando la cabeza en su pecho, en silencio. Soy incapaz de abrir la boca sin que broten las lágrimas. Inhalo tan fuerte que el frescor de la madrugada cala en mis pulmones, junto con el olor de Adrián. Ojalá pudiese capturarlo para siempre, destilarlo y enfrascarlo. Admiro una última vez el cielo repleto de estrellas antes de entrar en casa. Ya nunca podré mirarlo de la misma forma. ¿Cuántas estrellas habrán colapsado? ¿Cuántos asteroides habrán tenido que chocar? ¿Cuánta materia y energía habrá viajado a través del espacio y del tiempo para que hoy existamos, para que Adrián y yo nos hayamos encontrado?

Los primeros rayos de sol alumbran su espalda, dibujando un camino de luces y sombras. Recorro su cuerpo con detenimiento mientras sigo recostada. Aún duerme abrazado a mi almohada y, con seguridad, su olor permanezca en ella más tiempo del que podré soportar. De su boca se escapan suaves gruñidos. Tiene el pelo revuelto y su cuerpo emite pequeños espasmos. La risa se cuela por mi comisura. En el fondo, incluso Adrián tiene un lado imperfecto y vulnerable. Acerco la mano a su piel, aunque finalmente me freno. Quererle es mi secreto más evidente.

Adrián, con su escudo emocional indestructible, me arrastra hacia el epicentro de su propia singularidad, donde el tiempo y el espacio están infinitamente distorsionados. Pero incluso los agujeros negros no son tan negros. También son finitos y mutables. Algo que ya predijo Hawking. Adrián me permite entrever destellos de unas emociones que hasta ahora mantenía acorazadas. Por cada instante que pasamos juntos, se acelera la reducción de su propia esencia oscura, perdiendo masa y energía. Lo que descubro a través de esa liberación no es debilidad, sino humanidad. La radiación que emite no es una señal de su destrucción, más bien de una transformación que podría salvarnos a los dos.

23

Las cuatro fuerzas que rigen el universo y una más

Todas ellas son caras de un mismo pentaedro que sostiene la estructura del universo.

Las hermanas Brontë, Nicholas Sparks, Jane Austen, Pablo Neruda, Gabriel García Márquez o Milan Kundera, entre otros, nos recuerdan a través de los siglos que el amor sigue siendo una fuente inagotable de inspiración. Y no solo en la literatura, también en la música y en el cine se refleja la complejidad de este lenguaje universal. Por supuesto, en la vida real las declaraciones de amor suelen ser menos elocuentes, pero sí podemos empatizar con cada historia hasta que se nos encoja el corazón. Los sentimientos se cuelan a través de los protagonistas, fabricando una especie de diccionario del amor y ofreciéndonos algunas de las frases más inolvidables de la historia. El «He cruzado océanos de tiempo para encontrarte» en *Drácula*; «Como desees» en *La princesa prometida*; «Si tú saltas, yo salto» en *Titanic*; «Siempre nos quedará París», en *Casablanca*; «Parece que va a llover» en *Los hombres de Paco* o «Yo solo tengo que mirar tus ojos para ver galaxias enteras reflejadas en ellos» de este agujero negro que me destruirá. Con esta frase, Adrián se ha sumado a la lista de las frases más románticas de la historia.

Se marchó ayer por la mañana, después de darnos una ducha matutina larga y caliente. No hay nada mejor que un poco de deporte en ayunas para activar el organismo. Mis padres llegaron al día siguiente con varios planes organizados, así que me pasé el sábado leyendo, haciendo deporte y trabajando en el último guion. Bueno, y babeando delante de la pantalla de mi teléfono cada vez que Adrián me enviaba un mensaje. Durante la cena, mi madre me dejó caer que hacía tiempo que no íbamos a escalar juntas. Es una afición que ambas compartimos. He pensado que es buena idea ir hoy al rocódromo y tener un rato a solas madre e hija para charlar y, quién sabe, quizá pueda preguntarle qué opina de la actividad solar de hace cinco años sin que le parezca una pirada.

Ajusto con destreza el arnés, me esparzo magnesio por las manos y ataco la colorida vía impulsándome con fuerza. Mi madre, que mantiene firmes los aseguradores, me guía desde arriba.

—¿Qué tal todo por la redacción? Tienes un agarre justo encima de tu pie izquierdo.

—Bien. Estamos ya en la recta final de la temporada del pódcast. Los resultados han sido muy buenos. —Aprieto el pie en la presa y la alcanzo con la mano.

—Has hecho un gran trabajo en el periódico. —Mi madre hace una breve pausa—. ¿Cuándo me vas a contar quién es él? —Freno en seco y giro la cabeza en su dirección—. Carlota, eres mi hija. No me subestimes. ¿Es del periódico?

Asiento.

—¿Y cuál es el problema? —Me mantengo en silencio—. Que te estás metiendo en un lío, ¿no?

Asiento de nuevo, sin devolverle la mirada. Me concentro para mantener el equilibrio y distribuir el peso correctamente.

—Es que, además, no encaja con lo que yo pensaba que quería... —resoplo—. Buscaba a alguien honesto, leal, ético y consistente en sus decisiones.

—¿De veras crees que alguien puede estar siempre a la altura de tus expectativas? Eres demasiado exigente, Carlota. —Mi madre sacude la cabeza.

—Con él es como si viviese una partida de ajedrez constante. Es cabezón, egocéntrico y... nunca está de acuerdo conmigo a la primera. Todo es difícil entre nosotros. Pero cuando por fin nos alineamos, funciona. Y es... simplemente perfecto. No obstante, creo que el amor debería ser pacífico y sencillo. ¿Sabes?

—Si idealizas el amor, lo condenas a decepcionarte una y otra vez. ¿No crees?

Me pregunto si no estaré obsesionada con convencerme de que Adrián no cumple mis expectativas amorosas. ¿Acaso no me apoyó con la idea de transformar el periódico, aunque fuese a mis espaldas? ¿No fue él quien decidió volver a por Júlia aunque eso significase llegar tarde al evento? ¿No condujo hasta la montaña para disculparse pese a que solo intentaba protegerme? Puede que no siempre me haya dado lo que quería de la forma en la que yo lo esperaba, y que me haya exasperado de formas inimaginables, pero en los últimos meses ha estado de mi lado en los momentos más importantes.

Intento apoyarme en el romo, pero mi pie se resbala y el cuerpo se desequilibra. Mi madre libera la cuerda de seguridad y detiene la caída manteniéndola tensa.

—Hija, sabes que, si me necesitas, siempre estaré aquí.

—Ahora que lo mencionas... —Arqueo la ceja.

Después de despojarnos de los arneses, me limpio el sudor y nos sentamos a beber un poco de agua. Me acerco a la mochila y le extiendo el informe.

—¿Qué opinas? —Mi madre se ajusta las gafas y revisa los valores que se proyectan ante ella.

—Unos registros bastante normales. —Arruga la frente—. ¿Por?

Vuelve a posar los ojos en el documento. Murmura algo que no soy capaz de entender.

—Carlota... —Aparta la hoja en cuanto se fija en la fecha. En su rostro se dibuja un gesto preocupado—. No deberías estar investigando esto.

—¿Qué sabes, mamá? —Aprieto los dientes. No me responde—. Te diré lo que yo creo: papá sabía que una empresa española había falsificado los resultados de las pruebas de estrés de su material para ganar una licitación de millones de euros. La pregunta es: ¿por qué lo ocultó?

—Da igual lo que tú pienses o lo que crees que sabes. —Se pone de pie—. Te pido que lo dejes. Si no lo haces por mí, hazlo por tu padre. Te vas a meter en graves problemas si sigues investigando y nos arrastrarás a todos contigo, Carlota.

Le sostengo la mirada.

En cuanto vuelvo a mi piso, quedo con las chicas. Tengo ganas de ver a Claudia y contarle todo lo que ha sucedido en las últimas semanas. Sin embargo, de la investigación prefiero no mencionar nada hasta no hablar con Tomás. Cenaremos en casa de Júlia y esta vez cocinaremos unas hamburguesas. En cuanto toco al timbre, Claudia se lanza a mis brazos.

—¡Cuéntamelo todo!

Le explico el viaje a Londres, el momento de lucidez desaprovechado del despacho, la visita exprés a la montaña y la cantidad de orgasmos que he tenido últimamente con el hijo del dueño del periódico.

—No me puedo creer que te haya regalado una estrella.

—No tiene validez astronómica. Es como comprarte una estrella de Hollywood.

—Pero es una forma bastante poética para alguien como él de decirte lo que siente.

No puedo evitar sonreír mientras le doy un mordisco a la hamburguesa.

—También alucino con que te hayas acostado con él ya por lo menos cuatro veces. ¡Has tenido más sexo que yo en los últimos meses!

—Es normal. Tú ya has superado la luna de miel y tu relación está en la temida fase de estabilidad. A ver si con esto de la relación abierta… —Júlia se mete una patata en la boca.

Claudia arquea una ceja y exhala.

—¿Qué pasa? —le pregunto.

—¿Sabéis cuando tenéis un presentimiento que no os deja en paz? —Asiento—. Pues cuando estuve en Chicago, mientras hablaba con Abril, tuve una revelación y no he parado de pensar en ello desde entonces. Al volver del viaje, le espié el teléfono. —Júlia y yo compartimos una mirada cómplice—. Pensaba en lo que le había pasado a Carlota en Andorra y necesitaba comprobar que me equivocaba.

—Aclárame una cosa. Si tenéis una relación abierta, ¿cómo sabes que te está poniendo los cuernos, amiga?

—Yo solo quería saber qué había ocurrido en mi ausencia. ¿Vale? El caso es que revisando los mensajes he descubierto que ha quedado con la misma tía… demasiadas veces.

—¿Cuántas?

—Muchas para ser solo sexo, Júlia. ¿Cuántas quedarías tú con alguien al que solo te quieres follar?

—Una. Si me apuras, dos.

—Pues ella seis.

—Joder.

—Exacto. No sé a qué está jugando, chicas... Estoy muy perdida. Yo... solo me he morreado con una tía y ella se está viendo periódicamente con alguien. Ahora, cada vez que sale por la puerta, me imagino que se va con ella.

—Pensaba que lo llevabas bien.

—No, Júlia. No quiero perderla, pero estoy cansada de fingir que no me importa.

¿Se supone que esto iba a ayudar a Abril a aclararse sobre su futuro y a formar una familia con Claudia en el corto plazo? Me da que no.

Es el último día de grabación. Después de meses de trabajo, terminamos la primera temporada de *Polvo de estrellas... y amor.* He decidido ponerme el traje con el que pisé por primera vez *L'Actualitat.* Un guiño a nuestro reencuentro en el ascensor. Cuando aparezco por el estudio de grabación, Adrián suelta una carcajada disimulada. Este episodio va a ser divertido.

—Ten cuidado no te tires un café encima —susurra Nico. Le doy un pequeño empujón.

Adrián viste un traje azul impecable y huele como un demonio capaz de hacerte perder la cabeza con tan solo mirarte. Doy un trago y dejo el café encima de la mesa. Me dirijo hacia el sofá. Adrián me sigue. Esta vez no hay invitados. Solo él y yo en un cara a cara.

El realizador levanta la mano. Los técnicos validan el sonido y acaban de ajustarlo. El silencio se expande por la sala hasta que las luces de los micrófonos parpadean, avisándonos de que todo está preparado. Sigo la cuenta atrás y disfruto del último episodio de nuestro pódcast.

En la carrera me enseñaron que el universo se rige por cuatro fuerzas fundamentales. La gravedad mantiene unidas a las galaxias y permite que las estrellas nazcan y que los planetas giren. También es la fuerza de atracción entre las personas la que nos mantiene unidos, a pesar de la distancia; el motor que nos empuja a relacionarnos con intensidades diferentes: del afecto y la amistad a la intimidad y el deseo.

La segunda es el electromagnetismo. La luz que permite que exista la vida. La misma que nos hace visibles, la que nos ha traído hoy hasta aquí, frente a un micrófono. Una fuerza que, bien enfocada, es capaz de mover montañas. Una chispa que enciende y un magnetismo que arrastra.

La tercera es la fuerza nuclear fuerte, que mantiene unidos nuestros cimientos. Sostiene lo más esencial: nuestros principios, la lealtad, la familia, el compromiso y la confianza.

La cuarta, la fuerza nuclear débil. Esta transforma, convierte y descompone. Es la ambición, la culpa, la verdad, la esperanza, la vulnerabilidad y el miedo. El motor del cambio que permite nuestra evolución.

Y hay una quinta fuerza que gobierna a todas las demás. No aparece en ningún libro de física, ni puede medirse en aceleradores de partículas ni en fórmulas matemáticas. Pero es más poderosa que ninguna. Desafía a la gravedad y te sostiene, incluso cuando todo lo demás se desmorona.

Esa quinta fuerza es el amor. Un acto de resistencia que enfrenta un mundo inerte. El amor crea y destruye al mismo tiempo. Una fuerza que impulsa, une, sostiene y transforma. A veces es caótica y, a veces, irracional. Una aleación indisoluble entre el miedo y el gozo. Y, sobre todo, una experiencia humana que trasciende cualquier intento de explicación lógica. Y eso es lo más fascinante. Que el amor es una fuerza que nunca se puede definir del todo. En un mundo donde buscamos constantemente respuestas y certezas, el amor nos recuerda que hay belleza en lo desconocido.

Todas las fuerzas juntas forman un pentaedro que sostiene la estructura del universo. Todo lo que sucede en él responde a una de estas fuerzas. En los primeros instantes tras el Big Bang, solo existía una única, llamada primordial. Luego se fragmentaron, pero todo procede de un mismo origen y surgen del mismo deseo: mantener el equilibrio para que el universo siga teniendo sentido.

Adrián me observa sin pestañear cuando acabo el discurso.

Veo a Beatriz aparecer por la puerta. Nos observa mientras seguimos la escaleta. Cuando termina el rodaje, todos aplaudimos.

—Ha sido una gran temporada, chicos. Enhorabuena. Creo que hablo en nombre de todos.

—Gracias por haber confiado en las posibilidades de este proyecto, Beatriz.

Adrián me mira y yo sonrío.

Vuelvo a mi mesa después de muchas horas de trabajo, pero orgullosa de lo que hemos creado. Me apoyo en la silla y doy vueltas. Mi teléfono vibra.

Te llevo a casa?

Preferiría irme a cenar con él por la ciudad, pero me consuelo con pasar un trayecto a su lado. Quiero besarlo. Necesito besarlo.

Te espero en la esquina de enfrente, para que
puedas dar la vuelta con el coche

Salgo de la oficina aprovechando que no hay nadie rondando en la planta. Cruzo la calle y enseguida llega el Mercedes, que para frente a mí. Entro rápido.

—Lo hemos conseguido. —Adrián se muerde el labio.

Me recuesto en el asiento.

—No puedo creer que, pese a todos los obstáculos, tú incluido, hayamos grabado una temporada entera.

—Ha sido un final precioso. —Él acaricia mi mano.

—Gracias —suspiro.

«¿Puedo besarle ya?».

—Carlota, ¿te apetece venir a cenar a casa para celebrarlo?

—Depende. —Aprieto los labios—. ¿Pediremos sushi?

Él sonríe.

—¿Lo dudabas?

Recuerdo la primera vez que estuve aquí. Una versión más inocente de mí que creía que podría librarme de su magnetismo y salir airosa. Cruzo el salón y salgo a la terraza. Adrián me abraza por la espalda.

—¿Estás buscando tu estrella?

Me doy la vuelta y le beso. Adrián posa ambas manos en mi cara y noto cómo su lengua posee mi boca. Mi cuerpo se enciende como una chispa. Me pego a él para sentir su calor.

—Hay alguien que no puede resistirse a mis encantos...

—No seas tan egocéntrico, Adri.

—¿Ahora soy Adri? —farfulla con mis labios enredados a los suyos.

Le empujo hacia dentro mientras me desprendo de su camiseta. Caemos al sofá. Empieza de nuevo la batalla por el control. Esta vez quiero tenerlo yo y no pienso ceder ni un ápice. Me sitúo entre sus piernas y desabrocho los tres botones de su pantalón vaquero. Me ofrece ayuda y la rechazo por completo. Se acomoda apoyando las lumbares en el respaldo mientras me dedica una sonrisa suave. Deslizo con mimo la mano por encima de su bóxer negro. Observo su reacción. Decido prolongar deliberadamente el momento.

—¿Quieres más? —Noto su deseo. La piel le arde. Me coloca un mechón de pelo detrás de la oreja.

—Carlota, no juegues conmigo o me lo pagarás... —Su mano se desliza hasta mi trasero.

Mi mente pervertida comienza a imaginarse todas las maneras posibles en las que Adrián se podría vengar de mí. Todas y cada una de ellas me vuelven loca. Le desafío de nuevo curvando los labios. Mis dedos continúan palpándole. Clavo los ojos en los suyos. Mi lengua le recorre mientras se retuerce. Me hace sentir poderosa tener el control de su placer. Como una diosa del Olimpo. Acerca la mano a mi pelo. Lo sujeta con firmeza, arrimándome a él. Acelero los movimientos, que se vuelven más húmedos y desinhibidos. Adrián jadea.

—Ven —exclama con voz ronca.

Me siento a horcajadas tras quitarme el pantalón y la blusa. Adrián frota mis labios con el pulgar y desliza las manos por mi espalda, acariciando mi piel desnuda. Nuestros labios se entrelazan, dándose pequeños mordiscos. Muevo mi cuerpo junto al suyo. Me aprieta las nalgas presionándome contra él. Dejo ir un grito ahogado. Adrián bombea más fuerte y rápido. Me uno al ritmo hasta que presiento que estoy llegando al límite. Respiro profundamente y clavo los dedos en sus hombros. Le inmovilizo con las piernas, impidiendo que cambie de ángulo. El calor de nuestra piel, el sudor, su olor, su barba rozando mi mejilla y el rebote de su cuerpo contra el mío me llevan al éxtasis. Adrián se detiene.

—Me encanta ver cómo te deshaces conmigo dentro. Tu cara de placer es mi obra de arte favorita.

—¿Y tú? —Acaricio su cuello con la punta de la nariz.

—Autocontrol. —Juega con las cejas. Me da un beso tierno y se incorpora conmigo aún enredada a su cuerpo—. Vamos a buscar tu pijama.

Una hora después llega el sushi y descubro que prefiere el atún al salmón y, como ya intuía, añade a la salsa de soja una barbaridad de wasabi. Me cede la última pieza.

—Gracias —balbuceo con la boca llena.

—No me las des. Solo te estoy alimentando para que recuperes la energía. —Adrián aprovecha esos instantes para recoger las sobras y dejarlo todo impoluto—. Voy a lavarme los dientes.

—Yo... no he traído mi neceser. No sabía que me secuestrarías —bromeo.

—Ven. Creo que tengo alguno por estrenar en el baño.

Le acompaño escaleras arriba.

Adrián abre el cajón y me ofrece un cepillo nuevo, guardado en una caja de cartón reciclada. ¿Tendrá alguno más reservado? Por el estómago me recorre una sensación de vacío. Me ofrece la pasta dentífrica y ambos nos cepillamos en silencio observándonos en el vasto espejo. En pleno suspense atmosférico, empuja mi cadera contra la suya, aliviando la tensión. Sonreímos. Después de lavarme los dientes busco una papelera a mi alrededor. Adrián abre el cajón de la derecha, aún con el cepillo eléctrico en marcha.

—Puedes dejarlo ahí. Para la próxima vez que se te olvide.

Su comentario es tan espontáneo y natural que a ninguno de los dos nos parece extraño que, de pronto, mi cepillo pudiera estar en su cajón. Para parafrasear a Benedetti, un bonito momento.

Me inspecciono una última vez antes de apagar la luz del lavabo. «Estás radiante, Carlota», me digo. ¿Serán los orgasmos? Si lo llego a saber, me hubiese ahorrado una fortuna en cremas.

Al día siguiente quedo con Tomás para ir a por un café antes de entrar a la redacción. Le comparto mis sospechas acerca de la mención a las tormentas solares en las grabaciones y le resumo la conversación con mi madre.

—Está claro que intentaron tapar los fallos del material con causas externas, como las tormentas, aunque el problema de fondo era otro. Creo que no solo emplearon arseniuro de galio. También utilizaron silicio y por eso el material no aguantó los ciclos de pruebas.

—«Tiene sentido, de esa forma abarataron los costes»—. Lo que me contó el ingeniero de EnerG2V, el que tu padre localizó, es que alguien más del periódico se reunió con el director de su empresa, días antes de que tu padre cambiase el informe. Necesitamos saber quién lo borro del repositorio, Carlota. Ese dato sería clave para averiguar si alguien más participó.

—Tomás, ¿crees que mi padre vendió su silencio?

—Conociéndole te diría que no, pero he visto periodistas con una ética férrea sucumbir a la corrupción. Ojalá descubramos pronto lo que ocurrió.

En lugar de ir al periódico, me dirijo a casa de mis padres. Sé que una vez entre en el sistema, todo cambiará para siempre. Desconozco lo que voy a encontrar y me aterra que la verdad sea demasiado dolorosa como para soportarla. Necesito mirar a los ojos a mi padre antes de dar este paso. Mi madre está en la universidad y él suele quedarse en casa leyendo. Llamo al timbre antes de abrir con mis llaves. Hubble me recibe en la entrada, moviendo la cola, ajeno a lo que sucede. Mi padre me observa desde el sillón y se levanta despacio. Estoy segura de que mi madre ya le ha contado nuestra conversación. Dejo el bolso encima de la mesa y me acerco a él.

—¿Qué haces aquí, Carlota?

—Necesitaba verte. —Un hilo de voz sale de mi boca.

Mi padre enciende el tocadiscos, coge el vinilo de los Bee Gees de la estantería y lo coloca con cuidado en el plato. El disco encaja y la aguja desciende. «More Than a Woman» emerge en el altavoz. Esta canción me la solía poner cuando era pequeña y me evoca los días más felices de mi infancia.

—Anda, dame un abrazo —me pide.

Así, acunada entre sus brazos, las emociones se amontonan en mis ojos. El miedo me aprisiona el cuello. El pecho me explota de pena. Quiero rogarle que confíe en mí y me cuente la verdad.

—Estoy muy orgulloso de ti. Eres una gran periodista. Mucho mejor de lo que fui yo.

No opongo resistencia cuando las lágrimas brotan de mis ojos. Me marcho con la pregunta aún entre los labios.

Llego a la redacción con un pálpito recorriendo mi estómago que no cesa. Es la hora de comer y la oficina está más desierta de lo habitual. Coloco el bolso en mi escritorio, empujo la silla y enciendo el ordenador. Esta vez no dudo cuando la pantalla de acceso se proyecta ante mí. Cojo aire mientras introduzco las credenciales que, seguramente, nunca podré olvidar. Ya estoy dentro. Mis latidos se aceleran igual que la expansión del universo. Sigo los pasos que Tomás me envió. El repositorio tarda en cargar. Una pantalla secundaria aparece con los metadatos. Reviso la información en silencio. Tengo frente a mí al usuario que borró el informe de mi padre. Me aparto de la mesa, como si acabase de mirar de frente el destino final del universo, y una verdad nos acabase de condenar a todos.

«Adrián».

Siento cómo el suelo se desmorona bajo mis pies, caigo por un hueco sin final y nada podrá sostenerme. Aún mantengo la esperanza de que haya alguna explicación y que todo sea un error. Bajo la cabeza y lucho por calmar las dudas que me atormentan. ¿Adrián es otra víctima o es cómplice? ¿A quién trataba de proteger? ¿Ha sabido mi propósito todo este tiempo? El corazón me duele con cada latido. El pánico oprime mi pecho y apenas soy capaz de respirar. Reviso la lista de usuarios conectados en el sistema. Adrián no se encuentra en la oficina. La idea se arraiga en mi mente. Voy directa al ascensor, aunque a duras penas puedo caminar sin tambalearme. Subo a la octava planta. El sonido del cubículo escalando me suena amortiguado. El mareo me nubla la vista. Las puertas del ascensor se abren y dejan al descubierto una planta vacía. Las secretarias están comiendo. Paso a hurtadillas, con cuidado de no hacer ruido, y me cuelo en su despacho. Cierro la puerta con cautela. Mi respiración se entrecorta y se mezcla con mi propio pulso, que retumba en las paredes. Me aproximo a la mesa. Su olor aún flota en el aire. Me aferro a la esperanza de que todo se reduzca a un error. Desbloqueo la pantalla de su ordenador y accedo con las credenciales que encontré en su agenda junto a las del repositorio. Reviso los archivos, los correos y las conversaciones, pero no encuentro nada sospechoso. El aire entra directamente a mis pulmones por el falso alivio. Indago por los armarios. Nada. Me llevo las manos a la cabeza, me tiro del pelo y exhalo con furia. No tengo ni idea de lo que estoy buscando. Doy vueltas por el despacho algo desorientada. Abro los cajones y hurgo en ellos, apartando papeles, hasta que mis dedos se topan con un compartimento más pequeño dentro. El clic metálico suena como un disparo directo al corazón. Contengo la respiración. Saco la carpeta negra lentamente y la abro con las manos temblorosas. En cuanto mis ojos recorren las primeras líneas, mi corazón late una última vez. Luego se contrae de golpe hasta hacerse añicos.

ADRIÁN

Me llega una nueva notificación cuando estoy accediendo al parking del edificio. Reviso el reloj, pero no hay cobertura. Aparco rápido y bajo del coche. Me dirijo a la escalera del edificio y allí puedo leer el correo. Alguien acaba de entrar con mi usuario al repositorio desde la redacción. Una oleada de pánico me recorre. Llamo a Marga, pero no me lo coge. Debe de estar comiendo. Subo corriendo por las escaleras hasta mi despacho por si vuelve a llegar un nuevo correo. El pecho me arde, pero la urgencia me empuja a no parar. Cruzo el pasillo de la planta de dirección y abro la puerta de mi despacho.

—Carlota…

Es ella. Todo este tiempo… ha sido ella.

Durante todos estos años creí que vivía anestesiado, con un corazón que bombeaba mecánicamente, incapaz de sentir. Un órgano roto, a fin de cuentas, inservible. Creí que la indiferencia me protegía, que me había hecho inmune al dolor. Pero ahora me doy cuenta de lo mucho que me he equivocado. El dolor no tiene fin y es capaz de arrastrarte con violencia hasta desgarrarte. La forma más cruel de morir por amor no es perder a la persona a la que amas, sino saber que ella ha elegido herirte conscientemente. Ha utilizado tu vulnerabilidad como arma y te ha destruido sin piedad.

24
El principio del fin

Aunque el futuro es incierto, es altamente probable que el destino final de nuestro universo culmine con una muerte lenta y gobernada por la oscuridad infinita.

ADRIÁN

Carlota suelta la carpeta de las manos. Esta cae rápidamente hasta chocar con el suelo. El golpe seco retumba en mi pecho. Mis párpados se cierran para evitar ver de frente la devastación. Cuando vuelvo a abrir los ojos, ella ya no está.

Todo empezó hace cinco años, durante la cobertura de la misión espacial Horus. Una empresa española había ganado la licitación para fabricar los paneles solares del próximo satélite que la Agencia Espacial Europea pondría en órbita. Ese acuerdo implicaba millones de euros, empleos y nuevas posibilidades para la industria de los semiconductores y de la energía solar en España. Sería un punto de inflexión en el tejido industrial. Pero no salió como esperaban. Unos meses después de ponerse en órbita el satélite, las placas solares empezaron a reportar problemas de rendimiento. Toni, que era uno de los mejores periodistas de nuestra redacción, se encargó de cubrir la noticia y de investigar lo sucedido. Habló con ingenieros de la ESA y de EnerG2V hasta que descubrió las irregularidades de la empresa. Toni consiguió documentación no oficial y varios testimonios. Escribió un artículo demoledor. Si se hubiese publicado, podría haber desencadenado un escándalo internacional, potenciales demandas millonarias por difamación, si no lograba corroborar sus hipótesis, y la consiguiente ruina económica del periódico y de su credibilidad. Decidió entrevistar al director de EnerG2V para darle la oportunidad de defenderse. Al día siguiente de ese encuentro, cambió la versión por completo. Fue entonces cuando escuché una conversación en el despacho de mi padre. Más tarde me confió que Toni había aceptado dinero de la empresa a cambio de su silencio. El periódico estaba atravesando un momento difícil y mi padre prefirió no sacar a la luz la corrupción de un periodista con el fin de evitar la pérdida de credibilidad de nuestros lectores y la fuga de anunciantes.

Toni nunca se defendió. Se marchó en silencio. Un acto cobarde y lo suficientemente sólido como para convencerme de que mi padre me contaba la verdad.

Durante años he sabido que Toni antepuso su egoísmo a su lealtad. Había roto su ética a cambio de dinero. Y cuando Carlota, su hija, empezó a trabajar en el periódico, quise alejarme de ella, pero ya era tarde.

¿Cómo he podido ser tan imbécil de no haberme dado cuenta, hasta ahora, de que yo era un simple peón en su empeño por saber la verdad? ¿Detrás de todo esto se esconderá su deseo de venganza?

Salgo del edificio reteniendo el aire en los pulmones. Empujo la puerta de la entrada y el olor a mojado me sacude. Llueve, pero no me importa. Continúo caminando hasta que rompo a llorar en mitad de la calle. Mi corazón sigue llorando hasta que soy incapaz de distinguir si son lágrimas o gotas de lluvia lo que caen por mi rostro. He vivido una parte de mi vida creyendo que nunca estaría a la altura de mi padre, un periodista talentoso con una ética impecable. Y resulta que eso solo era un espejismo. En realidad, permitió que una empresa cometiese fraude y él se lucró y sacó tajada. Entre mi padre y el periódico hay una red de silencios y pactos para protegerse mutuamente. He vivido bajo la sombra de una mentira. Y Adrián lo sabía. Me ha utilizado todo este tiempo para que confiase mientras se guardaba bajo llave una moneda de cambio. Tiene información suficiente como para acabar conmigo y con mi familia si fuera necesario. He sido una ingenua y me he traicionado, anteponiendo el amor al control y a mis principios.

Cuando era pequeña me daba miedo pensar en la muerte. Me despertaba por las noches aterrada y gritando. Me paralizaba la sola idea de no comprender lo que sucedería después. No soportaba perder el control absoluto y cargar con la incertidumbre. Estudiar Astrofísica me daba la falsa seguridad de controlar mi entorno, mi vida y mi destino. En la primera clase de Cosmología, alguien me habló de frente de la muerte. No de la mía, sino de la del universo entero. Paradójicamente, esa perspectiva me dio paz. Incluso nuestro universo tenía un final. ¿No era lógico que lo tuviera todo lo demás?

De entre todos los finales catastróficos posibles que me contaron, ahora tengo que elegir uno, porque es inevitable. ¿Prefiero que mi universo se enfríe hasta que la soledad, la oscuridad y el silencio lo invadan todo y sea incapaz de sentir?; ¿opto por un final destructivo en el que mi universo muera aplastado por mis propias expectativas, por el dolor de la traición y del desamor? o ¿elijo aferrarme a la posibilidad de que Adrián no sea culpable hasta que un día descubra la verdad y me desgarre las fibras, dejando un dolor lacerante en el corazón? Sé con certeza que viviré una agonía lenta, implacable e irreversible.

Mi cuerpo vaga por las calles, sin rumbo. Me dejo envolver por el murmullo constante de la lluvia contra el asfalto, los cláxones de los coches que tratan de huir del atasco y el paso de los viandantes que caminan por las aceras, esquivando los charcos y sorteando los paraguas ajenos. Tengo la ropa empapada y pegada a la piel. Mi pelo se adhiere a mi frente y la piel se enfría a medida que el agua cala mis huesos. Sin tener muy claro el cómo, termino en casa de Júlia. Llamo. Soy consciente de que, una vez traspase la puerta, la verdad ya no solo me pertenecerá a mí, sino que será pública. Ya no podré protegerles, porque compartirlo lo convertirá en real.

—¿Cómo estás? —Júlia se sienta a mi lado y me cubre con una manta. Doy un sorbo al caldo que me ha preparado hace unos minutos.

Encojo los hombros, giro la cara en su dirección y mis ojos se humedecen automáticamente

—Gracias, Júlia.

—¿Quieres quedarte a dormir esta noche? —Mi amiga apoya la mano en mi pierna.

—Sí...

—¿Vemos una película?

—Sí —susurro sin fuerzas para más.

Júlia me entiende y por eso no insiste en hablar sobre el tema. Ambas compartimos la confusión y la rabia de haber sido engañadas por nuestra propia familia. Se supone que son nuestro refugio y que deberían protegernos, no mentirnos. Para sorpresa de nadie, Júlia elige *El diablo viste de Prada* y se acurruca junto a mí en el sofá. El agotamiento puede conmigo y no abro los ojos hasta que la luz inunda de nuevo el salón. Mientras me preparo un café, suena el timbre.

—Júlia, ¿esperas a alguien?

—¡Sí, abre! —responde Júlia desde la ducha.

Cuando abro, me encuentro a Claudia con una bolsa de cruasanes en la mano.

—He traído analgésicos edulcorados —me dice Claudia mientras se cuela en el salón.

«¿En qué momento se ha enterado de lo que ha ocurrido?».

—¿Y eso de ahí? —desvío la vista hasta la maleta que arrastra—. ¿Has discutido con Abril?

—No, aunque tampoco es que las cosas vayan demasiado bien... —suspira.

Júlia aparece con el pelo mojado.

—Carlota, ahora pasaremos por tu casa a recoger un par de cosas y después nos vamos.

—¿Cómo que nos vamos? ¿Adónde nos vamos? —Arrugo la frente, desconcertada.

—¡Vamos a pasar el fin de semana a la Costa Brava!

—Yo no pienso ir a ninguna parte.

—Tú te vienes con nosotras a celebrar tu cumpleaños. —Júlia y Claudia se cruzan de brazos.

Había olvidado por completo que en dos días es mi cumpleaños.

—Yo... no creo que haya nada que celebrar, chicas.

—Consejo de una amiga que perdió a su madre: siempre hay algo que celebrar, Carlota. Y tú tienes la oportunidad de vivir cuando otros no gozan de ese privilegio. Ese ya es motivo suficiente.

Asiento despacio, aunque por dentro estoy a punto de echarme a llorar otra vez.

Mis amigas clavan la mirada en mí cuando nos subimos al coche. Me coloco los AirPods y recuesto la cabeza en la ventanilla. Suspiro cuando la música comienza a sonar. Recorre mi mente una secuencia de imágenes de los últimos meses y el aire se vuelve más denso de repente. Los recuerdos tienen mucho más poder del que imaginamos. El cerebro humano está diseñado para sobrevivir y, aunque intentamos aferrarnos a los buenos recuerdos, las emociones negativas se reviven más intensamente. Quizá por eso tengo la sensación de que la carpeta todavía sigue cayendo al suelo en el despacho de Adrián. Lo rebobino una y otra vez, como un bucle infinito. El daño que me inflige el eco de ese recuerdo es todavía peor que la vivencia en sí misma.

Apago la música y trago saliva.

—Una vez conocí a un tío más rápido que ese coche. —Júlia señala a un deportivo que nos adelanta—. No volví a llamarlo, por supuesto.

—El sexo no es lo más importante en una relación. Deberías explorar otros aspectos. Te sorprenderías. —Claudia le guiña un ojo.

—Esa es la típica respuesta de alguien que no disfruta del buen sexo.

Claudia sopesa su respuesta. Me mantengo en silencio como una mera espectadora, aún con los cascos en las orejas.

—¿Has hablado con Abril?

Claudia niega con la cabeza.

—La noto lejos. Es como si de pronto se hubiese desconectado... de mí.

—¿Y tú te sientes conectada a ella? En tu relación parece que lo único que importa es cómo está ella. Vas dando tumbos como una veleta siguiendo sus deseos para que ella algún día acepte el tuyo. Pero formar una familia es tan relevante que no tendrías que estar convenciéndola.

Claudia se encoge de hombros. Júlia, en su ataque de sinceridad, tiene más razón que una santa. No sé por qué nos resulta tan evidente descubrir lo que ocurre en las relaciones ajenas y luego somos incapaces de reconocer lo que sucede en las nuestras.

—No quiero perderla a ella también... —La voz se le quiebra.

—Claudia, el miedo no debería ser lo que te mantenga a su lado. Si una relación deja de sumar, no tiene sentido prolongarla.

Claudia continúa con la vista al frente de la carretera y sujeta con fuerza el volante.

—El otro día pillé a mi padre muy acaramelado hablando por teléfono —confiesa Júlia—. Lo más probable es que esté manteniendo una relación con alguien. Tal vez con la mujer del coche. Estoy muy decepcionada y pienso seriamente en soltárselo a mi madre.

Claudia busca la mano de Júlia y se la aprieta con fuerza.

En apenas una hora y media llegamos a Calella de Palafrugell, un pueblo de pescadores con pequeñas calas y casas blancas de persianas azules de madera. Tanto en el mar como varadas en la arena se vislumbran las barcas. El cielo está encapotado, a juego con nuestro humor colectivo, y dota al escenario de un encanto melancólico. El apartamento donde nos hospedamos está a pie de playa. La brisa del mar y el sonido de las olas se cuelan por las ventanas. Me recuesto en una de las dos camas y siento cómo mis músculos se relajan y se acomodan. Júlia se tumba a mi lado, estira los brazos y se abraza a la almohada.

—¿Dormirás conmigo?

—Qué remedio. Claudia ronca.

—No ronco. Respiro fuerte —nos gruñe.

Claudia permanece sentada en el sofá con el rostro alicaído.

—Voy a poner música mientras nos arreglamos. Carlota, durante el trayecto, ¿has reservado en algún restaurante?

—Me ofendes. ¿He dejado alguna vez algo a mi suerte? —«Sí, Carlota. El día que le entregaste el control de tu vida a Adrián. Y mira cómo acabó. Como un cuadro de Picasso. Dislocada y deconstruida».

Júlia da una palmada al aire y de un salto sale despedida de la cama.

ADRIÁN

Mi vida ha continuado como si nunca hubiese descubierto que Carlota llevaba meses acercándose a mí para conseguir la información que necesitaba. Como si nunca me hubiese enamorado de ella. La voz de mi hermano se cuela a través de la puerta.

—¡Abre, tío!

—Deja de aporrear la puerta, joder.

Álvaro entra en casa y va directo a la nevera.

—¿Qué haces aquí?

—Asegurarme de que no haces ninguna tontería y desayunar.

—Estoy perfectamente. —Me siento en el taburete de la isla—. He ido al gimnasio y estoy trabajando como un animal. Tengo comidas de trabajo agendadas este fin de semana.

Mi hermano suelta una mueca.

—A eso precisamente me refería con hacer tonterías. —Álvaro se prepara una tostada—. Estás evitando enfrentarte a tus propias emociones. Habías avanzado y ahora vuelves atrás.

—¿Con avanzar te refieres a confiar en alguien que ha preferido mentirme y ponernos en riesgo a nuestra familia y a mí? Este periódico es nuestro legado y yo la he ayudado a conseguir esos documentos. Con ellos en sus manos, nuestro padre está contra las cuerdas.

—No sé si estamos hablando del mismo padre. El que yo recuerdo nunca dudaría en elegir su propio pellejo antes que a su familia. Además, te aseguro que no tendrá ningún remordimiento por destruirla a ella y a su padre. —Mi hermano mueve la cabeza—. Lo que me sorprende más de todo esto es que papá sea el bueno de la película.

Después de comer en un restaurante de tapas mediterráneas, damos un paseo por el Camí de Ronda. Bordeamos los acantilados mientras las olas rompen contra las rocas a nuestros pies. Se va disipando el mareo que danzaba en mi cuerpo desde el viernes. Charlamos sin prisa, saltando por los escalones de piedra. Fijo la vista en el horizonte.

—Creo que dejaré el periódico.

Mis amigas se detienen un instante.

—¿Estás segura, Carlota?

Llevaba barajando esta opción desde que terminó el pódcast y dormí en casa de Adrián. En ese momento, ilusa de mí, creí que, si me alejaba del periódico, tal vez él y yo tendríamos una oportunidad. Ahora pienso que alejarme del periódico es la única opción viable para mi supervivencia.

—El pódcast ha sido una oportunidad para aprender y crecer, pero no quiero ser parte de un periódico corrupto.

El sonido de las olas eclipsa el silencio que se ha instalado entre nosotras. Júlia pasa el brazo por encima de mi hombro y Claudia me aprieta la mano. Durante todos nuestros años de amistad me han demostrado que ellas son mi verdadero refugio, mi unidad de cuidados paliativos. No pueden evitar el dolor, pero se aseguran de que lo transite acompañada y cuidada. Aunque mi vida se esté tambaleando, sé que no estoy sola.

El sendero se desvía hacia una pequeña cala de rocas a la que se accede por unas escaleras de piedra.

Júlia nos lanza una mirada y sonríe.

—¿En serio vamos a bajar ahí?

—Por supuesto —responde mientras salta los últimos escalones.

Se quita las zapatillas, la camiseta y los vaqueros. Se queda frente a nosotras en ropa interior.

«Está loca, acaba de empezar la primavera».

Corre hacia el agua antes de que reaccionemos.

—El agua está buenísima. Os espero aquí —se ríe.

Claudia sonríe, se desviste rápidamente y se suma al plan.

—¡Está congelada! —vocea al meter las piernas en el mar.

Al escuchar la protesta de Claudia, suelto una carcajada.

Me sitúo al borde de la piedra ya sin ropa y miro hacia el agua. Limpia y cristalina. Aparentemente apetecible hasta que llegas a ella y te das cuenta de que está gélida. Saltar, otra vez. Qué vértigo. Respiro profundamente.

¿Huyo esta vez del deseo de dejar atrás lo sucedido con Adrián? Tal vez me estoy aferrando a su recuerdo, a su olor y a su voz para que nuestra historia no caiga en el olvido, para que todo mi sufrimiento no haya sido en vano.

Lanzo un grito ahogado cuando caigo al agua.

Sin embargo, no está tan fría como imaginaba.

ADRIÁN

Es el primer día de vuelta a la redacción después de lo sucedido. Carlota había previsto cogerse unos días de vacaciones al terminar la temporada del pódcast, así que no me la encontraré por aquí.

Llaman a la puerta del despacho.

—Adelante.

Nico la atraviesa y la cierra a su paso. Yo continúo con los ojos pegados al documento que reposa sobre mi mesa. Se aproxima y retira la silla. Levanto la vista.

—¿Cómo estás? —pregunta mientras toma asiento.

Entorno los ojos. «¿De verdad espera que le diga que estoy destrozado?».

—¿Qué necesitas, Nico?

—Ella está convencida de que tú eres el enemigo, cuando lo más probable es que ambos estáis en el mismo lado de la historia. —Nico exhala al ver mi impasibilidad—. Conozco a Toni y a tu padre desde hace muchísimos años y, créeme, ni has alcanzado la verdad absoluta ni estás lejos de ella.

Tras unos segundos de silencio, Nico se levanta. Le sigo con la vista hasta que desaparece de nuevo por la puerta. Marga entra en ese mismo momento.

—Tu padre quiere hablar contigo.

Los músculos se me tensan.

—Pásame la llamada.

Me recoloco en la silla. El teléfono suena.

—Hola, papá.

—He recibido algunas llamadas. Parece que has hecho mucho ruido con el dichoso pódcast... Ven a verme. Quiero que hablemos sobre tu futuro en el periódico.

La llamada termina y yo continúo con el teléfono en la oreja.

Me miro los pies. Al final me he calzado unas sandalias cómodas. Creo que he traído demasiados zapatos. No me apetecía tomar más decisiones. O quizá no estaba preparada para elegir otros tacones que me hiciesen daño. Intento tragar saliva otra vez, pero noto la garganta seca. Júlia se percata de mi desconexión y me rodea con los brazos. Contemplamos las vistas que se extienden frente a nosotras de la playa de Llafranc, iluminada por los últimos destellos del día.

—¿Os dais cuenta de cómo ha cambiado todo en seis meses?

—Yo solo he tenido que aguantaros a vosotras y cuidar vuestros corazones rotos —Júlia da un trago al vino blanco.

—¡Qué suerte la tuya, rubia!

—Nunca me habría imaginado todo lo que ocurriría cuando acepté la invitación al evento. —Giro la cara en dirección a Júlia—. Que aparecería alguien, con una fuerza tan poderosa, que haría volar por los aires mi vida y dejaría solo unos pedazos inconexos. —Bajo la cabeza y las lágrimas corren por mi cara—. No hay ni un solo minuto en el que no haya recreado cada una de nuestras conversaciones, analizando microscópicamente cada palabra, ideando escenarios imaginarios y líneas temporales paralelas donde tomaba decisiones distintas. Hay momentos en los que me pregunto si para Adrián solo ha sido un juego.

Claudia me coge la mano, que aún está tendida en la barandilla.

—Nos merecemos algo mejor, Carlota. —Gira la cabeza en busca de Júlia, que me mira sin abrir la boca—. ¿No piensas decir nada, Júlia?

Como respuesta, suelta una risa seca.

—¿Queréis saber mi opinión? —Júlia se da la vuelta y se sitúa frente a nosotras dos con los brazos cruzados—. Os empeñáis en dibujaros a vosotras mismas como las víctimas, cuando las dos habéis tomado decisiones algo cuestionables que os han llevado a la situación actual. Os autoengañáis y ese es vuestro peor enemigo. Ni Abril, ni Adrián ni tu padre, Carlota. Vosotras mismas.

Júlia mira a Claudia.

—Tú aceptaste una relación abierta. Podrías haber dicho que no, pero decidiste aguantar, convencida de que Abril cambiaría de opinión después de jugar con otras tías. Claudia, ¿en qué mundo real sucede eso? ¿Cuántas veces te dijo Abril que no estaba preparada para ser madre y tú te autoconvencías de que más tarde o más temprano le llegaría la llamada de la naturaleza?

Claudia intenta interrumpirla, pero Júlia levanta la mano.

—No, ahora me toca hablar a mí. —Me remuevo incómoda porque sé que mi turno está al caer.

—Y tú, Carlota, has construido un relato en el que los culpables siempre son los demás, aunque tú has manipulado, mentido y traicionado igual que ellos. Te acercaste a Adrián, aun sabiendo quién era. Le robaste las credenciales y te colaste en el sistema del periódico. Nunca le has preguntado directamente a tu padre por su versión de lo que ocurrió y seguiste investigando cuando tu madre te pidió que parases. Elegiste invitar a Álex al pódcast para solventar tu problema con el diseñador invitado, aunque te pedí que no lo hicieses. Pintaste a Martín como el culpable del fracaso de vuestra relación, cuando llevabas años priorizando tu trabajo y en el evento coqueteaste con Adrián. Sí, él la cagó, rotundamente. Pero tú también jugaste sucio. Incluso utilizaste un tiempo a Gabriel para sentirte deseada y desviar la atención del verdadero problema. Luego, en cuanto te liaste con Adrián, te lo quitaste de encima.

Intento deshacer el nudo que se ha formado en mi garganta, pero, por mucho que trago, no lo consigo. Contengo las lágrimas hasta que mi amiga vuelve a abrir la boca.

—Dejad, por favor, de haceros las víctimas y convertíos en las heroínas de vuestra vida. Yo, lo pienso hacer, aunque no sea la persona adecuada para contarle a mi madre lo que está sucediendo. No pienso ser cómplice más tiempo. No pienso mentirme con excusas.

Júlia se marcha hacia la puerta del restaurante y nosotras nos quedamos en silencio digiriendo todo lo que nos ha dicho.

—Eso ha dolido… —admite Claudia—, pero puede que tenga razón.

Claudia se marcha también. En ese instante, mis lágrimas caen después de confesarme a mí misma que todo lo que ha dicho Júlia es dolorosamente cierto. Yo soy parte del problema.

25

La teoría del todo o nada

Stephen Hawking buscaba unificar todas las fuerzas del universo dentro de un único marco teórico. Yo busco un planteamiento que consolide todas las fuerzas invisibles que dan forma a nuestra experiencia humana.

ADRIÁN

Voy de camino a casa de mis padres cuando un impulso visceral tira de mí para que cambie de rumbo y vaya en busca de respuestas a esas dudas que se han instalado en mi estómago desde hace días y que ya no puedo ignorar más.

La puerta de entrada al edificio está abierta. La empujo y atravieso el pasillo. Toco al timbre. Varios segundos después, aparece frente a mí una señora de unos sesenta años, con el pelo castaño por encima de los hombros. La madre de Carlota.

—Hola. Soy Adrián. El hijo de Alejandro Huarte.

—Sé quién eres. —Cambia de postura—. También presentas un pódcast con mi hija.

Asiento y trago saliva.

—¿En qué te podemos ayudar?

—¿Podría hacerle unas preguntas a Toni?

—No creo que eso sea posible… —Aprieta los labios.

—Carlota ha estado investigando sobre lo que pasó en el periódico con el caso Horus y… se ha marchado.

—Sabía que tarde o temprano iba a ocurrir. Es tan cabezona como su padre —suspira.

«Joder, sí lo es...».

—Sé que hay algo más que nadie me cuenta. —Doy un paso adelante—. Necesito que la verdad salga a la luz...

La madre de Carlota me escanea.

—Llevo tiempo pensando que eras tú... —Se quita las gafas y yo arrugo la frente—. El lío en el que se ha metido mi hija. Ahora todo encaja.

Esbozo una media sonrisa.

—No soy yo quien debe responderte. Pero si de verdad sientes algo por mi hija y quieres descubrir lo que ocurrió, continúa investigando; aunque es posible que necesites a Carlota —susurra.

—Vega, ¿quién es? —La voz de Toni se cuela por el hueco de la puerta.

—Nadie, Toni. —Se despide con un «adiós» silencioso entre los labios.

Me tomo el primer café al amanecer. Contemplo los incipientes rayos de sol frente a la ventana, con la taza entre las manos. Me maravilla la calma del mar, cuando las olas aún no se han desperezado. La brisa fresca y húmeda se cuela en la ropa y el horizonte se tiñe de dorado. Júlia, que acaba de despertarse, se acerca hasta mí con su té recién hecho.

—Siento mucho todo lo que te dije ayer. —Apoya la barbilla en mi hombro—. Fui muy cruel.

—Tal vez necesitaba que me dijesen algo así para darme cuenta de mi papel en esta historia.

Nadie se despierta por la mañana con la idea de ser el malo de la película. Somos víctimas de nuestras circunstancias, aunque también dueños de nuestras decisiones. Todos nos hemos puesto en la piel del héroe y del antagonista alguna vez. Todos somos versiones parciales de una misma historia. Cambiamos de piel en el instante en el que nuestros actos se oponen o interfieren en los planes del otro, a pesar de que nuestro objetivo sea igual de lícito. Yo me he convertido, al mismo tiempo, en la antagonista en la historia de Adrián y en la antiheroína de la mía propia.

Júlia me rodea con los brazos.

—Feliz cumpleaños, Carlota —sonrío y contemplamos juntas el amanecer.

Adrián

Llego a casa de mis padres con las palabras de Vega a cuestas. Mi encuentro con ella lo ha teñido todo de incertidumbre.

Entro directamente al despacho. Mi padre está trasteando en su caja fuerte.

—Hola.

—Adrián. —Deja la puerta de la caja entreabierta y se acerca a su mesa—. He recibido algunas llamadas tras el final de la temporada del pódcast.

Inspiro con fuerza. Trato de esconderme en la coraza que me ayudará a soportar los golpes.

—¿Y? —Levanto la barbilla.

—Algunas marcas y empresas se plantean reforzar su presencia en nuestro pódcast.

—Entiendo —respondo.

—Lo que hiciste fue muy irresponsable, pero parece que después de todo vamos a monetizar el ruido que has generado. Espero que me ayudes en todo lo que voy a pedirte. Me lo debes.

El teléfono de mi padre vibra sobre la mesa. Me levanta el dedo pidiendo que espere y sale del despacho para responder la llamada.

Exhalo. De pronto la idea surge como una neblina que se va consolidando a cada segundo que pasa. Dirijo la vista a la caja fuerte. Miro hacia la puerta, me aseguro de que mi padre está lejos y me acerco con sigilo hasta la pared. Me inclino sobre el hueco metálico y rebusco en su interior. Voy comprobando papeles hasta que encuentro un sobre blanco con el mismo logo que la invitación que tenía mi padre el día de Fin de Año encima de su escritorio. Lo sujeto durante unos segundos en los que decido qué hacer con él. Saco el documento. «Un acuerdo de confidencialidad con EnerG2V. El mismo año en el que publicamos el reportaje», descubro. Percibo unos pasos. Dejo los papeles dentro de la caja y me doy la vuelta para situarme al otro lado de la mesa. Una figura me observa en silencio desde la puerta.

—Mamá… —trago saliva.

—Ten cuidado, hijo. Tu padre podría haber regresado en cualquier momento. —Mi madre tiene los ojos empañados y los labios fruncidos.

Asiento sin dar más explicaciones. Luego me acompaña hasta la puerta y me abraza con más fuerza de lo normal.

Después de desayunar volvemos a casa. Primero dejamos a Claudia y luego Júlia conduce hasta mi casa. Cuando el coche entra en mi calle, vislumbramos a alguien esperando en el portal.

—Es Adrián... —Miro a mi amiga.

Júlia aparca en doble fila y me ayuda a bajar la maleta. Mi corazón choca con mis costillas y lo noto bombear en el paladar.

—Hola, ¿qué haces aquí? —le pregunto en voz baja.

—Necesito hablar contigo. ¿Puedo subir?

Asiento. Júlia me lanza una mirada, asegurándose de que estoy bien y se marcha.

Subimos en silencio hasta que cierro la puerta tras de mí.

—Tendría que habértelo contado, pero te juro que no tengo nada que ver con esto, Carlota. Solo borré el original para protegeros.

Libero el aire con alivio.

—He encontrado un acuerdo de confidencialidad de EnerG2V —continúa explicándome—. Sospecho que el periódico estaba involucrado de alguna forma y que tu padre actuó porque se vio forzado.

—¿Por qué crees eso? —Frunzo el ceño y doy un paso hacia él.

—Porque conozco a mi padre y porque he hablado con tu madre.

—Espera, espera... ¿qué? —Una carcajada seca se escapa de mi boca.

—Fui a hablar con tu padre y tu madre no me dejó pasar, pero sí que me dijo que la única forma de descubrir la verdad es trabajando juntos. Tú y yo. Igual que con el pódcast. Si tu padre hubiese sido de verdad un periodista corrupto, no nos empujaría a continuar investigando... —Desvío la mirada—. No podré avanzar sin ti, Carlota.

¿Significa eso que mi padre recibió amenazas? Soy idiota. Júlia tenía razón. He estado alimentando un relato en el que mi padre es culpable y lo he utilizado, al igual que al resto, como villanos de mi historia. Aprieto los puños y la rabia escala por mi cuello. Tengo que arreglar esta situación y limpiar el nombre de mi padre.

—Cuenta conmigo.

Adrián curva los labios, satisfecho.

—¿Por dónde empezamos?

—¿Qué te parece si revisamos las pruebas y te presento a Tomás?

—¿Quién es Tomás? —Entrecierra los ojos con una sombra de duda.

—El periodista que contactó con mi padre y conmigo. Investiga a EnerG2V por una confidencia de un exingeniero de la ESA, a raíz de la licitación que están presentando ahora. Él me ha estado ayudando todo este tiempo.

—Estupendo... —suspira.

Adrián abre la carpeta que trae con él. Es la misma que encontré en su despacho. Siento un pinchazo en el estómago.

—El reportaje original de tu padre... —Me lo entrega.

Cojo aire y lo leo con calma.

—Escuché unas grabaciones donde apuntaban a causas externas, como tormentas solares, para justificar que el material no soportara las condiciones en el espacio... —Adrián escucha atento—. Pero ese año no hubo una gran actividad solar que pudiese afectar al rendimiento.

—¿Cómo demostramos entonces que la empresa cometió fraude? —Adrián se cruza de brazos.

—Necesitamos conseguir los resultados de las pruebas de ciclado térmico originales para validar que no las superaron y que las manipularon. Tenemos ya las de radiación. —Me muerdo el interior del labio—. También deberíamos conseguir pruebas de que alguien en el periódico lo sabía y presionó a mi padre para que no lo contase.

—Tengo una idea sobre quién podría ayudarnos con esto último... —suelta Adrián.

Adrián

Me dirijo a la redacción para hablar con las secretarias. Deberíamos tener un archivo con los comprobantes de los gastos de mi padre. Por política de empresa se guardan unos años. Quiero revisar su agenda en las fechas en que el artículo se modificó, por si hubiera una cita sospechosa. Me acerco hasta el *pool* de mesas de la planta de dirección.

—Necesito vuestra ayuda —les ruego en voz baja.

—¿Qué ocurre? —pregunta Marga.

—¿Alguna recuerda cómo se llamaba la secretaria de mi padre?

—Berta. Se jubiló hace algunos años.

Chasqueo la lengua.

—¿Qué necesitas? —pregunta Mireia.

—Por casualidad, ¿no tendréis un archivo con los gastos de hace cinco años?

—Déjame buscar en el armario…

—Judit, ¿puedes revisar en la agenda los meses de mayo y junio de hace cinco años por si hay alguna cita de mi padre que te llame la atención?

—¡Bingo! —Mireia acerca la caja con todos los tiques.

—Adrián, mira… —Judit me señala una comida en la agenda de mi padre. «Comida S. V.».

Busco en internet el nombre del director de EnerG2V antes del último cambio organizativo: Santiago Valverde. Es él.

—Necesito que busquéis si hay alguna prueba de que mi padre pagó una comida ese mismo día.

Las tres secretarias revisan los tiques. Me acaricio el mentón, tratando de paliar mi nerviosismo.

—He encontrado el resguardo de un restaurante en Sant Gervasi. El cobro se hizo a las cuatro y media de la tarde. —Me lo enseña Marga.

—Parece que comieron muy bien… —suelta Judit.

«Menudo cabronazo».

—Ten —Me entregan el tique.

—Muchas gracias a todas, de verdad…

—No tienes que darnos las gracias.

De camino a la salida me cruzo con Nico, que justo sale del ascensor. Inclina la cabeza y sonríe, como si estuviese un paso por delante de todos nosotros.

El teléfono vibra. Es mi madre. Atiendo rápido la llamada.

—¿Qué pasa, mamá?

—Estoy llegando a tu casa. Tengo algo para ti.

En veinte minutos, me planto en la puerta, donde ya me espera ella.

—¿Va todo bien?

—Hace mucho que nada va bien… —Las palabras le salen en un hilo de voz. Frunzo el ceño.

—¿A qué te refieres?

—Adrián, yo también he escuchado conversaciones y he sido testigo de muchas cosas que tu padre ha hecho en nombre de nuestra familia... La ambición y el poder lo han corroído. Ya no quiero seguir siendo cómplice —Me entrega el sobre blanco, conteniendo las lágrimas—. Sé que tú harás lo correcto.

Me aprieta la mano y añade:

—Llevas toda la vida buscando su validación. Es hora de que dejes de mendigar amor a quien no sabe darlo y decidas quién quieres ser.

Nos mantenemos en silencio unos segundos.

—Gracias, mamá... —Le doy un beso en la mejilla y ella me aprieta contra el pecho. El sollozo se le escapa de la garganta.

Toco el timbre de casa. Mi madre me abre la puerta mientras estoy sacando las llaves.

—Mamá... —Las palabras se me entrecortan por la culpa.

—Carlota, pasa.

—Siento haber dudado de vosotros. Me dejé llevar por lo que parecía más evidente y por mis ansias de encontrar la verdad. No te escuché.

—Sé que tenías buena intención, hija. Solo te estábamos protegiendo. Eres lo más importante de nuestras vidas y te queremos. Ahora me he dado cuenta de que no podemos blindarte contra el dolor.

—Yo también os quiero, mamá, pero os he puesto en peligro sin saberlo y ahora necesito vuestra ayuda para acabar con esto de una vez... —Mi madre me sujeta la mano con fuerza—. ¿Conserváis alguna prueba de que alguien del periódico presionó a papá?

—Tu padre recibió amenazas. Cuando intentas proteger a lo que más quieres, haces cosas que pueden traspasar el límite de la moral. —Me envía una grabación.

Al terminar de escucharla mis párpados se cierran de golpe. Sé que esto le hará polvo a Adrián. Trago aire.

—Mamá, si uso esto y no sale bien...

—Lo sé. Haz lo que tengas que hacer, Carlota.

Nos damos un abrazo y vuelvo a mi piso.

Adrián y yo nos encontramos en mi portal. Me apena tener que contarle lo que he descubierto, pero no quiero que haya más secretos entre nosotros. El salón está lleno de papeles por todas partes. Preparo dos cafés y me quito el cárdigan. Adrián lleva la camisa remangada.

—Adrián, he hablado con mi madre sobre las amenazas que recibió mi padre y... —Dejo la grabación encima de la mesa.

Adrián me mira a los ojos y asiente.

—Carlota, ya lo sé. —La voz le tiembla mientras deposita los resguardos en la mesa—. Ha sido mi padre.

En un intento de consolarle, acerco mi mano cautelosa hacia la suya. Nuestros dedos se enredan. Adrián acorta la distancia, hasta que su perfume me envuelve.

—Feliz cumpleaños, Carlota —susurra.

—Pensaba que eras de los que olvidaban los cumpleaños.

—El tuyo, no.

Se inclina despacio hacia mí, me rodea la cara con las manos y me besa. En cuanto nuestros labios chocan, me quedo paralizada, pero soy incapaz de negarme a él, así que le devuelvo el beso como si fuese la última vez. Nuestras bocas se humedecen porque he comenzado a llorar sin darme cuenta. Adrián se aparta y recoge la lágrima con el pulgar. Luego me da un beso suave en la frente y me envuelve en sus brazos. Tomás llama a la puerta. Es hora de volver al trabajo. Después de las presentaciones, le ponemos al día de los documentos y pruebas que hemos conseguido.

—Con toda esta información, creo que podríamos convencer a uno de los ingenieros para que aporte alguna prueba adicional. Estoy seguro de que las guardan.

—Pero ¿no quiere participar como testigo en los artículos ni tampoco denunciar a EnerG2V?

—No y es muy posible que no consigamos derrotar a la empresa en los tribunales, porque se defenderán con un séquito de abogados. Pero haremos ruido y habrá muchas personas que nos creerán.

Los tres nos dirigimos a la cafetería donde hemos quedado con el ingeniero de EnerG2V después de la negativa que ha recibido Tomás del exingeniero de la ESA.

—Ya os lo dije. No tengo nada más que pueda serviros —pronuncia nada más vernos.

—Si tuvieras también los resultados originales del ciclado térmico, podríamos demostrar que EnerG2V falsificó la documentación. Les pillaríamos. Cometieron fraude, joder.

—No lo entendéis…, esa empresa puede hundirnos a todos. —El ingeniero, un hombre de mediana edad y color cetrino, parece asustado.

—Eres igual de responsable si decides ocultarlo. Si nos entregas la documentación, además de reivindicar tu ética, salvarás el culo de varias personas y harás justicia.

—Llevo tanto pensando que mi padre era un traidor y que me había fallado. Que había roto su ética a cambio de silencio. Con esta prueba, yo puedo devolver a mi padre su dignidad. Y si no hacemos nada, ellos seguirán saliéndose con la suya. Ya se ha creado un precedente y vendrán más —argumento ante las negativas del ingeniero.

—Ayúdanos a ponerle fin a esto… —le pide Tomás.

—Y a hacer justicia —sentencia Adrián.

El hombre exhala y agita la cabeza de izquierda a derecha. Está muy nervioso. Finalmente, mete la mano en el bolsillo y arrastra un pendrive por la mesa, hasta depositarlo en el centro.

—Aquí tenéis. —Sus dedos vacilan antes de soltarlo del todo.

—Te protegeremos. —Coloco la mano encima de la suya.

—Si no lo hacéis, estaré en graves problemas… —nos advierte.

Cuando el ingeniero se marcha, los tres salimos de la cafetería.

—Gracias. Sois unos buenos periodistas. Ahora vamos a desenmascarar a esos cabrones. —Tomás dirige la mirada hacia mí—. ¿Vamos?

Adrián y yo permanecemos en un silencio incómodo, como si todo lo que no nos hemos dicho nos impidiera hablar.

Hemos sacrificado nuestro amor por un bien mayor y ahora somos testigos de las consecuencias de todas las decisiones que hemos tomado a lo largo de estos meses. Nuestra relación nunca fue posible y nunca lo será.

Sello los labios con un «adiós», Tomás le da un apretón de manos y mis ojos se posan sobre él una última vez antes de marcharme.

—Carlota. —El corazón me da un vuelco. Reconozco la cadencia y el sonido que dibuja su lengua al colocarse en su paladar para pronunciar mi nombre. Me doy la vuelta. La tristeza se arremolina en su mirada—. Cuídate.

Adrián

Llego a *L'Actualitat* para hablar con el resto del consejo. Tienen que conocer inmediatamente lo ocurrido y tomar decisiones sobre el futuro del periódico.

Mi padre baja de su coche y me intercepta en el parking.

—¿Adónde diablos te crees que vas?

—A contarles la verdad a todos.

—Ni se te ocurra o te arrepentirás. —Me empuja.

—¿Qué me vas a hacer? —le encaro—. ¿Piensas amenazarme como lo hiciste con Toni? —Suelto una risa seca—. Tengo pruebas, ¿lo entiendes? Estás acabado porque eres un corrupto.

Continúo avanzando y le dejo atrás.

—¡Yo te salvé! Sin mí no serías nadie. Nadie te quería.

Paro y me doy la vuelta.

—¿Sabes qué? Durante toda mi vida he intentado demostrarte que era digno de tu amor, pero tú nunca te has esforzado por ser digno del mío. Era difícil que me decepcionases más, pero lo has conseguido. Nunca serás mi padre porque un padre no trata así a sus hijos.

—¡Adrián! —grita.

La puerta de la escalera se cierra y dejo de escucharle.

La redacción está vacía y en silencio. Camino por los pasillos de la planta de innovación y luego me dirijo al despacho. Antes de que la onda expansiva destruya todo a su paso, leo el artículo que Tomás acaba de publicar. Es posible que este silencio se alargue y que la radiación permanezca durante mucho tiempo. Aun así, sé que he hecho lo correcto. Me sobresaltan tres golpes secos en la puerta.

—Adelante. —Carraspeo.

Carlota cruza el umbral. Una descarga eléctrica me atraviesa el pecho, anticipándome lo que está a punto de ocurrir. Lo primero que diviso son unos ojos cargados de diminutos puntos brillantes que entelan su mirada. Carlota sujeta una caja de cartón contra las costillas.

—He decidido dejar el periódico.

Me encojo en la silla sin darme cuenta y el estómago se me cierra, con esa sensación familiar de abandono. El eco de sus palabras resuena en mi cabeza mientras el silencio se burla de mí. La lengua me pesa. Alargo la mano en su busca, pero retrocedo. Asiento para liberarla y que se pueda marchar. Ella me ofrece una sonrisa, aceptando con tristeza que esta es nuestra despedida definitiva y que ya no queda nada que decir. Carlota cierra la puerta y me vuelvo a quedar solo. Y tras su marcha me visita un miedo que reconozco, pero yo ya no soy la misma persona. Lo miro de frente, me pongo de pie y camino. La contradicción tira de mí y durante unos segundos me paralizo.

«No. Esta vez no».

Salgo del despacho y veo a Carlota desaparecer por el ascensor. Mis pies toman la decisión por mí y corren. Bajo las escaleras a toda prisa, en un intento desesperado por alcanzarla antes de que cruce la puerta. Cuando llego al vestíbulo, me falta el aire, pero me da igual. Carlota está parada frente a la puerta. Exhalo al alcanzarla y agarro su mano. Selecciono cuidadosamente mis últimas palabras.

—Entiendo que quieras marcharte de *L'Actualitat*. —Intento deshacer el nudo de mi garganta a la vez que trato de no desmoronarme—. Pero no significa que esto sea un adiós para nosotros. Todo está claro ahora. Podemos empezar de cero. No tenemos por qué rendirnos...

Sus labios tiemblan y me asalta la certeza de haber llegado tarde.

—He luchado contra el amor desde que te conocí y me convencí de que podía resistirme a él, pero ha sido inútil. Te quiero, Adrián. Pero haber descubierto la verdad no borra todo lo que hice. Yo también he cometido errores y no he sido consciente de lo egoísta que he sido. Condenamos nuestro amor desde el día en el que entré en la redacción. Después de todo, te mereces un amor que no esté contaminado por dudas, secretos ni traiciones. —Da un paso hacia mí—. A veces, dejar ir es el mayor acto de amor.

El taxi aparca enfrente, con las luces parpadeando.

—¿No existe la posibilidad de que lo nuestro funcione?

Carlota me acaricia la cara y sus ojos se nublan al instante.

—Quizá en otro universo... —La voz se le quiebra.

Observo cómo Carlota se aleja hasta que el taxi se desdibuja. Bajo la cabeza y por primera vez lloro. Mis lágrimas no son solo por ella. Mi llanto es por el cúmulo de heridas que se han ido formando a lo largo de los años y que Carlota me ha obligado a enfrentar. Mientras todos admiraban mi resiliencia, ella prefería mi vulnerabilidad. A pesar de que este amor ha nacido para morir, tomaría las mismas decisiones y me enamoraría de ella otra vez.

El taxi arranca despacio. A través del cristal veo su figura detenida en la acera. Durante los primeros instantes quiero gritarle al taxista que pare y volver corriendo junto a él. Me resisto a que este sea nuestro último adiós, pero las palabras se quedan atascadas en mi garganta, con la esperanza de que esta despedida extinga el dolor. Pero no lo hace. A medida que me alejo tomo consciencia de todo lo vivido desde el evento de Modart. Las lágrimas brotan y los sentimientos se comprimen en mi corazón, aplastándome el pecho con una densidad infinita. El taxi, a diferencia de la primera vez durante la noche del Big Bang, viaja hasta un destino inexorable, el epicentro de mi singularidad. Estoy presenciando el final de mi universo. Mi gran colapso.

«Exactamente así se sentirá el universo el día en que colapse».

—Menuda mierda de final. —Claudia da un trago a su cerveza sin alcohol—. Espero que Júlia tenga razón y que esta sea la primera de muchas temporadas.

—Yo también lo espero… —murmura—. Y si no es mucho pedir, que tengamos mucho sexo en las siguientes —puntualiza Júlia.

Observo el vino deslizarse por la copa mientras le doy vueltas.

—Al menos nos tenemos las unas a las otras.

—¿Se supone que eso nos tiene que consolar? —bromea Claudia—. Aunque os quiero, también quiero a Abril…

—Que hayáis puesto fin a vuestra relación no quiere decir que vayas a dejar de quererla inmediatamente. Todas las heridas necesitan su proceso para curarse, hasta que se convierta en una cicatriz más.

—Llevabas tiempo posponiendo la decisión. Has sido valiente afrontando la conversación con ella —añado.

—Tal vez ha sonado egoísta, pero mi decisión es mucho más altruista de lo que parece… No quiero que ella renuncie a su forma de vivir el amor y yo tampoco quiero renunciar a formar una familia. Me gustaría priorizar mis deseos y mi paz por una vez, aunque eso implique dejarla marchar.

—Elegirse a una misma nunca va a ser un acto egoísta, sino de amor propio. Yo tuve que marcharme de la fiesta de cumpleaños, directamente, después de descubrir que la farsa era aún mayor de lo que me temía. —Júlia se pone de pie y se apoya en la barandilla del balcón—. No podía quedarme otro minuto más siguiendo el guion de familia perfecta. He crecido creyendo en un espejismo y ahora me pregunto si alguna vez me han querido de verdad o solo ha sido parte de la escenografía.

Júlia estuvo a punto de dinamitar a su familia, desenmascarando a su padre. Por el camino se encontró a su madre hablando por teléfono con su amante. El matrimonio perfecto de sus padres es un mero decorado.

—No pienses eso, rubia. —Claudia se levanta y se sitúa junto a Júlia—. Sé que ha sido un palo muy grande, pero eso no tiene nada que ver con el amor que sienten por ti y por tu hermana.

—Es probable, incluso, que toda la pantomima sea una estrategia para protegeros a las dos.

—Mis padres son unos egoístas, Carlota. He perdido la fe en el amor. Si lo que tienen ellos es lo que debo esperar de una relación..., entonces no quiero nada.

El silencio nos envuelve poco a poco. Alzamos la vista hasta el cielo, donde las estrellas reposan.

—Vamos a tener que volver pronto a Arcana..., así nos vamos mentalizando para el futuro. La bruja, tu amiga, te espera, Carlota.

Las tres reímos al unísono.

La voz profética de la tarotista resuena en mi cabeza como si estuviese frente a ella. Doy el último trago a la copa. «Si te aferras a una certeza rígida, podrías perderte en un camino lleno de matices. ¿Lo entiendes?».

Ahora, sí.

Publicado hace 2 horas

La teoría del todo o nada ha sido el marco teórico mental y mi brújula emocional durante muchos años. Lo apliqué a gran parte de los aspectos de mi vida. Stephen Hawking buscaba unificar y entender todas las fuerzas que componen el universo y yo quería comprender el amor y los vínculos humanos a través de las fuerzas invisibles de nuestra vida. Según mi teoría, las apuestas eran blanco o negro. O te entregabas por completo, o no te entregabas en absoluto. Una visión dicotómica de la realidad, donde no existían las medias tintas ni las zonas grises. Acepté que la nada era necesaria para valorar el todo, y que cada error o acierto me acercaban un poco más a mi destino final. He vivido todos estos años extremos, pero en este viaje he descubierto que el amor en todas sus formas desafía las leyes de mi teoría. Que las contradicciones son necesarias para que surjan el movimiento y la transformación. Que cada elección se convierte en un conflicto, porque implica una renuncia. La vida es un baile en la cuerda floja entre luces y sombras, éxitos y fracasos, caos y armonía, encuentros y despedidas, pasión y desolación, principios y deseos, libertad y destino. Un pulso entre la lealtad y la traición, la honestidad y el engaño, la integridad y la corrupción, la verdad y la mentira. Ahora empiezo a comprender que ambos polos coexisten en mí.

El amor no es entonces un juego de todo o nada, sino que está repleto de matices que hacen de él la esencia de nuestra existencia. Entre el blanco y el negro no hay una escala de grises. Entre el blanco y el negro hay un espectro de colores y de posibilidades donde los seres humanos habitamos.

#lateoríadeltodoonada #reflexiones #amor

Epílogo

¿Y si el Big Bang no fue el comienzo?

Una nueva teoría reescribe la física.

ADRIÁN

Ha pasado un año desde que se publicó el artículo que casi destruye al periódico. Gracias a él, conseguimos demostrar que mi padre había conspirado para ocultar información clave en la investigación. Eso forzó su destitución definitiva del consejo y, por fin, que mi madre se divorciase de él. Sin embargo, aunque había sospechas, nunca pudimos demostrar legalmente la falsificación de las pruebas de EnerG2V. Como punto a favor, la ESA no volvió a adjudicarles un contrato. La duda fue suficiente.

También hace un año que ella se marchó. Doce meses en los que he trabajado sin descanso en *L'Actualitat*, borrando la frontera entre el periodismo tradicional y el equipo digital. Los pódcast se han convertido en uno de los motores de nuestra nueva identidad, donde apostamos por investigaciones más valientes con el fin de recuperar la credibilidad. Con esfuerzo y una apuesta digital competente he logrado que el periódico resurja de entre las cenizas y que los lectores confíen de nuevo en nosotros. Mi madre adoptiva me ayudó a encontrar a mi madre biológica. Durante toda mi vida, pensé que mi historia estaba incompleta, que faltaban fragmentos y que eso me impedía avanzar en mi camino por el miedo a equivocarme. Reencontrarla no reescribe lo que ocurrió, pero me devuelve una parte de esas páginas que un día creí perdidas. Ahora que he aceptado que mi historia nunca será perfecta, puedo afrontar un futuro lleno de errores.

Todo lo anterior ha sido más sencillo que aprender a vivir sin ella.

El timbre suena. Bajo las escaleras y voy hasta la puerta.

—Un paquete para Adrián Huarte —me dice un repartidor con gesto serio—. Firme aquí —ordena mientras me entrega una caja.

—Gracias. —Cierro la puerta.

No indica remitente. Rasgo el envoltorio.

La teoría del todo o nada. El corazón me da un vuelco cuando leo su nombre en la portada, bajo el título. Mis yemas sienten la suavidad del relieve cuando lo acaricio. Me siento en el sillón y abro el libro con cuidado de no romper mi corazón otra vez. Leo detenidamente cada palabra hasta que la historia llega al final, donde encuentro una nota. Cierro los ojos.

Me quedo inmóvil frente a la puerta. Mi hermano gira la cara en mi dirección y aprieta mi hombro.

—La nota decía que la presentación es en esta librería. —Sujeto el libro con fuerza, cojo aire y entramos.

Atravesamos los pasillos hasta llegar a una sala repleta de gente. Todos escuchan atentos a Carlota, que está tan guapa como la noche en la que la conocí. En primera fila están sus amigas, Nico y sus padres. Arropándola. La observo a lo lejos.

—¿Habrá segunda parte? —pregunta el público. Carlota se acerca el micrófono.

—Después de que el universo se comprima sobre sí mismo, todo termina. Es autoconclusivo, como lo ha sido este viaje para mí.

Percibo tristeza en su mirada, aunque intente aparentar felicidad. Álvaro me da un codazo. Levanto la mano, con el corazón galopando con fuerza. Nuestros ojos se encuentran. Sus ojos centellean de nuevo, como si un millón de estrellas hubiesen iluminado sus pupilas.

—He leído el final de tu historia, pero... —Mis ojos se humedecen—. ¿Y si el Big Bang no fue realmente el comienzo?

Carlota sonríe. Una lágrima se le derrama por la mejilla.

—Entonces significa que todavía no es el final de nuestra historia.

Publicado hace 15 minutos

Todo en esta vida nace para morir, tiene un principio y un fin, incluso nuestro universo. Y, tarde o temprano, todo concluye. Según la teoría del Big Bang de una singularidad nació lo que conocemos hoy en día.

Casualidad o no, una fuerza desconocida desató una energía titánica dando paso a un universo que evoluciona hasta que, probablemente, se precipite su final. Pero ¿y si la historia que siempre nos han contado fuese distinta? ¿Y si el Big Bang nunca fue realmente el comienzo?

Un grupo de investigadores ha puesto en duda la teoría del Big Bang. Lo que entendemos como el origen del universo, podría ser, en realidad, la consecuencia del colapso gravitacional de un universo anterior, dentro de un agujero negro. Lo llaman el «gran rebote». Un ciclo cósmico de principios y finales. Un ciclo infinito de posibilidades.

El universo nos recuerda que ningún final es absoluto y que incluso se puede renacer de su propio final. Tal vez nuestro amor sea posible en esta nueva realidad, Adrián. Porque nunca llegué a aceptar que este fuese nuestro final.

#reflexiones #lateoríadeltodoonada #bigbang
#pensamientoscósmicos #amor

FIN

(O no. Tal vez solo sea el principio).

Playlist de *La teoría del todo o nada*

«Ride», de Lana del Rey
«Enjoy the Silence», de Depeche Mode
«Me and Mrs. Jones», de Michael Bublé
«Colapso gravitacional», de La Casa Azul
«Rabbit Heart (Raise it Up)», de Florence + The Machine
«Ironic», de Alanis Morissette
«Unwritten», de Natasha Bedingfield
«La vida moderna», de Veintiuno feat. Love of Lesbian
«Shadows», de Sabrina Carpenter
«Blank Space», de Taylor Swift
«Training Season», de Dua Lipa
«Heavenly», de Cigarettes After Sex
«Wicked Game», de Chris Isaak
«Fallen Star», de The Neighbourhood
«Santa Tell Me», de Ariana Grande
«Born With a Broken Heart», de Damiano David
«Levitating», de Dua Lipa
«No Mercy», de Austin Giorgio
«La revolución sexual», de La Casa Azul
«God & Monsters», de Lana del Rey
«So High School», de Taylor Swift
«Can't Fight the Moonlight», de LeAnn Rimes
«Tonight You Are Mine», de The Technicolors
«Universos infinitos», de Love of Lesbian
«Dangerous», de David Guetta feat. Sam Martin
«Say Yes to Heaven», de Lana del Rey

«God is a Woman», de Ariana Grande
«El amor», de Rigoberta Bandini
«Through My Soul», de Enlly Blue
«More Than a Woman», de Bee Gees
«No Time to Die», de Billie Eilish
«Anti-Hero», de Taylor Swift
«Contradicción», de Love of Lesbian, Rigoberta Bandini
«Born to Die», de Lana del Rey
«Big Bang», de Carlos Sadness

Agradecimientos

Escribir una novela y la maternidad tienen mucho en común. Puedo afirmarlo con honestidad después de haber subestimado ambos procesos. Me lancé de cabeza con ingenuidad, creyendo que la pasión, el conocimiento y la valentía eran suficientes para salir airosa. Espóiler: el universo es un cabrón con sentido del humor. Si algo he aprendido es que los dos son caminos solitarios y caóticos en algún punto del trayecto, donde las dudas, los miedos, los imprevistos y las opiniones ajenas se van interponiendo mientras intentas mantenerte en pie con dignidad y, por supuesto, con una taza de café en las manos. Tras muchos madrugones, momentos de pánico y alguna que otra lágrima, llegas a tu destino, miras atrás y te das cuenta de que te ha transformado por completo. ¿Quién era esa chica que comenzó a caminar? La única certeza es que has sobrevivido gracias a tu intuición y a la gente que te rodea.

Por eso, empiezo agradeciendo a todas las personas que me han sostenido durante este proceso cuando el síndrome del impostor me acechaba. Gracias a mi familia y amigos por recordarme de lo que soy capaz. En especial a Lore, Sara y Manel, por su paciencia leyendo cada capítulo y sus correspondientes ediciones posteriores. Os habéis ganado el cielo de los amigos y no solo por ser los mejores lectores beta, sino por haber escuchado mis reiteradas quejas, mis cambios de planes cuando estaba agotada y las largas conversaciones sobre Carlota y Adrián. Soy afortunada por teneros en mi vida.

Inma, al final sí que he sido capaz de saludar a mis fantasmas. Hace un año, yo era poco más que un pollito literario saliendo del cascarón. Reconozco que no ha sido fácil y que he tenido momentos de debilidad en los que te echaba de menos cada segundo. Gracias por enseñarme y acompañarme en este viaje desde la idea inicial hace más de dos años.

A mi editora, Ana, y a todo el equipo de Suma de Letras por la oportunidad, la confianza, la paciencia —sé que soy muy pesada y cabezota—, la dedicación y el amor en este proyecto. Hemos hecho un gran trabajo. Gracias de corazón.

A la Maternoteca, nuestra tribu de mamis lectoras, que ha logrado conectar mis dos grandes mundos. Qué maravilloso ha sido encontraros. Gracias por animarme y enviarme comentarios tan bonitos. Ojalá os guste esta historia.

Papá, ojalá estés orgulloso de mí allí arriba. Te echo de menos.

David, marido y coescritor, como a él le gusta que lo llame. Lo prometido es deuda. Me amenazó durante meses para aparecer en los agradecimientos. Me preocupa que en algún momento pensase que no lo iba a mencionar. Lo cierto es que no ha escrito ni una sola palabra, pero sin él esta novela no habría sido posible. Además de soportarme —que tiene mucho mérito—, me ha facilitado el espacio y me ha relegado de tareas hogareñas para dedicarme a escribir y editar esta historia. También ha sido uno de los lectores beta, aunque su *feedback* siempre se ha limitado a «bien», «me gusta», «¿cuándo se acostarán?», «solo puede acabar bien si hay un trío o un asesinato». Gracias por creer más en mí que yo misma. Te amo.

A ti, pequeña Sheila. ¡Lo hemos conseguido!

Y, por último, gracias a vosotros, que habéis elegido mi historia entre tantas.

Nunca me han gustado las despedidas, me incomodan. Por eso mismo, aquí no lo haré. Querido lector, puede que esto no sea un adiós y que volvamos a encontrarnos en el siguiente comienzo, solo que de un modo distinto. Al fin y al cabo, todo parece girar en un bucle cósmico.